EL CASO GALENUS

ALBERTO CURIEL

EL CASO GALENUS

algaida

Primera edición: 2014

Avda. San Francisco Javier, 22
41018 Sevilla
Teléfono 95 465 23 11. Telefax 95 465 62 54
e-mail: algaida@algaida.es
ISBN: 978-84-9067-120-7
Depósito legal: SE. 1392-2014
Impreso en España-Printed in Spain

Índice

A mis padres Carmen e Isidoro,
y a mis queridas Irene y Carmen

Prefacio

Este libro recoge la historia que me relató el pasado mes de enero mi antiguo compañero de estudios Fernando Flórez Clavero, a quien todos conocíamos con el sobrenombre de Capitán por su carácter adusto y sus modos involuntariamente castrenses.

La primera vez que vi a Fernando fue en clase. Sería el tercer o cuarto día del primer curso en la Facultad de Farmacia de Salamanca, durante el periodo académico 1992-1993, hace ya casi veinte años. Me despedí de él al terminar ese mismo curso sin saber más acerca de su vida que los rumores que circulaban entre los alumnos. Alguien dijo que sus padres habían sido feriantes ambulantes oriundos de Zamora, y que se había pasado la infancia durmiendo en carromatos o de pensión en pensión con el exiguo cariño que le proporcionaban los libros que habían terminado por convertirlo en un empollón.

La única conversación que pude trabar con él fue precisamente el día en que recogía mis bártulos de vuelta a Madrid con diez suspensos de diez posibles, dispuesto a cambiar de carrera y a olvidarme para siempre de cuanto se relacionara con la farmacología. Como si quisiera animarme ante mi rotundo fracaso, se aproximó en el patio de la residencia universitaria Fray Luis de León donde ambos habíamos residido y entablamos una conversación sobre mi futuro. Yo en aquel momento no estaba seguro de nada, pero ya sabía que quería dedicarme a la investigación y divulgación, y había medio convencido a mis padres para que obviasen la primera mala experiencia y me apoyasen en el intento de matricularme al curso siguiente en la Facultad de Periodismo de Madrid. Así que le revelé que quería ser periodista, o más bien reportero, sin saber del todo qué significaba. Ése fue todo el trato que tuve con el misterioso compañero de clase.

Por eso me sorprendió tanto que contactara conmigo el pasado enero, después de dieciséis años, a través de Facebook, y que insistiese en contarme esta historia que recojo en las páginas siguientes. Me convenció diciendo que era el único periodista *freelance* que conocía, y que estaba seguro de que lo que tenía que contarme conformaría un reportaje muy interesante.

Quedamos varias noches para que yo tomase notas en un café cercano a mi casa. Tenía la piel morena y la cara más afilada de lo que yo recordaba. Sus ojos negros, juntitos, se movían con la perspicacia de un halcón mientras yo garabateaba en un folio. Vestía, al igual que durante la carrera, de forma muy convencional y clásica, con ropa de marca reputada.

Me dijo que al terminar los estudios de Farmacia se había especializado en toxicología en Estados Unidos y que, en calidad de experto, había sido contactado por el Servicio de Información de la Guardia Civil —el SIGC—, para ayudarlos a modernizar el laboratorio y los procesos del Servicio de Criminalística. Más recientemente sus servicios también habían sido reclamados por la Policía Nacional para montar una nueva sede de la Policía Científica en el distrito de Canillas. A través de sus contactos policiales había tenido acceso a la historia que me estaba contando.

El día en que terminó de hacerlo se despidió deseándome suerte con la venta del reportaje y literalmente se esfumó. Traté de localizarlo en vano varias veces pero había dado de baja su teléfono y su perfil en Facebook. Sólo encontré pistas en Google sobre sus artículos científicos publicados en diversas revistas de toxicología. Nada más.

Yo estaba aterrado por la inquietante trama que me había confiado y eso que aún desconocía la parte final, la que se relata en la última parte de este libro. No podía dejar de pensar en la gravedad de todo lo que ya conocía y en que me estaba dando la oportunidad de convertirme en el periodista con la mayor exclusiva del mundo, pero estaba enfadado por su despedida a la francesa. Fue de manera sorpresiva, el 1 de junio de este año 2009, cuando volví a saber del Capitán. Él quiso que yo completase y diese fin a su historia, y que conociese a Isabel Sáenz de Tejada, lo que a punto estuvo de costarme la vida. Las páginas que siguen fueron escritas después de los acontecimientos que acabo de narrar.

ÁNGEL FUENTES

PRIMERA PARTE

Serán echados a las tinieblas de afuera:
allí será el llorar y rechinar de dientes.
MATEO 8:12

Elisabeth Walker no sabía cuánto tiempo llevaba en el infierno. Podían ser dos semanas, tres, o quizás meses. En el infierno no pasan los días, ni tampoco las noches. El tenue sonido del cebador del fluorescente alimentado por unas aparatosas baterías de camión taladraba su consciencia. La sala era un sótano de paredes de ladrillo desnudo. Unas escaleras empinadas frente a su jergón terminaban abruptamente en una trampilla que se había abierto sólo en tres ocasiones desde que estaba allí. Había podido ver a quien ella imaginaba el diablo bajar con comida, agua mezclada con medicinas y artículos de limpieza. Limpiaba la estancia y enjabonaba su cuerpo, retiraba el cubo con sus desperdicios, arrancaba un ruidoso generador que recargaba las pilas y esparcía por el aire polvos desinfectantes. No se había atrevido a mirarlo fijamente.

La última vez había hablado con voz carrasposa mientras la secaba con una pulcra toalla. Le había dicho que estuviera tranquila, que no le iba a suceder nada, pero era mentira porque el diablo nunca dice la verdad…

CAPÍTULO 1

UN REENCUENTRO INESPERADO

La mayoría de los científicos le dirían que no es posible viajar al pasado, pero con matices.

B. GREEN

ISABEL SÁENZ DE TEJADA ESTABA DESHACIENDO LA MALETA. Era el domingo 13 de enero y Madrid, bajo las luces anaranjadas de las calles, se preparaba para helarse de frío. Desde su lujoso ático en la calle Fortuny podía ver los tejados de las casas de enfrente brillantes por la escarcha. Sobre el edredón de la cama se encontraban la maleta abierta de par en par y un montón de ropa arrebujada. Después de cinco noches fuera de casa tenía mucho equipaje que clasificar, pero sobre todo tenía que ordenar urgentemente, aunque le costase pasar la noche en vela, las experiencias vividas los días anteriores en Marbella. En su cabeza se agolpaban imágenes empujándose las unas a las otras. Habían sido días emocionalmente agotadores.

Se desnudó dejando la ropa tirada alrededor y fue a fumar un cigarrillo al sofá del salón. Desde los ventanales que daban a la terraza podía intuirse el cielo cubierto por una pesada manta de nubes de invierno iluminada por el resplandor de la ciudad. Todo había comenzado a partir de una conversación con Berta, una antigua compañera del colegio con la que seguía viéndose de vez en cuando para tomar un café y contarse las últimas novedades, que a menudo no eran más que variaciones sobre las mismas novedades de siempre. Pero ese día, tras el primer café y algunas preguntas de cortesía, Berta no tardó en comentarle que Elena Paniagua andaba metida en problemas.

—Al parecer, hay algo que la tiene muy asustada. Me dijo que estaba pensando en acabar con todo después de lo que había descubierto, y que su propia vida podría estar en peligro, así que parece grave, pero no quiso darme más detalles. Llevo varios días dándole vueltas en la cabeza, y al final he decidido contártelo porque… bueno, Elena te admiraba, y quizás a ti sí te lo cuente.

—¡Sabes que hace dieciocho años que no hablo con ella! Probablemente ni se acuerde de mí. Aunque la llamase, ¿cómo iba a poder ayudarla? ¿Qué sé yo de su vida? Lo pensaré, pero…

—Te mandaré mañana por correo electrónico sus datos de contacto —se apresuró a decir Berta intentando aprovechar el momento de debilidad.

Ése había sido el comienzo, pero el terremoto en el que ahora estaba inmersa tenía un epicentro más profundo dentro de su corazón atormentado. Dieciocho años sin hablarse eran mucho tiempo, y Berta lo sabía, pero también sabía que la posibilidad de que la vida de Elena estuviera en peligro podía cambiar muchas cosas.

Su cerebro volvía una y otra vez a los últimos cinco días y cuando intentaba quitarse esos recuerdos le asaltaban los de hacía dieciocho años, cuando Elena y ella se vieron por primera vez en el colegio…

El colegio, conocido coloquialmente por el nombre de las Irlandesas, pertenecía al Instituto de la Bienaventurada Virgen María, congregación fundada en 1609, paradójicamente por una católica inglesa —no irlandesa— que sufrió las crueles persecuciones de los protestantes anglicanos de la época. Era septiembre de 1990, uno de los primeros días de clase. Isabel estaba haciendo el curso previo al acceso a la universidad e iba a cumplir veinte años, porque había repetido dos cursos. Elena caminaba por uno de los grandes patios de recreo de la calle Begonia. Al fondo, las monótonas estructuras grisáceas de la escuela contemplaban la escena diaria de la postadolescencia. En cuanto la vio sintió un fogonazo de rubor en la cara y a partir de ese día no pudo dejar de pensar en ella. Era pelirroja, con una cabellera rizada y un bello rostro, de nariz recta, apenas pinteada por pecas transparentes, unos ojos de color verde claro y los labios delicadamente carnosos. Sus piernas eran largas y flexibles. Las curvas de la cadera, sus nalgas y el busto exquisitamente dibujado bajo el polo indicaban que era toda una mujer.

A cualquier hora, en cualquier lugar, deseaba tenerla cerca y todo lo que hacía, en el colegio y fuera de él, lo hacía para ella. Si la veía, aunque fuera en el otro extremo del patio, adquiría una pose estudiada, como si la estuviera mirando. Levantarse por la mañana para ir al colegio era por primera vez una delicia, y esperar la hora del recreo un tormento. Poco a poco, ignorando sus remordimientos católicos, conforme el trimestre se iba desgranando, logró atraer su atención y, de frases sueltas, consiguió pasar a alguna conversación con insinuaciones.

Despacio pero sin detenerse, Isabel fue bajando la senda que, tanteando, lleva de la prudencia al atrevimiento. Antes de las vacaciones de Navidad le regaló un casete con una dedicatoria en hoja aparte, en la que le describía los bonitos sentimientos que le inspiraban esas canciones. Se trataba del album *Whenever You Need Somebody* de Rick Astley, con temas melosos como *Never Gonna Give You Up* o *Together Forever.* Elena guardó la dedicatoria junto a sus álbumes de fotos.

A la vuelta de las vacaciones Isabel había producido una nueva tirada epistolar para su amada. Le contaba todos y cada uno de los actos y sentimientos que le habían sucedido en las fiestas. Las cartas estaban plagadas de frases como «me acordé de ti cuando...», «entonces pensé en ti porque...» y de otras muchas referencias al precioso cuerpo de su amiga. La cosa, incluso para una chica bondadosa y algo inocente, estaba clara. Un día helador, a principios de febrero, tras dejar a su amiga Berta Íñiguez en el autocar, Elena se acercó y le dijo:

—Yo te gusto, ¿verdad?

A partir de entonces, las dos muchachas se encontraban a la salida y tomaban el autobús hasta casa de Elena, que no distaba mucho de allí, en El Soto de la Moraleja. Los martes y los miércoles, debido al curso de pintura de su madre, estaban solas hasta las nueve de la noche y las dos amigas se convertían en amantes, retozando en un frenesí que crecía conforme iban explorando sus cuerpos y perdiendo la timidez inicial. Gozaban todas las semanas y cuando no podían quedar, lo añoraban tan profundamente que se pasaban horas colgadas al teléfono.

Un día Elena le propuso entre bromas que grabaran un vídeo en la cama. Isabel se negó al principio, pero pronto comenzaron a fantasear con la grabación, hasta que una tarde Elena se presentó con una Panasonic MS70 recién comprada como regalo de cumpleaños por su padre. De aquella grabación original sólo sacaría una copia que le entregó a Isabel casi en correspondencia por el regalo de la cinta de casete. Sólo dos personas en el mundo conocieron su secreto: Berta Íñiguez, porque la propia Elena se lo confesó, y Alfredito Paniagua, el hermano de Elena, que las descubrió en una ocasión, pero el pobre muchacho padecía una particular forma de autismo, llamada síndrome de Savant, que le impedía expresarse.

Isabel siempre mantuvo oculto al exterior el volcán de sentimientos encontrados que explosionaba en su interior. Había sido la experiencia más gozosa de su vida, pero a la vez, la que mayores remordimientos le había provocado, y no era infrecuente verla por las mañanas, a las ocho y media, antes de empezar el día, pasar furtivamente por la capilla del colegio. Envuelta en la luz mágica del rosetón, tras el altar, se dedicaba a orar a la estatua de Cristo que allí había. Ante sus ojos, la agonía de la figura se asemejaba a la suya.

Al terminal el curso, Elena se matriculó en la Politécnica para estudiar Ingeniería de Telecomunicaciones, una especialidad muy en boga por aquel entonces. Nunca terminaría la carrera, pues a la edad de veintitrés años se casó con Alejandro Molins, catorce años mayor que ella, y tan sólo un año después ya estaba embarazada. Isabel, que había elegido ciencias mixtas en bachillerato, se preinscribió en la Complutense para hacer la carrera de Empresariales y el mero distanciamiento físico enfrió la relación. Además, enseguida cayó enamorada de su primer novio. Puede que a Elena, con sus prematuros matrimonio y maternidad, le sucediese algo parecido. Lo cierto es que paulatinamente dejaron de llamarse y, como sucede cuando un amor suplanta a otro, la tórrida relación que ambas habían mantenido se olvidó, aunque no para siempre, entre los recuerdos un poco absurdos de los primeros años de la juventud.

Era casi medianoche y el distrito de Chamberí parecía sumergirse en el sueño de los sepulcros. Apenas llegaba hasta el ático el rumor de algún coche rodando por la calle. Isabel fue caminando a tientas hasta la habitación, apartó de un empujón la maleta a medio deshacer y las ropas sobre el edredón. Tenía que preparar otro equipaje para su viaje a China, así que no merecía la pena esforzarse para volver a empaquetar las cosas en unas pocas horas. Se echó y pensó que dormiría pronto porque le quemaban las pestañas, y probablemente durmiera un rato, pero el sueño parecía haberse esfumado. Casi sin solución de continuidad pasó de revivir su historia con Elena de hacía dieciocho años, en el colegio, a revivir las experiencias con ella de hacía tan sólo unas horas.

No le había costado mucho convencerla. Fue como si la atracción que habían sentido mutuamente en el pasado reverdeciera morbosamente en sus conversaciones: dos *emails* poniéndose al día, un rato de chat en el ordenador y, finalmente, una llamada para concretar el sitio y la fecha. Decidieron que su reencuentro merecía producirse en un lugar muy especial. Se encontraron en el hotel Marriott's Beach Resort, a pie de playa en Marbella, y compartieron su vida desde el martes 8 hasta ese mismo domingo 13 de enero que acababa de terminar.

Isabel llegó antes al hotel. Fueron cinco horas de viaje en coche desde Madrid, conduciendo siempre hacia el sur hasta Marbella. Se registró, deshizo la maleta y salió a pasear. Anduvo por el final de la playa de Elviria hasta encaramarse lo más alto que pudo sobre un montículo enmarañado de juncos. Frente a ella, refulgente con el sol de la mañana, el mar se extendía hasta el horizonte. Olía a espuma helada. Bajo sus pies, a la izquierda, podía ver el aparcamiento que está al comienzo de una serie de brazos de arena que se pierden en la distancia hacia el este flanqueados por lujosas edificaciones. Al final del todo, a un kilómetro más o menos, tristes en la lejanía difuminada, se adivinan las dunas salvajes de Artola, donde termina Marbella. Desde allí la vio llegar en su coche alquilado. La encontró deliciosa: la melena pelirroja enmarcaba el bello rostro donde se habían acentuado las otrora pecas transparentes y su cuerpo, a pesar de los dos partos, conservaba una esbeltez incitante.

Hablaron de muchas cosas. Rieron recordando las aventuras del colegio y con anécdotas que relataba Elena sobre sus hijos, Dieguito y Lucía. También comentaron con tristeza la complicada situación emocional de su matrimonio. Su esposo Alejandro generaba copiosos ingresos a través de sus negocios, de su cátedra en la Universidad Autónoma de Barcelona, de la consulta privada, y de sus colaboraciones internacionales con la Organización Mundial de la Salud, la OMS, y le había proporcionado toda suerte de comodidades, pero ya no lo amaba. Aprovechando que el tema había salido, Isabel la interrogó al respecto de las preocupaciones que Berta le había manifestado. Elena contestó con evasivas.

—Ya conoces a Berta. Exagera, como siempre. Aún no he puesto la demanda de divorcio, aunque ya me he informado y a lo mejor la pongo la semana que viene. Sólo quiero quedarme con la custodia de mis hijos. El piso de la calle Balmes también sería bienvenido. Alejandro tiene la casa de la consulta en la calle Felipe II y otras posesiones, que también habrá quizás que repartir. Creo que incluso ha comprado, aunque me dice que la alquila, la cabaña donde vamos a esquiar todos los años, en el Val d'Aran, en Sant Andrèu de Salardú. Del chalé de la playa, el de Llafranc, me olvido. De todas formas llevo años sin ir.

—Ya veo —dijo Isabel fingiendo no prestar demasiada atención—, pero Berta me dijo que estabas muy preocupada por un asunto turbio que habías descubierto, que incluso estabas asustada por tu vida. ¿Es verdad?

Elena cambió de tema al instante, y como no quería estropear el reencuentro, Isabel lo dejó estar hasta el último día. El domingo por la mañana —ese mismo domingo en que no podía dormir recordándolo todo—, retomó el asunto. Después de desayunar en la terraza de la playa y de bajar las maletas al *lobby,* salieron a dar un paseo por la playa de Elviria, frente a un Mediterráneo invernal y hermoso que se extendía a su izquierda. El cielo era azul brillante. Casonas, algunas con minaretes, porticadas y con solera, otras más modernas, vestigios de una decaída *jet set* marbellí, se alineaban a la derecha.

—¿Qué es lo que temes?

—Querida, hay cosas que no puedo contarte. Es un tema demasiado complejo y peligroso.

Elena pareció dudar y su mirada se perdió en la lejanía, en los brumosos contornos de la costa.

—Se trata de un descubrimiento como pocos en la historia, pero que por una serie de motivos aún no se ha contado. Yo estoy enterada del asunto y por eso mi vida pende de un hilo.

—¿Por qué no vas a la policía entonces? Si te sientes amenazada es lo que deberías hacer.

—Es difícil que los *mossos d'esquadra* me creyeran o pudieran hacer algo.

Su mirada volvió a las hermosas villas, rodeadas de jardines con palmeras y matas de buganvillas sin flores.

—No puedo darte los detalles, sólo que conozco algo: una patente que valdría miles de millones, al menos si estuviera completa. Esa, digamos, *patente* le ha costado la vida a varias personas aunque, paradójicamente, salvó hace tiempo la mía. Y ahora —concluyó tomando la mano de Isabel— dejemos de hablar de eso. ¡Vamos a caminar por la playa!

Elena se descalzó y, saltando el pretil de separación con el paseo, corrió hacia la orilla. Isabel la siguió. La arena estaba fría como el beso de un muerto y el agua aún más. Mil alfileres se clavaban en los pies cada vez que una tenue ola los alcanzaba. Las dos mujeres gritaban y reían corriendo y saltando las diminutas crestas para evitar sus pinchazos.

No encontró forma de sacarle más información. La curiosidad por conocer el secreto se diluyó ante el deseo de que los últimos momentos juntas fuesen inolvidablemente felices. Anduvieron durante más de una hora en la que bordearon *resorts* y modernos clubes de playa. Estaban agotadas cuando, deshaciendo el camino, regresaron al hotel Marriott, incrustado dentro de la misma arena, con sus paredes crema y sus bonitos tejadillos de color ocre. Elena insistió en pagar la cuenta y el conserje pasó su tarjeta de crédito por el datáfono. Recogieron las maletas en consigna y en la puerta se abrazaron en silencio. Isabel estaba confusa. Su mente dibujaba ideas terribles que se entremezclaban con la esperanza que al tiempo le producían y con el cariño que sentía por la mujer que tenía entre los brazos. Luego, cada una partió en su coche. Ambas pensaban que no sería la última vez que se verían.

ISABEL OYÓ LOS PRIMEROS CAMIONES Y FURGONETAS DE REparto rasgando la noche. Serían ya las seis. Se levantó, fue al salón y encendió el portátil. La estancia brilló con el resplandor mágico de la pantalla. Tenía cuarenta y nueve correos sin leer, pero algo más importante reclamó su atención. Junto a la foto de una pelirroja sonriente, asociada al *nickname* de Helenguay, se mostraba un punto verde que indicaba que Elena Paniagua estaba conectada. ¿Era posible que estuviera tan insomne como ella?

ISALVAJE *Qué haces conectada a estas horas?*
HELENGUAY *Y tú??????*
ISALVAJE *No podía dormir, pero ya me estoy cayendo de sueño. Han sido preciosos estos días.*
HELENGUAY *Sí.*

Ante una respuesta tan escueta, Isabel se quedó esperando. Pero Elena no añadió nada más.

ISALVAJE *Ha sido un regalo precioso que habremos de repetir. Bueno, me voy a dormir... Creo que ahora sí voy a caer. Felices sueños. Zzzzz!!*
HELENGUAY *Adiós.*

De pronto, presa de una repentina clarividencia, se atrevió a preguntar:

ISALVAJE	*Elena, lo que te preocupa… No crees que con mi ayuda, entre las dos, podríamos sacar provecho de lo que vale?? ;-))*
ISALVAJE	*Y por cierto: Tiene el tema que ver algo con Alejandro???*

No hubo contestación durante un rato al otro lado de la línea. Finalmente llegó una respuesta tajante:

HELENGUAY	*No sabes lo que dices. Deja a mi marido en paz!!!!! No sólo él puede tener que ver.*

Sin despedirse con un adiós, Isalvaje comprobó que Helenguay la echaba del chat y un momento después se desconectaba. La dejaba así, con la palabra en la boca y un icono rojo en la pantalla.

Se estrujó los ojos. ¿Por qué se habría irritado tanto su amiga? ¿Qué significaba esa matización tan extraña? Por otro lado, ¿no decía implícitamente la última frase de Helenguay que realmente su marido sí podía tener algo que ver con todo aquello, tal y como ella había deseado? Ese pensamiento azuzó los monstruos y las esperanzas que llevaban días pululando por su cabeza. Copió y guardó el historial de la conversación, y después estuvo navegando por Internet un rato más, tecleando mecánicamente en Google y visitando algunas páginas. Luego entró en su perfil de Facebook y aceptó la solicitud de amistad que Elena le había enviado hacía unas horas. Finalmente borró del disco duro todo el historial de navegación, apagó el ordenador y fue a la habitación confiando en que esta vez sí lograría conciliar el sueño. Antes de echarse recordó como un fogonazo que al día siguiente podía levantarse tarde, aunque debía reservar tiempo suficiente para repasar los documentos y el programa de viaje a China. Después de su encuentro con Elena, aquel inesperado viaje podía servirle para sus recién concebidos planes.

Ahora que era directora de proyectos transversales en la multinacional Telefónica-MoviStar, aunque sólo para Latinoamérica, por la confianza que tenían en ella, le habían asignado una importante misión en el país asiático. Unos días antes se había anunciado una extensión de la participación de Telefónica en el capital de China Netcom, la operadora asiática de comunicaciones fijas. Con la idea de ir explorando la posibilidad de extender en un futuro próximo el acuerdo entre las dos compañías al negocio móvil, se había arrancado desde la dirección *staff* de Desarrollo de Negocio y Sinergias, departamento del que dependían funcionalmente los coordinadores o directores de proyectos transversales, un proyecto de análisis. Quería elaborarse un informe sobre los hábitos de consumo y los productos de telefonía móvil de voz y de datos vendidos en las distintas regiones de China. Para eso las secretarias del CEO de Latam, Juan Jesús Cajete, a quien ella reportaba directamente, le habían preparado a Isabel varias entrevistas con diferentes responsables de *marketing* de China Netcom. El plan era recolectar información desde el martes día 15 al viernes 25 de enero en Pekín. Iban a ser días muy intensos, aunque confiaba en tener tiempo en la enorme ciudad para hacer lo que acababa de idear.

Cayó al fin rendida en la cama. Al principio fue consciente de cómo soñaba. Su amor de la adolescencia estaba en peligro por un secreto que conocía. Elena le gritaba que la ayudase, pero ella no quería hacer nada. Había también en la pesadilla un hombre oscuro, aunque no estaba completamente segura de quién era. Luego, poco a poco, como la arena de la playa por la mañana en Marbella, el beso frío de un muerto la sumió en la inconsciencia.

Unos pocos días después de su regreso de China, iba a comprender parte de lo que aquel extraño sueño significaba. La muerte se interpondría entre las dos mujeres.

L'enfer, c'est les autres.
JEAN-PAUL SARTRE

Elisabeth Walker escuchó el ronquido del generador y luego una potentísima luz blanca inundó todo. Eran los focos de quirófano que siempre habían estado apagados. Escuchó también un zumbido agudo, como el del torno de un dentista. Giró el cuello y observó con pavor que se trataba de una sierra médica radial, con la hoja del tamaño de un disco DVD, que se aproximaba a su zona lumbar. El demonio, como un cirujano, estaba cubierto por un mandil verde, tenía el rostro tapado con una mascarilla y el pelo grasiento con un gorro del mismo color. Ella chilló. Maldijo en escocés y en inglés, pero su voz era débil y su pronunciación pastosa.

Entonces, a pesar del sedante que le había administrado, sintió una punzada en las vértebras lumbares. La hoja de la sierra estaba haciendo su trabajo seccionando la médula espinal.

CAPÍTULO 2

CALLEJONES

One soft infested summer me and Terry became friends […]
We swore forever friends on the backstreets until the end.

BRUCE SPRINGSTEEN

El martes 15 de enero de 2008, a la una y media de la tarde, Isabel salió de su casa en la calle Fortuny. El coche oficial de la compañía Telefónica, el que llevaba a los ejecutivos al aeropuerto, estaba esperando en doble fila desde hacía unos veinte minutos.

Un rato antes se encontraba repasando mentalmente los elementos que llevaba a China en su pesadísima maleta y en el pequeño *trolley* Samsonite que esperaba poder llevar consigo en cabina y durante el transbordo de Fráncfort. Se había levantado sobre las diez y había decidido no ir a la oficina, así que tuvo todo el día para repasar documentos y preparar el equipaje y, sin embargo, como le sucedía siempre, en el último momento le asaltaban las peores dudas.

Cerró la puerta del ático echando un último vistazo. Los muebles de tonalidades pardas y líneas rectas cruzaban la estancia sobre el fondo pastel de las paredes. Las grandes cristaleras que daban a la terraza estaban cubiertas por estores blancos con una lista granate en el borde inferior. En cada detalle se podía apreciar el diseño y el lujo: en el mueble bar, que salía automáticamente de una pared al pulsar un botón y que hacía destellar los licores; en el aparador para la televisión, cuyo hueco se cubría automáticamente con una plancha de madera oscura que protegía también el equipo de alta fidelidad de Bang & Olufsen, y en las estanterías o en las exclusivas alfombras persas. No en vano, había contratado hacía dos años a uno de los mejores diseñadores de interiores de España, el arquitecto Ignacio García Cantueso, responsable de la decoración de varios de los restaurantes más chic de Madrid. Rosa, la mujer de la limpieza seleccionada a través de una agencia especializada, se encargaba de mantener el piso y la terraza en un estado de magnífica pulcritud. Cuidaba también las plantas hasta que éstas morían y eran repuestas por otras traídas por el vivero La Rocalla, con el que Isabel tenía un contrato de mantenimiento anual.

Al llegar al bajo sacó las maletas del ascensor y echó una mirada instintiva al cajetín de su buzón. Lo había vaciado el día anterior y, sin embargo, por la ranura sobresalía el borde de un gran sobre de color canela. Tiró de él, pero estaba atascado. Parecía que el grosor de lo que contenía en la parte que estaba dentro excedía el tamaño de la abertura de entrada, pero entonces, ¿cómo lo habían podido introducir? Enseguida se dio cuenta de que el buzón no ajustaba tan bien como ella lo había dejado la última vez. Parecía forzado. Abrió la portezuela. Efectivamente, el sobre contenía algo muy grueso en su interior. Matasellos de Madrid, sin remitente. Lo abrió y extrajo un folio escrito a máquina que decía:

Isabel, ya sé cuánto te gusta la comida china. Espero que la disfrutes mucho estos próximos días. Te dejo este animalito de compañía para que no te olvides de lo nuestro mientras tanto. En realidad, no creo que puedas olvidarte, ¿verdad? Tú solita tantos días en China, ¡qué miedo! En Telefónica no tienen corazón. ¡Cómo se puede mandar sola tan lejos a alguien! Bueno, no estarás tan sola.

Te vigilo, aquí, en Córdoba, en China y donde vayas, y la venganza es un plato que se sirve frío.

Firmado: El Vengador

Al leerlo se le erizaron los pelos de la nuca. Dobló el papel, lo metió en la funda de su ordenador portátil y, ahuecando la boca del sobre, miró en su interior. Una arcada de asco le brotó del estómago estallándole en la boca. Arrojó el paquete al cubo de basura y se puso a temblar. Dentro había una paloma muerta, con la cabeza aplastada. La sangre seca y coagulada impregnaba las plumas grises.

Camino del aeropuerto se le saltaron las lágrimas. El chófer pudo darse cuenta mirando de soslayo por el retrovisor. Isabel se sentía la mujer más sola del mundo. En ese momento echó de menos tener a alguien de confianza a su lado, pero no tenía a nadie. Sólo conseguía engancharse a relaciones sin sentido. En aquellos momentos tenía dos amantes que alternaba siguiendo sus apetencias: un hombre bien situado económicamente llamado Francisco Marino, dueño de la imprenta Gráficas Amanecer, situada en Las Rozas, al que había conocido porque había realizado unos folletos que explicaban internamente a los empleados de la compañía Telefónica en qué consistían las atribuciones del Departamento de Proyectos Transversales que ella dirigía. Cuarenta y cinco años, casado y con tres hijos, no era atractivo salvo por su mirada penetrante y la conversación de mundo; por lo demás era calvo, con mucho vello corporal y una barriga más que incipiente. A Fran le gustaba el sexo con un punto de fiereza fetichista que solían practicar en un motel de Madrid para encuentros furtivos. Isabel encontraba en él una válvula de escape a las pulsiones físicas que la desbordaban. Sabía que era un camino enfermizo, pero se encontraba tan atrapada en él que apenas podía comprender que en las parejas podía haber algo realmente sano y bonito. Además de esa relación, cuando iba a Barcelona, de manera más esporádica, solía quedar con otro jovencito llamado Pepe al que había seducido hacía un par de años. A ninguno de los dos podía contarles ni sus intimidades ni el miedo que sentía.

En la sala vip se bebió un *gin-tonic* de Hendricks como medicina para la ansiedad y se sentó a esperar mientras observaba por las ventanas el recio despegar de los aviones. Tenía que ir a la policía, pero ¿a quién iba a denunciar? ¿A Aguirre, al que habían despedido por su informe sobre Colombia? No tenía ninguna prueba. Sólo que los anónimos habían comenzado después de que ella demostrase ante la compañía en un informe que Juan Aguirre, el director ejecutivo en Colombia, había fundado una empresa llamada Teleopciones Ltda. dedicada al robo y desvío de tráfico internacional desde la red de la operadora a la de British Telecom, un fraude que suponía una pérdida de ingresos para Telefónica de unos 450.000 dólares al mes y que reportaba a Teleopciones, y por tanto a su dueño, unos beneficios de algo más de 12.000 dólares en el mismo periodo.

Ella, después de tantos años de carrera profesional, se había ganado su ascenso a directora de proyectos transversales de Latam, pero también un enemigo para siempre, porque alguien filtró su informe a la prensa económica y el escándalo fue mayúsculo. Suficiente para que Juan Aguirre no volviera a encontrar trabajo como ejecutivo en ninguna multinacional española y para que se hubiera granjeado su enemistad eterna. Desde entonces había recibido llamadas al móvil a altas horas de la noche desde un teléfono con numeración oculta que al descolgar sólo dejaban oír jadeos siniestros, correos electrónicos desde cuentas de Hotmail, Gmail, Hispavista y otros ISP gratuitos insultándola o SMS desde números cortos ilocalizables repitiendo esos agravios.

Más tarde, arrellanada en su amplio butacón de Business Class dentro del Airbus A340 que la llevaba a Fráncfort, pensó que ahora el acosador había traspasado la línea roja: se había acercado a su casa y había demostrado conocer sus últimos movimientos, incluida su visita a Marbella que había confundido con un viaje a Córdoba, ciudad que está en el camino. La seguía y además debía mantener buenos contactos en Telefónica para conocer que le habían asignado el viaje a China. Esto último también apuntaba en la dirección de Juan Aguirre. Por otro lado, como su dirección era accesible únicamente para los compañeros de Finanzas y de Recursos Humanos, pensó que el topo debía trabajar en alguno de esos departamentos.

En el *hub* internacional de Fráncfort apenas tuvo tiempo de pensar. Una legión de azafatas uniformadas la llevó a través de los vericuetos del aeropuerto a la nueva puerta de embarque donde la aguardaba un Boeing 747 de Air China International, cuya primera clase estaba ocupada por europeos. Todo el avión apestaba al perfume amargo de los desinfectantes. En cuanto la nave se estabilizó, Isabel se pidió otro *gin-tonic,* que bebió de un trago, y luego cenó frugalmente las exquisiteces que le presentaron. Tenía diez horas de viaje por delante, y hasta el jueves no tenía planificada la primera entrevista con los ejecutivos de China Netcom.

Intentó dormir un rato, pero algo la sobresaltó. Miró a su alrededor. Había transcurrido más tiempo del que creía, pues le habían retirado la cena y el pasaje descansaba en silencio con los asientos cama abatidos. No todos dormían. Uno reclamó con fuerza su atención. La miraba fijamente con unos ojos negros brillantes. Se sentaba cuatro filas detrás de la suya en el bloque central de butacas. Isabel desvió la mirada hacia el frente, pero al cabo de unos segundos la volvió de nuevo. Repitió el gesto tres veces con intervalos de unos diez segundos entre medias y siempre que volvía el rostro se encontraba de frente con los inquisitoriales ojos negros. Era un hombre delgado, de unos cuarenta y tantos años, que lucía una palidez extrema, con una frente amplia sobre la que caía el flequillo lacio y negro. Giró una vez más y le hizo un gesto inequívoco para que apartase la vista. Creyó reconocer que los labios del hombre se estiraban ligeramente en el esbozo de una sonrisa sarcástica. ¡Aquello era más de lo que podía soportar! Pulsó el botón de llamada a la azafata e intercambiaron una educada conversación en inglés:

—Muchas gracias por venir —empezó Isabel—. Hay un pasajero que me está molestando, y quería saber si podían cambiarlo de asiento.

—Entiendo, señora. ¿Puede usted indicarme quién es?

—Desde luego. Aquél de allí —respondió señalando.

El asiento seguía ocupado por la misma persona, pero el hombre aparecía recostado y dormido bajo un periódico desplegado sobre el regazo.

—¿Aquél? —se cercioró la azafata—. Parece que está dormido, así que ya no la molestará.

—No, sólo está disimulando porque ha visto que yo la llamaba. Váyase y verá cómo vuelve a importunarme.

—Avíseme si vuelve a hacerlo.

No podía creérselo. Había otro acosador en el avión y no podía hacer nada porque, como siempre, no tenía pruebas. De pronto, una idea cruzó como una exhalación por su mente. ¿Y si se trataba del mismo sujeto de los anónimos? ¿No tenía acaso en la funda del portátil una nota que decía: «Te vigilo, aquí, en Córdoba en China y donde vayas»? La ira que sentía se tornó miedo. ¿Quién era el que firmaba mensajes, *emails* y cartas con el terrorífico nombre de El Vengador? Se armó de valor y, con las pulsaciones disparadas, fue volviéndose poco a poco en busca de los ojos negros. Si lo encontraba otra vez mirándola fijamente, estaba segura de que no iba a poder reprimir un grito y se iba a montar un buen espectáculo en la cabina...

Descubrió que permanecía dormido bajo el periódico. Quiso entonces memorizar aquella fea cara por si volvía a encontrarla alguna vez en otro sitio. De pronto, su corazón comenzó a latir todavía más fuerte. El hombre entornaba ligeramente un ojo. Había abierto una minúscula ranura entre sus párpados que cerró al sentirse descubierto. Isabel se tumbó en el asiento cama arrebujada con la manta de viaje. Lloraba de rabia y de miedo... Se juró a sí misma que iba a hacerse respetar. Acabaría como fuera con el Vengador. Había llegado el momento de acabar con todos sus acosadores, y su plan tendría en Pekín una etapa decisiva.

ISABEL SE DESPEREZÓ QUITÁNDOSE DE LA CABEZA UNA pesadilla. No podía precisar el tiempo que había dormido, pero se había perdido el desayuno. Echó un vistazo. El mirón no estaba en su sitio. El sobrecargo anunció en chino mandarín y en inglés que debían prepararse para tocar tierra en el aeropuerto Internacional de Pekín.

Allí la esperaba un guía contratado por la agencia de viajes de Telefónica. Se llamaba Zhang Wei pero cuando tenía que relacionarse con algún occidental adoptaba el nombre de Johnny. Farfullaba algo de inglés y español. Se alojó en el hotel Guangzhou, un mazacote imponente, como un trasatlántico varado, que hacía chaflán entre las no menos colosales calles Xichangan y W Si South, muy cerca de la plaza de Tiananmen y de la Ciudad Prohibida. La habitación tenía una cama coronada por cabecero sobredorado y muebles tapizados con motivos geométricos amarillos y verdes. El resto del hotel también estaba decorado con un gusto pésimo. Sobre el vestíbulo, que hacía las veces de piano bar, había una cúpula sujeta por columnas rojas, alta como la de una catedral, en cuyo centro lucía una lámpara de cristales.

Durante los cinco días siguientes de trabajo comprobó que la información a la que tenía acceso no era gran cosa: cifras generales del mercado, con suerte desglosadas por provincias, que seguramente estaban disponibles en Internet, y mapas de cobertura de los diferentes servicios detallados únicamente en las zonas más pobladas del este y el sur. Muchos informes estaban redactados en chino. Los ejecutivos de Netcom se esforzaban por chapurrear inglés, se desvivían en atenciones, inclinaciones de cabeza y sonrisas, pero no lograban ni pizca de empatía.

VISTO EL RESULTADO DE LOS DOS PRIMEROS DÍAS, REUBICÓ las reuniones pendientes y las concentró en las siguientes setenta y dos horas. El domingo Isabel había obtenido lo máximo que iba a poder sacar de su visita: dos archivadores repletos de papeles y un lápiz de memoria con documentos que traduciría a la vuelta. Empaquetó toda la documentación junto con el portátil Sony Vaio en la maleta grande y se dispuso a olvidar por un tiempo el trabajo.

Las cuatro jornadas siguientes las empleó en hacer turismo. Se asombró de la dimensión de las avenidas, con cinco carriles en cada sentido, puentes elevados y túneles cada pocos kilómetros. Alucinó con los inacabables rascacielos en construcción, con el volumen del tráfico de coches y bicicletas y con los kilómetros que recorría por las autopistas interiores en el coche de Johnny sin dejar de ver torres de apartamentos alineadas a los lados como un ejército de gigantes. Nubes de polución cubrían completamente la ciudad durante toda la jornada. El sol jamás salía, oculto por las madejas de humo de las fábricas. Por la noche, las luces de los coches y las farolas dejaban ver, como enormes velos de seda gris, los jirones de una sempiterna niebla de contaminación. La garganta y los ojos escocían bajo el manto de aquella bruma maloliente.

Realizó las pertinentes compras en el Mercado de la Seda. Llenó una maleta de ropa, relojes falsificados y otros objetos de dudosa calidad. Visitó el Templo del Aire, y contempló su armoniosa combinación de tejados de pagoda con cenefas y arabescos de colores. Recorrió también al día siguiente la Ciudad Prohibida, donde admiró los patios ampulosos y la red de palacios que se perdía en la lejanía de la maravillosa ciudad amurallada en el corazón mismo de Pekín. Sacó cientos de fotos. También en el Palacio de Verano, que visitó el miércoles, donde envidió a los emperadores Ming que disfrutaban del caluroso estío navegando por el lago artificial. Por último, el jueves, para completar el recorrido turístico, viajó a la Gran Muralla. Esa misma tarde, al llegar al hotel Guangzhou, licenció a Johnny y le dio una propina de cuatrocientos yuanes que él agradeció con reverencias. La última noche quería estar tranquila. Buscaría un taxi para ir al aeropuerto, pero antes tenía una cosa muy importante que hacer. Ya no podía engañarse a sí misma posponiéndola. Esa noche o nunca.

Después de cenar pato laqueado, subió a abrigarse. También dejó el equipaje listo. Su vuelo salía a las dos en punto de la madrugada, así que calculó que tenía tres horas y media libres. Bajó al *lobby* y se tomó una copa de Hendricks con tónica envuelta en los acordes del piano y la luz de la monstruosa lámpara de la cúpula. Necesitaba algo para calentar la mente. Pidió en recepción que le apuntaran en chino en un papel que quería ir a visitar los hutones, y que le llamaran un taxi. No había oído hablar de los hutones hasta que, unos días antes, a la vuelta de Marbella, descubrió la información navegando por Internet.: vistosos callejones arracimados en torno a la Ciudad Prohibida, rodeando el lago Zhonghai, que constituían los últimos vestigios del Pekín histórico, de finales del siglo XIX y principios del XX, mucho antes de la revolución con su Larga Marcha y sus saltos adelante pilotados por el Gran Timonel Mao. Los callejones estaban formados por casas y cabañas molineras, pequeños palacios, antiguos fumaderos de opio y otras pintorescas construcciones dispuestas en un entramado caótico.

El taxi se presentó enseguida. El chófer leyó los grafismos del papel y en dos minutos la dejó al borde del lago Zhonghai, donde una plétora de gente se arracimaba en torno a los puestos del mercadillo. Más adelante desaparecieron sustituidos por una hilera de *pubs* con neones. La temperatura era inferior a los tres grados bajo cero y las vedijas de humo y niebla se movían como fantasmas en la noche por encima de las sucias copas de los árboles. Llegó a un puente sobre el lago. A la izquierda, como un negro bosque, empezaban los hutones. Varias prostitutas salieron a su encuentro y muchachos de ojos brillantes se asomaban ofreciendo paseos en triciclo por los rincones más tenebrosos de la ciudad. Tuvo miedo, pero no había llegado hasta allí para volverse atrás.

—*Two hundred yuans. You ride me across hutongs.*

—*Two hundred yuans. Yes, two hundred yuans* —dijo el muchacho. Sus ojos destellaron en las huesudas cuencas cuando vio los billetes.

—*I want... I want to get here. Here!*

Isabel había sacado un mapa de los hutones del bolsillo de su cazadora y le señalaba un punto determinado. El chico cogió el papel, lo manoseó y le dio la vuelta varias veces. Otros rostros pálidos surgieron de la niebla. Charlaron entre ellos con un parloteo indescifrable. Finalmente uno se adelantó y dijo.

—*I take you.*

—*I want... Here* —insistió Isabel señalando el papel.

—*Yes. Yes. Two hundred yuans.*

Entregó doscientos yuanes y lo siguió hasta una bicicleta con carrito para pasear turistas. El muchacho, delgado como un galgo, se encaramó a los pedales y ella se acomodó en el banco de atrás. Su corazón latía descontrolado. Estaba a la entrada de la boca del lobo. Unos metros más allá, apostado en otra sombría esquina, había otro triciclo. El turista que lo ocupaba le resultó familiar.

—¡Es el capullo del avión! —exclamó sin poder reprimirse.

El hombre esbozó una sonrisa al saberse descubierto. Hizo un gesto y su ciclista comenzó a pedalear. Giraron y empezaron a seguir el cochecito de Isabel. De pronto, el entorno se volvió negro como la pez: callejas sin asfaltar salpicadas de trastos inservibles y montones de basura bajo la luz tenue que escapaba de alguna ventana. Isabel miró hacia atrás. El otro carrito los seguía a unos diez metros.

—¡Rápido, rápido! ¡Acelera!

El muchacho se volvió extrañado. Cuando ella le señaló el triciclo que los seguía pareció comprender, se puso de pie en la bicicleta y empezó a pedalear con fuerza. Los que venían detrás hicieron lo mismo y se inició una carrera de persecución. Más calles cochambrosas se abrían tras cada cruce. El ciclista, intentando despistar a su perseguidor, elegía los callejones más pequeños y oscuros y al cabo de un rato pareció que habían logrado su objetivo. Se detuvieron en la oscuridad y el guía le hizo ademán de que bajara. Caminaron en silencio sobre la tierra helada mientras la penumbra descubría cachivaches apilados junto a las casetas de ladrillo y madera. Siguieron por un pasadizo que discurría entre dos largos barracones y que, al final, desembocaba en un espacio más amplio donde escucharon a alguien chapurreando inglés.

—*The girl…?* ¡Joder, ya la hemos perdido! —se pronunció de pronto en un español diáfano.

Se estaba acercando un carrito. Tuvo tiempo de ver la rueda delantera. Luego, como una exhalación, su guía saltó del escondrijo y se abalanzó sobre el triciclo, lo derribó y se puso a dar patadas y puñetazos al desprevenido pasajero. Éste intentó levantarse, pero el conductor que lo había traído se levantó primero, cogió una estaca del suelo y le sacudió un palazo en la cabeza que lo dejó noqueado.

—¡Socorro, que me matan! —balbució mientras se desplomaba de nuevo sobre la tierra.

Antes de que pudiera reaccionar le atizaron dos veces más en el cráneo. Cada impacto provocaba un ruido espantoso. Se hizo un ovillo y se puso a llorar, resignado a la muerte.

—¡Dejadlo en paz! ¡Fuera de aquí! *Go away! Go away!* —chilló Isabel saltando del agujero que la cobijaba.

Los dos chinos la miraron sorprendidos un momento. El hombre temblaba semiinconsciente bajo sus pies, hecho una bola. Entonces, el que lo había llevado empezó a registrarle los bolsillos, sacó una cartera, le arrancó el reloj y le quitó los zapatos.

—¡Que os vayáis, joder! *Go away! Go away!* —A pesar de que su voz salía autoritaria, las piernas le temblaban—. ¡Dejadlo en paz!

Los chinos intercambiaron una mirada cómplice. Ella pensó que ahora le tocaba su turno, pero uno puso en pie de nuevo la bicicleta y se marchó sin decir nada y el otro se zambulló de vuelta en el pasadizo. Al cabo de un minuto, el sonido de ambos se había perdido en el frío de la noche e Isabel sujetaba la cabeza malherida de un hombre que le debía la vida.

Fue recuperando poco a poco la consciencia. Temblaba de frío.

—¿Puedes andar, aunque sea descalzo? Toma, límpiate la sangre —le dijo extendiendo un paquete de clínex.

—Sí, sí puedo. Muchas gracias… por salvarme la vida —replicó él, recuperando algo de serenidad y resuello.

Era muy fuerte y medía algo menos de dos metros. De no haberlo pillado a traición, no les hubiera sido sencillo derribarlo. Le habían arrancado mechones de cabello negro y lacio y la cara palidísima parecía un mapa con la sangre que comenzaba a resecarse. Sus inquisitoriales ojos negros brillaban con el resplandor de luces lejanas. Sin hablar, comenzaron a caminar en la dirección por la que pensaron que saldrían antes de los hutones. Después de diez minutos Isabel rompió el silencio.

—¿Quién eres? Me debes una explicación. ¿Por qué me has estado siguiendo? Te advierto que iré a la policía. No sé ni por qué te he ayudado.

—Yo soy sólo un mandado que tenía que asustarte. Conmigo no deberías enfadarte.

—¿Te han contratado para asustarme? Si te sirve de consuelo te diré que lo has conseguido. ¿Cómo te llamas?

—Eso no es relevante. Además, ¡me acaban de robar todos los papeles! Ahora no tengo nombre. Mañana tendré que ir a la embajada a pedir un nuevo pasaporte —reflexionó en voz alta.

—Entonces volverás a tener nombre y yo pondré la denuncia en la misma embajada.

—No querrás perder tu avión de vuelta —sonrió el herido—. No sé qué hora será, porque también me han robado el reloj, pero deben ser cerca de las diez y media, y tu vuelo sale a las dos. Esa información me la dieron para que cogiese el mismo vuelo de ida y como la primera clase es pequeña, no me costó localizarte y darte un pequeño susto en el avión.

—Por lo que veo tienes controlados todos mis movimientos y ya sé quién te contrata para asustarme: el mismo que me manda anónimos y animalitos muertos al buzón. Su nombre es Juan Aguirre.

—Después de lo que me has ayudado ahí dentro te lo diría, créeme. Pero sólo sé que un buen amigo mío a quien no voy a traicionar me dio dinero y un encargo de una persona que a su vez se los dio a él. El encargo es visitar la feria de preparación de la IX Feria Internancional de Pekín comprar algunas joyas y recoger folletos y tarjetas de los expositores mayoristas y minoristas. Bueno, en realidad ésa es la primera parte del encargo. La segunda era asustarte. Mi amigo no podía venir estos días y por eso me lo pidió a mí. Cuídate de tus verdaderos enemigos, porque esa persona a quien no conozco tiene dinero. Yo, por mi parte, me retiro. Te lo debo. No volveré a molestarte; puedes estar segura. Mira, ya hemos salido. Estamos fuera, otra vez en el lago.

El hombre se desasió bruscamente y se alejó. Lo vio perderse en el bullicio de los bares, disolviéndose en la niebla brillante con los pies descalzos y llenos de barro. ¿Sería Juan realmente la persona que pagaba esa intimidación? ¿Quién si no? Ese comportamiento no era propio del otro acosador que había llenado su vida de desesperanza y que se conformaba con llamarla cada seis meses para recordarle su pasado y para acostarse con ella a cambio de su silencio. Esas conjeturas la hicieron recordar los motivos que la habían llevado hasta los hutones. Miró el reloj. Con estar en el hotel a las once y media le valía, así que todavía le quedaba una hora. Extrajo el mapa arrugado de su cazadora y de nuevo fue conducida en bicicleta de vuelta por los callejones hasta un chiscón en el corazón mismo del barrio. Un pequeño farolillo rojo proyectaba sombras siniestras alrededor. De allí, tras dejar un fajo de yuanes en el mostrador a una vieja arrugada como una pasa, salió con una bolsa de plástico dentro de la cual había un paquetito bien sellado. Pensó que nadie la había visto, pero no era así. El hombre a quien acababa de salvar la vida había vuelto sobre sus pasos para seguirla entre las tinieblas.

Llegó con tiempo de sobra al hotel Guangzhou para recoger sus maletas y pedir un taxi que la trasladara a la terminal 3 del aeropuerto de Pekín-Capital. Eran las dos menos veinte de la mañana cuando subió por las escalerillas del Boeing 747 que la llevaría a Fráncfort. Se pasó el viaje tan borracha para olvidar lo que había hecho en China y lo que pensaba hacer luego que en el transbordo tuvo que ser auxiliada por el personal de tierra de Lufthansa. Finalmente, ya algo más sobria, aterrizó en Madrid a las 16:15 del viernes 25 de enero de 2008. La ciudad parecía cubierta por un trapo de grueso punto gris. Como un disparo, le vinieron a la mente recuerdos de los callejones de Pekín. Se estaba durmiendo en el taxi. Ansiaba terminar con todo lo que tenía que hacer y volver a la monotonía, pero las noticias de los días siguientes iban a hacer que la rutina fuese más esquiva que nunca.

Desdichado el que duerme en el mañana.
HESÍODO

Abrió los ojos al cabo de un rato que no supo precisar, porque en el infierno el tiempo no pasa, sino que permanece sobre las cosas deformándose hasta el absurdo. Estaba de vuelta en la cama. Apoyó con esfuerzo los codos sobre la colchoneta y se incorporó. Se encontraba completamente desnuda. Trató de cruzar las piernas para protegerse y entonces se dio cuenta de que no podía moverlas. No las sentía siquiera. Un escalofrío la recorrió y supo que el demonio la había dejado parapléjica. Oyó entonces la voz cascada de su captor en un inglés muy malo, pero que pudo entender:

—No temas. No podrás moverlas durante un tiempo, pero te curaré.

Se puso a sollozar sin lágrimas. El monstruo se acercó. Quería dejar de existir, pero no podía porque nadie puede escapar del infierno. No sintió dolor ni nada mientras abusaba de ella. Cuando hubo terminado, el malvado le acercó comida renovada y el cubo desinfectado, luego se dirigió a la salida y desde el último escalón le dijo:

—Descansa. A partir de mañana empezaremos el tratamiento. Procura girarte de vez en cuando apoyándote en los brazos para que no te salgan llagas en la espalda. Come más, que te estás quedando en los huesos, y bebe el agua que

lleva medicinas disueltas. Hazme caso, soy médico, te protegerá de infecciones.

Mañana. *Había dicho una palabra que carecía de sentido.*

Cuando se quedó sola, Elisabeth Walker pensó en suicidarse, pero no se le ocurrió cómo. Se incorporó. La parte de debajo de su cuerpo se arrastraba sobre las sábanas. Con esfuerzo fue capaz de girar. Las piernas cayeron al suelo golpeándose, aunque ella no sintió nada. Un rato después estaba comiendo a puñados el arroz con pollo y sorbiendo del grifo del bidón para calmar su sed. Cuando se hubo saciado, sacó fuerzas de flaqueza para trepar de nuevo a la cama y, finalmente, en las entretelas de su mareo, se quedó dormida. No era como desaparecer para siempre, pero no estaba mal.

CAPÍTULO 3

BARCELONA

Archivo de la cortesía, albergue de los extranjeros, hospital de los pobres, patria de los valientes, venganza de los ofendidos, y correspondencia grata de firmes amistades, y en sitio y en belleza única [...] aunque los sucesos que en ella me han sucedido no son de mucho gusto sino de mucha pesadumbre.

MIGUEL DE CERVANTES,
a propósito de Barcelona (1615)

ELENA SE SENTÍA PLETÓRICA ESA MAÑANA DE INVIERNO. LA luz plomiza del cielo recortaba su cuerpo desnudo contra el ventanal que miraba a una calle desierta de Barcelona. Habían sido dos días maravillosos, mejores que cualquiera de los vividos en su anterior cita en Marbella, tanto que la perspectiva de la vida a la que volvería en unas horas se le anudaba en la boca del estómago.

—¿Sigues enfadada conmigo? —preguntó.

—No es eso, y ya lo sabes —replicó Isabel desperezándose entre las sábanas—. Es sólo que pensé que esta vez, por todo lo que hemos vivido y recuperado, sí confiarías en mí.

—No es por falta de confianza por lo que no te cuento más. Y tengo la sensación de que sólo quedas conmigo para averiguarlo.

—¿Es por lealtad a tu marido entonces? ¿Es por eso? No sé si el que estemos aquí las dos juntas es muy coherente —le espetó Isabel arrepintiéndose al punto de la ironía.

Elena no dijo nada, sólo perdió su mirada melancólica en el kiosco de la plazoleta de la esquina de las calles Balmes y Valencia, al que algunos viandantes madrugadores acudían a por la prensa. Su amiga no podía entender que aquello era muy diferente. En su corazón no se trataba de una infidelidad matrimonial, sino de una inocente visita al lugar donde había sido feliz hacía tantos años y, además, no sabría por dónde empezar a contarle. Cada vez que pensaba en lo que había descubierto —y últimamente eso le sucedía todos los días— se quería morir y, sin embargo, los brazos de Isabel le hacían olvidarse de todo, incluso del peligro que acosaba su propia vida, que sería mayor si sospechaban que sus remordimientos le estaban haciendo pensar en relatarlo todo. Concluyó que no quería estropear lo que quedaba del día con la confesión.

—¿Crees que tú y yo hemos recuperado algo? —dijo al fin cambiando de tema—. Quiero que sepas que nunca olvidé lo nuestro, ni siquiera de recién casada. ¿Recuerdas la película que grabamos? La perdí hace años, pero tengo recogidos en la memoria cada uno de los fotogramas. Durante mucho tiempo fue un gran consuelo para mí. Era como volver a hacer el amor aunque ya no estuvieras.

—Sí, querida, hemos recuperado todo —susurró Isabel a la que, de pronto, al recordar la cinta de vídeo, ya le dieron igual cualquiera de los sentimientos que pudiera albergar Elena—, y ya no lo perderemos... Tendremos esto para siempre.

La tarde declinaba sobre la ciudad húmeda cuando se despidieron con un beso largo y sentido. En unas horas Isabel estaría de vuelta en Madrid y el marido de Elena, Alejandro Molins, habría regresado de esquiar con los niños en Baqueira-Beret. Las dos amigas habían disfrutado juntas del *jacuzzi* y bebido un excelente cava que Isabel había servido en delicadas copas con forma de campanillas.

—¿Cuándo volveremos a vernos? —preguntó Elena.

—No lo sé, y es mejor así, ¿no crees? Es mucho más emocionante.

—Yo no quiero más emoción en mi vida...

Isabel sintió lástima de ella. Era preciosa pero ya no la amaba, o tal vez sí, pero había matado su capacidad para aceptarlo y eso la reconfortaba. Se sentía más ligera y viva que nunca, como poseída de un nuevo yo ante el que había claudicado y que a partir de entonces le permitiría ser al fin libre, tras tantos años de sometimiento.

—Cuídate mucho —dijo a modo de despedida.

—Sí, lo haré —replicó Elena ilusionada—, me cuidaré cada día para ti, para nuestros futuros encuentros. Antes tenía desesperanza y miedo, ya sabes, por todo eso que no puedo contarte, pero ahora ya no siento el peligro. Sé que cada día puedo luchar para sobrevivir hasta nuestro próximo encuentro, y eso merece la pena. Me has dado una nueva ilusión por la que pelear. Adiós. Hasta pronto...

Isabel no respondió, tan sólo esbozó una tenue sonrisa mientras dejaba que la puerta del ascensor se cerrara entre ambas. Antes de llegar al bajo estaba llorando copiosamente. Después de todo, quizás la amaba.

El lunes 28 de enero de 2008 Isabel estaba en su despacho de la segunda planta del Edificio 2 de la Ciudad de Telefónica. La noche había caído a plomo sobre Madrid, y sentada en la silla podía ver la cola interminable de coches atascados en la autopista de circunvalación M-40. Contempló también sus ojeras reflejadas en los cristales. No había pegado ojo en todo el fin de semana tras su regreso de China. Trató de olvidar lo que había sucedido pensando en los lejanos días del verano, cuando a las diez y media, desde allí mismo, aún se podían ver las nubes rojizas del atardecer.

Llevaba toda la jornada reunida tratando de coordinar diferentes proyectos. Ahora que la habían nombrado directora su labor estaba mucho más expuesta y casi todos los lunes era convocada al Comité de Dirección de Latam, donde el director general, Juan Jesús Cajete, no dejaba de preguntarle cómo evolucionaba la implantación de procesos en las filiales americanas. Desde Recursos Humanos le habían mandado ya algunos perfiles profesionales para que empezase a confeccionar un equipo de tres personas, pero aún no había tenido tiempo de estudiarlos. Por fin a última hora encontró un momento para sentarse frente al ordenador. Tenía cuarenta y ocho *emails* sin leer y un informe a medio escribir sobre el tratamiento de la documentación contractual adaptado a las distintas legislaciones nacionales en Latam, pero se centró en la pila de currículums que acababa de imprimir. Cuando iba a empezar a leer, sonó la musiquilla de su móvil y descolgó sin mirarlo.

—Soy Berta. Te llamo por un asunto grave, sobre Elena Paniagua —dijo la vocecita desde el otro lado de la línea.

Isabel dejó caer la pluma sobre el escritorio. Tenía la boca del estómago encogida cuando reanudó la conversación.

—Lo que tengo que contarte —continuó Berta con gravedad— es algo muy desagradable. Elena... ha muerto, se ha suicidado. Pastillas, parece ser.

—¡Imposible! —exclamó Isabel con tono de convencimiento.

—Ayer por la mañana se quitó la vida. La encontraron por la noche su marido Alejandro y los niños, que volvían de esquiar. ¡Quién lo iba a imaginar! Estoy destrozada, Isabel... ¿Hablaste con ella como te dije? —le preguntó Berta directamente—. ¿Lo hiciste?

—Sí —replicó Isabel tratando de controlar sus emociones desatadas—, la llamé por teléfono y no la encontré tan mal. No le iba bien en el matrimonio, quería divorciarse y había temas económicos de por medio, pero... ¡Hay tantas mujeres en esas circunstancias!

—¿Y lo de que pensaba acabar con todo después de lo que había descubierto? En algún momento tuve la sensación de que su vida estaba en peligro. ¿No hablasteis de eso?

—A mí no me contó nada —respondió Isabel queriendo cambiar de tema lo antes posible—. Por cierto, ¿sabes cuándo es el funeral? Quizás vaya. Fue una buena amiga después de todo.

—Comprendo… —dijo Berta, evidenciando en su tono que conocía la naturaleza de la relación que había existido entre ambas—. Según nos ha dicho su primo, al tratarse de un suicidio, la policía tiene que investigar, pero no te preocupes que en cuanto lo sepa te llamo.

—Me mandas un SMS, con eso es suficiente. Nos veremos allí.

Cuando pudo controlar sus músculos después de colgar, se retrepó en la butaca y miró a la noche que anegaba el exterior. El torrente de coches atascados se perdía cada vez más espeso en la lejanía mientras, sobre la ciudad, como sobre sus sienes, se abatía un martillo de negro acero. Se sintió encerrada en un mundo que en realidad no había elegido, atenazada por los nervios y por un invierno de granito del que no había escapatoria posible. Respiró hondo. Su amiga Elena estaba muerta. Además, acababa de mentirle a Berta, le había ocultado sus encuentros con Elena a pesar de las pocas horas que habían transcurrido desde el último, y tampoco le había hablado de la supuesta patente valorada en miles de millones que parecía estar detrás de todo. Había sentido vergüenza de su relación lésbica y un dolor interior por lo que había hecho, que se atemperaba por la libertad que imaginaba que a partir de ahora tendría y por la avaricia de poseer información sobre el valioso secreto de la difunta en exclusiva. También tuvo miedo. ¿Y si alguien las había visto juntas?

De pronto se sintió necesitada de pasión y telefoneó a Fran Marino, su amante maduro, al que sorprendió en la oficina de un cliente. Quedaron en el ático a las diez. Él se había pasado el fin de semana mandándole mensajes subidos de tono con el descaro de a quien no le importa ya que su esposa descubra el adulterio.

Luego seleccionó cuatro currículums, tres chicos y una chica, y envió un correo a Noelia Gómez, la responsable de Recursos Humanos que se encargaría de los procesos de selección, para que los convocase cuanto antes. Se preguntó quién sería el contacto del que Juan Aguirre se servía para informarse de sus viajes con tanto detalle como para conocer incluso sus números de vuelo, como le había dicho el acosador de China. Finalmente apagó las luces, bajó al garaje y salió a la calle. La rotonda de la entrada principal, con todas las banderas de los países donde se encuentra presente la compañía flameando en sus astas, la recibió bajo las luces de los focos. Pensó en el secreto que Elena se había llevado a la tumba. Quería conocerlo y tenía que investigar qué se traía entre manos Alejandro, pues estaba convencida de que tenía que ver con ello. Ya pensaría en el modo de empezar con ese asunto.

Aceleró con rabia su BMW. Le quedaban por delante tres cuartos de hora de atasco, tirando por lo bajo. Se los pasó llorando por su amiga muerta.

UNA SEMANA DESPUÉS, EL LUNES 4 DE FEBRERO, ISABEL Y Noelia estaban entrevistando a uno de los candidatos. El muchacho se llamaba Eugenio Villacieros. Parecía un chico espabilado, de veintisiete años, con una mirada despierta y la inocencia en el cuerpo de quienes no han sido todavía defraudados por la profesión. Había estudiado la graduación doble de Derecho y Administración y Dirección de Empresas en la Universidad Carlos III. Al terminar había rodado de beca en beca por diversas empresas hasta acabar como consultor *junior* en la multinacional Deloitte. A Isabel le pareció un tipo desenvuelto, con ganas de trabajar y de aprender, con pinta de bien mandado y, además, realmente mono. Tenía frescura, un bonito cabello largo y liso y un rostro agradable con los ojos delicadamente marrones. A los quince minutos de entrevista, la suerte estaba echada a su favor. De pronto sonaron un par de pitidos secos en la sala. Era el móvil de Isabel. Al leer el mensaje cruzaron nubes negras por su rostro. Fueron tan evidentes que Eugenio pensó que acababa de decir algo inconveniente y empezó a titubear, nervioso. En la pantalla del móvil había un mensaje que decía:

Funeral juev 11:30 h. Igl. Perpetuo Socorro. Balmes 100. Entierro dp en cement. Montjuic. Abrazos.

—Perdonad, seguid vosotros con la entrevista. Tengo un asunto urgente ahora. Muchas gracias por tu tiempo. Estaremos en contacto —concluyó dirigiendo una sonrisa impostada.

Regresó a su despacho y solicitó en la aplicación de viajes de la *intranet* un vuelo a Barcelona y un hotel céntrico. El motivo del viaje era:

Reunión con Telefónica España (Móviles) de BCN para exposición de proyecto de gestión documental adecuada a la ley de diferentes países.

Inmediatamente después envió una solicitud de reunión a la lista de correo clasificada como *Telefonica_BCN*. Acababa de prepararse un viaje a medida para culminar el plan que había concebido y asistir de paso al entierro de Elena. Realmente, aunque pensaba que era una locura ir, estaba muy apenada y sentía que quería tributar esa última despedida a su amiga.

Mandó luego un *email* a Noelia Gómez diciéndole que le había encantado Eugenio y que procediese a «hacerle una oferta». Antes de comer terminó la presentación que iba a mostrar el miércoles a sus compañeros de Barcelona y después compró en una tienda *online* una botella de *brandy* reserva imperial Luis Felipe. Dentro de diez días era el cumpleaños de Fran y quería sorprenderlo con un buen regalo. Obtendría su recompensa en forma de sexo. Había algo insano en esa relación, un morbo del que en vano trataba de liberarse pensando en un amor más puro, en alguien a quien pudiera llamar su novio. Pero no podía. Su capacidad de tener una relación bella y duradera estaba secuestrada desde hacía muchos años por otros problemas. Cuando le llegó la confirmación del cargo en su tarjeta de compra respiró profundamente. Estaba satisfecha y había olvidado sus remordimientos. Había sido una mañana muy productiva.

La reunión en Barcelona fue un éxito. Asistieron todos los que habían sido convocados e Isabel estuvo brillante en la exposición. Hizo participar al público, contó anécdotas divertidas relacionadas con la gestión de documentos en algunos países de Iberoamérica y empleó un tono de voz enérgico que ayudó a mantener el interés. Después de dos horas estaba agotada, pero había cumplido con su cometido y se había ganado salir a tomar café con varios compañeros.

A las ocho de la noche regresó sola a su despacho, recogió el portátil el *trolley* y volvió a la calle. Después de un día soleado, la noche era fría como la lengua de un muerto y la humedad del mar se introducía en la ropa haciéndola pesada e incómoda. Embutida en su abrigo y arrastrando la maleta fue hasta el hotel Ámister. Se metió en la ducha con el agua lo más caliente que pudo soportar y su mente recobró una especial lucidez. Encargó al servicio de habitaciones una sopa *bourride* de pescado y cuando terminó de cenar se sintió completamente repuesta. Llamó a Fran.

—¿Qué has hecho hoy? Me siento muy sola aquí en Barcelona, en esta habitación horrible. Quizás, antes de tu cumpleaños, podríamos vernos también este fin de semana...

Al colgar se sintió muy contenta de haber preparado un plan para el sábado y el domingo. Reservó una casa rural en Sepúlveda, en la provincia de Segovia. A pesar de esa llamada impulsiva no había dejado de pensar en Pepe, el muchacho con el que también quedaba desde hacía un par de años en sus visitas a Barcelona, y que pronto tendría en sus brazos. Cogió el abrigo y repasó lo que llevaba en el bolso de mano. Ya en la calle encendió un Nobel lo necesitaba para calmar sus nervios y terminar el plan que desde hacía semanas había puesto en marcha.

El miércoles 6 de febrero por la tarde, víspera del entierro de Elena, Alejandro Molins estaba en su consulta privada de la calle Felipe II. Era una antigua casa de dos pisos que había transformado en una clínica moderna. También le servía de refugio las noches —cada vez más frecuentes— en las que no soportaba volver al hogar para encontrarse con su esposa y prefería cualquier otra compañía. Ahora ella estaba muerta y todo sería distinto.

La primera planta estaba ocupada por el recibidor y las escaleras que conducían al piso superior; también había un enorme salón vedado a las visitas de casi ciento veinte metros cuadrados, con una chimenea de granito, una pared atestada de libros y multitud de trofeos de caza que colgaban en los espacios libres que quedaban junto a las ventanas: cabezas disecadas de ñu, de antílopes, de jabalís y dos lobos, además de cornamentas de cabras montesas y de un muflón. El trofeo más valioso desde el punto de vista cinegético era la cabeza de un leopardo abatido por el doctor en un safari africano hacía unos años. Las noches de invierno en que encendía la chimenea y se quedaba adormilado en el viejo sofá de cuero marrón, los ojos de los animales muertos destellaban con el fulgor de la hoguera.

En la planta superior se hallaba la consulta propiamente dicha, con una pequeña sala de espera tapizada de títulos, premios y certificados de asistencia a seminarios, el cuarto del recepcionista y un amplio despacho, forrado de madera y decorado con el mismo gusto añejo del salón, con estanterías y una mesa de despacho en madera de roble y un diván de piel donde sus pacientes se tumbaban a confesar las vanidades que asediaban sus almas. Desde el despacho se accedía al área privada por una puerta que comunicaba con una pequeña cocina con vinoteca y purera, una habitación con cama de matrimonio y armario empotrado y un aseo completo. Aquel era el pequeño pero lujoso mundo privado de Alejandro, donde en ese momento estaba repasando los números de los negocios del Maremagnum que, tras los sucesos de los últimos días, no había tenido oportunidad de estudiar. Según el gerente de su asesoría contable, el restaurante ELK mantenía unas cifras de beneficio aceptables aunque habían descendido en los últimos cuatro meses. La bajada de la joyería Una Joia era todavía más acusada y después de la reciente campaña de Navidad se habían quedado con un *stock* de alhajas que habría que empezar a pagar a los proveedores. Se preveía un flujo de caja negativo en el próximo trimestre.

Meneó imperceptiblemente la cabeza, se levantó de la mesa y caminó meditabundo hasta la zona del sofá, donde se puso a pensar en que, ahora que tenía información sobre proveedores de bajo coste asiáticos y colombianos, debía cambiar el público objetivo y dedicarse a vender un género de menor calidad y más económico. Sólo después de decidir la estrategia comercial volvió a pensar en el entierro del día siguiente. Todo estaba preparado. A los cincuenta años su vida había dado un vuelco repentino y todo iba a cambiar. Lo que no sospechaba era que iba a hacerlo tan pronto y de una forma inimaginable para él.

A través de la pared oyó la voz de Martín hablando por teléfono. Martín era su recepcionista, un estudiante de Enfermería que había respondido hacía dos años al anuncio que había puesto en el tablón de la escuela ofreciendo un trabajo a media jornada. Sintió curiosidad por escuchar lo que decía con tanto entusiasmo su ayudante.

—La verdad es que es genial… Sí, está buena, muy buena y… ¡esta noche la voy a dedicar al amor! Oye, te tengo que dejar, que viene mi jefe —dijo bajando la voz de pronto, como si al fin se diera cuenta del volumen excesivo que estaba empleando—. *Adeu.*

—Martín —le interrumpió Alejandro con voz cascada—, me voy a casa. He acabado el informe que tenía pendiente y ya sabe que mañana entierran a mi mujer. Necesito descansar. Por favor, cierre la consulta y ya nos veremos el lunes.

—De acuerdo. Sí, es importante que descanse y no se preocupe, que yo me encargo de todo. Además, la agenda del lunes no está demasiado cargada. Tiene... —dijo echando un vistazo a la pantalla del ordenador— tiene tres visitas.

—Muy bien. Por cierto, Martín, sería recomendable que no hablase tan alto por teléfono, porque la conversación se podía oír desde el despacho. Además, tal vez no sea adecuado hablar aquí de determinados asuntos personales…

—Tiene usted razón —replicó ruborizándose como un tomate—, no volverá a ocurrir. *Bé. Ja ho sap... L'acompanyo en el sentiment* —añadió tratando de quedar bien.

—*Moltes gràcies.*

Cuando oyó que su jefe bajaba por las escaleras y cerraba la puerta de la calle respiró hondo. Había metido la pata. Empezó a recoger las cosas, apagó el ordenador y se cercioró de que las luces del piso de arriba estaban apagadas. Luego bajó, cerró la puerta con su copia de las llaves y salió a la calle.

Eran las nueve de una noche fría y cerrada. Daba la sensación de que en cualquier momento empezaría a llover, pero él había quedado con una chica y esa oscuridad lúgubre de la calle Felipe II contrastaba con la inminente velada. Anduvo hasta llegar a su coche, un Peugeot 205 diésel viejísimo que alguna vez había sido rojo, pero que ahora parecía de color salmón. Lo había heredado de su madre y lo empleaba para ir a la Escuela de Enfermería desde su casa en Sitges. Hacía dos años que se había independizado, desde que empezó la carrera. No aguantaba la vida en Sabadell en un piso con grietas en las paredes del salón, una madre que apenas lo trataba y un padre taxista que después de su larga jornada laboral empleaba un par de horas adicionales en anestesiarse a base de combinados de *whisky* con cocacola en el bar de la esquina.

Sus abuelos habían llegado a Cataluña a principios de la década de los cuarenta desde la localidad almeriense de Adra. A diferencia de su hermano mayor, que malbarataba su trabajo en un taller de reparación de coches, siempre había tenido muy claro que tenía que salir de Sabadell para progresar. Fue un buen estudiante de secundaria y obtuvo una beca para la carrera de Enfermería. Con la beca, el trabajo de camarero de bodas y banquetes los fines de semana y el de recepcionista en la consulta de Alejandro pudo decidirse a buscar piso. Encontró uno compartido en Sitges: le pillaba a trasmano, pero no le importó alejarse a un lugar tan turístico y entretenido. Además, su compañero de piso era un comercial de treinta y siete años de Madrid, cuya empresa le había obligado a trasladarse temporalmente a Barcelona para poner en marcha una delegación, y sólo aparecía por allí una semana al mes.

Su vida social se limitaba a las amistades en el circuito de camareros y a algunos compañeros de estudios, por lo que cuando se ligó a María —al menos así dijo ella que se llamaba— encontró un divertimento al que no había querido renunciar. Su aspecto algo aniñado contrastaba con el tipazo agresivo de su amada. La había conocido una noche en que, después de su trabajo en la consulta, había ido a comprar a un supermercado cercano. Comenzaron a charlar como si tal cosa sobre las marcas de queso para fundir y de allí se fueron a tomar unas cervezas. Desde entonces, casi todos los meses, María le avisaba de cuándo su marido pasaría la noche fuera y se citaban para darse mutuamente placer y cariño en un hotel de la ciudad.

Hoy era una de esas noches. Sentado en el asiento de su coche de más de catorce años, se observó con cuidado en el retrovisor. Tenía el pelo cada vez más ralo, ya no podía disimularlo; su cara parecía cansada, con ojos bondadosos y una cierta expresión de inocencia de la que no lograba desprenderse ni aun ensayando miradas. Se arregló como pudo el cuello de la camisa y se atusó el peinado. Luego sacó de la guantera una cajita de Smints que le refrescaran el aliento. Arrancó el ruidoso motor y salió conduciendo a la Meridiana, donde las luces naranjas de las farolas le mostraban un mundo apasionante.

Llegó al hotel y subió directamente a la habitación convenida. La puerta estaba entornada. Entró cautelosamente. Una luz de ambiente brillaba en la estancia. En una mesilla al lado del sofá había una cubitera con una botella de cava Codorniu 1551 abierta y una copa, junto a una nota que decía:

Cariño, te estoy esperando desnuda en la bañera. ¡Tengo tantas ganas de tenerte dentro de mí! Desnúdate, sírvete una copa y ven a brindar conmigo antes de que el agua se enfríe.

Martín esbozó una sonrisa y obedeció. Enseguida estaba disfrutando del dulce burbujeo del cava y del cuerpo escultural de su chica. Seguramente por el agua caliente se sintió de pronto muy cansado, como si todo el día le cayese sobre los hombros, pero cumplió como siempre y luego se quedó dormido sobre la cama.

La mañana del jueves 7 de febrero se levantó fría y lluviosa. Nubes azules cubrían, como un sudario hecho jirones, el cielo de la Ciudad Condal por encima de las agujas de la Sagrada Familia. Isabel llevaba un rato guarecida bajo un voladizo en la calle Balmes. La lluvia helada empapaba la fachada de enfrente. Las lánguidas columnas de la neoclásica iglesia del Perpetuo Socorro lucían berretudas. La puerta central estaba abierta y la gente se arremolinaba y obstruía el paso de nuevas personas que se acercaban al funeral.

El pequeño tumulto pareció agitarse. Se acercaba caminando por la calle un hombre embutido en un abrigo negro que llevaba de la mano a un niño pelirrojo y muy guapo, de doce años, igualmente abrigado en tonos oscuros. Venían caminando desde su casa. Eran Alejandro Molins, viudo de Elena, y el hijo de ambos, Dieguito. La hermana de Diego, Lucía, de tan sólo seis años, no apareció. Alejandro saludó amablemente a quienes esperaban en el umbral. Era un hombre de estatura media y delgado, de movimientos algo bruscos, que peinaba un cabello negro brillante, teñido a sus cincuenta años de edad, engominado y ondulado sobre la cabeza de sienes angulosas. Desde su discreta ubicación Isabel reconoció aquella mirada soberbia en el rostro arrugado y siempre bronceado del doctor Molins. No pudo sentir pena por él, sólo asco y el deseo de no volver a verlo nunca más.

Un coche fúnebre atestado de coronas de flores aparcó junto a la puerta, y la gente se precipitó en el templo. El chófer y un ayudante extrajeron el féretro y lo colocaron sobre un armazón metálico con ruedas. Luego lo introdujeron en silencio y con delicadeza por la entrada principal. Se oyó un rumor en el interior y las puertas se cerraron. Isabel se quedó con las ganas de ver a Roberto y a Laura, los padres de Elena. Podía ser que hubieran llegado antes que ella o que después de diecisiete años no había sabido reconocerlos. Tampoco vio a Berta Íñiguez.

Giró sobre sus talones y se encaminó cien metros calle abajo, hasta el portal de aquella casa que Elena le había contado que deseaba quedarse cuando se divorciara de su marido y en la que habían compartido su última cita. Estaba en el tercer piso del bloque que hacía chaflán en el cruce de las calles de Balmes y Valencia y ocupaba una planta entera del edificio.

Tuvo que hacer un esfuerzo para recordar las confidencias que había tenido con su amiga a orillas del mar y luego en esa misma casa que tenía delante. Había mostrado muchas reticencias a hablar sobre su esposo, pero acabó por comentar bastantes cosas. Se lo había descrito como un hombre arrogante, que al principio la había atraído tanto como para dejar su carrera de ingeniería y seguirlo, pero que con los años había terminado por hastiarla. También le había dicho que era un famoso psiquiatra. Cuando lo conoció colaboraba con la Unidad de Psiquiatría del centro penitenciario Quatre Camins y ahora, a sus cincuenta años, catorce más que ella, ocupaba la cátedra de Psiquiatría de la Facultad de Medicina de la Universidad Autónoma y una jefatura del Servicio de Psiquiatría del hospital Vall d'Hebron. El doctor Pascual, el subdirector, era su mano derecha en el Vall d'Hebron y, gracias a su esfuerzo, Alejandro podía compaginar varios trabajos no oficiales más: era miembro del Comité de Dirección de la Fundación Española de Psiquiatría y Salud Mental y había sido presidente de la Sociedad Catalana de Psiquiatría. A nivel internacional colaboraba con la Organización Mundial de la Salud, que tenía una sede en Barcelona, y había publicado decenas de artículos científicos en revistas especializadas. A menudo viajaba por medio mundo asistiendo a distintas conferencias y seminarios.

Además, poseía una consulta privada en la esquina de la calle Felipe II con la Meridiana en la que trataba adicciones, obsesiones y perversiones inconfesables de muchos personajes famosos de la sociedad catalana. «Si las paredes del despacho de mi consulta hablaran —solía decir— este tinglado político se derrumbaría», pero nunca le explicaba detalles. Con el paso de los años, Alejandro había diversificado sus ingresos económicos invirtiendo en negocios en el centro comercial Maremagnum, junto a la costa, donde era propietario del restaurante de cocina fusión ELK y de la joyería Una Joia. Como resultado de toda aquella actividad económica, en casa de Elena entraba el dinero a espuertas, aunque muy poco su marido, tan ocupado como estaba en amasarlo.

Isabel permaneció un buen rato a una prudente distancia del portal, mientras se tragaba las lágrimas y recordaba las últimas confidencias de Elena. Por fin se decidió a parar un taxi:

—Al cementerio de Montjuic —musitó.

SUBIÓ EMPAPÁNDOSE DE LLUVIA POR LAS EMPINADAS RAMPAS y se apostó detrás de unos cipreses. El camposanto parecía desierto. Aquel tiempo de perros no animaba a visitar a los difuntos. Desde su atalaya pudo otear el mar sombrío, de un gris metálico, extendiéndose hasta el infinito bajo el cielo de plomo. A sus pies estaba el puerto abigarrado de grúas, contenedores y naves industriales y junto a él la Zona Franca, con sus fábricas y chimeneas embarradas de hollín mojado. Estuvo escondida mucho tiempo, sacudiéndose las botas y el gorro empapados, hasta que vio llegar la comitiva fúnebre y un intenso sentimiento de culpa la atenazó. Se puso a llorar.

Los asistentes al sepelio dejaban los coches a la entrada y emprendían un caminar penoso bajo los paraguas tras el vehículo que llevaba el ataúd y las coronas de flores. Pasaron muy cerca, pero nadie debió verla, y dando un rodeo fueron hasta el extremo norte de una terraza. Aunque a Isabel le costaba columbrar sus rostros, podía identificar a algunos de ellos con facilidad y evocar los recuerdos que le traían. En el círculo más cercano al panteón, junto a Alejandro y su hijo Diego, se hallaba la familia de la difunta; los reconoció perfectamente a pesar del tiempo transcurrido. Roberto Paniagua, el padre, apenas había cambiado: seguía siendo un hombre alto y delgado, con el cabello y el bigote canosos. Laura Vera, la madre, sí parecía haberse echado encima los años pasados. Llevaba el pelo por encima de los hombros, teñido de un negro brillante, y a los sesenta y tres años el rostro estaba surcado de arrugas y los ojos arrasados por el dolor.

No era la primera vez que perdía un hijo. Elena le había contado las desgracias que habían asolado a sus padres. El hermano mayor de Elena nunca fue normal. Le habían diagnosticado lo que entonces era una enfermedad de la que Isabel nunca había oído hablar: autismo. Alfredito se pasaba las horas en el salón garabateando figuras incomprensibles en cartulinas de colores. Cuando le hablaban, contestaba con monosílabos o de forma incoherente. En sus tardes después del colegio, Elena e Isabel habían hecho el amor varias veces sabiendo que estaba entretenido en el sofá sin enterarse aparentemente de lo que ocurría en la habitación de al lado. Un día las había sorprendido, pero no había peligro de que fuera a contarlo a nadie.

Cinco años después del nacimiento de Alfredo había llegado el segundo hermano, al que llamaron Emilio, que murió a los doce años de edad de una meningitis fulminante. Era un castigo demasiado duro para una familia. Esos recuerdos la pusieron aún más triste. Para aplacar su llanto se apartó unos metros y encendió un cigarrillo.

Cuando el entierro terminó y el grupo empezó a descender la ladera, pudo distinguir entre los más rezagados a Berta Íñiguez y a su marido, Jaime González. Les hizo una seña desde la distancia.

—¿Qué haces aquí? ¿Has estado llorando? No te hemos visto en la iglesia. Pensé que no habías venido.

—Hola, Berta —saludó Isabel con los ojos enrojecidos sin prestar atención a la pregunta.

—¿Has venido en coche? Te podemos llevar donde quieras.

—No me vendría mal que me acercaseis al hotel, pero esperemos un poco, no quiero que me vean. Hace mucho tiempo que no tenía trato con Elena y no es muy razonable que esté por aquí. No me apetece saludar a sus padres. ¿Quién es ese señor con barba que va bajando junto a Alejandro, dándole el pésame? —preguntó Isabel.

—Creo que es un ayudante o compañero suyo del hospital, un tal doctor Pascual. Sus hijos —gimió Berta recordando de pronto qué hacían allí—. Pobrecitos, ahora están huérfanos y seguro que ellos también están en peligro.

—Cálmate, mujer —intercedió su marido—, eso no tiene que ser así. Quizás lo que te contó fuese un poco exagerado. Si luego habló con Isabel y no le dijo nada, tal vez sólo quería el divorcio. Tendría miedo, como todas las personas que van a dar ese paso, y no pudo afrontarlo. No te atormentes más, cariño, por favor, y vámonos, que hace mucho frío. Te llevamos al hotel —añadió dirigiéndose a Isabel—. A nosotros nos queda un viaje muy largo a Madrid. Hemos venido en coche, pero creo que teníamos que haber cogido el avión.

—Muchas gracias —aceptó Isabel mirando de reojo a la entrada para cerciorarse de que ya nadie podría identificarla.

Los tres comenzaron a descender cuando no quedaba ya nadie en el aparcamiento. De pronto, el nubarrón espeso que cubría la ciudad pareció adelgazarse y algunos rayos del sol penetraron hasta el mar. Un chorro de luz, como el dedo de Dios, se precipitó por el hueco reflejándose en el rugoso espejo del mar.

En el trayecto hasta el hotel Isabel iba en el asiento de atrás mirando por la ventanilla el tráfico denso de la ronda Litoral. Formuló una pregunta cuya respuesta llevaba días inquietándola:

—Berta, ¿sabes por qué han tardado tanto en enterrarla? Me refiero a que desde que sucedió la muerte hasta hoy han pasado once días. ¿No es demasiado?

—El padre de Elena me ha estado contando, el pobre, que se les ha hecho larguísimo, que querían terminar mucho antes, pero que el juez no les ha dejado. Parece ser que la iban a sepultar el miércoles pasado, que ya tenían el permiso y la autopsia estaba hecha, pero a última hora la policía científica de los Mossos d'Esquadra convenció al juez de que lo retrasase porque necesitaban más pruebas. Vinieron unas personas de Madrid a realizar más análisis.

—Ya estamos llegando, podéis dejarme aquí si queréis, y tened cuidado al volver a Madrid con este mal tiempo.

Se quedó viendo cómo se perdían por la avenida de Roma y luego caminó hasta el hotel Ámister aterida de frío. Se dio una ducha con agua abrasadora y se vistió con ropa más cálida. Luego pidió un taxi para el aeropuerto. En el vuelo de vuelta a Madrid durmió como un bebé. Llevaba muchas horas sin hacerlo.

LA MAÑANA DEL JUEVES 7 DE FEBRERO MARTÍN DESPERTÓ solo. Tuvo la sensación de haber estado inconsciente muchas horas. Le dolía la cabeza y tenía la boca pastosa. Eran casi las once y media. ¿Cómo había podido dormir hasta tan tarde? Se levantó de un salto. Sobre la frazada había otra nota que decía:

Amor mío, no te he querido despertar. Me he ido a trabajar. Ayer estabas muy cansadito y me daba pena. Ya está hecho el check out. *Cierra simplemente tirando de la puerta. Un beso.*

María

Sonrió otra vez. Se vistió tan rápido como pudo, echó un último vistazo a la habitación para no olvidarse de nada y salió a la calle. Condujo hasta salir por el sur de la ciudad. Un nubarrón interminable cubría Montjuic. El cementerio le pareció triste y desolado bajo aquella lluvia de invierno, y distinguió una comitiva que descendía por la ladera en lúgubre procesión tras enterrar a un ser querido.

Decidió tomar los túneles del Garraf, aunque tuviera que pagar el peaje, antes que ir por la sinuosa carretera de la costa. No tardó en llegar a la urbanización de Sitges. Subió las escaleras que trepaban por la fachada trasera del bloque de apartamentos de cuatro alturas, puso la calefacción a toda potencia y se metió en el diminuto cuarto de baño para darse una ducha con el agua más caliente que pudo soportar.

Cuando salió eran más de las doce y media. Abrió de par en par las mallorquinas del salón y observó la amplia terraza. La mesa de plástico blanco y las sillas languidecían a la espera del verano. El toldo verde flameaba levemente con las rachas de viento. Había dejado de llover y por encima de los tejados de los chalés adosados de enfrente se veían los perfiles lejanos de la costa desnuda.

De pronto, el plomo de las nubes se abrió en algún lugar y un rayo del sol, como el dedo de Dios, acarició la tierra. Volvió y se sentó en el sofá con una carpeta de apuntes. Quería estudiar algo, pero cuando quiso darse cuenta estaba otra vez roncando con los apuntes escurriéndose por el regazo.

Los recuerdos no pueblan nuestra soledad; antes al contrario, la hacen más profunda.

GUSTAVE FLAUBERT

La última noche que podía recordar Elisabeth Walker era la del 20 de enero: había salido con compañeros de Erasmus de fiesta por Barcelona y había bebido más de la cuenta. Tenía lagunas en su memoria, pero recordaba haberse sentado en el suelo de la calle, incapaz de vomitar. Sus amigos la habían perdido y entonces había llegado el diablo en forma de un señor que la tomó con fuerza por las axilas y se ofreció a llevarla al hospital en su coche. Luego nada. Al despertar todo se había transformado en el sonido del fluorescente.

No tenía más recuerdos que explicasen su condena. Sólo le quedaban aquellos a los que se aferraba: la verde campiña escocesa bajo la lluvia incesante, la sonrisa de sus padres, sus amigos de la Universidad de Edimburgo... Al principio lloraba con fuerza cuando le venían a la mente, pero ya no le quedaban lágrimas. Su cuerpo, otrora prieto y con fuerza ,estaba adelgazando y debilitándose rápidamente. Su cabello rubio caía enredado sobre los hombros, y su piel, antes blanca y suave, era ahora más transparente.

CAPÍTULO 4

Culpables y víctimas

Sentir piedad por el culpable es traicionar al inocente.

Ayn Rand

DESDE EL ENTIERRO DE ELENA HASTA EL LUNES 18 DE FEbrero pasaron once días muy intensos para Isabel. El fin de semana inmediatamente posterior al sepelio lo pasó, según lo había planeado, con Fran Marino en un alojamiento rural de Sepúlveda, ciento veinte kilómetros al norte de Madrid. El sábado por la noche cayó una nevada espesa y suave sobre la ciudad. Las luces de los fanales aumentaban la fantasmagoría medieval de las calles con portalones, fachadas blasonadas, empedrado en el suelo y ventanas enrejadas. Caminaron hasta el hotel ateridos de frío pero fascinados por el destello de los copos que bajaban jugueteando hasta el suelo.

Los días inmediatamente posteriores fueron de una actividad laboral frenética. La Ciudad de Teléfonica había recuperado velocidad tras la cuesta de enero: reuniones, informes, análisis de complicadas encuestas y consultas la ocupaban en la oficina. Terminó también de seleccionar los integrantes del equipo: Eugenio Villacieros se incorporaría lo antes posible y poco después lo acompañarían otros dos colaboradores. La primera, una mujer de treinta y cuatro años llamada Carmen Soto que había trabajado como responsable de Marketing durante diez años en Vodafone y que, cansada de no mejorar en la operadora británica, había aceptado la oferta que le presentó Noelia Gómez. No muy atractiva físicamente, de cabello enmarañado y con unos cuantos kilos de más, destacaba por su simpatía y por la ilusión que mostraba hacia el nuevo trabajo. Como tercer subordinado seleccionó a un hombre delgado y tímido como un junco: Luis Antonio Pérez, de cuarenta y cuatro años, padre de dos hijos, con el pelo prematuramente blanco y una expresión de amanuense perfeccionista. Creyó ver en él un trabajador acostumbrado a obedecer y a ejecutar las acciones con un grado de detalle extraordinario. Los últimos seis años había sido jefe de producto en la farmacéutica Roche. Incorporarse a Telefónica suponía el olvido de un jefe que lo martirizaba y la entrada en una compañía que consideraba estable a una edad en que empezaba a ser peligroso quedarse sin empleo. Carmen Soto y Luis Antonio Pérez empezarían el 3 de marzo, así que ése sería el primer mes con el departamento al completo.

El fin de semana lo dedicó a la familia y a descansar de los excesos físicos y emocionales. Su hermana Rebeca y sus dos sobrinos habían venido desde Zaragoza a pasar unos días. Su cuñado José Antonio estaba en el Líbano supervisando las instalaciones militares de la misión española de paz. Para Carmen y Miguel Ángel, de setenta y tres años, era un motivo de gran alegría la visita conjunta de hijas y nietos al piso de La Moraleja. El sábado en la sobremesa se habló mucho de política, pues quedaban menos de cuatro semanas para las elecciones y, como siempre que salía el tema, sus padres acabaron enfurruñados.

Así pues, el 18 de febrero llegó a la oficina descansada y encantada de la vida. Tenía perfectamente preparada su intervención en la reunión del Comité de Dirección de Latam de los lunes, pero justo antes de salir hacia la sala de reuniones algo le amargó lo que le quedaba del día. En su correo electrónico había un mensaje que decía:

Hola, Isabel:

Espero que la paloma te hiciera ilusión. ¿La compartiste con alguno de tus amantes?

Por cierto, quería darte el pésame por lo de tu amiga. Es una pena que mueran mujeres tan jóvenes. Tal vez esté llegando también tu momento. ¿No lo has pensado? No voy a descansar hasta que tengas tu merecido, tu castigo por la traición que cometiste. La venganza es un plato que se sirve frío.

Que tengas un mal día.
El Vengador

Se le hizo un nudo en la garganta. Desde el viaje a China, el Vengador parecía haberla dejado tranquila. Tal vez —había pensado ella— se sentía en deuda por haberle salvado la vida a su esbirro. Sin embargo, la recepción de aquel mensaje enviado la noche del domingo ponía a las claras que Aguirre volvía a la carga. Esta vez, como en la anterior, daba un paso más incluyendo una amenaza de muerte muy explícita. Además demostraba un conocimiento muy minucioso de su vida al mencionar a sus amantes y la muerte de Elena.

Llegó a la reunión con las piernas temblando. El sudor le mojaba la blusa bajo el traje de chaqueta. Oyó las intervenciones de otros compañeros sin prestar atención mientras sus ojos seguían las vetas negruzcas de los tablones pulidos de madera de cerezo de la mesa o las formas absurdas de los cuadros abstractos de las paredes. Concluyó que había llegado el momento de ir a la policía. Cuando le llegó el turno hizo una presentación mucho menos brillante de lo que había imaginado.

De vuelta a su despacho empezó a redactar un documento que le sirviera para presentar una denuncia contra Juan Aguirre. Tardó varias horas —sólo interrumpidas por el rato en que bajó a comer— en reunir toda la información y escribir su relato. Elaboró un listado de todos los mensajes con los números ocultos o gratuitos desde los que los había recibido, añadió los correos electrónicos y la imagen escaneada de la nota de la paloma muerta que conservaba en la funda del portátil.

Sabía que, al igual que los números de los mensajes, las direcciones de correo electrónico del remitente eran irrastreables, pues cualquier programa de descarga gratuita podía sustituir una dirección por otra y no dejar pistas, pero tenía que hacer algo. Luego describió lo más fidedignamente que pudo sus experiencias en Colombia y el suceso de los hutones en China. Finalmente apuntó las actividades y viajes particulares a los que el Vengador hacía referencia en sus últimos anónimos y que demostraban que la seguía y que probablemente tenía un topo en Telefónica que le informaba. No dijo nada de sus amantes porque pensó que eso desviaría la atención y las sospechas policiales hacia ellos.

A las cinco de la tarde había concluido. Releyó las cuatro páginas. La primera versión del documento era bastante exacta, pero había demasiados detalles que podían comprometerla y aquel temor era mayor que el que le tenía al acosador, así que se puso a modificarlo y acabó escribiendo otro retocando incluso los correos electrónicos. El segundo resumen no decía toda la verdad. Ya no mencionaba nada del viaje a Marbella que el acosador había confundido con una visita a Córdoba ni daba detalles sobre la amiga muerta que mencionaba en su última carta. Por último decidió quitar toda referencia a la agresión de los guías chinos en los hutones. Únicamente escribió:

La persona que me amenaza conoce mis movimientos con bastante precisión y algunas situaciones que sólo se pueden saber si, como sospecho, me están siguiendo.

El documento resultante estaba escrito de una forma tendenciosa que inducía a pensar que Aguirre estaba detrás de todo aquello, pero al tiempo resultaba confuso, no aportaba pruebas y dejaba abiertas otras opciones. Escondió la nota que venía con la paloma en el fondo de una gaveta de su escritorio y se puso a mirar por la ventana.

Después de hipnotizarse un poco con la riada de coches que se atascaban en los accesos a una de las autovías de circunvalación, todo le parecía un sinsentido. ¿Cómo iba a ir ella con una historia así a la policía? Pero, sobre todo, intuía que se iba a meter en un lío peligroso si denunciaba. Aunque fuera con el segundo documento, mucho más genérico y que obviaba detalles escabrosos, se iba a ver envuelta en una vorágine de preguntas. Sólo pensar en esa declaración le ponía los pelos de punta y además era muy probable que no valiese de nada. Era cierto que los medios de comunicación de España y la policía eran muy sensibles a situaciones de mujeres maltratadas o amenazadas, pero ése no era su caso. Así fue como, cuando apagó la luz del despacho y cogió su abrigo del perchero camino del garaje, Isabel había decidido tomarse unos días más para reflexionar antes de ir a comisaría.

Cuando aparcó esa noche en su garaje con la promesa en su mente de un baño reparador, no podía sospechar que, muy pronto, iba a ser la policía quien se acercara a ella, ni que todas las historias que parecían discurrir paralelas iban a encontrar un misterioso punto de unión.

Ese mismo lunes, Alejandro Molins estaba tranquilo ojeando las noticias de la campaña electoral en su despacho de la calle Felipe II de Barcelona. Había hablado hacía unos minutos por teléfono con su ayudante del hospital Vall d'Hebron, el doctor Pascual, y todo marchaba sin problemas. Después recibió a un paciente con una angustia irremediable. Acababa de despedirlo cuando Martín llamó a su puerta.

—Don Alejandro, hay aquí unos *mossos d'esquadra* y unos señores del juzgado que quieren verlo.

—¿De la Policía? ¿Qué ocurre? Diles… diles que pasen —dijo con su voz carrasposa y atusándose el pelo engominado.

El inspector Rodrigo Miranda y el subinspector Marc Piqué, de la cercana comisaría de los Mossos d'Esquadra del Eixample, situada en la plaza de España, entraron trajeados. Los acompañaba una joven que parecía algo asustada.

—Soy el inspector Rodrigo Miranda, del Área de Investigación Criminal de la Unidad Territorial de Investigación de la Región Metropolitana de Barcelona. Trabajo en el Área de Investigación de Personas. Usted no me conoce, pero, en fin, participé en la inspección ocular de su casa el día en que se levantó el cadáver de su mujer.

—Buenas tardes. Yo soy Marc Piqué —saludó el más joven—, subinspector del Área de Policía Científica.

—Hola, me llamo Anna Tarrés, y soy la secretaria del Juzgado número 16 —terminó la mujer.

El inspector frisaba la cincuentena, tenía el pelo canoso y unos ojos negros con expresión de pocos amigos. Su ayudante era un joven de treinta y tantos, con la cabeza rapada al cero y un aspecto más tímido y afable. La secretaria le extendió una orden del Juzgado de lo penal número 16, firmada por el excelentísimo juez Vilamajor, en la que se indicaba que podían proceder al registro de la consulta.

—Pero esto... Ha de tratarse de un error... —se quejó ceñudo Alejandro.

—Esta mañana hemos recibido la autorización del juzgado y hemos esperado a que estuviera usted presente. Si es tan amable, puede quedarse con nosotros, o esperar abajo si lo desea. No tardaremos mucho —le informó el inspector Miranda.

—¡Pero esto no tiene sentido! ¿De qué se me acusa?

—Con motivo del reciente fallecimiento de su cónyuge, nos han autorizado a que echemos un vistazo a este local —intervino el subinspector Piqué.

—Es incomprensible. Ella se suicidó. Bastante sufrimiento nos está causando a los niños y a mí. ¡No hay derecho! Llamaré ahora mismo a mi abogado para que esté aquí presente.

—Esperaremos a su abogado, si eso le deja más tranquilo, aunque no estamos obligados —accedió el inspector Miranda tras recibir una mirada de asentimiento de la secretaria del juzgado.

Hubo más reproches y preguntas fuera de tono y luego estuvieron todos esperando unos minutos hasta que llegó el abogado Joan Esteve, que pertenecía al bufete Advocats Vida y Sánchez, relacionado con la asesoría que controlaba el restaurante y la joyería de Alejandro en el Maremagnum. Era un hombre de mediana estatura, cuarentón, delgado, con la cabeza redonda escasamente poblada por un cabello entre rubio y rojizo. Joan repitió preguntas y añadió otras de corte técnico que los policías y la secretaria respondieron sin pestañear.

En un aparte con su defendido, le dijo que no tenía más remedio que dejarles hacer, pero que si le resultaba desagradable, él estaría presente y los presionaría para que no descolocasen nada. Alejandro accedió de mala gana y bajó refunfuñando al salón, donde se encerró con un portazo. Abrió el mueble bar y se sirvió un *whisky* Glenfiddich de dieciocho años. El inspector Miranda realizó una llamada desde el celular y pronto entraron dos agentes más vestidos de paisano. Uno cargaba un maletín voluminoso y otro una cámara de fotos digital réflex. Alejandro no quiso salir de su escondite a mirar. Se sumergió en la suave piel del sofá del salón y en el sabor salado de su copa. Los ojos de los trofeos de las paredes refulgieron a pesar de que la chimenea estaba apagada.

Según le contó luego Joan Esteve, los agentes fueron directos al grano, como si supiesen lo que buscaban desde un principio. Uno de ellos, que parecía obedecer al subinspector Piqué, sacó de sus carriles las gavetas de la mesa del despacho, mientras el otro examinaba el hueco con una linterna. Con unos guantes de látex, introdujo su brazo y sacó del agujero un botecito con polvo blanco, que luego introdujo en una bolsa de plástico sobre la que rotuló algo. Después volvieron a colocar las gavetas y precintaron la mesa. Sacaron fotos del despacho, de la cocina y de la habitación privada de Alejandro, pero apenas revolvieron nada más. Fuera lo que fuese lo que habían ido a buscar, lo habían encontrado en el fondo oculto de la mesa. Los cuatro *mossos d'esquadra* se despidieron con amabilidad después de pedir a un asustado Martín el DNI, cuyos datos apuntaron para el atestado del registro. Alejandro salió encendido del salón cuando tuvo la certeza de que se habían ido y estuvo hablando con su abogado un buen rato. Luego pareció darse cuenta de que su recepcionista seguía en la clínica.

—Martín, ¿está ahí? —gritó desde abajo su voz cascada.

—Sí, señor

—Pues recoge todo y vete.

Martín apagó el ordenador, se puso su cazadora y bajó las escaleras. Joan y Alejandro se habían metido en el salón y seguían con una acalorada discusión. Ya en la calle buscó su coche y salió para Sitges muy sorprendido con todo lo que había visto. Era una noche cerrada, en plena hora punta, y no llegaría a la urbanización donde vivía hasta por lo menos las ocho y media.

ALEJANDRO MOLINS ESTABA, TRES DÍAS DESPUÉS, EN SU sencillo despacho de la Facultad de Medicina de la Universidad Autónoma de Barcelona. Repasaba informes que profesores asociados y ayudantes le remitían sobre el avance de los planes de estudio y algunos escritos de doctorandos proponiéndole temas para sus tesis cuando llamaron a la puerta. Entraron dos personas que le hicieron olvidarse de todo: el inspector Rodrigo Miranda, con su mirada de zorro, y su ayudante, el subinspector Marc Piqué, aparecieron tan trajeados como el día en que los conoció. La conversación duró muy poco. Le expusieron brevemente sus derechos y le mostraron una orden de arresto firmada por el juez y que certificaba la acusación formal por el asesinato de su esposa Elena Paniagua.

Levantó la voz para protestar, pero enseguida se dio cuenta de que no le convenía el escándalo. Mordiéndose los labios y con una expresión desencajada los siguió al exterior de la facultad. Compañeros del subinspector Piqué, del Área de Policía Científica de la Comisaría General de Investigación, estaban esperando fuera junto a Anna Tarrés, la secretaria del Juzgado número 16, para registrar el despacho, y también había un coche de policía mal camuflado, con la luz del prioritario azul bien visible sobre el salpicadero. A esa hora de la mañana muchos alumnos habían salido a fumar aprovechando el tibio sol de febrero. El escándalo fue mayúsculo. En menos de treinta minutos todo el campus, desde los novatos hasta el rector, sabía que el catedrático Molins había sido detenido.

Lo llevaron a la comisaría del Eixample en la plaza de España, donde se encontraba la unidad a la que estaba asignado el inspector Miranda. Le retiraron el móvil, pero se le permitió llamar desde un teléfono fijo a su abogado, que inmediatamente salió para encontrarse con él. En la sala de interrogatorios, bajo el objetivo inquisitivo de una cámara, Alejandro fue sometido a una batería de preguntas sobre la relación que mantenía con su difunta esposa. Él dijo que el matrimonio estaba deteriorado, que posiblemente habrían empezado muy pronto el proceso de divorcio, pero que la quería y que siempre se habían tratado de forma muy cordial. El inspector Miranda le espetó el motivo de su detención: en el registro del lunes habían encontrado en su escritorio un bote que, tras los pertinentes análisis realizados por la policía científica, resultó que contenía un poderoso veneno.

—Curiosamente el mismo que se encontró en el cuerpo de su mujer —concluyó.

Para los investigadores eso transformaba el suicidio de Elena en un presunto asesinato. De nada sirvió que Alejandro, con sus cabellos teñidos desgreñados por la tensión, les jurara que desconocía el origen del bote. Joan Esteve le recomendó que mantuviera silencio, que era lo mejor en esos casos, pero no le obedeció. Gritó que el día de la muerte de Elena él estaba esquiando con sus hijos en la casa que alquilaban todos los años en Baqueira-Beret. *Los mossos* replicaron que aquello no era una coartada suficientemente sólida y continuaron preguntándole entonces por el lugar donde había camuflado el veneno para conseguir que su esposa lo ingiriera en su ausencia. Finalmente los agentes lo dejaron en paz con Joan Esteve y les llevaron unos sándwiches por si querían comer. Ninguno de los dos probó bocado y apenas cruzaron palabras.

Sobre las cuatro de la tarde el subinspector Piqué les contó que por su parte no tenían más preguntas, les dejó la transcripción del interrogatorio por si querían firmarlo y les comunicó que habían conseguido un hueco esa misma tarde para entrevistarse con el juez Vilamajor, que se había tomado el caso como el más importante de los que en ese momento llevaba. Les advirtió que podían darse por más que satisfechos, pues normalmente las diligencias previas con el juez se demoraban algún tiempo que los acusados pasaban a la espera en la comisaría.

Joan Esteve, cuya calva rubia brillaba tras las largas horas en la salita, se lo agradeció mecánicamente. Cuando se quedaron solos otra vez hablaron de temas logísticos. Alejandro le pidió que se encargara de recoger su coche, un Mercedes S400 de color azul, que estaría abandonado en el aparcamiento de la universidad. Joan se despidió y le dijo que se verían a las cinco en los juzgados.

A las cuatro y media Molins fue introducido en el mismo coche policial mal camuflado con el que lo habían trasladado desde la universidad hasta la comisaría. Lo llevaron en dirección a la sede del Juzgado número 2, en el paseo Lluís Companys, frente al Parque de la Ciudadela. Le encantaba aquella parte de la ciudad, había ido muchas veces a pasear por allí, junto a los parterres de los jardines. Le gustaba adentrarse hasta la playa de la Barceloneta, con sus chiringuitos y sus turistas junto a las torres Mapfre que se recortaban contra el cielo. Pero en las circunstancias presentes todo aquel entorno, sumido en la penumbra del ocaso, le parecía el lugar más abominable del mundo.

Cuando se estaban aproximando a la entrada el inspector Miranda le dijo que, por mera rutina, debía esposarlo. Alejandro le acercó las manos temblorosas. También le dijo que podía cubrirse con una cazadora el rostro, pues era habitual que varios fotógrafos se apostasen cerca para alimentar el morbo del pueblo ansioso de culpables. La noticia había corrido ya como un río de pólvora desde la Facultad de Medicina al resto de la ciudad, y los contactos de los medios en la Policía habían hecho el resto. Una auténtica horda de periodistas se abalanzó sobre el vehículo, al que apenas dejaron entrar en el *parking* trasero. Cuando salió del coche con la cabeza cubierta para subir las escaleras desde el patio interior, una explosión de *flashes* lo saludó.

En la puerta del despacho del juez lo esperaba Joan Esteve. Le quitaron las esposas y entraron los dos. El juez y la fiscal iban vestidos con sendas togas negras y relucientes, con puñetas blancas ricamente bordadas. Él era un hombre mayor, con gafas de pasta y cristales de culo de vaso, con el rostro arrugado pero con una expresión juvenil, como la de un estudiante al que los años se le hubieran echado encima mientras leía absorto en una vieja biblioteca apolillada. La fiscal era una mujer alta y hermosa de treinta y cuatro años, con un largo cabello negro que le caía en bucles sobre la toga.

El juez tomó asiento tras su mesa repleta de papeles y les indicó que hicieran lo mismo. Estuvo un rato releyendo en silencio el informe actualizado que le había remitido la policía, y luego la declaración firmada por el acusado. Su dedo sarmentoso seguía los renglones como si no supiera leer de otra manera.

—¿Tiene usted algo que añadir? —dijo al cabo de diez minutos.

—Pues sí. Que esto no puede seguir así —replicó Molins con su tono cascado—. ¡La policía se ha metido en mi vida de una forma intolerable!

—¿Cómo dice usted? —preguntó la fiscal lanzándole una mirada demoledora.

—No, verá —intercedió el abogado Esteve—, mi cliente quiere decir que es inocente y que está totalmente sorprendido por lo que está pasando. Él quería a su esposa. El matrimonio no iba bien pero la quería. En fin, está desolado por su muerte y no sabe qué hacer, y esta situación se lo hace todavía más complicado.

—¿Ah, sí? ¿Usted cree? —preguntó el juez mirando al aire sobre su gafas de pasta—. ¿Usted cree que es posible querer a alguien y al mismo tiempo intentar divorciarse, como dice aquí?

—Sí, señoría, es totalmente compatible.

—Aunque fuera eso posible, ¿cómo interpreta usted el hecho de que el señor Molins ocultara en su despacho el mismo veneno que acabó con la vida de su mujer? Un tarro con un raro veneno, idéntico al que se encontró en el cuerpo de su esposa. —Le presentó un anexo elaborado por la policía científica—. Accedí a que se retrasase la fecha de inhumación de doña Elena Paniagua porque los *mossos* querían obtener más datos de la autopsia. Hasta pidieron opinión a los colegas de la Policía Nacional por aspectos científicos que no estaban resueltos, pero con respecto al veneno todo ha estado bien claro desde el principio.

—Pues en realidad —se excusó Joan—, no he tenido tiempo de ver estos informes policiales, comprenderá usted...

—No se preocupe, tendrá tiempo de leerlos con detalle, aquí tiene una copia. La señora fiscal y yo tenemos algunas preguntas más que hacerle a don Alejandro.

Las cuestiones fueron de poca sustancia y redundantes con las que ya le habían formulado en la comisaría. Molins insistió en su coartada del esquí y juró que no sabía nada sobre el bote. Tras media hora, el juez les pidió que esperasen fuera. El abogado defensor leyó el informe que le habían dejado a toda prisa. Alejandro rompió el silencio hablando en un susurro para que no lo oyesen los policías.

—¡Yo ni siquiera sabía que había muerto envenenada! Sospechaba que se había matado con pastillas, con tranquilizantes. Yo mismo le recetaba Orfidal, Trankimazin y algún hipnótico de vez en cuando. ¡Era una histérica! ¡Y una depresiva!

UN UJIER LES PIDIÓ QUE PASARAN DE NUEVO AL DESPACHO, donde el juez fue breve: les comunicó que había decidido, a la luz de las pruebas, decretar la prisión preventiva sin fianza de Alejandro Molins por el presunto asesinato de doña Elena Paniagua. Acababa de firmar una orden de ingreso en la prisión Brians 2 que debía hacerse efectiva esa misma noche. De nada sirvieron las súplicas de Joan Esteve. Vilamajor dijo que en los casos de presunto asesinato, y más con el agravante que denominó «violencia de género», siempre actuaba de este modo. La hermosa fiscal parecía gozar con la estampa, pues su melena se mecía de satisfacción. Cuando salieron del despacho Molins estaba llorando como una Magdalena, incapaz prácticamente de mantenerse en pie. La puerta sonó al cerrarse detrás como si le estuvieran clausurando las del infierno.

—Tranquilízate. Yo me encargo de todo. Conozco a muy buenos penalistas. Mañana mismo presentaré una petición de fianza bien argumentada y no les quedará otro remedio que aceptarla, ya lo verás. En dos días estarás en la calle.

—¡Dos días! —sollozaba Alejandro— ¡Pero si yo no he hecho nada! Se ha agarrado a lo de la violencia de género…

—No es sólo eso —le aclaró Esteve—. Según acabo de leer en el informe, los *mossos d'esquadra* recibieron hace unos días una llamada anónima desde una cabina diciendo que tú habías confesado a alguien que querías matar a tu mujer, y que guardabas el veneno en el falso hueco de tu escritorio en la consulta de la calle Felipe II. Lo siento, pero ante esa acusación confirmada, el juez ha preferido curarse en salud mandándote a prisión. Eres un hombre con medios económicos que puede fugarse del país fácilmente. Enseguida te llamaré e iré a verte, paciencia. Ahora mismo voy a hablar con Brians 2 para que te traten como mereces, tranquilo.

—Espera… —musitó Alejandro algo más calmado al salir del pasillo a una sala pegada al muelle de carga del juzgado.

Allí le dijeron que se pusiera de nuevo la cazadora sobre la cabeza. Pidió permiso para utilizar el móvil de su abogado, pero no se lo concedieron. Le suplicó entonces a Joan Esteve que hablase con dos personas: con su hermano, para que se hiciera cargo de los niños desde esa misma noche, cuando la canguro terminara de cuidarlos. Luego empleó bastante más tiempo en explicarle lo que debía decir por teléfono a una persona de su confianza a quien definió como un colaborador clínico, responsable de una investigación muy importante. Tenía que ponerle al corriente de su situación y pedirle que se hiciera cargo de todo, como otras veces. También le tendría que pasar la clave de una cuenta de correo electrónico que le facilitó, e indicarle que obedeciese completamente las instrucciones que recibiría de otro socio suyo en ese buzón. Se quedó más tranquilo tras esa conversación, se despidió de Joan y salió al aparcamiento cubierto con el abrigo. Otra explosión de *flashes* iluminó la gélida noche barcelonesa.

A las siete y media de la tarde quedó registrada su entrada en la moderna prisión Brians 2, situada a las afueras de Barcelona, en medio de unos campos de labranza, y formada por un megalítico conjunto de doce modernos pabellones transversales y tres longitudinales con las oficinas y rodeada de tres perímetros de seguridad. Le quitaron todo lo que llevaba y le dieron ropa nueva. Luego lo condujeron por pasillos relucientes a una celda individual. Los corredores enlosados brillaban bajo la luz de los fluorescentes. A ambos lados se desplegaban las puertas blancas de los calabozos.

Alejandro Molins era consciente de que merecía prisión según las leyes de los hombres ignorantes, pero en su corazón sabía que estaba haciendo algo grandioso para la humanidad. Su labor, además, debía continuar. No podía pasar mucho tiempo allí. Aunque confiaba en que Joan Esteve le transmitiría correctamente las indicaciones, su colaborador no podía encargarse de todo, pues era un hombre tosco y sin formación médica ni capacidad para cuidar enfermos. Cuando la puerta de su celda se cerró —una cama, una mesa, una amplia ventana enrejada—, ya estaba maquinando sobre lo que haría en cuanto saliera de allí.

Yo estoy con vosotros todos los días,
hasta el fin del mundo.

MATEO 28:20

Elisabeth Walker seguía existiendo más allá del espacio y del tiempo. Se trataba de una existencia absurda y dolorosa de la que sólo podía defenderse a través de la inconsciencia. De alguna manera había aprendido a hacerlo. Al principio buscó en su mundo interior, en las praderas de Escocia y en la sonrisa de sus padres, pero pronto aquella realidad soñada se había vuelto tan dolorosa como el zumbido del fluorescente. Luego se refugió en un concepto casi olvidado: llevaba años sin creer en Dios, pero recuperó su figura con la esperanza de convertirlo en un amigo. Recitó oraciones que había aprendido de niña y construyó en su pecho exánime un pozo para rellenarlo de amor universal y reconfortante. Por algún momento creyó haber encontrado la comunión con el amor salvífico del Creador y con el sufrimiento de su hijo en la cruz.

Al principio el diablo bajaba con regularidad para sustituir la comida y el cubo, para desinfectar toda la estancia y para aplicarle el tratamiento. La llevaba en volandas hasta la camilla. Ya no necesitaba atarla con las correas. Ella cerraba los ojos y se dejaba hacer. Le aplicaba unos dolorosísimos pinchazos en la médula espinal, justo en la zona donde se la había seccionado. Luego le curaba las llagas con torundas de gasa empapadas en yodo y la devolvía al jergón para que se cubriera con una manta.

CAPÍTULO 5

PORTAFOLIOS

La curiosidad de conocer las cosas ha sido entregada a los hombres como un castigo.

MICHEL DE MONTAIGNE

El viernes 22 de febrero por la mañana Isabel estaba muy satisfecha con el giro que estaba tomando su situación laboral. Eugenio, el nuevo fichaje, había asumido la tarea con un entusiasmo arrollador. Habitualmente le llevaba a Isabel cuatro o cinco jornadas de trabajo la construcción del reporte que presentaba en las reuniones de la dirección de Latam los primeros lunes de cada mes y su nivel de estrés era alto. Había noches que tenía que quedarse hasta tarde intentando componer algo que tuviera sentido. Ahora la perspectiva parecía más despejada.

El fin de semana, para cuyo comienzo apenas quedaba una hora, se le presentaba aburrido de solemnidad. Fran no estaba disponible, y tampoco le apetecía hacer planes con alguna de sus amigas, así que pensó en que seguramente iría a comer a casa de sus padres el sábado y se pasaría el resto del fin de semana viendo la televisión, leyendo y fumando. ¿Por qué le había tocado a ella esa vida tan alejada del matrimonio y de las convenciones con las que soñaba en su adolescencia?, se preguntaba a veces con desesperación. La respuesta estaba en un oscuro secreto que anidaba en su interior desde hacía catorce años. Una vergüenza de la que no había logrado zafarse. Se consolaba en esos momentos pensando en que, de vez en cuando, una cura de soledad venía muy bien y en que sus amigas casadas no podían permitírselo nunca. Entonces su móvil empezó a sonar y el nombre de Berta se iluminó en la pantalla:

—Hola, Berta, ¿qué tal? supongo que tuvisteis un buen viaje de vuelta a Madrid.

—Un poco pesado. Son muchos kilómetros para hacerlos en coche, la verdad. ¿Te has enterado de lo que ha pasado?

—Siempre que me llamas últimamente —replicó ella en tono forzadamente pesaroso— es para darme malas noticias.

—Perdona —se excusó—, no es mi intención, pero ¿no te has enterado de que han encarcelado a Alejandro? Por lo visto fue él quien mató a Elena. La envenenó. Ha salido en todos los periódicos.

—No tenía ni idea —musitó Isabel pellizcándose el muslo en un gesto involuntario provocado por la emoción—, aunque por lo que hablé con ella me encaja mucho más que el suicidio. No me pareció agobiada como para atentar contra su vida. ¿Se sabe cómo lo han cazado?

—Según dicen los periódicos, alguien ha dado el chivatazo a la policía. Tiene toda la pinta de un crimen motivado por el dinero pero con tintes de violencia de género y pasionales, ¿no crees? Al final ha resultado que la vida de Elena estaba en peligro.

—Sí, es una pena que no hayamos podido ayudarla, y no creas que no me culpo de ello, aunque no se me ocurre cómo podríamos haberlo evitado. Al menos ahora se ha hecho justicia —concluyó de forma rimbombante—. Creo que voy a disfrutar más del fin de semana.

—Hazlo, tú que puedes.

—Igualmente, disfruta y dale un beso de mi parte a tu marido. Adiós —terminó Isabel colgando el auricular.

Se quedó un rato pensando en cómo las ruedas del destino, activadas por ella el día de su primera cita con Elena, justo antes del viaje a China, parecían girar alocadas. Sus sentimientos eran contradictorios: por un lado se sentía bien, segura de sí misma aunque atosigada por la curiosidad que le suscitaba ese secreto que su amiga se había llevado al más allá, pero por otro lado esa misma sensación de seguridad la resecaba por dentro. Era como si su parte racional se hubiera impuesto sin escrúpulos a todos los buenos sentimientos que hubiera tenido en el pasado: la bondad de su más tierna infancia, la inocencia despreocupada de su adolescencia y la alegría desbocada de su juventud parecían ahora enterradas muy lejos de sí misma, y eso no le gustaba.

Se había convertido en otra persona ajena a todo lo que había sido antes. Tal vez era un precio demasiado alto el que había que pagar por el éxito profesional y por el triunfo sobre sus enemigos. ¿Por qué no podía sentir apenas compasión por Elena?, pensó. Pero no encontró respuestas y su mirada se perdió en las torres de la antigua ciudad deportiva del Real Madrid que se erguían enhiestas como árboles gigantes sobre el maremágnum de la ciudad.

Los coches empezaban a apelotonarse bajo un cielo azul pálido cuando se puso a buscar en Internet. El asunto salía en *La Vanguardia,* en *El Periódico de Catalunya,* en *Avui,* en *ADN Barcelona,* en el *Diari de Tarragona...* También había reseñas, aunque de menor entidad, en *El Mundo, El País, ABC* y *La Razón.* Los medios que trataban de forma más sensacionalista el suceso eran las versiones online de *El Punt,* que titulaba: «*Els rics també ploren*», y la del *Segre* leridano que decía: «*Morir per diners*». La Vanguardia lo llevaba en portada:

Encarcelado el psiquiatra más prestigioso de la Autónoma y del Vall d'Hebron

El conocido psiquiatra barcelonés A. M., catedrático de Psiquiatría de la Universidad Autónoma y jefe del servicio de Psiquiatría del hospital Vall d'Hebron, fue detenido ayer como presunto autor del asesinato de su esposa, E. P, fallecida el pasado 27 de enero. La consternación en el ámbito universitario y de la sanidad es muy grande, pues A. M., de cincuenta años de edad, es una persona muy respetada en el mundo de la psiquiatría y regenta una de las clínicas privadas más prestigiosas de la ciudad. Es también miembro del Comité de Dirección de la Fundación Española de Psiquiatría y Salud Mental y había sido presidente de la Sociedad Catalana de Psiquiatría, además de colaborar estrechamente con la Organización Mundial de la Salud, OMS.

Tras su paso por el Juzgado de lo Penal número 16, fue decretado su ingreso en la prisión Brians 2. Según fuentes consultadas, una llamada puso sobre aviso a los *mossos d'esquadra*. Agentes de la Unidad Territorial de Investigación (UTI), y de la Policía Científica del Área de Investigación Criminal (AIC) encontraron pruebas del envenenamiento de E. P. en el despacho de la consulta privada de su marido. Según otras fuentes la pareja planeaba separarse, aunque aún no habían comenzado los trámites del divorcio.

Isabel leía con una sonrisa en los labios mientras pensaba a quién se le ocurriría guardar en su despacho el veneno con el que acababa de asesinar a su mujer. Eugenio la sacó de sus cavilaciones asomándose a la puerta.

—Me voy para casa —le dijo sonriendo—. El lunes, si quieres, te enseño los borradores de las plantillas. Que tengas un buen fin de semana.

—Me parece bien, Euge. Buen fin de semana. Adiós.

Se quedó sola toqueteando el ratón y leyendo en diagonal otras noticias políticas. Luego recogió sus cosas y bajó al garaje. Esperaba que, con que Carmen y Luis Antonio fueran la mitad de eficientes que Euge —así lo había bautizado ella coloquialmente tras comprobar que el diminutivo no desagradaba al muchacho—, su futuro sería más relajado, y que eso le permitiría aclarar un poco los temas candentes de su vida: la terrible incapacidad para tener una relación de pareja normal y la posible denuncia por acoso que tenía pendiente presentar. También podría incluso planear cómo acceder al valioso secreto que Elena se había llevado al cementerio. Sentía que tenía tantas cosas en que pensar que a lo mejor no le iba a dar tiempo a ordenarlas en un par de días de descanso.

La noticia de la detención siguió coleando varios días durante la semana siguiente. El magacín matutino *Espejo Público* se hizo eco y estableció contacto telefónico en directo con una de las pacientes de Molins. Según ella, era un hombre muy respetuoso y educado, y no podía ni imaginar que acabara haciendo algo tan abominable. Los sesudos tertulianos que acompañaban a la presentadora debatieron con gesto de afectación acerca del machismo en la sociedad española. Otros programas reaccionaron también proclamando la repulsa que la agresión a una mujer producía, independientemente del estrato social en que sucediese. Isabel se enteró de estos debates gracias a un *email* de Berta, que había hablado por teléfono con Roberto Paniagua y Laura Vera, los padres de la difunta. Le dijeron que se alegraban mucho de que se castigara al culpable, y que siempre recelaron de su yerno. Sabían que no trataba bien ni a Elena ni a sus nietos Diego y Lucía, cuya custodia pretendían obtener, aunque estaban en ese momento en Barcelona al cuidado de su tío hasta las vacaciones de verano. El último párrafo incluía un detalle completamente inesperado que la dejó petrificada en la silla:

Según me dijeron, Elena estaba bastante alterada últimamente, e incluso un día llevó a Morella en su equipaje un portafolios que les llamó la atención. Al preguntarle qué era lo que llevaba allí, les dijo que se trataba de unos papeles para protegerse por lo que pudiera pasarle. Les dijo que contenían un secreto peligroso, pero no les dio más detalles. Ellos han buscado por toda la casa esa carpeta, pero no la encuentran ni en su habitación ni en ningún otro sitio. Ha desaparecido. Están convencidos de que allí encontrarían más pruebas contra su yerno, pero están tranquilos porque su abogado les ha dicho que ya hay suficientes indicios para encarcelarlo muchos años. ¿Qué te parece? A mí me recuerda una novela de misterio. No me digas que no es una pena que no confiase en ti y no pudieras sacarle más información.

Un beso muy fuerte y a disfrutar de la semana.

Isabel tardó unos minutos en asimilar aquella carta. Elena sí le había confesado que probablemente su marido —y no sólo su marido— estaba implicado en una patente extraña. ¿Habría dejado pruebas sobre el peligroso secreto que conocía en esa carpeta? En tal caso..., ¿qué habría sido del misterioso portafolios con esas pruebas? Había conseguido exacerbar su curiosidad, pero ¿cómo buscarlo?

Pronto se iba a presentar la oportunidad de comenzar a tirar del hilo.

CUARENTA Y OCHO HORAS DESPUÉS DE QUE RECIBIERA EL mensaje de Berta hablando sobre el portafolios, Isabel recibió una llamada tan extraordinaria como la propia fecha del calendario, uno de los pocos y mágicos 29 de febrero que caen en viernes. Estaba revisando junto con Eugenio plantillas llenas de resultados sobre el comportamiento de clientes en diversos países, aunque no lograba concentrarse: su pensamiento viajaba al inminente fin de semana. Tenía una cena en casa de unos amigos y debía comprar el regalo de cumpleaños para el anfitrión. La pantalla de su móvil parpadeó con la palabra *Desconocido* mientras sonaba una llamada.

—Sí —contestó ella mecánicamente.

—¿Isabel Sáenz de Tejada?

—¿Con quién hablo?

—Me llamo Fernando Flórez. Soy… bueno, soy alguien que conocía a Elena Paniagua. Sé que era su amiga y le agradecería muchísimo poder charlar un rato con usted. Hay alguna cosa que querría preguntarle.

—Pero… —balbuceó Isabel haciéndole un gesto a Eugenio para que saliera del despacho— yo no tengo nada que decir. Hace mucho que no sé nada de ella, de hecho hace muchos años que no la veo. ¿Quién es usted?

—No soy más que un amigo. Elena me pidió que hablase con usted si le pasaba algo —mintió Fernando—. Además hay algunas cosas que necesito saber. Me pasaré un día por donde usted me diga y serán sólo cinco minutos, por favor. Ella me dijo que se habían visto recientemente —concluyó poniendo el dedo en la llaga.

—Está bien —respondió ella tras un lapso de sudor frío que le sobrevino al sentirse descubierta—, pero la semana que viene la tengo completamente ocupada. Quizás la siguiente.

—Como usted quiera. La llamaré el próximo miércoles para intentar quedar de nuevo, ¿le parece?

—Está bien. Adiós. —Y colgó.

¿Cómo podía ser que un desconocido hubiera encontrado su número de teléfono? ¿Sería verdad que Elena le había pedido a alguien que la llamara en caso de que le sucediera algo? ¿Querría contarle su secreto? Los anónimos del Vengador la habían llevado a reaccionar de forma estúpida. Unos días antes se moría de ganas de desvelar el misterio y ahora, cuando surgía lo que parecía una oportunidad de empezar a hacer preguntas, se había asustado. Se arrepintió profundamente de haberle dado largas al desconocido. No perdía nada por encontrarse con él en un lugar público donde no hubiera peligro de agresión, pero ahora debería esperar a que volviera a contactarla.

Salió del despacho directamente a casa. Eugenio no pudo detenerla y se quedó con las ganas de exponerle en más detalle los avances que quería incluir en los informes.

El lunes siguiente Isabel se presentó en el trabajo con un conjunto marrón oscuro que se adaptaba a sus esbeltas curvas de forma que casi ningún hombre podía evitar miradas furtivas. Las mechas doradas sobre su pelo castaño le caían en bucles hasta los hombros. Todavía sentía los efectos de la resaca después de la fiesta de cumpleaños y se había maquillado discretamente para que su cutis no pareciera el de un cadáver recién sacado del frigorífico. Esa mañana se incorporaban al equipo dos nuevos colaboradores: Carmen, la gordita simpática, y Luis Antonio, el de la cabeza plateada. También tenía la reunión de los lunes de Latam, a la que debía asistir desde su ascenso a directora. Después de verificar que los dos novatos estaban bien instalados junto a Euge en una pradera de la segunda planta del Edificio 1, junto a una ventana —era un privilegio que había conseguido para ellos—, y de darles una charla de bienvenida, se marchó a la reunión y no volvió a verlos en todo el día.

Se desquitaría el resto de la semana, que empleó en largas charlas con el equipo al completo. Hablaron de los distintos proyectos transversales que ella consideraba interesantes y les informó de los entresijos de la compañía Telefónica, de los condicionantes políticos que debían tener en cuenta para desenvolverse sin pisar callos a nadie. Esperaba también impacientemente la llamada de Fernando. Había resuelto citarse con él en la estación de Chamartín y, sin embargo, como si quisiera hacerse de rogar, no llamó el miércoles como habían acordado. Isabel no sabía cómo aplacar su ansiedad.

Pasó el fin de semana de elecciones. Días de nubes y claros. La ciudad se volvía de color gris con el invierno. En el parqué del ático, entre las alfombras persas, Isabel podía ver su cara reflejada en charcos de soledad. Sólo salió para comprar helado de chocolate en el colmado regentado por una familia china. Los canales de televisión contaban aburridas noticias sobre las elecciones. El domingo estuvo copado por los sondeos a pie de urna y las sonrisas de los líderes de los partidos introduciendo sus papeletas bajo un bombardeo de *flashes.* Ella ni siquiera bajó a votar. No pensaba ayudar a ningún hipócrita de sonrisa reflectante en su carrera política, del mismo modo que ella no había recibido tampoco el apoyo de nadie para llegar a directora. Sólo imaginó un momento lo que estarían haciendo sus padres y sonrió. El domingo por la mañana Carmen y Miguel Ángel salieron de casa por separado a votar en el colegio electoral de La Moraleja. Miguel Ángel no aguantaba ver cómo su voto era anulado en un instante por la *cabezonería progresista* de su mujer. El disgusto que se llevó cuando se hicieron oficiales los recuentos fue mayúsculo, pues el Partido Socialista amplió su ventaja tanto en el Congreso como en el Senado. Isabel ni siquiera enchufó la tele esa noche. Se quedó adormecida oyendo música clásica.

Llegaron el lunes, y el martes… Parecía que Fernando tampoco iba a llamarla esa semana, y cada día que pasaba aumentaba su curiosidad. La única forma que halló para olvidarse del tema fue pensar en las vacaciones. El próximo domingo 16 de marzo era ya Domingo de Ramos. Su hermana Rebeca iba con sus hijos a O Grove, en la ría de Arosa, y le había parecido una buena idea acompañarlos. Su cuñado seguía velando por la paz en el Líbano, así que estarían ellas dos solas con los niños. Planeaba estar en O Grove únicamente desde el Jueves Santo al Domingo de Resurrección. Su hermana se había encargado de reservarle una habitación en el mismo hotel en el que se iban a alojar ellos. Cuando pensaba en esos días se alegraba con la perspectiva de jugar con sus sobrinos, pasear con Rebeca y empaparse de mar y marisco. No tenía planes alternativos ni quería verse de nuevo atrapada en casa por la soledad y el helado Ben & Jerry's Chocolate Fudge Brownie. Fran tampoco estaría disponible esos días, aunque planeaba quedar con él antes del viaje.

EL VIERNES PREVIO AL DOMINGO DE RAMOS YA SE HABÍA resignado al olvido. Cerró su ordenador y caminó hacia el ascensor pensando en un fin de semana que se presentaba agitado. Francisco Marino había reservado mesa para cenar esa noche en el lujoso restaurante La Broche, de Sergi Arola. Preveía una velada de unos ciento cincuenta euros el cubierto, con todas las exquisiteces que podía imaginar y culminada con sexo en el ático, cuando sonó el teléfono.

—Dígame.

—Hola, espero cogerla en buen momento. Soy Fernando Flórez, el amigo de Elena que llamó hace diez días.

—¡Ah, sí! He estado pensándolo y me parece bien que nos veamos. Podemos quedar en la estación de Chamartín y tomar un café. ¿Qué tal te vendría el lunes, o el martes? A las siete de la tarde, por ejemplo —respondió ella tuteando a su interlocutor.

—Imposible —se excusó Fernando—, estoy en el extranjero y no regreso hasta el miércoles por la noche. Deberíamos quedar después.

—Pero son días festivos y no voy a estar en Madrid —dijo ella.

—No pasa nada. ¿Dónde estarás? Me desplazo al lugar de España donde estés —se ofreció Fernando aceptando el tuteo.

—No es una buena idea.

—Como quieras. En ese caso te llamaré a la vuelta de Semana Santa.

—No, espera, dame tu número de teléfono y, por cierto, ¿por qué me llamas con un número oculto?

—Mi móvil no funciona y te llamo desde un fijo. No sé por qué no te sale el número, quizás porque es una centralita —se explicó él—. Si no te fías, aunque no suelo estar disponible, puedes dejarme un mensaje en el 91 352 87 176.

Apuntó el número en su móvil y, aunque sabía que se le estaba escabullendo, como no quería exponerse a pasar semanas de incertidumbre, se atrevió a algo de lo que ella misma se sorprendió.

—No quiero esperar. Quizás podamos quedar en O Grove. Estaré allí de vacaciones.

—Eso está en Galicia. Lo conozco. Perfecto, podemos vernos allí. ¿Te parecería bien el viernes próximo? ¿El Viernes de Pasión?

Y así quedaron en encontrarse en el puerto el Viernes Santo a las siete de la tarde. Pero en cuanto Isabel entró en su coche comenzó a arrepentirse, esta vez de su atrevimiento. Había quedado con un desconocido y le había revelado dónde iba a estar en sus vacaciones. ¿Se había vuelto loca? ¿Hasta tal punto estaba intrigada por el portafolios?

La cena del viernes en La Broche fue maravillosa. Probaron siete platos distintos, entre los que destacaron una espuma de erizo de mar con almendras caramelizadas y unos huevos de codorniz sobre lecho de berenjenas trufadas con jugo de mango. Como postre volvieron al piso a disfrutar sobre el colchón. El Domingo de Ramos lo dedicó a su propio descanso y tan sólo salió a dar un paseo y al cine.

Dedicó el lunes y el martes a preparar una lista de tareas para sus colaboradores. Eugenio era ya plenamente productivo, pero Carmen y Luis Antonio aún necesitaban formación. A estos últimos les dio documentación para leer y los inscribió a un curso interno impartido por Recursos Humanos.

El Miércoles Santo salió muy pronto de la Ciudad de Telefónica con su coche cargado con las maletas en dirección a O Grove. Encontró mucho tráfico a la salida de Madrid. Parecía que nadie quería quedarse en la capital de España. Pasando por Tordesillas, a unos ciento ochenta y cinco kilómetros de Madrid, le asaltaron las dudas. Llamó al número que le había dado Fernando. El móvil dio cinco tonos de llamada y luego alguien dijo al otro lado:

—Pensión Tojo. Dígame.

—¿Cómo dice?

—Pensión Tojo, dígame —repitió un hombre con voz malhumorada.

—Lo siento, me he equivocado —dijo Isabel, y colgó.

¿Qué clase de hombre se aloja en una pensión? ¿Cómo podía ser alguien así una persona de confianza de Elena, una mujer acostumbrada a relacionarse con gente de gran poder adquisitivo? Le inspiró desconfianza y pensó en no presentarse a la cita.

La tarde, sobre las seis, fue volviéndose más oscura. Los faros de los coches destellaban como diamantes alineados en la meseta sin fin y sobre el cielo, tan plano como la tierra que surcaba, se dibujaron veleros rosas. Después, antes de que el terreno se hiciera más abrupto, la noche cayó como un mazo que tapió de negro las puertas del campo. La luna viajaba sobre el parabrisas y el viento de marzo soplaba húmedo y frío; del norte. El macizo Galaico rizó la autopista. Quedaban unos cien kilómetros.

Serían las ocho de la noche cuando Isabel decidió definitivamente cumplir con la palabra dada y encontrarse con Fernando, lo que daría comienzo a la segunda parte de esta historia. No le gustaba que la seguridad que parecía haberse instalado en su carácter de los últimos tiempos se viera ahora comprometida por las llamadas de un desconocido. Tenía que ser más decidida. Los acontecimientos que vivió a partir de su encuentro con el Capitán pondrían a prueba su determinación, incluso más allá de lo razonable.

Segunda parte

Y en su nombre pondrán las naciones
su esperanza.

MATEO 12: 21

En algún momento todo había cambiado y el demonio no fue más a verla. En su lugar bajaba con mucha menos frecuencia un espíritu maligno que parecía servirlo. Era un ser grotesco, fornido y sin cabello que le cambiaba la comida, el agua, la letrina y le propinaba terribles pinchazos en la médula mientras rugía el generador que recargaba las baterías. Este ser no se preocupaba por su limpieza ni por la de la sala, y la comida que le daba era rancia y más escasa. Luego se iba y ella regresaba a su refugio divino.

Pero poco a poco aquel refugio religioso dejó de valer y su tórax fue vaciándose hasta quedar yermo, sin rastro de ese amor que había logrado insuflar. Volvió el dolor de los primeros días hasta que encontró la estrategia final: comenzó a vaciar su propio ser en la vigilia. No pensaba en nada, tan sólo se arrancaba jirones de la consciencia hasta quedar en un estado catatónico del que sólo regresaba para comer algo. Iba matando recuerdos y, con ellos, su conexión con la realidad.

Ese día, o esa noche, no sabría decirlo, porque en el infierno no existe el tiempo, estaba en ese estado. Sólo le quedaban el dolor y los calambres que últimamente sentía en las piernas, que habían empezado a funcionar otra vez, como le había sugerido el diablo. Notaba daño en los dedos, pero al tratar de moverlos sólo lograba espasmos en la pierna equivocada. Algo se estaba reconstruyendo en la columna vertebral, pero la madeja de nervios de su médula estaba enmarañada de una forma imposible de descifrar. Se incorporó y comió algo. Mientras tragaba sin masticar bolas de arroz prensadas con los dedos, su mente le jugó una mala pasada y una descarga de esperanza recorrió su cuerpo marchito. No pudo evitar sentir que tal vez todo aquello tendría algún fin distinto a la muerte, que la policía estaría buscándola espoleada por sus padres, que más allá de aquella trampilla intermitente seguía existiendo el mundo que ella había conocido, esperándola bajo un sol fresco y primaveral. No logró esquivar el pensamiento de que alguien, un espíritu bueno, estaría en ese momento maniobrando para liberarla del inframundo. Creyó sin querer otra vez en Dios y en que el sufrimiento en la cruz de su hijo también se había producido para liberarla a ella. Intentó llorar de rabia, pero no le quedaban fuerzas. La estrategia nihilista tejida por su mente amenazaba con derrumbarse y ella no quería más esperanza. Su mente fue apagándose hasta quedar dormida.

Un escalofrío recorrió la espalda de Elisabeth Walker. No podía saber que en ese momento España vivía las nueve en punto de la noche del 21 de marzo de 2008. Era Viernes Santo, y a lo largo y ancho de su geografía, bajo el retumbar inapelable de los tambores y las cornetas, pasos llevados a hombros mecían por las calles la efigie de un hombre crucificado en el calvario. Para muchos, aquel Cristo llevaba a los hombres el mensaje de la última esperanza.

CAPÍTULO 6

ILUMINACIÓN

Soles occidere et redire possunt:
Nobis cum semel occidit brevis lux,
nox est perpetua una dormienaa.

(Los astros pueden morir y volver;
pero nosotros, una vez que muera nuestra breve luz,
deberemos dormir una última noche perpetua).

GAYO VALERIO CATULO

ISABEL LLEGÓ A O GROVE EL MIÉRCOLES SANTO DE 2008 con la noche bien entrada. No le costó demasiado encontrar el hotel La Noyesa a pesar del intrincado laberinto de calles del pueblo. Ocupaba un feo edificio blanco de cinco alturas frente a un *cruceiro* y a los árboles desnudos de la plaza. Se identificó en el escueto mostrador de recepción y pidió que avisaran a su hermana. En unos instantes una mujer de suaves facciones redondeadas y mirada bonancible, con algunos kilos de más y ropas amplias, estaba abrazándola. El rostro de Rebeca se mantenía inmaculado de arrugas a pesar de sus cuarenta y un años, dos más que ella.

Salieron a la calle a cenar después de ver durante unos segundos a los niños, Roberto y Juan, que dormían plácidamente en la habitación de Rebeca, y avisaron en recepción de que estaban en el bar de al lado. La conversación versó sobre temas banales de la vida de Rebeca y los niños en Zaragoza. De vuelta al hotel y antes de despedirse de su hermana, Isabel dijo, como de pasada:

—Por cierto, el viernes he quedado con un amigo que está de paso. Tomaré un café. Media hora como mucho.

Luego se metió en su habitación para no exponerse a preguntas indiscretas. Temblaba de frío. Se desvistió y se puso dos pijamas, una sudadera y dos pares de calcetines. No tenía nada de sueño. Encendió el ordenador, pero no había nada que la atrajese en Internet; también vio un rato la televisión, y cuando comprobó que no había forma de relajarse, fue al baño y sacó del neceser dos comprimidos. Se los puso debajo de la lengua y se acostó con otra manta más encima. Al fin, poco a poco, se fue quedando dormida.

Al día siguiente, tal y como había imaginado, sus sobrinos estaban aporreando la puerta a las nueve de la mañana. Ya habían desayunado y su madre les había dado permiso para despertar a tía Isabel. Los cálidos abrazos con que la recibieron fueron el comienzo de un día precioso para todos. Por la mañana estuvieron paseando por el puerto, jugando a espantar gaviotas y a contar los pescaditos que se asomaban entre la oscuridad del agua junto al muelle. O Grove es un istmo incrustado en la costa sur de la ría de Arosa, en el borde de su desembocadura en el Atlántico. Si se hubieran asomado al otro lado del pueblo habrían podido ver la salida al océano por la bocana de la ría. A pesar de los tonos brumosos del invierno, se recortaban a lo lejos, como si estuviesen en la orilla contraria de un enorme lago, los perfiles de la isla de Arosa y de la costa continental de Cambados. A ratos salía el sol y los niños aprovechaban para correr de un lado a otro por el paseo. En los bajos de las casas que se extendían como una muralla a lo largo de la costa había marisquerías. Llegaron caminando hasta el pueblo. Muchas tiendas estaban cerradas por la festividad del Jueves Santo, pero en una panadería Isabel compró, para regocijo de sus sobrinos, un trozo de empanada que fueron comiendo mientras paseaban.

—Mira qué puente —dijo Roberto señalando.

—Es el puente que lleva a La Toja —se apresuró a explicar Rebeca.

Ante ellos se mostraba la isla de La Toja. Aparecía boscosa y salvaje pero en realidad, aunque con zonas apartadas y solitarias, disponía de varios hoteles, un complejo de aguas termales y un campo de golf. El sol volvió a teñir de un verde profundo las aguas calmadas de la ría dejando que la humedad brotara del laberinto de canales, islotes y recovecos que formaban Arosa. Un hombre observaba con atención, sin ser visto, la escena desde el otro lado del puente.

Entraron en una cantina en la avenida de Beiramar, a unos doscientos metros de los espigones del puerto, para comer algo. En la puerta, además de un cartel que anunciaba partidos de fútbol entre equipos locales de división regional, y de otros alusivos a la Semana Santa, había uno que captó su atención:

Náutica Javier.

Excursiones a la isla de Sálvora.

Gran tour náutico por el Parque Nacional de las Islas Atlánticas.

Todos los viernes y sábados, incluso festivos. Barco con salón panorámico cubierto. Todas las comodidades. Salida 11 horas desde puerto de O Grove. Regreso 18 horas aprox.

Infórmese en el 611 145 1401.

Se volvió entonces a sus sobrinos y dijo con entonación grandilocuente:

—¡Eh, piratas! ¿Habéis ido alguna vez en un barco? Pues mañana lo vais a hacer. Nos vamos todos de excursión… ¡a la isla de Sálvora! Regresaremos pronto para ver la procesión principal. ¿Os apetece?

Así fue como concertaron una visita el Viernes Santo a la isla de Sálvora. Tenía pinta de ser una excelente forma de pasar el día hasta su cita, pues había quedado con Fernando en el puerto exactamente una hora después del regreso de la excursión. No podía sospechar que alguien la vigilaba y que se llevaría un enorme susto que le haría bajar la guardia.

El Viernes Santo amaneció lleno de contradicciones meteorológicas. El sol se asomaba entre claros del cielo sobre el laberinto de islotes, picaba e invitaba a desabrochar las chaquetas, pero cuando alguna nube lo cubría, la bruma congelaba el ambiente. A las once menos cuarto subieron a un barco turístico de unos veinte metros de eslora cuya cubierta estaba ocupada casi en su totalidad por un salón acristalado. Las dos hermanas y los niños se sentaron junto a los ventanales. El pasaje, aparte de dos tripulantes y el guía turístico, lo componían otras quince o veinte personas: un par de familias, lo que parecía un grupo de amigos, algún tipo solitario y varias parejas. Los motores diésel rugieron con una vibración que se extendía a todas las partes del cuerpo. Tras navegar un rato salieron a la cubierta de proa, donde los saludó una bofetada de viento helado.

Isabel se adelantó unos metros y se asomó por la amura de babor. El agua rompía furiosamente contra el casco. El piloto navegaba a toda máquina entre las bateas de mejillón que crujían como balsas de náufrago al ser alcanzadas por la estela de espuma. El peñasco de la isla de Sálvora se recortaba en el horizonte.

—Vamos adentro. Y tú también, que aquí hace un frío que pela —dijo Rebeca metiendo a empujones a los niños de vuelta al salón.

—Ahora mismo voy, sólo un segundo.

Pero se quedó media hora sola frente al mar y el viento, contemplando el imponente espectáculo de la isla creciendo ante sus ojos. Dentro del salón, observando a través de la puerta acristalada, un hombre con el rostro cansado la observaba. No le quitaba la mirada de encima.

El barco atracó en una ensenada protegida por un espigón artificial. Junto a la playa se extendía un viejo edificio de piedra alargado.

—Es la antigua fábrica de conservas —explicó el guía mientras desembarcaban por la baranda—. Esta isla estuvo habitada hace años por colonos que vivían en un pueblo que ellos mismos construyeron más al norte, y que trabajaban en la factoría.

La comitiva se puso a caminar tras el guía por un camino arreglado con zahorra. Se les unieron dos jóvenes que llevaban abrigos con el emblema del Ministerio de Medio Ambiente. El hombre se esforzó en vocear la historia del enclave, que se remontaba hasta el siglo IX, que estaba plagada de escaramuzas y periodos de abandono, y que reverdecía en los siglos XVIII y XIX, cuando se habitó para el cultivo y la fabricación de salazones. El camino serpenteaba entre rocas, por campiñas cubiertas de maleza y azotadas por el viento. Caballos salvajes pastaban frente al mar. Después de un largo rato de caminata, tras un recodo, apareció una esbelta construcción coronada por un faro. Durante todo el camino el grupo de turistas se había mantenido compacto. Sólo un hombre envuelto en un abrigo negro, con aspecto meditabundo, caminaba algunos pasos por detrás.

Junto al faro, con entonación grave, el guía narró la historia del naufragio del vapor Santa Isabel, que se destrozó contra los escollos del sur el 2 de enero de 1921. Todo el grupo, cabizbajo y en silencio, emprendió luego el camino de vuelta. A mitad de trayecto la senda se dividía en dos. El guía comentó que la ruta de la izquierda era la que llevaba al pueblo de los colonos, que llevaba más de treinta y cinco años abandonado. Uno de los jóvenes del grupo de amigos preguntó si se podía visitar, y los empleados del Ministerio de Medio Ambiente dijeron que sí, pero a condición de que no salieran de la senda, pues estaban en un espacio de flora y fauna protegidas. Se advirtió de que los que decidieran verlo se exponían a perderse el almuerzo caliente que se serviría a las cuatro pero, aun así, los muchachos se animaron.

—Tiene que ser bonito ver el pueblo fantasma, ¿no crees? —preguntó Isabel a Rebeca.

—Pues sí, pero Juan está agotado y hace mucho frío, y yo también me estoy quedando helada. Nosotros te esperamos comiendo algo.

El grupo de chicos, acompañados por Isabel se separó en la ruta hacia la aldea. Al cabo de unos minutos uno de los hombres que inicialmente había optado por volver al barco pareció dudar, se fue quedando rezagado de forma discreta, giró sobre sus pasos y, deshaciendo el camino, empezó a seguirlos embozado en su abrigo negro.

Transitaron por la parte menos escarpada de la isla. A la derecha se extendían matojos silvestres que llegaban hasta el mar y a la izquierda, sobre un promontorio, había un frondoso bosque de pinos. Después de unos treinta minutos el camino comenzó a descender atravesando cañaverales silvestres y un puente rústico sobre un riachuelo y, de pronto, surgiendo entre las rocas y cubierta de maleza, apareció la villa fantasma. Casas molineras de piedra con las techumbres medio derruidas se arracimaban en torno a lo que fue una hermosa plaza donde ahora crecían arbustos. El viento silbaba en las rendijas de las puertas y ventanas desvencijadas, y las ramas de los árboles se cernían susurrando en el vendaval. Se dispersaron en silencio. Isabel caminó hasta el final de la plaza y tomó una callejuela que llevaba hasta huertas y campos de cultivo arrasados. Una de las casuchas de la izquierda parecía en mejor estado. Aún mantenía restos de madera podrida en la fachada y el tejado sin hundir.

Se adentró en lo que antaño había sido el humilde hogar de una familia de colonos. Todo permanecía como si hubieran salido en estampida. El saloncito tenía antiguos muebles carcomidos y en una de las habitaciones, bajo el techo resquebrajado, había una cama de hierro oxidada. Fue entonces cuando se percató de que alguien la seguía. A través de uno de los postigos que daban a la calle pudo ver que un hombre vestido de negro la miraba, y cómo se escondía al ser descubierto.

Un soplo de aire helado le congeló el corazón. Los hutones de Pekín y las amenazas de muerte de Juan Aguirre se agolparon en su mente. Tomó una decisión instintiva. Entró en la habitación y, sorteando la vieja cama, se encaramó a la ventana que daba a la trasera del edificio. El patio de atrás estaba lleno de escombros puntiagudos y de zarzas. Escuchó a su espalda cómo alguien empujaba la puerta rota y entraba en el recibidor. Luego unos pasos fuertes. Le aterrorizaba la idea de volver su mirada y ver clavados sobre ella los ojos amenazadores de algún sicario enviado para matarla.

LOS PASOS SE ACERCABAN, TENÍA QUE SALTAR. UNA ASTILLA del marco podrido se hincó en la carne de su mano izquierda y se le escapó un quejido. Oyó entonces el crujido de la puerta de la habitación. Podía sentir su aliento helado en el cogote. Tomó impulso.

—¡Espera! ¡Qué haces, no saltes! —escuchó—. ¿Dónde vas? No tengas miedo.

Empezó a girar. El dolor agudo de la astilla clavada invadía todo su cuerpo. Se encontró frente a un hombre delgado, elegantemente vestido, que tenía el cabello y los ojos negros.

—Siento haberte asustado —dijo ofreciéndole un brazo para bajar del alféizar.

—Déjame en paz o chillaré. Estoy con mis amigos.

—Si te refieres a los chicos con los que has venido, he visto que se iban hace unos minutos.

Isabel retrocedió al escuchar que se encontraban solos en la tempestad.

—Siento muchísimo haberte asustado de esta manera. Soy Fernando, ¿recuerdas? Hemos quedado hoy dentro de... exactamente dos horas en el puerto de O Grove —dijo después de consultar su reloj.

—Me estoy mareando.

Notó cómo los músculos se destensaban y todo su ser se precipitaba en la negrura de un abrigo. Lo siguiente que recordó fueron las manos del hombre dándole palmaditas.

—Déjame que te vende la herida —la tranquilizó mientras le ataba bien prieto un pañuelo alrededor del dedo.

Se incorporó y permaneció un rato sentada. Luego él la tomó por las axilas y, con una fuerza impropia para su delgadez, la puso en pie. El viento silbaba con fuerza entre los ventanucos de la cocina y hacía vibrar el cañizo del falso techo.

—Vámonos, esto parece que se va a caer en cualquier momento.

Se quitó el abrigo y la envolvió por encima de los hombros. Era un loden de lana prensada. Llevaba unos pantalones perfectamente planchados azul oscuro, casi negros, mocasines brillantes y un jersey verde de marca Tommy Hilfiger. Ella pensó que un pijo así no podía ser peligroso.

Salieron a la calle sin hablar. El grueso manto de nubarrones que avanzaba con mano de hierro cubría ya toda la isla y parecía como si la noche se hubiera echado antes de tiempo por sorpresa. No se veía un alma en un pueblo que permanecía desierto desde hacía treinta y cinco años. Anduvieron largo rato en silencio dejando atrás los cañaverales y el pinar.

—Te debo una explicación por este susto. No creo que pueda decirse que hayamos empezado con buen pie y te pido disculpas. Llegué ayer por la tarde a O Grove y te reconocí en la calle por una foto tuya que encontré en Internet. Ibas con esa mujer y los dos niños y me dio vergüenza presentarme. Sé que es una estupidez. Como de todas formas habíamos quedado hoy, pensé que era mejor esperar. Luego vi que reservabais pasajes y me apunté también a esta excursión.

—Ya no sé a quién creer —musitó Isabel mientras le devolvía el abrigo—. Llevo meses amenazada y todo me asusta.

Pero confió en él. Le parecía muy guapo y se sentía herida en el orgullo porque la había visto comportarse como una cría asustada. Tratando de ofrecerle una imagen más interesante, durante el ondulante camino que los separaba de la playa, le dijo que ella también se había comportado de forma estúpida mintiéndole por teléfono. Le puso al corriente de forma concisa sobre su amistad juvenil con Elena y acerca de cómo recientemente habían contactado a través de una amiga común. Le dio detalles incluso de la cita que habían tenido en Marbella y mencionó para impresionarle, convencida de que ése era el tema del que Fernando quería hablarle, que la había encontrado muy preocupada con una especie de patente que sospechaba tenía que ver con su marido y asesino.

—Cuando me llamaste y me dijiste que ella quería darme un mensaje después de muerta decidí que merecía la pena verte. Supongo que se trata de aquello que parecía preocuparle —dijo afectando suficiencia.

El último cambio de rasante llevaba directo a la ensenada donde se encontraba atracado el barco turístico a punto de zarpar.

—¿Por qué me has dicho antes que llevas meses amenazada? —inquirió Fernando.

—Son temas personales, pero tengo que estar alerta. Digamos que hay alguien que me quiere mal y que se dedica a asustarme, y que pensé que tú tenías esas mismas intenciones. Pero dejemos eso. ¿Qué mensaje tienes para mí?

—No hay mensaje. En realidad quería conocerte porque la investigación policial de la muerte de tu amiga ha despertado en mí una curiosidad científica que espero que puedas ayudarme a saciar. Improvisé esa excusa para convencerte cuando te negaste por teléfono.

Isabel dio un respingo. De pronto su rostro se había cubierto con las mismas nubes que tapizaban el cielo.

—¿Eres policía? ¿Estás investigando el asesinato?

—No, y no hay mucho que investigar ya respecto al crimen. Yo estoy interesado en la salud y la vida previas de Elena.

Le contó que, por su formación y experiencia en toxicología y bioquímica, colaboraba con la Comisaría General de Policía Científica de la Policía Nacional. En ese momento estaba montando para ellos un nuevo laboratorio en Madrid, en el complejo de Canillas. Luego le explicó que había tenido acceso a principios de febrero a la autopsia y a buena parte del informe de la investigación del asesinato de Elena porque un policía, a quien a su vez los *mossos* habían consultado, se los había mostrado pidiéndole opinión como experto. Los resultados de ese análisis *post mortem* eran, en definitiva, lo que le había llevado a contactar con ella.

—Es la curiosidad científica lo que me mueve. Cuando te llamé los *mossos d'esquadra* ya tenían a Alejandro entre rejas. Su mujer murió al ingerir una dosis muy elevada de una mezcla de dos venenos: una pequeña parte de cianuro mezclado con un montón de polvo de ricino. Una combinación burda pero efectiva. El cianuro se puede obtener de algunos fertilizantes, o de disolventes. Aun así es costoso de lograr en proporciones letales y por eso estaba combinado con el ricino, que se saca de las semillas de una planta, aunque también hay que concentrarlo y convertirlo en polvo. Me pregunto por qué utilizaría ese veneno tan malo. Un médico como él podría haber tenido acceso a otros mucho más sofisticados como el pentobarbital de sodio, por ejemplo.

Casi cuando llegaban al borde de la pasarela añadió que aparte del veneno habían encontrado elementos extraños en la sangre. Isabel no entendió demasiado la jerga de biología molecular, pero se quedó con la idea de que la estructura del ADN mitocondrial de Elena estaba alterada. Las cadenas de ARN que se producían en los ribosomas no eran normales o tenían un alto porcentaje de imperfecciones.

—Eso debía afectar a la mitosis celular. Me pareció tan intrigante que removí cielo y tierra para que se hicieran pruebas genéticas adicionales más complejas, lo que retrasó el entierro de la pobre mujer. No se encontró nada importante salvo un nivel bajísimo de una enzima recientemente descubierta que se llama telomerasa, y que es la que favorece la replicación de las células. Eso significa que su cuerpo estaba prácticamente detenido. Estaba viva antes de tomar el veneno pero es muy probable que en el plazo de unos años el deterioro físico debido a la escasa reproducción celular la hubiera llevado al borde de la muerte. Nunca había visto nada semejante, ni en un experimento, ni mucho menos en una persona. Sus cromosomas, sus genes, su ADN... están fuera de todo lo razonable —sentenció.

Continuó explicándole que los *mossos,* una vez capturado el culpable del asesinato gracias a una llamada anónima que se relataba en el informe de la investigación, habían cerrado el caso. Él había decidido seguir indagando sobre el porqué de los extraños resultados de los análisis por su cuenta. Para ello había intentado hablar por teléfono con los padres de Elena, tratando de conocer aspectos de su salud, pero habían desconfiado y no le habían facilitado ninguna información. Echando otro vistazo al informe de la investigación había obtenido entonces el listado de movimientos de los últimos tres meses de la tarjeta de crédito de la fallecida y, de entre todos los cargos, le había llamado la atención el del hotel Marriott's Beach Resort en Marbella, pues resultaba extraño que hubiera ido un fin de semana en pleno enero a la playa.

—También *crackeé* su perfil en Facebook. En realidad entré con las claves que venían en el informe de los *mossos.* El juez del caso les había autorizado a pedirlas —explicó—. Pude comprobar que el domingo 13 de enero por la noche, después de su estancia en Marbella, se había hecho tu amiga virtual. Vi fotos tuyas y por eso esta mañana te reconocí. Supe también que las dos estudiasteis en el mismo colegio de las Irlandesas, puesto que pertenecéis al grupo de antiguas alumnas. No te imaginas la de cosas que obtiene la policía gracias a los perfiles de las redes sociales. No tenía la certeza de que hubieras estado con ella en el Marriott, pero pensé que siendo su amiga desde el colegio, podrías darme información para seguir tirando del hilo y conocerla mejor, para saber qué enfermedad tenía o qué le pasaba. O tal vez tengas la confianza de sus padres que yo no me pude ganar. No me costó obtener tu teléfono móvil preguntando en el directorio de Telefónica.

—Vaya —dijo Isabel antes de subir al barco—, se ve que me he tragado el anzuelo.

—No se me ocurrió otra manera de conseguir que quedases conmigo. Por lo que me has dicho antes, había algo que le preocupaba, ¿no es así?

—¡Hay que fastidiarse! Resulta que siendo yo la que buscaba información finalmente soy la que tiene que dártela. Ya hablaremos, de momento no quiero que nos vean juntos. Luego, cuando desembarquemos en O Grove, continuaremos charlando si quieres, pero ya te adelanto que no sé gran cosa. Hasta luego —se despidió devolviéndole el pañuelo ensangrentado. La hemorragia de su dedo se había detenido.

Fue directa al interior, donde su hermana y sus sobrinos apuraban unos refrescos. El barco empezó a moverse y pronto el perfil sombrío de la isla de Sálvora menguó tras el ventanal de popa. El aire surcaba silencioso la superficie negra del agua. Isabel pensaba en lo torpe que había sido al revelar información sin obtener nada a cambio, pero Fernando le había gustado y además su interés científico podía venirle estupendamente a sus propósitos. Llevaba semanas muerta de curiosidad por el secreto que ocultaba Elena, y Fernando Flórez podía ser su socio, aunque persiguieran cosas distintas. Ella bucearía en la vida de su amiga para descubrir la patente, y él para conocer su historial de salud. Podían acompañarse mutuamente. Además, el hecho de que Fernando fuese colaborador de la Policía Nacional podía servirle también para librarse del acoso de Aguirre.

Buscó entre los correos electrónicos de su teléfono móvil. Releyó el último mensaje de Berta y meditó unos instantes. Si quería formar una alianza con Fernando debería empezar por contarle lo del misterioso portafolios perdido en Morella.

El barco topó con el muelle y sus sobrinos se alborotaron, ansiosos por salir. Escudriñó con la mirada entre los pasajeros, pero el abrigo negro parecía haberse esfumado. Rebeca interrumpió sus pensamientos en tierra firme:

—¿Nos vamos al hotel antes de la procesión? Espero que no llueva y se suspenda.

—No. He quedado con el amigo que te dije. Luego te llamo y me uno a vosotros. Adiós, caras guapas —añadió para sus sobrinos.

Se quedó sola junto al rompeolas. El grupo se había disuelto y sólo quedaban un par de tripulantes limpiando la cubierta. ¿Dónde se había metido? A los diez minutos empezó a sentir frío y se encaminó hacia una cantina tras cuyos ventanales empañados se intuía una televisión encendida. De pronto sonó el teléfono sobresaltándola.

Descolgó rápidamente.

—Por lo que veo has elegido el mismo garito que yo —la animó una voz—. Te espero dentro del bar que estás mirando en este preciso momento. Te llamo desde su teléfono público.

¿Quién se creía Fernando que era para andar manipulando así a la gente?

Estuvieron charlando en la taberna del Beiramar algo más de una hora. Sus ojos negros, su tez levemente morena y la impoluta ropa de marca le inspiraban confianza. Sus palabras, sin embargo, eran frías, como si estuviera nervioso pero no quisiera que se le notara. Tras un rato de conversación intrascendente sobre la situación política, Isabel abordó el primer tema que le interesaba. Le puso al día de sus problemas con Juan Aguirre y le pidió que la ayudase. El Capitán le prometió que comentaría el asunto a alguien de su confianza en la Guardia Civil, con la que también había colaborado en el pasado. Se oyó entonces el redoble de tambores en alguna calle adyacente. La procesión más importante del año estaba comenzando:

—Debo ir a ver la procesión con los niños, pero todavía no hemos hablado de Elena. ¡Se me ha pasado el tiempo volando! ¿Te parece que nos veamos luego? ¿A las diez? Después de la procesión, aquí mismo.

—Por mí, bien —confirmó el Capitán.

Isabel se reunió con sus sobrinos y su hermana. El aire negro soplaba en los aleros y correteaba por las calles de O Grove. Se ubicaron entre la gente apretada en la acera de la calle de la plaza. Las cornetas rasgaron el aire de la noche y el redoble de los bombos rebotó en las fachadas. Juan lloró de la impresión. Varias decenas de cofrades con túnicas y capas negras, y con los rostros cubiertos por capirotes malvas, portaban hachones que apenas se mantenían encendidos por la brisa. Al ritmo solemne de los tambores se acercaron, portados a hombros de costaleros, dos imponentes tronos de madera. En el primero de ellos, rodeado de candelabros barrocos y crisantemos, tumbado con el cuerpo horriblemente deformado, había un Cristo yacente. Una mujer se santiguó. Otra bisbiseaba una oración. Llegó el segundo trono. La Virgen de los Dolores, rodeada de altos cirios sobre un lecho cuajado de lirios, se bamboleaba dulcemente mientras el viento hacía ondear su manto recamado con delicadas filigranas. Varios soldados del cuerpo de infantería y tres guardias civiles acompañaban el paso. Mujeres con peineta, mantilla y velos negros completaban el séquito.

Un escalofrío recorrió la espalda de Isabel. Eran las nueve en punto de la noche —la misma hora a la que, en algún remoto sótano, sufría Elisabeth Walker un espasmo sin que Isabel pudiera saberlo—. De pronto el dedo donde se había clavado la astilla le punzaba con fuerza. Cuando la procesión terminó, subieron a la habitación y metieron en la cama a los niños. Serían sobre las nueve y media de la noche cuando se despidió de su hermana hasta el día siguiente diciendo que iba a dar un paseo, y que tomaría una cerveza con el amigo, que había decidido quedarse más tiempo en el pueblo. Rebeca no hizo ninguna pregunta y se quedó velando el sueño de sus hijos.

Aunque llegó antes de tiempo a la taberna del Beiramar, Fernando ya estaba allí como si no se hubiera movido. Se había quitado el jersey verde oscuro y lucía una camisa en tonos azulados de Paul and Shark. Isabel se esponjó dentro de su ropa, se tomó un par de albariños y, tras veinte minutos de charla intrascendente, se encontró reconfortada. El tiempo volaba al lado de aquel hombre.

—¿Por qué no vamos a dar una vuelta? Hay mucho humo y me escuecen los ojos. Como te dije, no sé nada de la salud de Elena ni detalles de su vida anterior, pero sí te contaré algo que no sabes, y te ayudaré a empezar a tirar del hilo.

Salieron a la noche cerrada. El tintineo de los cabos tensos en los mástiles y el ruido de las olas lamiendo el puerto amenizaban el paseo. Detrás del brumoso canal se intuía el perfil de la isla de La Toja. Llegaron caminando bajo las farolas hasta el puente que la unía al istmo de O Grove.

—¿Te parece que crucemos a la isla? —sugirió Isabel.

—Si es necesario para me cuentes lo que llevas más de quince minutos pensando…

Caminaron a lo largo del puente. Unos metros más abajo el mar rugía en el canal. La Toja les recibió con un bosque de pinos altos que el viento hacía susurrar. Anduvieron por la calle Don Pedro, flanqueando el bosque y dejando al otro lado hoteles y bloques de apartamentos.

—Quiero ayudarte a conocer más sobre su vida —empezó Isabel—. Pero tengo que serte sincera y comentarte que a mí me mueven intereses distintos a los tuyos. Quiero saber qué patente se traían entre manos ella y su marido. No es que piense que pueda sacarle partido económico, pero me puede la curiosidad.

—¿Cómo piensas ayudarme?

—¡Mira que iglesia tan bonita! —cambió de tema Isabel señalando una pequeña capilla que refulgía como si fuera de nácar por los cuatro costados: era la Ermita de San Sebastián, completamente forrada de conchas de vieiras—. Nunca había visto una iglesia forrada de conchas —exclamó acercándose a mirar por la estrecha ventana.

Al cabo de unos segundos las formas tenebrosas del interior se fueron afilando, y en el presbiterio aparecieron la Virgen del Carmen, patrona del mar y los marineros, y un crucifijo. Fernando se había asomado también, colocando su cara a una distancia muy cercana, y ella sintió que sus mejillas iban a estallar de vergüenza.

—Te voy a ayudar a conseguir información yendo contigo a Morella —añadió aparentando normalidad—. Sus padres, que viven allí, seguro que me recuerdan. A Roberto Paniagua lo vi pocas veces, pero su madre me conocerá muy bien. Nos veíamos a menudo en la casa de El Soto. ¿Sabías que Elena llevó a Morella un portafolios con información por si le pasaba algo? —continuó Isabel—. Ahora sus padres no lo encuentran. Ése sí que es un mensaje que ha dejado al mundo, como el que yo pensé que tú querías transmitirme.

Le contó que se había enterado a través del correo electrónico de Berta y los dos estuvieron de acuerdo en realizar esa visita a los desconsolados padres. Después de consultar la agenda en el móvil, acordaron verse en Morella al cabo de tres semanas, el martes día 8 de abril, porque hasta entonces Isabel no podría tomarse en el trabajo unos días libres.

Emprendieron el camino de vuelta hacia el puente, cruzaron el canal y regresaron a O Grove. El Capitán hizo el ademán de despedirse.

—¿Te vas así, sin más? Dame el teléfono móvil que no me quisiste dar la otra vez. El fijo es de una pensión.

—Tenía el teléfono estropeado. Mi móvil es el 656 516 31 31, ¿satisfecha?

—Mejor —admitió Isabel almacenando el número en la memoria del celular—. ¿Dónde te alojas hoy?

—En ningún sitio, me voy para Zamora.

—¿Zamora? ¿Tú sabes qué hora es? Son ya las once y tienes unas cuantas horas de viaje.

—No te preocupes.

—Tal vez podríamos ir juntos a Morella, quedar en Madrid e ir en mi coche —sugirió ella.

—No sé dónde estaré esos días, así que creo que es mejor que quedemos allí directamente, pero si estoy en Madrid prometo llamarte para ir juntos.

Lo vio marcharse embozado en su loden en dirección al puerto. De camino al hotel sentía que tenía la capacidad de extraerle toda la información que deseaba a cambio de nada. La asaltó una sospecha. Al igual que el miércoles cuando venía conduciendo, decidió llamar al móvil que le había facilitado y, en lugar del tono de llamada, escuchó la voz enlatada de una señorita que decía: «El número marcado no existe».

Y la llamada se cortó mientras ella montaba en cólera. Aquel pijo que parecía un desfile andante de marcas la había engañado otra vez. Trepó a saltos las escaleras y se encerró en la habitación. El dedo herido seguía punzando a cada latido, pero consiguió dormir. Soñó que estaba desnuda en medio de un bosque en otoño. El bosque olía a la misma fragancia que exhalaba el Capitán…

Mientras, en algún lugar entre O Grove y Zamora, el Capitán conducía haciendo esfuerzos por mantenerse despierto. Aún le quedaban muchos kilómetros de noche cerrada en el coche para llegar a casa.

Isabel vivió el resto de las vacaciones en un estado de permanente irritación. El Domingo de Resurrección se despidió de Rebeca y de los niños, que se quedaban una noche más en O Grove, y condujo de regreso. Después de nueve horas y un paquete y medio de tabaco, llegó a su ático a las once de la noche, donde descubrió que en la terraza se estaban secando las gitanillas y los mirtos enanos. Las pastillas y una cerveza obraron el milagro de que se durmiera. Al menos el dedo donde se había clavado la astilla no le dolía como la noche anterior.

Las semanas siguientes discurrieron casi perfectas en la oficina. Juan Jesús Cajete estaba de viaje por Sudamérica. Eugenio había tomado definitivamente el pulso al trabajo y se mostraba como un estupendo líder del grupo, y Carmen y el veterano Luis Antonio bailaban al son que el muchacho les marcaba. Los informes sobre el comportamiento de los ingresos internacionales y las actas sobre el estado de la implantación de los distintos proyectos estaban al día con una calidad y profusión de detalles que incluso impresionaban a su jefa. Pero Noelia Gómez, la gerente de Recursos Humanos, se había percatado también de la valía de Eugenio, y como la división de Telefónica conocida como TIWS, encargada de la reventa de las redes de la compañía en todo el mundo, tenía un importante pico de trabajo, sugirió delicadamente que había pensado en Eugenio para echar una mano a tiempo parcial como parte de su proceso de formación. Isabel la despidió con cajas destempladas, advirtiéndole severamente que no se le ocurriera tocar a ninguna otra persona de su equipo.

Su relación sentimental con el empresario Fran Marino se estropeó casi del todo. Sus mensajes lascivos cada vez le hacían menos gracia, y le daba largas con las citas. Cuando al fin quedaron el último domingo de marzo tuvieron una gran discusión. Fran se empeñó en usar un juguete erótico que le había regalado pero, como ella no estuvo por la labor, la cosa acabó a gritos y con un portazo que hizo retumbar todo el piso.

Se encontró entonces rara y sola. Le pareció que sus perversiones habían llegado demasiado lejos y se sentía feliz de haber abandonado aquella senda, pero también furiosa porque supo que los problemas con Fran tenían que ver con Fernando. ¿Le gustaba realmente ese extraño personaje? ¿Estaría manejando también sus sentimientos? Se descubrió a sí misma deseando que llegara el día 8 de abril, y no por seguir investigando, sino por ver al Capitán que con tanta displicencia la trataba. Pensó en una excusa para contactar, y se le ocurrió que notificarle un nuevo acoso del Vengador podía valer, así que buscó el teléfono de la pensión Tojo. Descolgó la misma voz cascada de la última vez:

—¿Fernando Flórez? No está aquí —dijo la voz secamente.

—¿Podría dejarle al menos un mensaje?

—Dígame qué quiere, aunque seguro que no lo voy a ver.

—Que le ha llamado Isabel Sáenz de Tejada, y que necesito hablar con él. Es urgente.

—Vale —dijo la voz. Y colgó.

Se fue llorando a la habitación. Nunca en su vida se había visto tan impotente y ninguneada. Se juró a sí misma que le haría pagar todas juntas.

El lunes 31 de marzo Isabel estaba de muy mal humor en la oficina porque acababan de encargarle la gestión de un proyecto nuevo denominado *Canales Veloces,* que iba a saturarla de trabajo cuando ella consideraba que ya tenía suficiente con todo lo que llevaba y que no disponía de más tiempo. Después pasó la mañana respondiendo correos pendientes y comió en la cafetería del Edificio 1 un sándwich en soledad. Era consciente de que su mal humor podía perjudicarla profesionalmente, así que rehuía el contacto con los demás.

Por la tarde tuvo que conectarse a tres *conference calls* consecutivas convocadas por los directores de división de México, Chile y Argentina. Debido al desfase horario con Latinoamérica siempre se realizaban a esas horas, así que eran más de las siete cuando al fin pudo colgar el teléfono. No se oía un alma en la oficina. Las mesas donde trabajaban Eugenio, Carmen y Luis Antonio estaban desiertas desde hacía un rato, pero los días eran cada vez más largos y el sol aún destellaba sobre la ciudad. Se derrumbó en la silla y dejó vagar su mente. De pronto, el móvil le vibró con un mensaje proveniente de un número oculto:

Recibí tu mensaje. Dime lo que precises en: emmiranda@gmail.com.

Fernando no se dignaba a satisfacerla con una llamada pero al menos le daba una dirección para el intercambio de correos electrónicos. Recordó la excusa que había ideado para contactarlo y rebuscó en el disco duro de su ordenador. Releyó los documentos que había escrito a mediados de febrero, después de su visita a Barcelona para asistir al entierro de Elena. En el primero estaba relatada con precisión la historia de los meses precedentes y pensó que había demasiados detalles que podían comprometerla. El segundo documento era una revisión en la que se enumeraban únicamente algunos hechos en una crónica desapasionada. Antes de remitírselo por correo electrónico quiso hacer una comprobación:

He recibido un SMS con esta dirección de correo. Para escribir y mandar lo que quiero, necesito confirmar la identidad de la persona que se esconde detrás del alias: emmiranda@gmail.com.
Saludos.

Apenas un minuto más tarde, tenía en la bandeja de entrada la siguiente contestación:

Apreciada Isabel:
Evidentemente soy yo, Fernando, el propietario de esta dirección de correo. Me dijeron que querías contactar conmigo. Éste es el método más rápido.
Saludos.

El caradura hacía alarde de su frialdad con ella. ¿Por qué se empeñaba en no llamarla? Ya ajustaría las cuentas en Morella:

Según quedamos en O Grove, tengo el gusto de enviarte en un fichero adjunto con este correo un relato de los hechos sobre Juan Aguirre, ese acosador mío que firma como El Vengador. Me dijiste que tenías contactos en la Guardia Civil y que me ayudarías. Espero que cumplas tu palabra.

Saludos.

Tras haberlo enviado lo repasó un par de veces y se sintió muy ufana. Era totalmente frío.

Estuvo un rato más en el despacho aguardando inútilmente una respuesta. Se hubiera conformado con un *De acuerdo, lo tendré en cuenta* o *Nos vemos en Morella,* pero no recibió nada. Para hacer tiempo habló por teléfono con su madre, que le dijo que en dos fines de semana iban a venir de nuevo a Madrid Rebeca y los niños. Prometió que se reuniría con todos ellos y se sintió reconfortada por tener esos buenos sentimientos familiares, a pesar de todo el frío que había en su alma. Quería volver a ser una buena chica y estuvo un rato convenciéndose a sí misma de que lo que había sucedido había sido por culpa del acoso al que se había visto sometida desde hacía catorce años. Un acoso en el que su difunta amiga —ella misma se lo había dicho sin darse cuenta— tenía buena parte de responsabilidad. ¿No había sufrido años y años un trauma, y aún lo sufría, por todo aquello? Aunque no se sentía a gusto con su conciencia, pensó que había algo de justicia en todas las cosas horribles que estaban sucediendo. Ahora sólo debía conseguir que Fernando la librara de Aguirre —daba por seguro que éste estaba detrás del Vengador— y entonces toda su vida sería un remanso de paz. Por un momento pensó incluso en que podría recuperar su olvidado proyecto de recibir un tratamiento que le permitiera librarse de sus traumas para poder luego fundar una familia propia. Y no pudo evitar imaginar a Fernando como marido.

EL MIÉRCOLES 2 DE ABRIL FÉLIX MORENO CAMINABA MARcialmente por el vestíbulo del centro comercial Plenilunio. Era un hombre alto, de gran musculatura y fortaleza. Su rostro redondo y con entradas escrutaba tras los ojos azules todo lo que sucedía alrededor mientras subía al piso de arriba por las escaleras mecánicas. Su profesión le hacía estar siempre vigilante.

Había quedado a comer allí con Fernando Flórez. Hacía mucho tiempo que no lo veía, pero lo apreciaba sinceramente. En 2005 habían trabajado juntos en el proyecto de mejora del laboratorio de la Policía Judicial de la Guardia Civil. Tres años después, tenía una nueva responsabilidad en la Unidad Central Operativa del Instituto Armado, la UCO: era el comandante jefe de la unidad de lucha contra el crimen organizado, cuya oficina central estaba situada muy cerca del centro comercial, en un edificio azul camuflado al otro lado de la autopista. Gobernaba a más de cuatrocientos hombres encargados de la inteligencia requerida para la identificación y detención de mafiosos a lo largo y ancho de la geografía española. Como casi siempre, iba vestido de paisano.

Se saludaron efusivamente. Luego merodearon por los distintos restaurantes hasta encontrar uno cuyo menú a diez euros les pareció apetecible. Charlaron sobre los viejos tiempos y las anécdotas del laboratorio. La colaboración como asesor externo de Fernando había sido decisiva. Ahora el servicio se había integrado en la Comisaría General de Policía Científica del Ministerio del Interior, que dependía más directamente de la Policía Nacional.

En los postres Fernando introdujo el tema que lo había llevado a llamar a su amigo.

—Hay un asunto que me gustaría que mirases con un poco de discreción —comenzó—. Si te lo pido a ti es porque no tengo confianza con los que estoy trabajando ahora en la Policía Nacional. De hecho, ya les he pedido algún que otro favor de más —dijo recordando el expediente sobre Elena, al que había tenido acceso completo—. Mi mejor contacto allí, con quien estoy trabajando día a día, es un muchacho recién salido de la academia. Manuel Carrera se llama. Sabe bastante de informática, ya me conoces, mucho más que yo, que no tengo ni idea, pero no puedo pedirle lo que a ti.

—Dispara.

—Verás, he conocido a una amiga.

—¿Te has enamorado? —preguntó el comandante Félix socarrón.

—No es nada de eso. Es mayor que yo y además no es mi tipo, pero me cae bien y tiene un problema con un señor que la está acosando.

—¿Por qué no le pone una denuncia?

—No se decide —se explicó Fernando— porque en realidad no tiene pruebas. Ya sabes, llamadas a medianoche, correos electrónicos, mensajes amenazantes y todas esas cosas. Pero siempre son anónimos que vienen firmados con un curioso nombre: El Vengador.

—Pues vaya —murmuró Félix mientras deglutía un trozo de tarta de manzana—. ¿Y ella de quién sospecha?

—Todo parece indicar que el Vengador es un antiguo compañero suyo al que denunció ante la dirección de Telefónica. Pilló al sujeto en cuestión el verano pasado defraudando dinero a la compañía en Colombia y lo puso en conocimiento de sus superiores. Total, que al fulano lo echaron, salió en todos los periódicos, arruinó su vida profesional y desde entonces la está acosando. Incluso piensa que la está siguiendo.

—Comprendo. ¿Y qué quieres que haga? —se ofreció Félix.

—Mira —dijo Fernando sacando un lápiz de memoria del bolsillo de su camisa—. Ella se llama Isabel Sáenz de Tejada y tiene un puestazo en Telefónica. Le preocupa verse comprometida con todo esto, pero ha preparado la denuncia escribiendo todos los detalles en el fichero que encontrarás aquí. He pensado que tal vez pudieras mirar algo en las bases de datos. El tipo sospechoso se llama Juan Aguirre. Sé que lo que te pido es irregular, pero tal vez sepamos qué es ahora de su vida. Cualquier cosa. Luego ya me encargo yo.

—¿Y qué vas a hacer? ¿Le vas a dar una paliza a media noche?

—Tú dime, si puedes, qué es de ese hombre. A lo mejor tiene antecedentes por acoso o algo así, y entonces ya podemos… ya podría ella, quiero decir, denunciarlo. ¿Te parece?

—Está bien —accedió Félix—, me leeré este fichérito, husmearé un poco en la vida de ese Aguirre y, con lo que sea, te aviso, pero ni se te ocurra hacer alguna tontería.

—Muchas gracias, de verdad. Ya sabes dónde puedes encontrarme.

Bajaron y se despidieron en la calle haciendo votos por quedar más a menudo. Félix se quedó viendo desde su coche cómo Fernando se iba andando hasta desaparecer detrás del edificio. Mientras conducía de vuelta a la oficina pensó en que la impresión que le causaba había sido siempre la de un buen tipo, pero también un poco raro. En realidad muy raro. Investigándolo en las bases de datos a las que tenía acceso, había logrado averiguar que había nacido en Zamora de padre desconocido, y que posteriormente su madre se había casado con un hombre de raza gitana dedicado a la venta ambulante al por menor, que lo había adoptado. Suponía que de esa delicada vida infantil, le venían a Fernando las rarezas.

CAPÍTULO 7

Mensaje en el cielo

Mis palabras suben volando, mis pensamientos se quedan aquí abajo; palabras sin pensamientos nunca llegan al cielo.

William Shakespeare

ISABEL SE LEVANTÓ A LAS SEIS Y MEDIA DE LA MAÑANA. POR fin era martes 8 de abril. La semana transcurrida desde el intercambio de *emails* con Fernando había sido como un viaje en la montaña rusa. En la oficina el trabajo se desbordó, tal y como había presentido, y el sábado lo pasó sola en casa leyendo mensajes de Fran, que no se resignaba a perderla. Conforme se acercaba la fecha, la impaciencia por encontrarse con el Capitán no le permitía pensar en otras cosas, y hasta el último momento no perdió la esperanza de que la llamase para que hicieran el viaje a Morella juntos.

El cielo estaba negro, como si todavía quedase tiempo para el amanecer, pero ya no podía dormir más. El viaje hasta la costa oriental española le llevaría unas tres horas, y una más para subir a la sierra del Maestrazgo, donde se encuentra Morella. Se tomó un café bien cargado y metió en la bolsa de viaje tres mudas, un chándal que se ceñía a su cuerpo como un guante y que utilizaba a modo de pijama, tres camisas y dos jerséis, además de su habitual neceser con maquillaje, desodorante, colonias, cepillo de dientes y otros enseres para el aseo personal y la belleza. Pensaba pasar fuera de Madrid el par de días de permiso que había pedido en el trabajo.

Agotada después de más de dos horas al volante, paró a tomar un café y un bollo en una gasolinera muy cerca ya de Castellón, pero a pesar del descanso el camino hacia el interior de la sierra del Maestrazgo se le hizo muy pesado. Al fin, desplegado en la ladera sureste de una atalaya natural que se alza en el borde de un amplísimo valle, se le presentó el cuadro cubista de los tejados de Morella. Observó el perfil rectilíneo de su muralla, el abigarrado espectáculo de las casas en su interior y, por encima de todo, en la cúspide de una mole de roca, la silueta amenazante de la fortaleza medieval de la ciudad.

La ciudadela le pareció un laberinto de callejas. La mayoría de las fachadas lucían pintadas de blanco o en colores ocre, con ventanas y balconcillos enrejados, aunque se veían retazos de edificaciones más primitivas, con restos de ladrillo rojo y piedras, y también esquinas, zócalos y portalones de sillería. Aparcó en cuanto pudo en una zona ensanchada. Salió del coche y un aire frío la saludó en el rostro. No en vano estaba a prácticamente mil metros de altitud sobre el nivel del mar y la primavera apenas había comenzado. Le venía bien, pues necesitaba desperezarse ante una jornada que se le presentaba larguísima y llena de sentimientos encontrados. Eran las dos y veinticinco minutos.

Se colocó el abrigo sobre los hombros y comenzó a vagar. No pensaba preocuparse por el Capitán. El teléfono que le había dado era falso, pero aunque hubiera tenido uno verdadero, si él no se había dignado a confirmar la hora y el lugar de su encuentro, no sería ella quien lo hiciera. Sólo tendría que pasear y esperar a que, a la vuelta de cualquier esquina, se le apareciera con una sonrisa como si no hubiera pasado nada.

Caminó en dirección a la silueta del castillo por estrechas calles porticadas hasta que se encontró con la fachada gótica de la basílica arciprestal de Santa María, con sus cuatro arquivoltas apuntando al cielo, su cúpula de tejas azules, y su espadaña de un único ojo. Levantó el rostro y dejó que el incipiente sol primaveral la besara.

—Hola —la sorprendió el Capitán—, ¿qué tal el viaje?

—Todo muy bien —contestó ella sin afectación.

—¿Tienes hambre?

—Pues no —le interrumpió ella tratando de morderse los labios—, pero si quieres podemos ir a comer algo, aunque antes debes decirme por qué me diste un teléfono móvil falso, y ¿qué es eso de *emmiranda?* No me moveré de esta plaza si no obtengo información.

—Está bien —accedió—. Tengo otra dirección de la Policía Nacional pero comprenderás que prefiera que no nos comuniquemos a través de ese buzón oficial. Lo de *emmiranda* como alias es porque no me gusta dar mis datos por Internet, no significa nada.

—No te creo una palabra. ¿Qué hay de tu teléfono móvil?

—¡Odio esos trastos! No llevo ninguno encima. Alguna vez he usado alguno que me han dejado en el trabajo, pero nada más. Puedes registrarme —le dijo mostrando su cazadora abierta.

—Otra cosa que no te creo. Luego está lo de la pensión ésa.

—La explicación es sencillísima —replicó él—. Cuando vengo a Madrid por motivos laborales me suelo alojar allí, pero les tengo advertidos que no den mis datos a nadie pues, a fin de cuentas, es un trabajo un poco sensible el que realizo, y prefiero pasar desapercibido.

—¿Es que tienes una excusa para cada pregunta? —se enfadó Isabel.

—No son excusas. Vamos a comer. Invito yo.

Lo siguió como una autómata. Era consciente de que el interrogatorio no le había aportado ninguna información y de que, a pesar de haberse prometido a sí misma que llevaría la iniciativa, se veía ahora siguiendo sumisa a aquel hombre impolutamente vestido —esa vez sus pantalones de paño oscuro eran de Calvin Klein, su jersey de nuevo de Tommy Hilfiger, la cazadora de Paul and Shark y calzaba mocasines de tafilete que brillaban como espejos—. Se sentía seducida, casi hipnotizada.

Salieron de la protección de la basílica y descendieron por la pendiente hasta llegar a la plaza del Ayuntamiento. Fernando caminaba con paso seguro, como si hubiera estudiado el teatro de operaciones de antemano. Entraron en un restaurante y durante la comida el Capitán habló de todo lo que sabía de la familia de Elena. Conocía por la guía telefónica que vivían en una casa en la calle de la Virgen del Rosario y también poseía información, obtenida de bases de datos de empresas, sobre la compañía de materiales industriales de su propiedad, gestionada desde hacía poco por un profesional. Era de las que se van construyendo en toda una vida de esfuerzo, reinvirtiendo los beneficios como quien va poniendo los ladrillos de un muro, uno detrás de otro. Pero valía mucho más por los activos inmobiliarios que tenía —terrenos propios en varios polígonos, naves industriales en Coslada, oficinas compradas en Alcobendas y locales en el centro de Madrid— que por el beneficio que iba generando. Especuló con que el pobre Roberto habría cifrado las esperanzas de transmisión de la herencia en su hija, la única capacitada de sus vástagos. Con la muerte de ésta, y siendo sus nietos tan pequeños, tendría ahora que malbaratar su legado entregándolo a alguna inmobiliaria especuladora para hacer caja rápidamente. En los postres acordaron presentarse a media tarde. Irían —conforme había pensado Isabel— con la verdad por delante respecto a la búsqueda del portafolios y también les explicarían la motivación científica de Fernando. Esperaban que lo entendieran y aceptaran responder a sus preguntas. Asimismo, confiaban en que les dejasen echar un vistazo a las cosas de Elena.

Después de una larga sobremesa y de un paseo por el pueblo, sobre las cinco y media de la tarde, dirigieron sus pasos a la vivienda de los Paniagua. Era una excelente construcción restaurada en la estrecha calle de la Virgen del Rosario, cuyas segunda y tercera plantas, apoyadas sobre columnas de piedra y vigas de madera, servían para porticar un extremo de la misma. La fachada brillaba pintada en color crema con junquillos verticales de madera barnizada a modo de finas bandas decorativas. La entrada estaba bajo el soportal. Una gran puerta de madera se encastraba en jambas y dintel de piedra tallada.

El Capitán hizo sonar la aldaba. A los pocos segundos se abrió una de las hojas. Laura Vera, la madre de Elena, apareció al otro lado del umbral. Isabel la reconoció perfectamente. Había pasado poco tiempo desde que la viera en el entierro. Ya entonces le había parecido una mujer maltratada por el dolor, pero ahora le pareció que se había echado diez años encima de golpe. Su pelo, siempre bien teñido de un negro brillante, mostraba ahora algo más que raíces blancas, y su mirada, otrora altiva, parecía la de una vieja perdida en su ancianidad. Tenía sesenta y tres años pero le pareció una señora de ochenta.

—Hola. No sé si se acordará usted de mí. Soy Isabel Sáenz de Tejada, una amiga del colegio de Elena, y también de Berta Íñiguez, del colegio de las Irlandesas, en Madrid.

Los ojos de Laura parecieron salir un poco de la sombra cuando escuchó el nombre de su hija muerta, pero luego volvieron a apagarse.

—Una amiga de Elena… —repitió—. Y de Berta…

—Sí, ¿no se acuerda? Yo iba muchas veces a su casa después de clase a hacer los deberes, y usted nos preparaba la merienda.

Laura miró los ojos claros de su interlocutora y sonrió. Su mirada se iluminó con pensamientos positivos. Acababa de recordar.

—Sí, sí —habló con más fuerza que antes—. ¡Isabel! Siempre fuiste una buena amiga de mi hijita. ¿Cómo te va? Supongo que sabrás…

—Lo sé —le ahorró el trance—, por eso estamos aquí. Éste es mi amigo Fernando.

—Buenas tardes, señora —se presentó el Capitán.

—Es un especialista en toxicología que me está ayudando —continuó ella—. Por supuesto quería venir a darles mi más sentido pésame, pero también me gustaría comentarles algún tema acerca de las circunstancias de la desaparición de su hija.

—Ya le dijimos todo a la policía. Además, el culpable está en la cárcel. Pasad un momento y llamo a mi marido. Él charlará con vosotros.

—Muchas gracias —dijo Isabel conmovida y al tiempo contenta al comprobar que, como ella había sospechado, Elena no había mencionado a su madre nada de sus recientes reencuentros.

Cruzaron un zaguán en penumbra. La vida parecía haberse detenido allí dentro: un cubreradiadores, un cuadro oscuro como un borrón en la pared, ganchos para colgar las llaves, fotos en blanco y negro al otro lado y un fanal de hierro forjado en el techo. La salita de la derecha donde esperaron no era mucho más alegre, aunque daba a la calle y tras los visillos se veía pasar a la gente. Había dos sillones orejeros de cuero cubiertos con piezas de ganchillo y tres sillas de madera rústica alrededor de una mesa camilla. Las paredes estaban cubiertas por papel pintado de color claro que en varios lugares estaba abombado o despegándose y el techo tenía una moldura de escayola afiligranada con desconchones. Era como si los dueños se hubieran gastado todos los ahorros en arreglar el exterior dejando dentro cosas intactas desde hacía décadas.

Laura Vera regresó acompañada de su marido, que parecía menos afectado que ella. Mantenía su bigote altivo, entre gris y blanco, y una expresión en los ojos de mucha viveza. Tenía el pelo cano ondulado y una piel morena surcada de arrugas. Saludó amablemente a Isabel, a quien dijo recordar perfectamente, e hizo lo propio con el Capitán. Los invitó a sentarse en los sillones orejeros, pero ellos eligieron las sillas de la camilla. Los cuatro permanecieron unos instantes en la sala mirándose con curiosidad hasta que los forasteros comenzaron a exponer los motivos de la visita.

Fernando se presentó como el experto en toxicología que colaboraba con la policía y que había intentado contactar con ellos el pasado mes de febrero debido al enigma científico que había descubierto en los análisis *post mortem* de su hija. Roberto recordaba las llamadas y la desconfianza que le produjeron. Se cruzó de brazos y frunció el ceño. El Capitán formuló varias cuestiones sobre la salud de Elena que su padre fue contestando, aunque se notaba que estaba incómodo y lo hacía con cautela.

Lo único destacable era que hacía cuatro años, cuando tenía treinta y dos, a Elena le habían diagnosticado un «comienzo de cáncer de mama, o algo así». Tras las pruebas pertinentes, y al descubrir que podía tener células malignas, decidieron extirparlo. El tumor se hallaba en una fase tan inicial que no dejó secuelas físicas ni precisó apenas hospitalización. Fueron a verla a Barcelona, ya en su propia casa, y no tuvo que seguir tratamiento de quimioterapia posterior. Lo contó como un episodio menor, pero Fernando pareció muy interesado y preguntó dónde la habían tratado y quién era su oncólogo. Roberto contestó que la habían curado en el hospital Vall d'Hebron, donde trabajaba el marido de su hija. No supo decirle el nombre del especialista, pero debía tratarse de uno de sus colegas del hospital. Su interlocutor insistió entonces en preguntar si sabían de algún tratamiento que siguiera Elena por cualquier cosa, pero su padre replicó irritado que, hasta donde él conocía, no tomaba medicinas, ni por el episodio del nódulo en el pecho ni por otra cosa, y que fuera lo que fuese lo que habían encontrado de raro en el cadáver, tenía que haber sido causado por quien la asesinó.

Flórez quedó en silencio los siguientes diez minutos. Sabía que ni el cianuro ni el ricino podían justificar las alteraciones cromosómicas que él había observado, pero de pronto pensaba que Roberto podía tener algo de razón, y que las claves científicas que perseguía podían estar en poder de Alejandro Molins o de los colegas que conocían el historial médico de Elena. Recordó las palabras de Isabel sobre la patente que preocupaba a su amiga, y una conexión fulgurante chispeó en su cerebro por vez primera. Tal vez los extraños resultados de los análisis de Elena estaban relacionados con la patente que la había llevado a ser asesinada. Debería centrar a partir de entonces todos los esfuerzos de investigación en el doctor. Hasta el momento había estado, por error, más interesado en la propia difunta y en contactar con sus padres que en investigar al marido encarcelado, y ahora lamentaba su falta de perspicacia, pues a esas alturas apenas sabía nada de Molins, salvo por las vagas referencias que había leído hacía tiempo en el informe policial del crimen.

Isabel dejó su abrigo sobre el respaldo de la silla junto a la cazadora de Fernando y aprovechó el silencio para introducir el tema del portafolios desaparecido, relacionándolo con los negocios y el dinero de la pareja.

—Si saco este tema del dinero a relucir es porque Berta Íñiguez parece que les oyó mencionar algo acerca de un portadocumentos que un día trajo aquí, ¿no es así? Sé que les dijo que llevaba papeles por si algún día le pasaba algo, y se me ha ocurrido pensar que tal vez fueran documentos sobre alguna propiedad o negocio.

Roberto adoptó una actitud de prevención. Al ver a Isabel y recordarla siendo adolescente había confiado instintivamente en ella, pero ahora que salía a colación el asunto económico pensó que aquello no le incumbía. La mera insinuación de la palabra *dinero* despertó en él la desconfianza de los comerciantes de raza.

—¿Para qué queréis más pruebas? —inquirió Laura saliendo de nuevo de su caverna mental como preludio de un largo monólogo—. Si le mencioné a Berta lo de la carpeta fue porque me sentía culpable de no haber sido capaz de prever lo que iba a pasar. Ahora sé que la ha matado porque quería divorciarse, pero ya no podemos hacer nada… Al menos está preso y hay fecha para el juicio, que será en septiembre del año que viene. Es tan flagrante que lo tienen entre rejas sin fianza y así seguirá después. Ahora lo que queremos es que termine el curso para que Dieguito y Lucía vengan a vivir con nosotros, que de momento están con un tío suyo en Barcelona, para que no tuvieran que dejar las clases. Y queremos recuperar también el cuerpo de nuestra hijita y sepultarlo aquí, en Morella, que es donde siempre dijo bien claro que quería descansar. ¡No sé qué hace en el panteón de su asesino en Montjuic! Él se empeñó en enterrarla allí. Era una tradición familiar, eso dijo. ¡Pero lo hacía para disimular! Nuestro abogado dice que no habrá problema en que nos den permiso para traerla.

Roberto hizo un gesto a su mujer para que se calmara y luego retomó el tema que les ocupaba con toda la serenidad de la que pudo hacer acopio.

—No sabemos mucho sobre los negocios de Alejandro. Aparte de su consulta privada y del puesto en el hospital, también trabajaba en la Universidad Autónoma y tenía otras cosas, pero no sé cuáles. Creo que tenía una joyería. Nuestra hija nunca nos lo contó con detalle, pero sabemos que les iba muy bien.

—¿Dónde tiene la consulta privada? —preguntó Fernando.

—Eso sí lo sé —respondió Roberto—. Hemos estado allí un par de veces. En la calle Felipe II, número 92.

—Estoy de acuerdo en que no hace falta aportar más pruebas a la policía —intervino Isabel de la manera más persuasiva que pudo—. Pero ¿no os parece justo que sepamos qué es lo que pudo motivar realmente su asesinato? Yo no creo que fuera únicamente porque iban a divorciarse.

Fernando se maravilló de la capacidad con que mentía, pero tuvo que apoyarla:

—Tiene razón. No está de más que nosotros, que somos sus amigos, investiguemos qué es lo que nos quiso decir en sus últimos días. Analizar los negocios de Alejandro y ese portafolios son los próximos pasos.

Estaba deseoso de conocer los entresijos de la vida del psiquiatra que, por la torpeza que no se perdonaba, había soslayado hasta el momento.

—Está bien —claudicó Roberto—. Me parece correcto, con la condición de que sólo nos contéis a nosotros lo que descubráis. De todas formas la carpeta no aparece por ninguna parte.

Los dos investigadores ya conocían ese dato. Con mucho tacto emplearon los siguientes minutos en convencer a los padres de que les dejasen echar un vistazo, sobre todo a la habitación o a los sitios por los que ella hubiera mostrado predilección. Allí encontrarían los detalles ocultos que, como pistas escondidas en un juego macabro, Elena había dejado antes de partir al más allá.

Subieron directamente al tercer piso de la casona. Una escalera con pasamanos de cemento ascendía dos alturas en la penumbra. De las paredes colgaban láminas de pinturas antiguas. La tarde empezaba a declinar tras los cristales con los postigos entornados. Con la luz de la lámpara de viejas tulipas del techo se reveló el pequeño mundo que había sido de Elena y que parecía dormir el mismo sueño que el resto del edificio. Había una robusta cómoda de madera oscura y un armario con espejo apoyado contra la pared. Dos mesillas de noche reposaban a ambos lados de la cama y un escritorio con papeles y libros se ubicaba en la esquina entre las ventanas.

—Las cosas permanecen como cuando ella estaba. Nos gusta así —musitó Laura intentando contener la emoción que la ahogaba.

Fernando había tomado uno de los libros que había sobre la mesa. Era un álbum de fotos.

—Ahí están los recuerdos de la vida de mi hija —añadió—. Yo las iba recogiendo desde que era niña, y le hice su álbum personal. A ella le gustaba ojearlo siempre que venía.

Los cuatro se acercaron y fueron comentando. Podían masticarse los sentimientos que afloraban, pues la voz les vibraba en una melodía cambiante y conmovedora.

La colección comenzaba con fotografías muy antiguas de los abuelos. Posados tradicionales con degradado en los bordes mostraban el abolengo de dos familias: una leonesa —la de Laura— y otra valenciana —la de Roberto—. Luego aparecían instantáneas de ambos cuando estaban solteros, y otras de su boda. De ahí se pasaba, en una historia perfectamente ordenada cronológicamente, a momentos de recién casados y de familia. Hubo una escena que llamó especialmente la atención: con el fondo del castillo de Morella como decorado, aparecían Roberto, Laura y sus hijos. Vestían trajes de domingo en un día soleado. Los colores del revelado se habían marchitado con el tiempo, confiriendo al retrato un cierto aire de melancolía. Roberto mostraba un bigote por entonces completamente negro, Laura aparecía embarazada, sosteniendo al tiempo un bebé envuelto en gasas, también se apreciaba un niño de unos seis años en pantalón corto y con una expresión desagradablemente cerril. Aquella instantánea sirvió para que explicasen la triste historia de su progenie. El niño mayor era Alfredito, que había nacido con un retraso acrecentado por el autismo. Seis años después Laura volvió a dar a luz a un varón, al que llamaron Emilio, y enseguida quedó otra vez encinta.

—Aquí estoy embarazada de Elena. Emilio, el bebé, se nos murió cuando tenía doce años —explicó la madre.

—¿Y Alfredito? —inquirió Isabel reconociendo la imagen del muchacho al que supuestamente ella y su hermana debían cuidar en aquellas lejanas tardes de colegio.

—Está aquí, en su habitación. ¿Te acuerdas de él?

—Claro que sí.

—Ahora tiene cuarenta y tres años y es todo un hombre.

Siguieron repasando y el Capitán sintió pena de aquella familia perseguida por la desgracia. Elena nacía e iba creciendo ante sus ojos hasta convertirse en una guapa jovencita pelirroja y uniformada.

—¡Dios mío! —exclamó Isabel—. ¡Qué recuerdos! Éste es el uniforme de mi colegio.

—Sí. Nosotros nos mudamos ese año. ¿Cuándo fue, Roberto? —preguntó Laura.

—En 1990 —explicó su marido—. Nos compramos el año anterior una casa en El Soto de la Moraleja. El negocio empezaba a ir bien.

—Sí, yo llevaba toda la vida en las Irlandesas y la conocí ese año, en el curso del 90. ¡Qué recuerdos! Y mira, ¡en ésta salgo yo! ¡Ésa soy yo!

Señalaba una foto en la que salía toda la clase. Había tres hileras de muchachas dispuestas en las gradas del pabellón deportivo del colegio. En la fila superior aparecían Elena e Isabel juntas y sonrientes. Berta estaba sentada en la fila de abajo. Los ojos del Capitán se hundieron más aún en sus cavilaciones.

—¿Quieres quedártela? —dijo Laura—. Tengo otra igual en alguno de los álbumes de abajo y a Elena le haría ilusión.

—Muchas gracias. Lo cierto es que yo no tengo una foto así. Se ve que mis padres no la compraron. Como repetí dos veces curso en bachillerato, imagino que preferían no coleccionarlas.

Isabel la despegó cuidadosamente y la guardó.

La vida seguía discurriendo en momentos congelados de un tiempo que nunca habría de volver. Apareció de pronto quien luego sería el futuro marido y asesino. Fotos del noviazgo con Alejandro, al que se le notaban claramente los catorce años de edad con que aventajaba a su prometida.

A Isabel le extrañó entonces el comportamiento del Capitán. Laura iba a pasar una de las páginas cuando, de forma algo grosera, Fernando interpuso la mano. Durante unos instantes recorrió con la mirada todas las imágenes. Sus ojos parecían buscar, comparar patrones y escrutar detalles ocultos. Luego, dándose cuenta de su brusquedad, retiró los dedos y siguieron avanzando hasta la boda. Con más educación, pero con determinación y un semblante serio, evitó de nuevo que pasasen rápido las hojas del enlace. Su rostro rastreaba aquellos recuerdos. Se movía reconociendo y registrando caras y situaciones como si descifrase un jeroglífico que a los demás les resultaba ininteligible. Otra vez notó que lo miraban extrañados y fingió relajarse.

Esto permitió seguir a las últimas páginas, donde se mostraban retratos del nacimiento de Dieguito y de Lucía y de la lujosa casa en Barcelona donde había vivido el malogrado matrimonio. También un par de fotos en las que Alejandro aparecía posando después de sendas cacerías. Venados, corzos y cuerpos de jabalí ensangrentados se amontonaban en el primer plano de una de ellas. Dieguito, con unos diez o doce años, estaba junto a su padre. En la segunda, tomada durante algún safari en África, aparecían varios ñus y facoceros abatidos junto al grupo de cazadores. El álbum terminaba con una fotografía de la familia al completo después de una representación infantil en la que Dieguito había participado disfrazado de Peter Pan. Luego sólo quedaban láminas en blanco.

—Éstas son las que teníamos que haber seguido rellenando —sollozó Laura.

Ante la sorpresa de todos, pues el momento de tensión no parecía el más apropiado, el Capitán soltó una pregunta:

—¿Tienen más fotos de Elena? ¿De la boda quizás? Supongo que se tomarían muchas más, ¿no?

—Sí, claro —respondió irritado Roberto mientras extendía un pañuelo a su mujer—, pero están abajo, en el salón, y no creo que sea necesario que las veamos ahora.

Los cuatro salieron en silencio y Fernando hizo ademán de hablar, pero Isabel lo detuvo con un gesto. No quería que volviese a meter la pata:

—Las otras habitaciones… ¿Las han mirado también? Es una casa muy grande. Hay incluso un desván, ¿no?

—Hemos buscado por todas partes —explicó Roberto—. Tal vez algún día aparecerá…

Pasaron junto a dos dormitorios infantiles que estaban a la izquierda de la escalera. Había una tercera puerta cerrada que, por su ubicación, debía ser la de una estancia con ventanas interiores. El Capitán se quedó mirando.

—Alfredito… ¡Pobre hijo mío! —suspiró Laura—. Cada vez que venía su hermana le hacía mucho bien. Se pasaba el día con él, cuidándolo y sacándolo de paseo.

—Ahora estará descansando —añadió Roberto molesto, y comenzó a bajar las escaleras.

Una vez abajo hablaron sobre los siguientes pasos mientras se ponían los abrigos. El Capitán dijo que investigaría el historial médico de Elena, que debía estar en el Vall d'Hebron desde su operación. Aunque estaba amparado por la ley de protección de datos, buscaría el modo de hablar con los médicos que la atendieron. También planeaba indagar en los asuntos económicos de Molins. Dijo que preguntaría por el negocio del Maremagnum en el propio centro comercial para saber quién los llevaba ahora que su dueño estaba en la cárcel. Isabel estuvo de acuerdo con la estrategia, aunque se la notaba decepcionada por no tener la carpeta que ella consideraba el único punto de partida válido.

Llegó el momento de despedirse. Habían pasado casi tres horas de emociones y recuerdos. Fuera de la casa, por encima de las calles, más arriba de la cresta raída del castillo de Morella, la noche había extendido su manto negro.

—¿Dónde vais ahora? —preguntó Laura.

—¿Recomiendan algún hotel? Hemos visto muchos por la ciudad —respondió Fernando.

—¿Por qué no os quedáis a dormir aquí? Tenemos listas las habitaciones de invitados, y casi nunca viene nadie —replicó Laura trasluciendo una pena sincera.

A Isabel esas palabras le parecieron un cumplido cortés, sobre todo porque Roberto no hizo el menor gesto de apoyo a su esposa en ese ofrecimiento, y se disponía a declinar la invitación cuando escuchó la voz del Capitán.

—Muchas gracias, a estas horas tal vez estén ya llenos los hoteles y para mí será un placer dormir aquí.

—No creo que debamos molestar… —intercedió ella.

—Está bien —accedió Laura, que en realidad no esperaba una respuesta afirmativa—, lo que no tengo es con qué daros de cenar.

—Por eso no se preocupe, tenemos que ir a recoger algunas cosas a los coches y, de paso, picaremos algo por ahí. No molestaremos nada.

—Vale. No os preocupéis si se os hace tarde. Yo no me acuesto hasta después de las doce.

Las dos parejas se despidieron hasta después de la cena. Isabel estaba indignada con la falta de educación que había mostrado su compañero. Él tuvo que justificarse diciendo que sería bueno pasar una noche bajo el mismo techo que Elena, porque tal vez se le ocurriera así algún sitio donde pudiera haber escondido la carpeta. Le había parecido una gran oportunidad para seguir husmeando en la casa. Quería registrar en profundidad las habitaciones y ojear más álbumes.

—¡Qué vergüenza! Además, ¡qué manía ésa de las fotos! ¿Es que has visto algo que deba saber?

—Es una corazonada que debo corroborar. Y ahora disfrutemos un rato del pueblo —exclamó, cambiando de tema—, hace frío, pero es muy bonito de noche. Paseemos un rato. Subamos al castillo y así te entrará hambre. ¿Te has fijado en la luna?

Isabel levantó la vista y observó el enorme disco blanco sobre los tejados del pueblo. Tenía un pequeño cerco, como un velo difuminado alrededor. A pesar del enfado que sentía, un impulso placentero la animaba a aceptar la invitación. Rezongando para sus adentros, se puso a caminar bajo las estrellas de primavera.

Anduvieron por callejas empedradas hasta una plaza con árboles frente al convento de San Francisco, donde su gran espadaña de tres ojos los saludó plateada. Eran más de las diez y todo estaba cerrado. Luego enfilaron por la senda que desde allí subía al castillo. El peñasco entero era una fortaleza con sucesivas alturas y baluartes que combinaba los construidos por el hombre con los dispuestos por el azar de la naturaleza. Pararon cansados frente a un adarve desde el que se vislumbraba toda la ciudad. Sobre sus cabezas se cernía amenazante, con los dientes mellados, la cima del castillo. Permanecieron un rato oyendo su propia respiración y el lúgubre canto de alguna grajilla anidada en una grieta de las rocas. Los tejados apiñados del pueblo y las torres de la basílica y del monasterio destellaban como piezas de plata sobre una bandeja y, más allá, la inmensidad de la sierra se ondulaba en pliegues blanquecinos hasta el horizonte. Isabel sintió ganas de abrazarse a Fernando.

—Tengo hambre —dijo para romper su incómodo sentimiento.

—Te lo dije. Nada como un paseo.

Bajaron a las calles, que ya les resultaban familiares, y encontraron un bar abierto que al menos les ofrecía tapas y latas de conserva. Cuando salieron era casi medianoche y el pueblo entero había echado las persianas. Tras recoger el equipaje de los coches, regresaron a la casa de los padres de Elena.

Laura les franqueó la puerta. Vestía ropas de dormir y les informó de que su marido estaba ya descansando. Les tenía preparados dos cuartos contiguos en el segundo piso, justo debajo de los que ocupaban antaño Elena y sus hijos. Compartirían un pequeño aseo. Las dos estancias tenían una decoración similar a la del resto de la casa: muebles viejos de madera oscura, paredes blancas e irregulares, el techo con molduras de escayola y una lámpara con tulipa por toda iluminación. Las camas eran altas y espaciosas. En la habitación de Isabel había un armario con las puertas forradas de espejos antiguos, con reflejos deformantes y tonos apagados. Fernando tenía que conformarse con una cómoda de cajones amplísimos.

Laura se despidió y fue a ocultarse en una habitación al otro lado de la escalera y el Capitán e Isabel quedaron solos. Ella se metió en su habitación y salió a los cinco minutos vestida con el chándal ajustado. El cabello castaño con mechas doradas caía hermosamente sobre sus hombros. Llamó discretamente a la puerta de su compañero. Él estaba sentado en la cama pensando; levantó la vista y pudo notar cómo la detenía en sus pechos. Se había quitado el sujetador y los pezones estaban duros por el frío. Se puso roja como un tomate.

—Será mejor que durmamos un rato —dijo él—. Yo intentaré luego echar un vistazo y ya te contaré mañana. Una persona hace menos ruido que dos.

—¡Ni lo sueñes! Te acompaño. Estamos juntos en esto.

—Como quieras, pero deberás ir descalza, no con esas botas que taconean. Yo te avisaré dentro de… pongamos dos horas, a las dos y media, que es cuando el sueño es más profundo. Iremos al saloncito y luego miraremos un poco arriba. Hasta luego.

Contempló las delgadas curvas insinuadas bajo el chándal y pensó que su compañera de aventuras tenía un buen cuerpo. Se desnudó, puso la alarma de su reloj a las 2:30, apagó la luz y se durmió en poco tiempo, pues en ese entorno antiguo y desprovisto de lujos se encontraba como pez en el agua. Evocó algunas casonas que había habitado con su familia o con los compañeros de su padrastro en pueblos tan lejanos en el espacio como lo estaban ahora en su memoria.

En la habitación de al lado, Isabel trataba en cambio de serenarse. Había sentido cómo la desnudaba con la mirada y aquello la había puesto nerviosa, pero también la había excitado. Metida en la cama, se revolvía intentando conciliar el sueño. De pronto tuvo una idea. Prefirió no fiarse y programó el teléfono móvil con la alarma en un volumen no muy ruidoso para las dos y veinte minutos. Luego, con una sonrisa interior, dio media vuelta y se fue relajando. Pensó que su corazón volvía a ser tierno gracias a los sentimientos que le provocaba Fernando. Ella, que en las últimas semanas había sentido cómo su alma se quedaba aterida y seca, estaba siendo ahora redimida por aquel hombre al que comenzaba a desear con pasión.

ABRIÓ LOS OJOS Y SILENCIÓ LA ALARMA DEL CELULAR. Tenía muchísimo sueño y le dolía la cabeza. Encendió la luz y todavía fue peor. Sentada en el borde de la cama, oyó la alarma de un reloj en la habitación de al lado. Fernando no usaba teléfono móvil. No podía evitar sentirse fascinada por esa rareza.

Enseguida percibió cómo alguien se deslizaba pasando de largo hasta las escaleras. Como había sospechado, Fernando salía a inspeccionar por su cuenta. Enfurecida, se ajustó otro par de calcetines gruesos sobre los que ya llevaba y se puso el abrigo sobre los hombros. Esperó unos minutos aguzando el oído y, finalmente, apagó la luz y cogió el móvil. Pulsando periódicamente alguna tecla la pantalla se iluminaba despidiendo alrededor una claridad fantasmagórica. Descendió con movimientos felinos hasta llegar al rellano, sintiendo el suelo frío como el mármol de las tumbas. La puerta del saloncito estaba abierta y desde el interior se proyectaba una extraña luz. Se asomó a la puerta. De espaldas, con una pequeña linterna apoyada en la mesita, Fernando inspeccionaba absorto un grueso tomo. Su enfado se acrecentó y decidió darle un susto llegando por detrás. Avanzó de puntillas, extendió lentamente la mano para apretarle el hombro… pero el sobresalto se lo llevó ella.

¡Bip, bip, bip! ¡Clan, clan! El celular que llevaba en la otra mano acababa de recibir un mensaje de texto y re-

sonó a todo volumen en medio del silencio hueco de la casona.

—¡Ah! ¡Dios mío! —chilló Isabel dejando caer de espanto el teléfono.

—¿Qué haces aquí? —preguntó el Capitán sorprendido.

—¡Joder! ¿Tú qué crees? Dijiste que me avisarías y me has vuelto a engañar. ¡Joder! —exclamó sin poder reprimir las palabrotas. Todo su cuerpo temblaba de miedo.

—Tranquilízate y habla más bajo —susurró Fernando poniéndose el índice sobre los labios—. No te he avisado porque me daba pena despertarte.

—¿Te crees que soy una niña? Estoy harta de tu comportamiento.

—Por favor, no hables alto o tendremos que acabar esta noche de mala forma. Los viejos de arriba seguro que tienen el sueño ligero. Te pido disculpas, ya hablaremos de eso mañana. Ahora fíjate en lo que he encontrado —replicó señalando el álbum de fotos que tenía sobre las rodillas.

Ella tuvo que tragar saliva, secarse el sudor frío y respirar acompasadamente varias veces para controlar los temblores. Permanecieron inmóviles unos segundos durante los que no se oyó nada en el piso de arriba. Los habitantes de la casa parecían seguir durmiendo a pesar del estruendo. Volvieron al libro.

Era el reportaje completo de la boda de Alejandro con Elena, celebrada hacía catorce años. Se les podía ver sonrientes y rodeados de amigos o familiares en las escaleras del altar y en la puerta de la iglesia. Comprobaron de nuevo cuánto se notaba la diferencia de edad entre los cónyuges. La novia tenía por aquel entonces veintidós años y su esposo casi tres lustros más. Isabel sintió otra vez repugnancia por aquel hombre al que confiaba no volver a encontrar en su vida. También vieron imágenes del banquete y del baile, pero no alcanzaba a descubrir qué había encontrado su compañero de especial, y se lo hizo saber encogiendo los hombros.

Fernando fue entonces paseando su dedo por varias fotos dispersas entre las páginas. En cada una de ellas, primero señalaba a un hombre achaparrado, muy fuerte y grueso, vestido con un traje negro, que llevaba el pelo completamente rapado sobre la cabeza redonda y sujeta por un cuello macizo como el de un toro. Inmediatamente después, el índice se movía hasta el rostro de la novia en la misma instantánea. Isabel empezó a comprender: en todas las escenas el hombre corpulento se dirigía a Alejandro y aquella conversación parecía preocupar a la recién casada. Los recuerdos de aquel día parecían felices, pero el Capitán había sido capaz de espigar aquellos en los que la novia parecía desagradada, y en todos ellos miraba sombríamente en dirección a su marido mientras éste hablaba o estaba cerca del hombre del traje negro.

—Esta tarde me he fijado en que este hombre salía en las fotos de soltero de Alejandro. Luego, cuando pasamos a las de la boda, me fijé en el enfado de la novia, y aquí sale en media docena más con ese gesto. Ésa era la corazonada que quería corroborar, y hay una cosa más: el sujeto del traje negro aparece en las dos fotos de cacerías que hemos visto antes y que son mucho más actuales, de este mismo año, diría, por lo mayor que parece Dieguito en una de ellas. La relación entre Alejandro y el hombre de negro sigue viva, y apuesto a que ése era uno de los temas que seguían preocupando a su mujer antes de morir —concluyó Fernando.

—Este hombretón puede ser un hilo del que tirar —dijo Isabel admirada de la perspicacia de su compañero—. Habría que averiguar quién es y charlar con él.

—Sí. Ahora dejemos esto y subamos a la habitación de Elena. Por cierto, ¿quién te manda mensajes a las dos y media de la madrugada?

Isabel recogió el teléfono del suelo y al ver el mensaje dejó caer su brazo derrotada. No dijo nada, sólo le extendió el terminal en cuya pantallita iluminada con la palabra *Desconocido,* podía leerse:

¿Otra vez de viaje? No escarmientas. No llegarás a ver este verano, así que disfruta. Tu fin está próximo. El Vengador.

—Lo siento —dijo para consolarla—. Ya he movido el tema de Juan Aguirre con mis contactos policiales. Contraatacaremos con una denuncia con pruebas.

—Tiene que tener algún contacto en Telefónica que le haya dicho que no estoy en la oficina, pero ¿cómo puede saber que estoy de viaje? Creo que me siguen.

Colocaron el álbum en la estantería. Fernando había arrancado una foto de la pareja con los amigos a la salida de la iglesia y la guardó en su bolsillo.

Subieron las escaleras tras la diminuta linterna. Al pasar por el segundo piso contuvieron la respiración. La puerta del dormitorio de Roberto y Laura permanecía cerrada. Continuaron ascendiendo y entraron en la habitación de Elena. El Capitán fue abriendo uno a uno los cajones de la cómoda. Rebuscaba entre la ropa doblada. Luego miró al techo, como buscando inspiración. Finalmente clavó sus ojos en la cama y, echándose al suelo, miró debajo.

—Hay algo ahí —dijo susurrando—. Yo no llego con el brazo, pero tú estás más delgada.

—De acuerdo, déjame.

Pegando a la pared del fondo había un bulto negro. Podía tocarlo con la punta de los dedos. Hizo un esfuerzo y coló la mitad de su cuerpo bajo el somier hasta que pudo asirlo y tiró de él. Sintió de pronto que una mano le agarraba de la pierna casi a la altura de la nalga y pensó que Fernando, con la excusa de ayudarla a salir, se estaba propasando, pero no le disgustó.

—Ya lo tengo. Puedo salir sola, no te preocupes, trae la linterna —dijo.

Se sentó en el suelo y levantó los ojos. Delante encontró una imagen aterradora. Soltó el objeto que había sacado y chilló. El rostro que la miraba parecía sacado de una pesadilla: mandíbula prominente y descolgada, pelo lacio sobre ojos turbios y hundidos en las órbitas, pómulos huesudos, piel surcada por arrugas…

—Tranquila —dijo el Capitán—, me temo que hemos despertado a Alfredito. Ha entrado en la habitación silencioso como un gato y te ha agarrado de la pierna. ¿Qué es lo que has sacado de ahí? ¿Una caja con calcetines doblados? Eso no es lo que buscábamos.

—Y ahora, ¿qué hacemos? —inquirió Isabel tratando de recuperar el resuello.

—Lo mejor será llevarlo a su habitación y acostarlo.

Alfredito emitió un gruñido ininteligible. El Capitán, con firmeza pero con tacto, desembarazó la pierna de su compañera y lo ayudó a levantarse. Pudieron comprobar la triste figura que componía su cuerpo erguido. Las piernas y los brazos eran desproporcionadamente largos y sarmentosos en comparación con el tronco, curvado además por una deformación evidente de la columna. Vestía un pijama que le quedaba amplio y flameaba sobre su clavícula.

Salieron en silencio hacia su dormitorio. La decoración parecía allí más alegre. Había globos y paracaídas dibujados sobre un cielo azul con nubecillas blancas a lo largo de una cenefa que discurría a media altura. El lugar parecía haberse quedado detenido, como la mente de Alfredito, en una infancia remota. Lo depositaron con cuidado sobre la cama, pero él no quería tumbarse. Sin quitar la mirada de Isabel, se movía rítmicamente y balbucía frases incomprensibles. Ella tuvo una idea. No tenía nada que perder y decidió probar.

—Alfredito, te acuerdas de mí, ¿verdad?

El cuello de Alfredo empezó a moverse nerviosamente en lo que parecía un claro gesto de afirmación. El Capitán estaba perplejo.

—Ya sabes que Elena y yo éramos muy buenas amigas. Hemos venido a buscar algo suyo. ¿Sabes dónde guardó un portafolios? Quiero decir una cosa para escribir y guardar hojas. No lo encontramos. ¿Sabes tú dónde está?

El hombre pareció comprender, se incorporó y, con paso titubeante, anduvo hasta una mesa al otro lado de la habitación. Fernando comprendió la astucia de su amiga y recordó las palabras de Laura sobre los cuidados que Elena proporcionaba a su hermano cada vez que venía a Morella. Estando todo el día con ella, podía saber dónde estaba el portafolios, e incluso haberlo guardado él mismo. Alfredo regresó abrazado a un objeto como si se tratara del más preciado tesoro, pero no era la carpeta, sino una fotografía enmarcada.

—No —le reconvino suavemente Isabel—, no queremos eso.

—Espera, quizás está intentando responder a tu pregunta pero no tiene palabras. Dile, por favor, que nos enseñe la foto.

Él la miró a los ojos, lentamente aflojó el abrazo y permitió que tomara el cuadro entre sus manos. Era una instantánea de Emilio Paniagua a los once o doce años, poco antes de su muerte. El color se había desvaído con el paso del tiempo, pero podía apreciarse la belleza de un niño de preciosos ojos azules, con el pelo acaracolado y rubio. Era una foto de estudio, puede que tomada en el colegio.

—Tenemos la respuesta que buscábamos —concluyó Fernando—. Sé dónde se encuentran los documentos. Por favor, pregúntale si la carpeta la tiene Emilio.

—¿Su hermano Emilio? ¡Pero si lleva muerto veinticinco años!

—Tú pregúntaselo.

Cuando Alfredo escuchó de los labios incrédulos de Isabel la pregunta, empezó a bambolearse rítmicamente.

Era su manera de contestar: «¡Sí!». Luego el Capitán tomó a su compañera por el antebrazo, la condujo fuera de la habitación y cerró. Alfredito se quedó solo, entre las sombras de su propia mente.

Isabel lo siguió asombrada escaleras abajo hasta su habitación.

—¿Vas a decirme que Emilio vive? Sé que eres muy astuto y soy la primera en alabar tu capacidad de observación, ¡pero esto es demasiado!

—Escucha —replicó Fernando—, mañana tendremos en nuestras manos la carpeta de tu amiga. Estoy seguro de que está en la tumba de Emilio. Cuando le vi coger la foto de su hermano muerto, me di cuenta de que si Elena quería esconder algo para que saliera a la luz en caso de su propia muerte..., ¿qué mejor lugar para ocultarlo que en su tumba? Los sepultureros, al enterrarla, encontrarían los documentos que quería desvelar. En alguno de los paseos con su hermano debió ir al cementerio y esconderlo, y eso es lo que Alfredito nos intentó decir a su manera.

—¡Es cierto! Ella no podía sospechar que su marido se empeñaría en que la enterrasen en el panteón de los Molins en Montjuic —afirmó Isabel excitada.

—Ahora debemos descansar.

Se preguntó cómo podía pensar en dormir, cuando ella no podía sino desear que llegase pronto el alba para ir al cementerio. Entonces notó que él contemplaba otra vez su cuerpo bajo las curvas del chándal. Dejó caer el abrigo de sus hombros al suelo y se sentó en la cama mientras Fernando, al sentirse descubierto, disimulaba desatándose los zapatos. Al sentir el calor a su lado, se incorporó.

Los ojos que le miraban, aunque con las pupilas dilatadas por la oscuridad, mostraban el color verdimarrón de su iris. Estaba radiante y toda su piel parecía palpitar bajo la camiseta donde se marcaba el busto. Sintió unas enormes ganas de besarla, pero no le hizo falta tomar la iniciativa porque ella, despacio pero sin detenerse, le ofreció sus labios. Su aliento era tierno y cálido, dulce y ácido a la vez. No pudo resistirse. Los dos se entregaron a un beso apasionado. Sus lenguas se acariciaron y la ropa del Capitán fue cayendo en silencio al suelo, junto al abrigo.

CUANDO BAJÓ POR LA MAÑANA A LA COCINA, FERNANDO YA estaba allí desayunando unas magníficas tostadas de pan de hogaza que Laura Vera le había preparado. La saludó como si la noche anterior no hubiera pasado nada entre ellos. Estaba repeinado, perfectamente aseado y vestía con la pulcritud de siempre. Roberto estuvo con su mujer acompañando a los invitados durante el desayuno. Ni rastro de Alfredito.

Los dos agradecieron mucho el tratamiento que les habían dispensado y prometieron tenerlos al tanto de lo que fuesen averiguando. No mencionaron nada acerca de sus sospechas sobre el portafolios, pero el Capitán preguntó, como sin darle mayor importancia, si Elena había mostrado alguna vez animadversión hacia alguno de los amigos de Alejandro. Laura, tras dudar un poco, dio un nombre.

—Es curioso que hayas preguntado eso, porque siempre andaba quejándose de un tal Rafael Bustamante, un chico forzudo y calvo con una pinta malísima. Es un amigo de Alejandro, un sinvergüenza, según mi hija.

—Pero eso son cosas de juventud —dijo Roberto corrigiendo a su mujer—, es verdad que de novios ella siempre hablaba mal de ese señor y sé que seguía siendo amigo de su marido, porque Elena a veces lo comentaba, pero no creo que tenga nada que ver.

—Ya —dijo el Capitán con tanta despreocupación que hasta a Isabel le pareció que la pregunta carecía de importancia—. ¿Y por qué le caía mal ese hombre?

—Según ella, había estado en la cárcel —respondió Laura—. ¿Vais a hablar con él?

—No haremos nada. Era sólo curiosidad —terminó Fernando.

Se despidieron. Los padres de Elena les desearon un feliz viaje de vuelta a Madrid, conminándoles a que fuesen despacio porque la carretera era muy peligrosa. Cuando se quedaron solos, Isabel felicitó al Capitán por su astucia. Después de escuchar a Laura empezaba a pensar que su compañero tenía razón y que en aquel hombre de aspecto bestial había algo que merecía la pena ser investigado.

Preguntaron por el cementerio y un paisano les indicó que estaba al suroeste de la ciudad. No les fue complicado encontrar el desvío que conducía al camposanto. En el último tramo la carretera serpenteaba flanqueada por afilados cipreses. Serían las diez y media de la mañana cuando llegaron a la puerta principal, donde un tibio sol de primavera bañaba de esperanza el lugar. Le dijeron a uno de los encargados que querían visitar la tumba de la familia Paniagua. El hombre no hizo preguntas: miró en un plano y les señaló la zona. Luego, rebuscando entre los apretados monumentos, fueron leyendo hasta dar con uno en cuya lápida, bajo una aparatosa cruz de mármol, estaba grabada la frase: «El feliz descanso de la familia Paniagua Camps». Debajo se enumeraban los nombres y fechas de cinco fallecidos con los surcos del grabado rellenos de pan de oro. De entre los nombres, uno sobresalía por ir acompañado de una dedicatoria y porque sus letras relucían mucho más. Alguien les había sacado el brillo no hacía mucho.

Emilio Paniagua Vera
(1971-1983)
Tus padres y tus hermanos
no te olvidarán nunca
Siempre estarás con nosotros

Isabel y Fernando permanecieron en respetuoso silencio valorando la situación. Sólo el gorjeo de los pájaros animaba el recinto desierto. El mazacote pétreo que había a sus pies escondía el misterio de forma más segura que si hubiera estado en una caja fuerte.

—Tendremos que apalancar la lápida —susurró el Capitán.

—Ahora Emilio tendría treinta y siete años, el pobrecillo —musitó Isabel ignorando la sugerencia.

—¿Llevas caja de herramientas en el maletero? ¿Tienes la palanca para accionar el gato del coche? Puede que nos valga para levantar la piedra.

—A veces me sorprende lo poco que pensáis los hombres. La testosterona os bloquea el intelecto —dijo con sorna—. ¿Pretendes que profanemos esta tumba a plena luz del día y con el vigilante? ¡Y tan sólo con una palanquita!

—Entonces, ¿qué quieres hacer?

—Todavía no lo sé, pero seguro que Elena no vino aquí un día con Alfredito y removió la lápida. Tuvo que hacerlo sin ruido, sin palancas ni cartuchos de dinamita.

Fernando aceptó a regañadientes el razonamiento. El monumento tenía capacidad para seis personas dispuestas de dos en dos, en tres alturas, por lo que había espacio para

Elena cuando la trasladasen. Aparte de la aparatosa cruz en la cabecera y de una jardinera empotrada a los pies con restos de flores marchitas, nada parecía resaltar. El Capitán se subió para mirar la cruz en detalle y palpó los vericuetos del mármol en busca de algún compartimento. Por espacio de casi diez minutos sobaron la tumba como nadie lo había hecho desde que fue construida.

—Tal vez nos hayamos equivocado —dijo Isabel al fin.

—Tratemos de pensar en cómo lo haría ella. Deseaba que lo encontrasen en el momento de su propio entierro —razonó en voz alta Fernando—. ¿Qué se hace al sepultar a la gente, aparte de bajarla al hoyo?

—Se canta, se ponen las flores encima y ya está, hasta siempre.

—Se ponen las flores…

Volvieron sus rostros hacia la jardinera con los restos marchitos.

—Está ahí, ¡seguro! —exclamó el Capitán.

Arrancó los tallos secos, escarbó con las manos y un par de minutos después rascó en el fondo lo que parecía ser un objeto de plástico. Sacaron una bolsa blanca herméticamente cerrada por termosellado, de las que emplean las empresas de mensajería. Sentados en el panteón, sacudieron la tierra, pero decidieron que lo más sensato era abrirla en otro sitio.

Sobre las once y media salieron despidiéndose del custodio en dirección al coche. Fernando llevaba la bolsa oculta, ensuciando el forro de su chaqueta. Condujeron unos cientos de metros entre los cipreses y luego volvieron a aparcar. Abrieron allí mismo el paquete. Dentro, tal y como habían imaginado, se encontraba un portafolios de plástico negro. En realidad lo que tenían entre sus manos era un mensaje enviado desde el cielo por los hermanos Paniagua. Una puerta que conducía a un laberinto en cuyo centro se encontraba algo más ambicioso de lo que siquiera imaginaban.

Con las ventanillas del coche ligeramente abiertas para dejar salir por las rendijas el humo del cigarrillo de Isabel, los dos inspeccionaron con avidez el contenido del portafolios. Encontraron un rompecabezas formado por las fotocopias de cuatro historiales médicos redactados en inglés. Se apreciaba que cada uno tenía una antigüedad distinta y que pertenecían a personas diferentes, aunque carecían de fechas y de los nombres de los pacientes porque alguien había cubierto con típex esos datos en los documentos originales.

En el primer informe que leyeron se describía a un paciente del síndrome de Isaacs. Con palabras técnicas, se indicaba que «la polineuropatía le provoca una ataxia muy acusada», y en términos más fáciles para profanos: «No responde al tratamiento, por lo que persisten los espasmos y la debilidad muscular». Finalmente, a mano y entre exclamaciones, también en idioma inglés, estaba escrito en un margen de la hoja: «¡¡Éxito con la fase 3 de JS35/89!!».

El segundo análisis trataba sobre la enfermedad de Graves. El sujeto sufría inflamación de las piernas, entre otros problemas desagradables: «Anormal hinchazón en miembros inferiores que no remite», leyeron entre líneas. «Mixedema con crecimiento sostenido y recidivas», indicaba en otro lugar. También padecía los «clásicos signos de hipertiroidismo, como ansiedad y delgadez extrema» y una «acusada oftalmopatía, con ojos hinchados y saltones que no hay forma de reducir». Al final, como en el caso anterior, cruzando toda una página, aparecía manuscrita la frase: «¡Somos los mejores: IB49/97 arreglado!».

El tercer informe correspondía a un afectado por el sarcoma de Ewing. Les pareció un asunto más grave que los anteriores, pues se refería a los síntomas con expresiones del tipo: «El tumor ha afectado al hueso y a los tejidos blandos de la zona diafisiaria de la tibia derecha. La metástasis ha extendido el tumor con afectación a nivel del hueso occipital con compromiso neuronal intracerebral». No había anotaciones en los márgenes de este estudio.

El último de los legajos que había en la carpeta informaba sobre una persona con el síndrome de Tourette.

—Eso sí sé lo que es —apuntó Isabel emocionada por aportar algo dentro de aquel galimatías de términos científicos—. ¿Has visto la película *Mejor imposible?* Ésa en la que Jack Nicholson es un maniático que va por la calle sin pisar los bordes de las baldosas y repitiendo las cosas veinte veces. Interpreta a un enfermo del síndrome de Tourette.

Efectivamente, el documento describía a un hombre que padecía «movimientos involuntarios de cabeza y cuello», así como la «emisión de ruiditos incontrolables mientras da pequeños saltos». Se decía igualmente que «todo ello va remitiendo» y, finalmente, aparecía otra vez una inscripción manual: «¡CN23/95 OK!».

Eso era todo lo que los perplejos compañeros podían entender. Se quedaron en silencio un rato, valorando la situación. El Capitán, con ánimo de ser positivo, dijo sin mucha convicción:

—Estos papeles describen enfermedades muy raras, y eso concuerda… creo que puede concordar con la enfermedad de Elena.

Isabel recogió los folios para volver a meterlos en la carpeta, y al hacerlo, se desprendió un pequeño papel amarillo . Era un pósit en el que alguien había escrito con una letra que parecía de mujer, redondeada, unas series de letras y números:

JS3589
CN2395
IB4997
LC3103

—Fíjate en las claves. ¡Son las mismas que aparecen escritas a mano en los informes, pero la letra es diferente! —exclamó Fernando.

—Elena los resaltó por algo —susurró Fernando—. Tendré que seguir esta pista.

—¿Cómo que la seguirás? —exclamó Isabel irritada—. Si hemos venido hasta aquí los dos y te has aprovechado de mi amistad con los Paniagua, estarás de acuerdo en que tenemos que planear los siguientes pasos conjuntamente.

Acordaron permanecer en contacto todas las semanas y que el correo electrónico era mejor modo de comunicarse. Para fomentar la confianza mutua, los dos se llevarían copia de los informes y del pósit. Fernando quiso contar también con una réplica de la fotografía del último curso que Laura había regalado a Isabel. Dijo que así ponía «cara y ojos» a la difunta. Isabel accedió a cambio de llevarse una reproducción de la que Fernando había sustraído del álbum de boda de Elena y en la que aparecía, entre otros muchos, el hombre de negro. Buscaron entonces una copistería donde les hicieron un duplicado de todo y, de vuelta al coche, planearon los siguientes pasos.

El trabajo en Telefónica no le iba a permitir a Isabel pedir días libres. Por eso accedió a que fuese él quien investigase el historial de Elena en el Vall d'Hebron y la identidad de Rafael Bustamante. También le urgió a que le quitase de encima los desagradables anónimos del Vengador. Fernando estuvo de acuerdo y añadió a sus labores la de averiguar algo de la joyería del Maremagnum que los padres de Elena les habían mencionado, y la de mirar en la Facultad de Medicina de la Universidad Autónoma donde Molins ejercía su cátedra.

Ella se encargaría de intentar descifrar las claves del pósit, así como de recabar toda la información posible sobre las enfermedades y sus tratamientos. Fernando opinaba que ése era un trabajo más apropiado para él por su experiencia en toxicología y farmacología, pero prefirió no discutir e Isabel supuso que él también investigaría por su cuenta. Lo que realmente le importaba era que compartiera todos los hallazgos con ella y confiaba en que, después de la noche tan cariñosa que habían pasado, no le jugase una mala pasada.

Llegó el momento de despedirse. El Capitán dijo que tenía el coche a la vuelta de la esquina y que iba hacia Madrid. Se besaron en los labios. Al verle doblar la esquina se sintió vacía. Lo que le hacía sentir y pensar aquel hombre no podía compararse con sus otras relaciones. La de Fran, que ya daba por terminada, había sido una sucesión de experiencias sexuales degradantes sin más profundidad que la exploración física de sus cuerpos. Con la mente llena de esas mariposas, arrancó el coche mientras Fernando desaparcaba un reluciente Volkswagen Golf GTI MK2 blanco de 1989. Ya casi no quedaban vehículos de esos por las carreteras después de veinte años desde su lanzamiento. Isabel pensó que era el clásico pijo, y le pegó a la trasera el morro de su flamante coupé. Salieron de la ciudad juntos a la una de la tarde. Ella pisó a fondo el pedal y arriesgó en cada curva, pero enseguida se dio cuenta de que no podía seguirlo. Tuvo que ver cómo el Golf blanco iba desapareciendo delante de ella. Un par de minutos después se había perdido entre las curvas flanqueadas de pinos. Puso la música a todo volumen, encendió un cigarrillo y se dejó llevar.

Obedecer es el deber nuestro, es nuestro destino, y aquel que no quiera someterse será despedazado.

THOMAS CARLYLE

—¿Por qué me haces esto? —preguntó Elisabeth en inglés al hombre que venía de vez en cuando para inyectarle medicamentos en la espalda y para sustituir su comida y el cubo de las necesidades.

—No entiendo qué dices —replicó el ángel malvado en español mientras ponía en marcha el ruidoso generador que cargaba las baterías.

Elisabeth no tenía fuerzas para diálogos largos, por lo que su réplica fue tan sólo una mirada lánguida. Era un ser macizo, casi cúbico en sus proporciones. A pesar del rostro aplastado, como si por él hubiese pasado una apisonadora, y del cráneo rapado al cero, le parecía que tenía un aspecto menos maligno que el de su jefe, a quien deseaba haber perdido de vista para siempre.

Cuando el generador se detuvo, volvió a suplicar:

—¿Por qué me haces esto?

—Ahora sí lo he entendido. Si me hablas despacio es más fácil. No sé si comprendes el español, creo que no, y también pienso que nunca saldrás de aquí, así que puedo responderte sin miedo —comenzó el hombre—. Yo no te estoy haciendo nada. Soy sólo un mandado, desde que boxea-

ba para mi mánager y luego él se quedaba con la poca bolsa que conseguía, y lo seré toda mi vida.

Mientras la sujetaba boca abajo en la camilla continuó.

—Verás, digamos que le debo la vida a una persona, y yo soy un hombre leal. Lo siento por ti, pero nunca dejaré de obedecerlo. Además, me paga bien.

Luego la pinchó con una jeringuilla llena de un líquido verde en la columna vertebral y Elisabeth sintió un dolor tan intenso que perdió el sentido. Cuando abrió los ojos estaba de vuelta en su jergón con las manos sujetas por correas a la pared. El boxeador acababa de recoger el lugar y se disponía a subir por las escaleras para dejarla en la más absoluta soledad y desesperanza. Hacía semanas que había perdido definitivamente su fe en la providencia.

—¿Por qué me haces esto? —repitió mecánicamente.

—Yo no soy nadie ni te hago nada. Yo soy sólo Rafael, el obediente…

Y la dejó en el sótano cerrando tras de sí la trampilla.

CAPÍTULO 8

PENTECOSTÉS

Cuando llegó el día de Pentecostés [...]
de repente vino del cielo un estruendo
como de un viento recio que soplaba,
el cual llenó toda la casa donde estaban [...].
Y fueron todos llenos de sabiduría.

Hechos 2:1-4

El lunes por la mañana Isabel llegó a la oficina con fuerzas renovadas. Era el primer día del resto de su vida como investigadora, aunque no podía descuidar su trabajo convencional. Antes de entrar en la reunión de los lunes, repasó con Eugenio Villacieros los resultados de una serie de campañas de *marketing* directo en México y Chile que formaban parte del nuevo proyecto denominado Canales Veloces.

La reunión empezó ese lunes a las doce y media de la mañana, mucho más tarde de lo habitual, y a Isabel no le tocó hablar hasta casi las dos, cuando la concurrencia estaba pensando más en la comida que en otra cosa. A pesar de la escueta y bien planteada exposición, su intervención pasó sin pena ni gloria. Al salir Isabel se fue a comer al restaurante Ciao con otros asistentes a la reunión. La primavera iluminaba el cielo de Madrid sobre los imponentes sotechados la Ciudad de Telefónica. Cuando volvió enfurruñada a la oficina, le dijo a Carmen Soto que iba a estar muy ocupada toda la tarde. Al entrar en el despacho confiaba en que su colaboradora les hiciera llegar la indirecta a Luis Antonio y a Eugenio, porque no quería que nadie la molestase esa tarde. Tenía por delante unas horas para intentar resolver la parte del puzle que le había tocado, y quería adelantarse al Capitán en sus pesquisas.

Cerró por dentro la puerta y sacó de la funda de su ordenador las fotocopias. Releyó los informes médicos y los códigos que Elena había apuntado en un pósit. Luego buscó en Internet datos sobre las enfermedades de Isaacs, Graves, Tourette y Ewing. El sol se colaba por los cristales invitando a la modorra. Después de tres horas rebuscando en páginas de asociaciones de enfermos, congresos médicos en medio mundo, curanderos que prometían la sanación a través de pócimas milagrosas, oraciones a cultos diversos o una curiosa técnica que consistía en pensar en positivo hasta que el mundo obedeciese, con los ojos fatigados de tanto leer y la mente embotada, trató de sintetizar lo que había averiguado. En el reverso de una de las fotocopias, en una letra redonda y clara, escribió:

IB4997.

Los enfermos de Graves tienen la mirada alucinada. Las piernas horriblemente deformadas. www.urac.org. Enfermedad autoinmune. Hormona TSH. Medicamentos Tapazol y PTU.

Ewing es cáncer. Concentración LDH. Bultos tremendos en huesos y cráneo. Biopsia de médula. Universidad de Texas. Anderson Cancer Center. Quimio y radioterapia. Cirugía.

CN2395.

National Institute of Neurlogical Disorders and Stroke (NINDS investiga enfermedad) www.nimh.nih.gov. Afectación en dopamina, serotonina y norepinefrina. Tourette con tics incontrolables y gruñidos. Inhibidores selectivos de la recaptación de serotonina (paroxetina y sertralina). Expec-

tativas normales de vida. Asociación de enfermos http://tsa-usa.org/

JS3589.

Isaacs igual a síndrome Gamstorp-Wohlfart. Se mueven sin parar. Enfermedad autoinmune. IIER, Instituto de Investigación de Enfermedades Raras. Síndrome del armadillo por la rigidez muscular generalizada. Tratamiento acetazolamida.

¿Se corresponde LC3103 con sarcoma de Ewing?

Se quedó mirando el folio preguntándose: ¿Y ahora qué? ¿Había alguna relación entre aquellos datos aparentemente inconexos? ¿Qué mensaje escondían?

Sonó el teléfono móvil. Era Fran Marino, que insistía de vez en cuando con sus llamadas por si sonaba la flauta. Ella silenció el tono y no descolgó. Estaba demasiado ocupada. Siguió escribiendo:

Isaacs y Graves son dos enfermedades autoinmunes. El propio sistema inmunológico ataca a los nervios provocando movimientos y alteración muscular.

Tourette, Isaacs y Graves son enfermedades con afectación a los nervios.

El sarcoma de Ewing afecta al cerebro al extenderse el tumor.

El ocaso se extendía ya fuera de las ventanas. Estaba agotada, a punto de desistir, cuando tuvo una idea. Todas las enfermedades parecían afectar de una u otra manera al sistema nervioso, incluyendo el cerebro y, por otro lado, Alejandro Molins era un reputadísimo psiquiatra. Sintió el fogonazo de la clarividencia: los expedientes tenían que ser de pacientes de Alejandro. No se trataba de gente con problemas psiquiátricos al uso, pero sí con comportamientos nerviosos desordenados, incluyendo los derivados del cáncer cerebral. Rápidamente buscó entre los archivos del disco duro. Quería releer el chat que había tenido con su amiga hacía más de tres meses, a la vuelta del fin de semana en Marbella, y que había almacenado en un fichero de texto. Releyó cuidadosamente las frases que había intercambiado con la difunta:

ISALVAJE	*Elena, lo que te preocupa... No crees que con mi ayuda, entre las dos, podríamos sacar provecho de lo que vale?? ;-))*
ISALVAJE	*Y por cierto: Tiene el tema que ver algo con Alejandro???*
HELENGUAY	*No sabes lo que dices. Deja a mi marido en paz!!!!! No sólo él puede tener que ver.*

La airada reacción de Elena cobraba ahora una dimensión nueva. Parecía claro que había más personas implicadas. ¿Se referiría a los enfermos cuyos papeles acababa de estudiar?

Su problema ahora era que si quería impresionar a Fernando no le iban a valer algunos comentarios cogidos a vuelapluma sobre los síntomas y tratamientos de las enfermedades, ni la noticia de que los informes correspondían a pacientes de Alejandro Molins. Eso ya lo habría deducido el Capitán por sí solo. Tenía que darle la solución a las claves alfanuméricas. Aquello sí que supondría un avance.

Haciendo caso de su sexto sentido, entró en Google y las tecleó sucesivamente. Encajaban con una gran variedad de posibilidades: modelos de auriculares, de aviones y de infinidad de aparatos electrónicos, referencias de puestos de trabajo, nombres de fotografías en Flickr, identificadores de contratos, matrículas de países extraños, números de vuelo, localizadores de billetes, etcétera. No obstante encontró un primer común denominador: los dos primeros caracteres, las letras JS, CN, IB y LC aparecían separadas por un guion o por un espacio en blanco de los números que les seguían. Unos minutos de reflexión la convencieron de que ocultaban las iniciales de las personas a quienes correspondían los expedientes médicos. Al menos era un punto de partida.

Apenas entraba ya luz natural en su despacho, pero estaba inspirada y no quería parar. ¿Qué podían esconder los números? Probó con series matemáticas, pero no fue capaz de encontrar la razón de las mismas. Cuando ya había perdido la esperanza y valoraba desistir hasta el día siguiente, sintió cómo se le encogía el estómago. Se dio cuenta de que Elena había escrito en el pósit las claves LC3103, CN2395, JS3589 e IB4997 en una secuencia continua, pero no era así como aparecían en los papeles: «¡¡Éxito con la fase 3 de JS35/89!!», «¡CN23/95 OK!», «¡IB49/97 arreglado!»…

Los números estaban separados por una barra. No era *2395* el número que había que analizar, sino las cifras *23/95*, y así con todos los demás. Escribió en un papel aparte la serie completa:

23/95 31/03 35/89 49/97

Luego se levantó y estiró los músculos, fue a la estantería en busca de la funda del portátil y cogió la chaqueta del perchero. No aguantaba un minuto más aquella tormenta desatada en su cabeza, sólo quería llegar a casa, cenar algo y tirarse en el sofá a ver la tele con un pitillo entre los dedos. Miró la bandeja de entrada del correo y ordenó los mensajes por fecha de recepción. Tenía treinta y dos *emails* sin leer en la columna del lunes 14/04/2008. Ya los repasaría al día siguiente. Echó un último vistazo desesperanzado a la lista que acababa de escribir, pero ¿dónde acababa de ver algo similar? Cayó en la cuenta: en la columna de fecha de recepción de correos: Lunes 14/04/2008. ¿Podían ser fechas? Sólo los datos a la derecha de la barra podían corresponder a años: 1995, 2003, 1989, 1997; pero los de la izquierda no podían referirse a los meses, puesto que eran mayores que doce. Tal vez estuviera siguiendo una pista equivocada, pero tenía un presentimiento demasiado intenso como para no estar excitada con esas conjeturas. Miró de nuevo los informes y vio algo que le hizo exclamar: «¡Eureka!». Ahora sí que contaba con material que iba a impresionar a su amigo. Se conectó a su correo de Hotmail y comenzó a escribirle al Capitán con el siguiente asunto: «¡¡HE DESCIFRADO LAS CLAVES!! NO TE LO VAS A CREER».

ERAN LAS NUEVE Y MEDIA DE LA NOCHE CUANDO FERNANdo al fin se pudo quitar los zapatos tras un día de perros. La red de área local del laboratorio de Canillas no había funcionado en toda la jornada. Había pasado el fin de semana desembalando aparatos y supervisando la instalación con la esperanza de que el lunes, con el resto del personal, pudieran realizarse los test definitivos. Ahora, después de catorce horas persiguiendo a los informáticos, se encontraba hecho un pingajo y tirado sobre el incómodo sofá de funda floreada.

Arrojó los zapatos sudados contra el rincón y se levantó con esfuerzo. La frustración de ese día trastocaba sus planes. Había calculado que podría tomarse la semana libre para ir a Barcelona a husmear en el Vall d'Hebron, y ahora sólo contaría con poco más que el fin de semana. Se moría de ganas de darse una ducha e ir a dormir, pero recordó que el calentador estaba estropeado y que aún tenía una tarea que hacer.

Con el traje a medio desabrochar se sentó en la silla plegable y encendió el ruidoso y antiquísimo ordenador, cuyo viejo monitor de tubo catódico y la torre ocupaban prácticamente toda la mesa de formica sin dejar apenas espacio para el teclado. Fernando no era un entusiasta de los artilugios modernos, ya fueran informáticos o telefónicos. Él era un químico de laboratorio, un especialista de biblioteca que había tenido que aceptar a regañadientes cómo las probetas y los microscopios habían sido sustituidos por ordenadores y pantallas de plasma. Manejaba paquetes ofimáticos a nivel básico y algún *software* de toxicología, y también buceaba un poco en Internet para leer artículos científicos, pero nunca hasta entonces había tenido su propio ordenador fuera del ámbito de trabajo. Cuando necesitaba servicios avanzados recurría a conocidos. Últimamente había trabado amistad con Manuel Carrera, uno de los jóvenes policías de Canillas encargado de informática, que le había regalado y conectado a Internet el antiguo cacharro cuyo ventilador rugía ahora como un autobús en el chamizo. Así había descubierto Fernando las posibilidades de las redes sociales, sobre todo después de inspeccionar, utilizando las claves que venían en el informe de los *mossos,* la cuenta de Elena Paniagua que había terminado por ponerle sobre la pista de Isabel. Aquella demostración despertó tímidamente su interés por la informática y, haciendo un gran esfuerzo por modernizarse, aceptó el regalo que ahora ocupaba toda la mesa.

Como casi siempre, no tenía ningún mensaje nuevo en la bandeja de entrada del correo electrónico. Sacó de la pequeña gaveta de la mesa una fotografía. Era la imagen de la boda que había sustraído del saloncito de la casa de Morella hacía unos días. Le echó un último vistazo, como intentando leer el alma de la gente congelada hacía catorce años frente a la iglesia, y luego, seleccionando el contacto personal de Félix Moreno, se puso a teclear:

Hola, Félix:

¿Cómo va todo, mi comandante? Como ves te escribo a tu correo personal para no comprometerte.

¿Has podido mirar algo del pájaro que te señalé? Me refiero a lo de Juan Aguirre. Mi amiga ha vuelto a recibir uno de sus mensajes intimidándola. Da la sensación de que la sigue, porque sabe cuándo se va de viaje.

Por otro lado necesito conocer algo de un tal Rafael Bustamante. Es un tipo muy fuerte y gordo, con la cabeza casi afeitada y de entre cuarenta y cinco y cincuenta años, más o menos. Quizás viva en Barcelona o en Cataluña y mi amiga cree que puede estar también relacionado con los mensajes amenazantes. Sólo necesito un número de teléfono.

Prometo no volver a pedirte nada. Te lo agradezco de antemano. Espero poder devolverte algún día este inmenso favor.

Un fuerte abrazo.

Después de enviar el correo se quedó pensando en que estaba abusando de la confianza de Félix Moreno. Al principio había planeado pedirle a su nuevo amigo Carrera que buscase la información sobre Bustamante, pero Félix ya estaba al corriente del caso de Juan Aguirre y había aceptado echarle un cable. Si le mentía diciéndole que el hombre de negro tenía relación con Aguirre era como si no le estuviera pidiendo un favor nuevo. Esperaba que el guardia civil tragara su anzuelo y le diese la información que precisaba de ambas personas, aun cuando no había relación entre ellas. Sintió remordimientos por el engaño, pero la ducha helada le hizo olvidarlos. A la vuelta se sorprendió al ver un correo recién llegado de Isabel.

Querido Fernando:

¿Cómo vas con tu parte de la investigación? Yo he hecho grandes progresos con la mía.

He descubierto que las claves que hay apuntadas en el papelito pueden indicar las iniciales de los nombres y apellidos de los pacientes a los que se refieren los informes. También sé que dichos sujetos han sido tratados por Alejandro Molins. Por otro lado, las cifras que acompañan a las iniciales representarían fechas. Al menos las últimas dos cifras de cada clave. Faltaría determinar qué significan las primeras. Esta es mi hipótesis:

1.– En 1989 Alejandro tuvo un paciente llamado JS (Javier Sánchez, por ejemplo), que padecía la enfermedad de Isaacs. Es un síndrome autoinmune que afecta al sistema nervioso. En algún momento llamado fase 3 Molins hizo progresos con él, y por eso —pienso que la letra que aparece en los márgenes puede ser suya, aunque utilice el inglés— escribió: «¡¡Éxito con la fase 3 de JS 35/89!!».

2.– En 1995, otro individuo llamado CN pasó por sus manos aquejado del síndrome de Tourette. De nuevo el tratamiento resultó positivo, y de ahí que el doctor escribiera al margen: «¡CN 23/95 OK!».

3.– Dos años más tarde, en 1997, trató a una persona llamada IB y aquejada del mal de Graves. Ésta es una enfermedad igualmente autoinmune y, como era de esperar tras el éxito de 1989, también obtuvo buenos resultados. Por eso se congratuló escribiendo: «¡IB 49/97 arreglado!».

4.– De modo análogo a los anteriores, hace cinco años, en 2003, alguien con sarcoma de Ewing fue atendido por el psiquiatra. Esta persona llamada LC es posible que muriera, no en vano el sarcoma de Ewing es la más letal de las enfermedades relatadas en los informes, y ésta es la razón por la que no aparece ninguna anotación de triunfo.

¿Qué te parecen mis hallazgos? Pues no es todo. Aquí va un último detalle. Si te fijas bien en las esquinas superiores derechas de las páginas impares de los documentos, verás que alguien ha borrado, posiblemente con típex, una especie de logotipo. En mis fotocopias se aprecian indicios del comienzo, del final y del contorno. Después de quemarme las pestañas comparando, creo que está compuesto por letras de una o varias palabras. La primera puede ser una G, y la última probablemente una T. En medio parece haber una B o una P. Es decir, que el logo sería: G…P…T, o bien G…B…T.

En fin, mi querido amigo, esto es todo lo que he podido encontrar. Estoy deseando conocer tu punto de vista y, sobre todo, saber cómo va tu investigación. Si quieres podríamos quedar para hablar de estos temas y seguir planeando pasos. Como ves yo he cumplido con mi palabra de no ocultarte nada.

Un beso.
Isabel

Fernando extrajo los informes médicos de la gaveta y fue, paso por paso, corroborando todo lo que Isabel le había contado. Las hipótesis parecían encajar como un guante de látex en el rompecabezas y le contestó felicitándola sinceramente por sus progresos. En el último párrafo añadió que tenía planeado para los próximos días el viaje a Barcelona y que ya había comenzado con las pesquisas sobre el hombre de negro. Prometió informarla en cuanto tuviera conclusiones y le pareció bien la cita, aunque no propuso fecha. Se despidió con un «cordial saludo», pues no quería deslizarse por la senda de los comentarios afectuosos.

Luego, espoleado por la delantera que le llevaba su compañera, puso en acción el plan que llevaba varios días rondándole la cabeza. Entró en www.insigniaspoliciales.com y leyó otra vez la declaración de confidencialidad:

INSIGNIAS POLICIALES (Insigpol, S. L.) se compromete a no utilizar los datos suministrados por sus clientes más que para atender correctamente los pedidos solicitados. Los datos no se cederán ni venderán en ningún otro caso, excepto cuando la Policía del Estado español solicite dicha información, en cuyo caso se cederán dichos datos.

Internet ha hecho más accesible el coleccionismo de todo tipo de placas e insignias, tanto de réplicas como originales, que de otro modo sólo estarían disponibles para miembros del IPA (Asociación Internacional de Policías y Ex Policías) o en tiendas especializadas que implican un desplazamiento. El coleccionismo de insignias existe desde que éstas existen y es completamente legal. Esta web ofrece al coleccionista y profesional gran variedad de réplicas de placas e insignias nacionales e internacionales.

Advertimos seriamente a nuestros clientes que nuestros productos son única y exclusivamente para ser coleccionados y que el uso indebido de estas placas e insignias está penado por la ley. El llevarlas encima puede derivar en delito si se incurre en usurpación de cargo público o uso con fines fraudulentos, de lo que no nos hacemos responsables.

Lo que decía el último párrafo era exactamente lo que había planeado hacer. Compró contra reembolso una placa falsa de detective privado de España por treinta y nueve euros, una acreditación personalizada con sus datos y foto de licencia de detective privado expedida por el Ministerio del Interior por diecinueve euros y una cartera portaplacas de la policía local por veinticinco euros, más gastos de envío. Aunque tuvo que dar sus datos personales y bancarios, su fotografía y la dirección, se quedó maravillado de lo sencillo que era conseguir toda aquella parafernalia de los cuerpos policiales por Internet. El plazo de entrega era de dos días, así que tendría el material en su poder a tiempo.

El zumbido del ordenador se hacía insoportable en el silencio de la pequeña habitación. Lo guardó todo en el cajón de la mesita, apagó el computador y se echó sobre las ropas de la cama. Los muelles chirriaron y las patas crujieron con estrépito. La luz mortecina de la tulipa ennegrecida del techo caía a plomo sobre el cuartucho. Tanteando, logró dar con el interruptor y la oscuridad hizo que el pequeño mundo del Capitán desapareciese unos instantes. Luego la noche que se colaba por entre los cristales dejó una penumbra blanquecina alrededor y los ruidos del vecindario se hicieron presentes: cisternas que se descargaban, discusiones a lo lejos, algunos televisores encendidos por los insomnes, el leve rumor de coches surcando la ciudad... Se durmió deseando que al día siguiente la red del laboratorio funcionase de una vez y anticipó en la duermevela las pruebas que haría con los nuevos equipos antes de firmar el acta de aceptación. Si todo iba bien el jueves, o quizás el viernes por la mañana, podría salir para la Ciudad Condal.

LLEVABA SIN DORMIR PRÁCTICAMENTE LAS ÚLTIMAS CUARENTA y ocho horas. La red de ordenadores no había funcionado correctamente hasta el miércoles a última hora y, aunque Manuel Carrera y él llevaban dos jornadas trasnochando, no iban a poder cumplir los plazos que se habían marcado. Los nuevos equipos de Troxler, de Alfa Wassermann y de Siemens no eran capaces de acoplarse a la red y su funcionamiento resultaba defectuoso, por lo que no podían firmar la orden de aceptación. Para colmo, la nueva sala blanca del laboratorio había sido montada con las mamparas ubicadas de forma errónea, por lo que ahora tendrían que retirarlas y cambiar la planimetría. Eso obligaría a desmontar los aparatos para volver a instalarlos después del rediseño. Otra semana de trabajo como mínimo.

Fernando salió del complejo policial de Canillas el viernes a las 18:00 horas completamente hundido. Manuel le había consolado diciendo que el fin de semana podría descansar pero no pudo quitarse el trabajo de la cabeza en el recorrido hasta la pensión. Aparte del pobre funcionamiento de la red debía haber algo erróneo en la configuración del *software* de las consolas de control. Había seguido las instrucciones paso a paso pero, por más que leía los manuales y cambiaba los parámetros, no conseguía dar con la clave.

Andaba acelerado cuando llegó a su chiscón, todavía con las imágenes del horno de Troxler y del analizador de sangre por espectrografía fotométrica Siemens Advia 2400 grabadas en la retina. En cuanto logró serenarse llamó al centro comercial Maremagnum. Dos días antes había buscado en el directorio *online* del centro el número de la única joyería que aparecía, llamada Una Joia. Descolgó el encargado, que estaba a punto de echar la persiana, y le dijo que para cualquier asunto relacionado con la propiedad debía hablar con el abogado Joan Esteve, del bufete Vida y Sánchez. Llamó entonces al despacho e inventó una patraña. Dijo que le habían recomendado al señor Esteve como excelente asesor fiscal y que deseaba entrevistarse con él. Su secretaria le dio cita para el viernes 2 de mayo a las diez de la mañana. Era más tarde de lo que hubiera deseado y le iba a suponer otro desplazamiento a Barcelona, pero al menos tenía un frente de investigación abierto. Después de cenar un sándwich de pan de molde y queso se tumbó en la cama, y antes de las diez de la noche estaba profundamente dormido.

A las ocho de la mañana del sábado estaba ya subido en su coche conduciendo por encima de todos los límites legales de velocidad en dirección a Cataluña. No le resultó complicado llegar hasta el Vall d'Hebron, y aparcó el automóvil entre la Escuela de Enfermería y la entrada principal del gigantesco hospital. La mole, con sus torres de ladrillo rojo y sus infinitas ventanas, se desplegaba ante él recortada contra un cielo brumoso. Una macroconstrucción de los años sesenta con la friolera de mil cuatrocientas camas. Repasó mentalmente el plan que había concebido, pero no se encontraba despejado para ponerlo inmediatamente en práctica, así que abatió el asiento y dio una cabezada.

Cuando despertó eran ya casi las tres de la tarde, y una lluvia fina y sucia había manchado el parabrisas durante la siesta. Sacó del bolsillo interior de su chaqueta el *merchandising* policial que había comprado por Internet. La placa de detective privado, con el escudo de España rodeado de un haz de rayos de luz, parecía auténtica. La licencia de detective había llegado con su foto y sus datos, pero con una marca de agua que delataba su origen. La había colocado en la hoja plastificada del portaplacas junto al DNI auténtico, que era la identificación más visible, de forma que había que acercarse y observar detenidamente la licencia para detectar el fraude.

Salió del coche y caminó hasta la recepción del complejo hospitalario, donde preguntó por el Servicio de Psiquiatría. Se excusó diciendo que tenía una entrevista profesional con uno de los doctores. Le informaron de que debía salir del edificio principal y subir a la quinta planta de la Escuela de Enfermería, donde se encontraban los despachos. Regresó, así pues, a la escuela, cerca de cuya puerta trasera había aparcado, y subió a la planta indicada. El cielo amenazaba con una tormenta típica de abril. La entrada al Servicio de Psiquiatría estaba guardada por una mujer de expresión pastueña.

—Buenas tardes, soy Fernando Flórez, y quería ver al director, el doctor Alejandro Molins, por un tema muy urgente —le espetó ensayando su voz más autoritaria.

Ella, al escuchar el nombre, pareció salir de su confortable estado mental y comenzó a titubear. Se notaba que le costaba encontrar las palabras en castellano.

—No es posible… A ver… No es posible ver al doctor.

—Es preciso que lo vea, por favor, o permítame que hable con el subdirector —dijo el Capitán manteniendo un tono de voz que imponía.

—¿El doctor Pascual? —preguntó ingenuamente la recepcionista.

—Exacto. Dígale que es un tema muy urgente que afecta a Alejandro Molins.

—Está bien. Por favor, siéntese usted allí.

Fernando accedió a las indicaciones mientras la señora tecleaba una extensión en el teléfono de su mesa. Unos minutos después un hombre de unos treinta y cinco años, de rostro tranquilo y barba bien cuidada, se presentó vestido con una bata blanca.

—¿Doctor Pascual? —se adelantó el Capitán—. Se trata de un tema importante...

—Me han comentado que en realidad quiere ver al doctor Molins y he venido a decirle que no es posible, pues se encuentra en excedencia de empleo.

—En realidad no vengo a eso. Sé lo de su esposa y que se encuentra en la cárcel, no hace falta que invente lo de la excedencia. Venía a verlo a usted porque tengo que hacerle unas preguntas, si puede ser en algún lugar más discreto que éste —replicó el Capitán en un susurro mientras le enseñaba bajo la solapa de su chaqueta las acreditaciones de detective.

El doctor Pascual se turbó y empezó a mirar alrededor, como tratando de huir, aunque le pidió que lo acompañara. Fernando lo siguió hasta un despacho destartalado, con la mesa enterrada bajo archivadores y pilas de papel. Tenía unas vistas bonitas a la ronda de Dalt y al oeste de la ciudad, pero el mobiliario era antiguo y de baja calidad. El doctor cerró la puerta tras de sí, y entonces se escuchó el retumbar de un trueno.

—Soy Fernando Flórez —comenzó el Capitán mostrándole una vez más su portaplacas.

—No estoy acostumbrado a estos temas y no sé cuál es el procedimiento. Nunca han venido los *mossos d'esquadra* a preguntarme nada.

—No se preocupe, no soy policía, no se ha fijado usted bien. Soy investigador privado. Estoy trabajando para la familia de la mujer de su compañero, el doctor Molins. Esta conversación es completamente informal y, por supuesto, usted puede darla por terminada cuando lo considere oportuno. ¿Desde hace cuánto conoce a Alejandro?

—Llevaba seis años trabajando con él. El trato era completamente profesional. Vi a su mujer y a sus hijos en un par de ocasiones, pero nada más.

—¿Seis años? Entonces debe estar al tanto de que a su esposa la ingresaron aquí hace unos cuatro por un tumor. Era de mama, ¿no es así? Necesito que me haga un favor. Quisiera ver el historial médico de Elena Paniagua.

—Eso es del todo imposible —replicó el doctor Pascual parapetándose detrás de los montones de papel—. Para eso necesitaría una orden judicial. La ley es muy estricta a ese respecto, con penas de cárcel y multas de hasta seiscientos mil euros.

—Al menos podría hablar informalmente con los médicos que la trataron, o darme sus nombres. Los padres de la difunta sólo me han podido decir que se trataba de amigos de su marido. La familia, que se presentará en el juicio como acusación particular, me ha contratado para construir su argumentación. Ellos piensan que el cáncer de su hija pudo ser el detonante de que el matrimonio se deteriorara.

—Comprendo su punto de vista y el de los padres —dijo el doctor Pascual tragándose completamente el anzuelo—, pero tiene que comprender que no quiero perjudicar a un compañero. Si quieren nombres, que los pida el juez.

—Sólo le pido que me deje hablar con una persona, apenas unos minutos. ¿No va a hacer siquiera eso? Por supuesto, todo quedará dentro de la más absoluta confidencialidad.

Pascual se quedó meditabundo. El Capitán parecía haber pulsado las teclas de su conciencia, que se debatía entre distintas opciones hasta que finalmente tomó una decisión.

—Le diré lo que haremos, señor Flórez. No le daré el nombre del colega que trató a la mujer, salvo que él esté de acuerdo en charlar con usted. Ya le adelanto que la enfermedad no era tan grave como sugiere. Alejandro nunca me habló de problemas de salud de su esposa después de aquello. Si me disculpa unos minutos y me espera a la entrada, lo llamaré y le diré quién es usted, para quién y por qué trabaja. Si está de acuerdo en recibirlo, podrá ir a verlo. Más no le puedo ayudar.

—Me parece bien —dijo Fernando dirigiéndose a la salida.

Mientras esperaba, escrutado con curiosidad por la mirada de la recepcionista, temía no sacar ninguna información a pesar de la monstruosa farsa que había levantado. La sala retumbó con otro trueno espantoso que lo sacó de sus pensamientos.

Un par de minutos más tarde el doctor apareció en la salita con el semblante serio y ambos regresaron al atestado despacho. Le dijo que acababa de colgar con el oncólogo y que, aunque no quería recibirlo ni revelarle su identidad, había accedido a suministrarle a través de su boca lo que recordaba del caso.

Le había dicho que recordaba muy bien las circunstancias de la visita de Elena al hospital, aunque había durado solamente unas horas y no se había incluido en el historial médico, pues Molins quiso que fuese vista de forma extraoficial. Desde primera hora de la mañana le hicieron un TAC, un PET, una biopsia y una batería de análisis de sangre. Los resultados estuvieron listos esa misma tarde. El bulto en el pecho se correspondía con un tumor muy agresivo que había afectado a los ganglios de las axilas con gran riesgo de generar metástasis. El pronóstico era grave y las expectativas de curación, remotas. El tratamiento recomendado debía comenzar inmediatamente: un ciclo de radioterapia específica, mastectomía parcial o completa y después del posoperatorio, según la evolución, varios ciclos de quimio.

Fernando se atusó el cabello. Lo que acababa de oír no se correspondía con la impresión que el asunto había causado en los padres de la enferma, que le habían dicho que no tuvo que seguir tratamiento de quimioterapia. El doctor Pascual continuó relatando que se les recomendó hacer el ingreso en el hospital lo antes posible, pero que

Alejandro se negó en redondo. Cuando su colega le preguntó si era porque prefería llevarla a Houston o a algún otro centro médico privado, le había respondido con un enigmático *es posible.* A partir de ese día la relación de Molins con su colega de oncología se hizo muy distante, y éste nunca supo nada más de Elena hasta el día en que apareció publicado el asunto de su muerte en los periódicos.

—Eso es todo lo que me ha contado —terminó diciendo el doctor Pascual—. Yo no tenía ni idea. Recuerdo el día que trajo a su esposa para unas pruebas, pero nada más. Creía que los resultados habían dado negativo. Estoy muy extrañado. Ahora, si no le importa, preferiría dar por terminada esta charla.

—La autopsia refleja unos datos curiosos que pueden estar relacionados con el cáncer —explicó Fernando—. Si demostramos que, además de envenenarla, no la dejó tratarse o la obligó a hacerlo en malas condiciones, la condena será superior. Eso demostraría que llevaba años odiando a su mujer antes de matarla con premeditación. No le robo más tiempo. Sólo una cosa más. ¿Le suenan estos códigos?

Garabateó de memoria en uno de los papeles que tapizaban la mesa la lista de códigos: JS35/89, CN23/95, IB49/97 y LC31/03. El galeno asintió con la cabeza.

—¿Pueden ser los códigos de pacientes del señor Molins? Las dos últimas cifras serían la fecha, el año del expediente —inquirió Fernando.

—Sí, creo que sí. Nosotros no numeramos los expedientes de esta manera, pero he visto utilizar al doctor

Molins cifras como ésas en algunos papeles de su clínica que traía al despacho.

—¿Sería muchísimo pedir que me dejase ver unos minutos ese despacho?

—Para eso también necesita una orden judicial. De todas formas le diré que ya no tiene allí nada que pudiera interesarle de su consulta privada... Hace un mes más o menos su ayudante vino a recoger todo.

—¿Su ayudante? Por favor, ¿me podría decir su nombre y cómo localizarlo? La familia de Elena estaría encantada de conocer la opinión que tiene de su jefe.

—Está bien —accedió Pascual deseando ver salir por la puerta cuanto antes a su interlocutor—, pero sólo sé que es un muchacho que estudia Enfermería, un tal Josep Martín. No sé cómo encontrarlo. Ahora, si me disculpa, tengo cosas que hacer.

—Muchísimas gracias —se despidió Fernando—. Recuerdo el camino, no hace falta que me acompañe.

Los vellos de la nuca del Capitán se erizaban mientras caminaba en dirección a la salida, y sus pequeños ojos negros brillaban por la emoción. Todo el misterio parecía ahora pivotar en torno a la consulta privada del doctor Molins. Deshizo el camino que había recorrido antes y salió a la calle. Ante él se extendía la enorme fortificación del Vall d'Hebron recortada contra un cielo negro de tormenta. Un relámpago cruzó el espacio sobre las torres y empezó a diluviar.

Corrió a refugiarse en el coche. Los goterones tamborileaban sobre la chapa del techo y se derramaban luego en torrentes por los cristales. Arrancó el coche, pero los limpiaparabrisas no daban abasto. Condujo muy despacio, atronado por el ruido y tratando de recordar el camino a la pensión en la que se había alojado otras veces mientras pensaba en el poder que daban una sencilla placa y una voz de mando impostadas.

Creyó que había dormido varios días seguidos, pero cuando abrió los ojos sólo habían pasado dos horas desde que se dejara caer en aquel colchón lleno de bultos, seguía siendo sábado y todavía era de día. Despertó en una estancia oscura que daba a un patio interior con ecos de música latina. Las tuberías de los desagües del piso de arriba se veían mohosas sobre su cabeza, pero él se sentía como en casa. Todas aquellas pensiones de mala muerte en las que se hospedaba le traían recuerdos de su infancia. Nunca había logrado encontrarse a gusto con los lujos que la gente normal, la que no había sido nómada, consideraba deliciosos.

Lo único que amaba de ese mundo, por una especie de reacción ante la hartura de haber vestido casi toda su vida con ropa de mercadillo, eran las prendas de marca y los coches bonitos. Esas concesiones superficiales no le obligaban a cambiar su forma de vivir libre y desapegada de los bienes inmuebles. Un techo bajo el que guarecerse, un rincón en el que tumbarse a dormir cerca de algún libro y el ajetreo de la humanidad danzando caótica a su alrededor eran todo lo que precisaba para evocar su niñez y adolescencia en los carromatos o chiscones de alquiler.

No es que confiase en las personas que pululaban por ese tipo de sitios, pero la sentía cercana y familiar. Sabía que la gente sedentaria le consideraba un inadaptado social, un tipo raro, pero en realidad no sabían comprender a los nómadas. Tal vez todo se reducía a eso, pensó, a la secular incomprensión entre nómadas y sedentarios, entre cazadores y agricultores…

Había dejado de llover aunque el cielo seguía cubierto por el plomo. Salió desperezándose al baño que compartían todas las habitaciones de esa planta. Se lavó la cara y se repeinó el cabello negro antes de pisar la calle Vistalegre. Estaba en el corazón del Raval, el Barrio Chino, muy cerca de la rambla del mismo nombre, en uno de los vecindarios más vetustos de Barcelona, un manojo apretado de callejas pintorescas y algo sórdidas. Apenas entraba la luz en los desfiladeros de los callejones y se escuchaba el eco de los propios pasos reverberando en las fachadas. Había ropa tendida mojada por la tormenta en algunos balconcillos junto a los mazos de cables de la luz y el teléfono y, en el afilado hueco que los aleros de las casas de cuatro alturas dibujaban contra el cielo, se veía desfilar los vientres negros de los nubarrones.

Mientras caminaba inmaculado y con sus zapatos brillantes, como si llevase un cartel para atraer a todos los carteristas que solían operar por allí, observaba la amalgama étnica y social que lo rodeaba: colmados regentados por chinos, salas de antigüedades donde los gitanos exponían en los escaparates, sorprendentes *boutiques* de ropa moderna, mujeres musulmanas con *jihab,* putas parapetadas tras las esquinas o despistados turistas rubicundos con sandalias y los pies empapados.

Se detuvo en un locutorio paquistaní. Un hombre con turbante y barba de chivo lo observó cuidadosamente detrás del mostrador de madera carcomida. Fernando puso un billete de cinco euros sobre las tablas.

—A España. ¡Dentro de España! —voceó.

—Sí, señor, no hace falta que grite, no estoy sordo —replicó el hombre con un marcado acento—. Lo entiendo perfectamente. *Jo també parlo catalá.*

—Está bien —dijo Fernando sentándose en uno de los cubículos.

Buscó un número en una tarjeta que llevaba en la cartera, lo marcó y sostuvo una breve conversación. Después de esperar un buen rato en silencio logró hacerse con una dirección y un teléfono que apuntó en un trozo de papel arrancado de la guía que tenía a mano. Luego se despidió y llamó al contacto que acababa de anotar. Colgó en cuanto escuchó que alguien contestaba y se quedó un rato arrumbado en la diminuta silla valorando la situación. Finalmente tomó el auricular otra vez.

—¡Sí! —contestó Isabel al otro lado—. Espera un momento, que bajo la música. Ahora ya te oigo mejor

—Soy Fernando. Estoy en Barcelona. ¿Puedes hablar? Ahí fuera hay un tipo que no para de mirarme con mala cara, así que seré breve.

—Sí, sí, por supuesto —dijo Isabel, con un ruido de fondo de cacharros en la cocina.

—Iré al grano. He hablado con los médicos que trataron a Elena hace cuatro años y me han dicho que tenía un cáncer prácticamente terminal cuando fue allí a hacerse unas pruebas, pero que no quedó ingresada porque su marido insistió en tratarla en otro sitio.

—No tiene mucho sentido trabajando Alejandro allí, y eso no es lo que nos dijeron sus padres respecto a la gravedad del tumor.

—Exacto. Y hay más cosas. Tenías razón y los códigos que encontramos en la tumba de Emilio se corresponden con identificadores de historiales de pacientes de Alejandro Molins, pero no del hospital Vall d'Hebron, sino de su clínica privada. Así que ahora lo urgente es investigar la consulta particular del doctor Molins.

—¿Y cómo vamos a hacerlo?

—Hablaremos con el chico que trabajaba en la recepción. Me han dado su nombre en el hospital. Un tal Josep Martín…, un estudiante de Enfermería. Me suena ese nombre de haberlo leído en el informe de los *mossos d'esquadra.*

—¡Joder! —gritó Isabel. Algo cayó al suelo con estrépito.

—¿Pasa algo? ¿Qué es ese ruido?

—Nada, nada… Estaba llenando el lavavajillas. ¿Y cómo vas a contactar con él?

—Me ha costado una discusión, pero he conseguido que mi amigo Carrera, experto en todo lo que tiene que ver con Internet, me dé el teléfono y la dirección donde vive. He tenido que decirle que se trataba de un viejo conocido al que quería visitar y ha encontrado los datos del muchacho en un directorio *online* de currículums para camareros eventuales. Lo he llamado y sé que está en casa porque ha descolgado, pero no he querido hablar con él. La experiencia de hoy me dice que con el factor sorpresa y la presencia física se logra más información. Le diré que trabajo para los padres de Elena, le enseñaré una acreditación de investigador privado que me he procurado y le mostraré además la foto de la boda y la del colegio en la que sales tú con ella para ganarme su confianza. Eso le hará pensar que realmente trabajo para la familia de Elena. ¿Sigues ahí?

—Sí, es que estaba pensando… A ver, si estamos juntos en esta investigación, y teniendo en cuenta que mañana es domingo y no tengo que trabajar, lo mejor sería que fuese contigo a verlo. Si te parece, mañana cogeré el primer puente aéreo a Barcelona y nos vemos allí. Déjame la dirección y podemos encontrarnos en casa de ese chico, ¿de acuerdo?

—Está bien —accedió Fernando—, pero tienes que dejarme hablar a mí. Vive en el número 23 de la avenida de Santiago Rusiñol, en la urbanización Vallpineda, cerca de Sitges. De todas formas, si quieres puedo pasar a buscarte por el aeropuerto y vamos los dos juntos.

—No, no te preocupes, cogeré el cercanías. Pero te agradecería que me recogieras en la estación de tren de Sitges, ¿te parece? Estaré allí —parecía consultar un horario— a eso de las diez y media.

—Perfecto. Adiós —respondió Fernando lacónicamente. Se levantó y, sin hacer caso al encargado que le ofrecía la vuelta de los cinco euros, salió al exterior.

La calle parecía haberse vaciado de gente en el rato que había pasado al teléfono y sintió miedo. Las luces de los escaparates refulgían en contraste con la noche encapotada que se había extendido sobre las azoteas. El hombre estaba esperándole apoyado en una mugrienta persiana de seguridad. Vestía de forma desaliñada, con un pantalón marrón y una camisa desabrochada a pesar del frío. El Capitán le devolvió la mirada. Su chaqueta azul marino flameó ligeramente con la brisa. Metió la mano en el bolsillo y extrajo el portaplacas. La insignia de detective brilló en la oscuridad y el ladronzuelo retrocedió como si hubiera visto un fantasma, giró con un escorzo y se puso a correr como alma que lleva el diablo en dirección al laberinto de callejones que había a su izquierda. Fernando reintegró pausadamente la documentación falsa al bolsillo y caminó despacio bajo la lluvia. Estaba inquieto a pesar de que en su infancia y juventud se había visto en situaciones más peligrosas. Los canalones vomitaban agua turbia sobre las baldosas del suelo mientras los últimos comerciantes estaban cerrando los chiringuitos. Llegó a la calle Vistalegre y subió a la habitación cochambrosa de la pensión, donde acabó de reconfortarse. La lluvia golpeteaba en el ventanuco. Mientras se desnudaba hizo memoria para recordar dónde había dejado su coche aparcado. A la mañana siguiente tendría que estar a las diez y media en Sitges.

Isabel seguía atareada en la cocina. La llamada de Fernando la había pillado por sorpresa y al escuchar su voz se ruborizó como si la hubiera descubierto siéndole infiel. Después de muchos mensajes, y tal vez como venganza interior por la indiferencia que le manifestaba el Capitán, había invitado a Fran a cenar esa noche, pero al escuchar el plan de Sitges todo el castillo de naipes se había desmoronado. De pronto tenía que hacer un montón de cosas. Trató de calmarse encendiendo un cigarrillo y, tumbada en el sofá, llamó a su recién recuperado amante para cancelar la cita. Después se sintió liberada, metió la cena recién hecha en el congelador y volvió al sofá para sumirse en sus pensamientos. Había pasado catorce años sufriendo hasta que se había decidido a actuar el día que visitó los hutones en China. Ya no tenía alternativas, tenía que seguir actuando y confiando en que pronto pasaría todo y sería, por fin, completamente libre. Al cabo de media hora, se levantó, fue a la habitación y repasó el papel donde había apuntado la dirección de la urbanización Vallpineda. Dentro de unas horas Fernando la esperaría en Sitges. Un sudor frío recorría su espalda.

ISABEL ESTABA ESPERANDO EN LA PEQUEÑA ESTACIÓN DE cercanías de Sitges desde hacía un buen rato. Tenía un aspecto demacrado, como si no hubiera pegado ojo en toda la noche. Se saludaron con besos en las mejillas y subieron al auto. Las calles estaban vacías a esas horas de la mañana del domingo.

Fernando había hecho los deberes y sabía dónde se encontraba la urbanización Vallpineda, sobre una colina desde la que se divisaba el Mediterráneo. Las casas individuales y los pequeños grupos de pisos se disponían en parcelas cercadas en cuyos jardines crecían palmeras y pinos.

Entraron por la puerta sur sin parar en la garita del vigilante. La calle Santiago Rusiñol se abría a la derecha flanqueada por las copas frondosas de los árboles tras las vallas y en la parte más alta de un repecho estaba el número 23. Aparcaron en la acera unos metros más adelante, junto a un solar lleno de broza. Fernando cogió un sobre, salieron del coche y se detuvieron en la puerta de una pequeña comunidad de vecinos formada por un edificio de cuatro alturas, con escaleras y descansillos exteriores, rodeado de un jardín escueto y bien cuidado, con caminitos de tierra que serpenteaban entre parterres de césped y palmeras. El bloque parecía desierto, como si los apartamentos estuvieran vacíos a la espera de sus inquilinos en verano.

—Su apartamento está en la segunda planta, letra B. Pero recuerda que tienes que dejarme hablar a mí. Cuando yo lo indique, preséntate como una amiga de la difunta. La foto del colegio en la que apareces con ella corroborará aún más la coartada —dijo señalando el sobre que llevaba en su mano izquierda.

Fernando pulsó el timbre varias veces, pero no hubo respuesta. Trataron de mirar por las ventanas que daban a la galería. Aunque las persianillas estaban bajadas, pudieron vislumbrar la cocina y una habitación adyacente vacía.

—Qué raro. Ayer por la noche estaba en casa. Pero espera un momento —dijo el Capitán, que acababa de tener una idea.

Sacó el trozo de papel arrancado la tarde anterior de la guía del locutorio.

—Déjame tu teléfono móvil. Le voy a llamar al fijo para asegurarme que no hay nadie en casa.

—No, espera, fíjate, la puerta está abierta —contestó Isabel accionando nerviosamente el picaporte.

La hoja cedió unos centímetros y quedó entornada. Fernando abrió una rendija y llamó a Martín por el hueco, pero nadie contestó. Dio un paso al interior del vestíbulo. Isabel parecía asustada y no se despegaba de su espalda. El apartamento estaba iluminado por ventanales que daban a una terraza en la que se veían una mesa de plástico y sillas. A la derecha del vestíbulo estaba la cocina. Con tímidos pasos dejaron a un lado la habitación que habían visto vacía desde el exterior y entraron en el salón. Un sofá y un mueble aparador con la televisión constituían el único mobiliario. A la izquierda había una puerta cerrada junto a un pequeño aseo. Fernando giró la manija y empujó.

Ante los ojos de los dos intrusos se mostró en penumbra el dormitorio principal con las mallorquinas cerradas. La pared estaba cubierta por un mueble librería lleno de papeles y fotografías bajo cuyo vano central se disponía el cabecero de una gran cama de matrimonio. Sobre la cama, con los ojos abiertos y horriblemente extraviados, con babas resecas descolgándose por la mandíbula desencajada, yacía el cuerpo semidesnudo y retorcido de un hombre de veintipocos años. Era el cadáver de Josep Martín.

A PARTIR DEL INSTANTE EN QUE ENCONTRARON EL CUERPO las cosas habían sucedido de una manera absurda en la cabeza de Isabel. La existencia discurrió ante sus ojos como si fuera algo ajeno, un mundo lento y mullido en el que estuviese flotando como espectadora. Ni siquiera ahora, que acababa de despertar con Fernando desnudo a su lado en la cama del hotel Ámister, se sentía segura de lo que estaba viviendo. El Capitán respiraba pesadamente, dormido y ajeno a su angustia. Por la luz que entraba en la habitación y el ronquido del tráfico debían ser más de las siete de la mañana del lunes 21 de abril. No llevaban más de tres o cuatro horas echados, pero no podía dormir ni un minuto más. Con el estómago endurecido y punzante, trataba de procesar lo sucedido el día anterior.

La imagen del cadáver retorcido, con el rostro desfigurado y los ojos extraviados, la había impactado muchísimo. Recordó haber sentido náuseas mientras reculaba hacia el exterior. ¿Habría tenido Elena Paniagua esa misma expresión cuando la encontraron muerta? Había visto que su compañero actuaba con frialdad. Primero se acercó al cadáver a olfatear la boca, y luego tomó un trapo de la cocina y limpió todos los sitios que habían tocado. También estuvo rebuscando con el paño protegiendo sus huellas dactilares e introdujo en su bolsillo algo que había sobre la mesilla de noche. Entonces se dio por satisfecho y fue limpiando el suelo pisado hasta que ambos salieron al descansillo.

Después habían conducido hacia la playa. El mar tenía el mismo color extraño del cielo, parecido al metal corroído. Caminaron por el paseo marítimo. La iglesia de Sitges, encaramada sobre una peña frente al mar, se había hecho tan grande ante sus ojos como para apreciar el detalle de sus torres asimétricas enmarcando el rosetón del tímpano. Fernando arrojó a una papelera municipal el trapo con que había limpiado las pistas.

—¿Te encuentras mejor?

—¿Qué vamos a hacer ahora? —dijo ella, sintiendo que pugnaba por retomar el control de sus actos y por eximirse de cualquier culpa o dolor.

—No tienes que preocuparte más por este asunto si no lo deseas —le había respondido con ternura—. Creo que estamos cerca de descubrir algo muy gordo, porque alguien se está dedicando a eliminar posibles conexiones. El asesino conocía bien a Martín: el apartamento no está forzado ni con signos de pelea. Tal vez lo ha matado un sicario a sueldo de Molins —reflexionó en voz alta— con la intención de mantener oculto lo mismo que Elena quiso dar a conocer con los papeles de su tumba. Soy especialista en toxicología y sé, por el olor del aliento, que ha sido envenenado con algo parecido a lo que acabó con ella, una mezcla de ricino y cianuro. Aunque todavía sigo preguntándome por qué el doctor escogió un veneno tan pobre y cometió además la insensatez de esconderlo en su despacho..., pero sobre todo quién le traicionó dando el chivatazo a los *mossos d'esquadra*.

—¿Cómo vamos a seguir? —inquirió ella. Estaba decidida a seguir con el caso.

—Registraremos la consulta del doctor Molins, en la calle Felipe II número 92. Es una suerte que el padre de Elena supiera la dirección exacta. He encontrado las llaves de la clínica en la mesilla del pobre chico y esta misma noche pienso ir allí. Entraré y buscaré qué diantres significan los expedientes.

—¿Y la policía?

—No debemos decirles nada. ¿Imaginas las preguntas que tendríamos que afrontar? Seguro que acabarían por encasquetarnos este último crimen.

Después de un buen rato, Fernando acabó aceptando que Isabel lo acompañara en su registro furtivo. El Capitán sugirió que se alojaran en algún lugar discreto, y mencionó una pensión que conocía en el Barrio Chino, pero ella le quitó la idea de la cabeza y se ofreció a pagar dos habitaciones en el Hotel Ámister. Estuvieron descansando, cada uno en la suya, hasta la hora de comer, en que bajaron a la cafetería. Isabel apenas pudo probar bocado por los nervios, aunque Fernando comió el menú completo, como si tal cosa.

Luego decidieron tomar un taxi hasta Felipe II para inspeccionar el teatro de operaciones antes de que se hiciera de noche. La consulta estaba ubicada en una casa residencial de dos plantas con un pequeño jardín delante de la entrada principal. Después de haber dado una vuelta al edificio y de haberse cerciorado de que parecía un lugar tranquilo, Fernando buscó un teléfono público y llamó al 112. Sin identificarse dejó el aviso de que había un cadáver en la urbanización Vallpineda.

Durante la cena Isabel tampoco comió casi nada, pero compró en la máquina del local el segundo paquete de tabaco que se fumaba ese día. El Capitán no dejaba de darle vueltas al hecho de que el asesino hubiera matado a Josep Martín justo unas horas antes de que fueran a entrevistarse con él, como si alguien estuviera enterado de sus investigaciones. La única persona que lo sabía era el doctor Pascual, precisamente el mismo que les había proporcionado los datos del muchacho, por lo que resultaba absurdo considerarlo culpable. Dedujo que tal vez el doctor Pascual había comentado con alguien su entrevista del día anterior. Finalmente, apurando un último sorbo de café, dijo:

—Sea quien sea: asesinatos, traiciones... Es un asunto demasiado turbio. Yo invito a la cena, total, no has probado nada.

LOS DOS HABÍAN SALIDO ENTONCES COMO SILUETAS MISTERIOSAS a una calle adormecida y oscura. El viento movía lentamente las farolas y el cielo, más despejado que por la mañana, dejaba ver de vez en cuando entre sus claros la cara de la luna. No se veían peatones, tan sólo algún coche despistado.

Fernando sacó el llavero que había cogido en casa de Josep Martín y cuya etiqueta ponía: *«Consulta. Felipe II»*. Se protegió las manos con un pañuelo y le extendió otro a Isabel. Las puertas de la verja se abrieron ruidosamente y caminaron resueltos hasta la entrada, donde una de las llaves encajó a la perfección con el bombín de la cerradura. Un instante después los dos estaban dentro, envueltos en la oscuridad y con el corazón en la boca.

Fernando abría cajones y los inspeccionaba con la linterna en la mano como si llevara años haciendo ese tipo de registros. Exploraron primero el recibidor, en donde sólo había una mesilla de pared sin nada interesante, y luego entraron en el salón. Ante sus ojos se desplegó el mágico mundo del doctor Molins. La tenue luz que se filtraba de la calle aumentaba la fantasmagoría.

Isabel no pudo evitar cogerse del brazo de su amigo. Anduvieron en silencio observando los rostros imperturbables de los ñus, los jabalís, los lobos, las cabras montesas, el muflón, el leopardo y los antílopes que colgaban de las paredes. El sofá de cuero frente a la chimenea y el aparador con los caros destilados refulgieron con la linterna como los ojos perdidos de las bestias que los rodeaban. En un revistero encontraron publicaciones relacionadas con el lujo y la caza, o boletines médicos como el *European Journal of Psychiatry* o la *Revista de la Asociación Española de Neuropsiquiatría.* En la librería se alineaban la enciclopedia Espasa y numerosos clásicos del Siglo de Oro español que Fernando estuvo curioseando.

—Ésta debe ser la zona de asueto, no creo que aquí encontremos nada —susurró—. Subamos a la planta de arriba.

Salieron y ascendieron las escaleras. En la salita de recepción encontraron apuntes de enfermería de Martín junto a un montón de facturas. Ella cogió los papeles del muchacho y esbozó un mohín melancólico. Pensó que todo aquel esfuerzo por estudiar no serviría ya de nada. Luego pasaron al despacho principal. Los sillones sobre la gruesa alfombra permanecían en la sombra, pero un rayo de luz de las farolas entraba por la ventana proyectándose sobre el escritorio y las estanterías. La mesa de Alejandro estaba precintada. Los escudos del Juzgado de lo Penal número 16 y de los *mossos d'esquadra* ilustraban las cintas engomadas.

El Capitán se dirigió a los anaqueles del fondo para sacar uno por uno los archivadores. Los colocaba sobre el escritorio e iba luego pasando las páginas con delicadeza, ayudándose del pañuelo. Encontraron historiales médicos relativamente antiguos. Páginas en las que figuraban, en ocasiones escritos a mano, los datos de personas que habían pasado por el diván junto con las fechas y los tratamientos que les había prescrito. Las hojas tenían el membrete de la consulta.

Después de repasar todos los archivadores y de convencerse a sí mismo de que, en contra de lo que le había dicho el doctor Pascual, su colega Molins no marcaba los expedientes de la consulta privada con códigos como los que pretendían descifrar, el Capitán se había sentado en la mesa con los brazos cruzados. No sabía por dónde seguir. Ella había mirado entonces los precintos judiciales y su amigo le leyó el pensamiento. Recordó haber percibido aquello como un obstáculo insalvable y se llevó una sorpresa al ver cómo rasgaba las cintas sin ninguna preocupación. Estaban sumando un delito más a la larga lista que llevaban a sus espaldas.

En el primer cajón encontraron utensilios de escritura y papelería: pinzas, clips, una grapadora, rotuladores fluorescentes y un bloque de recetas en blanco con el sello de la clínica. En el segundo encontraron una carpeta de cartón marrón en cuya portada, en letras grandes, se leía: «WHO».

—Fíjate —exclamó ella—. «Quién», en inglés.

El Capitán abrió cuidadosamente el cartapacio. Dentro había un taco de documentos y un llavero de acero con un hermoso logotipo —sobre un planisferio rodeado de hojas de laurel, una serpiente se enroscaba en una vara— del que pendía una única llave. Distribuyeron los papeles sobre la mesa. Casi toda la documentación estaba en inglés, aunque había páginas en catalán. Varias actas de aburridas reuniones plagadas de terminología médica y científica, también balances y cuentas de explotación que se enviaban a la Division of Administration and Finance en Copenhague y reportes sobre el progreso de distintos proyectos con nombres rimbombantes como *Private Health Integration within the European Health System* o *Emergency Detection and Reporting Observatory of HS&P.* Descubrieron así que WHO no significaba «Quién», sino World Health Organization, o sea Organización Mundial de la Salud u OMS en español.

—Elena me comentó que su marido colaboraba desde hacía años con la oficina de la OMS en Barcelona…

—¿Por qué no me lo dijiste antes?

—No hables tan alto, que nos van a oír. Lo siento —se excusó—, no recordaba todo lo que hablé con mi amiga, no sé, no le di importancia. Hasta hace poco tú no estabas tan interesado en Molins.

—¡Tenías que habérmelo dicho! Puede ser una pista importante. Me resulta tan interesante como que decidiera tratar el cáncer de su mujer fuera del hospital. Puede haber una relación entre ambas cosas, y también con la supuesta patente en la que trabajaba. ¡Todo puede estar relacionado!

Isabel no respondió. Se sintió ofendida por el tono de los reproches pero, sobre todo, por no haber sido capaz de entender antes las ideas de su compañero. Nunca había visto el caso de una forma tan completa e interrelacionada. Cuando se disponían a agrupar de nuevo la documentación y devolverla a la carpeta, frustrados por no encontrar rastro de claves similares a las que buscaban, un sobre se desprendió del paquete. No tenía ninguna inscripción. Rasgaron la parte superior y vertieron el contenido sobre el escritorio. Emergieron dos folios. En el encabezado de cada uno de ellos estaba escrita la frase *Patients Research Panel.*

Contenían una lista de códigos alfanuméricos de estructura idéntica a los de la tumba de los Paniagua. La mayoría de ellos incluía un comentario categórico en inglés que resumía los resultados: *little improvement* (pequeña mejoría), *deceased* (fallecido), etcétera. Las hipótesis que habían manejado parecían correctas, pues el listado estaba ordenado por fechas. Las dos últimas cifras de cada código eran los años. Los primeros terminaban en 99 y los últimos, en 08.

—¡Es un listado de pacientes investigados por Alejandro en la OMS, con los resultados de esa investigación o tratamiento! —exclamó Fernando—. Van desde 1999 hasta 2008.

—De los nuestros sólo hay uno posterior a 1999 y está aquí. LC 31/03. Es el paciente con la enfermedad de Ewing, ese cáncer tan grave de los huesos y el cerebro, y aquí tampoco hay ningún comentario.

Aparecía entre otros seis correspondientes a 2003 que sí venían con conclusiones como *healed* (curado), *non conclusive* (no concluyente) y otras similares. Al final del segundo documento alguien había escrito a mano la frase: «Contrastar con listado de Dr. Hang Woo».

—Al menos tenemos un nuevo nombre que investigar. A este paso me voy a quedar sin amigos a los que pedir favores.

Volvió a meter los papeles en el sobre y éste en la carpeta junto con los otros documentos y la llave, y se llevó todo para continuar el registro en las habitaciones privadas. Abrieron los armarios del dormitorio anejo sin encontrar nada reseñable —un par de trajes, camisas, mudas—, y también curiosearon en los cajones de la mesilla de noche. Hallaron dos cajas de preservativos. A ella la visión de los condones le produjo un intenso desasosiego, tan grande que no quiso mirar en el cuarto de baño, donde había un neceser lleno de cremas antiedad para hombre y otras lociones cosméticas de la mejor calidad. También, junto con un bote colosal de gomina, había un tinte de canas.

Por fin deshicieron el camino por el despacho y bajaron sigilosos las escaleras, de vuelta a la calle. Dejaron la puerta principal bien cerrada, lo mismo que la valla exterior. Debajo del brazo, protegida por el lustroso paño de su trenca, Fernando llevaba la carpeta en cuya portada, en letras grandes, venía escrito el acrónimo WHO. Atrás quedaron los ojos irisados de los venados, de los jabalís y del leopardo.

El viento había arreciado durante la hora larga de registro, y las acacias y las palmeras agitaban sus brazos amenazantes. Fernando caminaba resueltamente y vestido así, con sus ropas de marca inmaculadas y sus zapatos de tafilete brillante, desentonaba en una noche tan desoladora. La ciudad entera le pareció una melodía desafinada. El viento, las nubes, las farolas que se bamboleaban, los coches que rasgaban la oscuridad y los pétreos rostros con los párpados entornados de las casonas se volvieron ásperos y ajenos.

Fernando habló durante un rato y su voz volvía ahora como el sonido de un sueño. Le había estado contando cuáles debían ser los siguientes pasos. Tendrían que buscar información sobre Hang Woo y registrar como fuera la oficina de la Organización Mundial de la Salud en Barcelona. Estaba convencido de que la llave que habían encontrado era de allí. Aquella línea de investigación, aunque ahora le parecía la prioritaria, debería discurrir paralela a las demás que tenía abiertas sobre los negocios del doctor y sobre su amigo, el hombre de negro. El registro resultaría más productivo si contaba con toda la información posible de antemano. Algunos minutos más tarde tomaron un taxi que los condujo al hotel Ámister.

En el ascensor había apoyado la cabeza en el hombro del Capitán y cuando el elevador se detuvo, llevaban ya unos segundos besándose. Salieron a trompicones y sin dejar de abrazarse hasta llegar la puerta. Todo había sucedido rápidamente, en la penumbra que borraba los perfiles de los objetos y de los actos. Se habían arrancado mutuamente la ropa y habían hecho el amor con una fiereza inusitada. El miedo que había pasado y la perspectiva de seguir envuelta en la aventura la habían excitado.

Ahora ya no tenía tiempo para repetirlo. Eran más de las siete de la mañana y tenía que despedirse. Se giró y cariñosamente posó sus labios sobre los de Fernando para despertarlo. Le dijo que tenía que coger urgentemente un taxi hacia el aeropuerto y que no se preocupase por la factura. Él intentó protestar, pero no logró convencerla. Repasaron lo hablado la noche anterior y acordaron que el Capitán la llamaría o escribiría con los descubrimientos que hiciera y que, en cuanto tuvieran conclusiones, planearían otra visita a la Ciudad Condal para registrar el despacho en la OMS. Pensaban que eso podría suceder en un par de semanas.

—Conduce con cuidado de vuelta a Madrid, o a Zamora, o a donde vayas —le dijo con sorna desde la rendija de la puerta.

—No te preocupes —contestó él.

Y se quedó solo en la habitación notando un alivio repentino, como si se quitase una pesada piedra de encima. Era capaz de inspeccionar fríamente el escenario de un crimen y de registrar una propiedad privada protegida por el juzgado y, sin embargo, no se sentía cómodo ante las confidencias de una mujer entre las sábanas.

CAPÍTULO 9

SEGUNDOS FUERA

Cuanto más grandes sean,
más daño se harán al caer.

BOB FITZSIMMONS

CUANDO ISABEL PUDO POR FIN ENCONTRARSE CON EUGEnio en el despacho de la Ciudad de Telefónica eran casi las cinco de la tarde y estaba agotada. Eugenio vio a su jefa con el peor aspecto que recordaba. Parecía demacrada y mostraba dos bolsas de color cárdeno bajo los ojos. Terminaron de repasar juntos los nuevos proyectos. Quería comer algo sola, o al menos tomar tres o cuatro tazas de café que la mantuvieran despierta el resto del día. Tenía unas ganas enormes de chapuzarse la cara, pero eso arruinaría el maquillaje. El horroroso fin de semana que había pasado le estaba pasando factura. Decidió tomar un café al aire libre y llamar a su madre. Charlar con alguien quizás se sumara a la cafeína y lograra convertirla en un ser vivo.

La conversación repitió los términos de casi siempre relativos a la insignificante mejoría en su maltrecha pierna y a las crecientes manías de su padre. Quedaron en que el siguiente fin de semana iría, como tantas veces, a comer a la casa de La Moraleja.

—Además, muy pronto va a ser tu cumpleaños. Tendrás algún regalo.

—Mamá, por favor, ya sabes que no me gusta celebrarlo desde hace mucho tiempo. ¡No se te ocurra mencionar los que voy a cumplir!

Tras colgar se quedó con una sonrisa de felicidad en el rostro. Entre tantos remordimientos, imágenes de cadáveres y desvelos, su semblante mostraba el rictus del dolor, pero una sencilla charla con mamá era capaz de deshacerlo como cuando era niña y volvía a casa disgustada con algo. Pensó fugazmente en Fran, que seguía enviándole mensajes aunque con una periodicidad cada vez menor, sobre todo después del plantón del día de la cena. Recordó también a sus amigas. Le quedaban muy pocas, y las que mantenía estaban casadas y con hijos, muy lejos de la dimensión existencial en la que ella vivía. No había nada, pues, más apetecible que dejar pasar el próximo fin de semana en casa, viendo la tele, oyendo música y acompañando después a sus padres a comer.

¿O quizás sí lo había? La figura del Capitán, su sonrisa, los preciosos ojos oscuros, su pelo siempre perfecto y su ropa inmaculada volvían causándole una mezcla de placer y anhelo. Recordó su cuerpo fino, delgado como un suspiro y, sin embargo, fuerte y resuelto como una roca frente al mar. Cuando hacía el amor con ella se mostraba pasional, entregado y hasta cariñoso, pero cuando salía de su cama la trataba como a una compañera de investigación, como si se tratase de una relación estrictamente profesional. Ni una insinuación, ni un gesto de cariño, ni pensar en quedar por el mero motivo de pasarlo bien. Ella no era tonta y no iba a dejarse romper el corazón. Seguiría el juego hasta el final y saldría incólume incluso si lo perdía. Precisamente ahora era mucho más fuerte que meses atrás, cuando aún vivía traumatizada por el acoso y el miedo.

ESA MISMA TARDE, MIENTRAS ISABEL DORMITABA AL FINAL de su jornada laboral, el Capitán ya estaba de vuelta en Madrid. Su auto descansaba en las tripas del *parking* del museo Reina Sofía, a unos pocos metros de la pensión de la calle Atocha donde se alojaba. El viejo ordenador llevaba un buen rato zumbando y caldeando la estancia. Curioseaba en Internet sobre la OMS. Navegaba por páginas en inglés e iba tomando notas. Escribió también un par de consultas en los sitios donde había formularios al efecto, preguntando sobre las actividades de la organización en España y sobre las colaboraciones con el hospital Vall d'Hebron y la Universidad de Barcelona. Se disponía a apagar el computador porque debía vestirse e ir a ver cómo le marchaban las cosas a Manuel Carrera en el laboratorio de Canillas con la nueva planimetría y reprogramación de equipos cuando entró en su cuenta de correo un mensaje de Félix Moreno. El comandante empezaba saludándolo y deseándole que todo le fuera bien. Luego se excusaba diciendo que algunas actividades profesionales le habían tenido muy ocupado desde que ambos se habían encontrado para comer, y que apenas hacía tres días se había puesto con el asunto del fichero sobre el Vengador. También había mirado información en las bases de datos sobre Rafael Bustamante. Fernando quedó pegado a su silla sin dar crédito a lo que leía:

Creo que tu amiga tiene problemas graves. Al principio me pareció una cosa normal, una pelea entre ejecutivos que se acusan unos a otros y que suele olvidarse sin complicación. Descubrí que Aguirre sigue viviendo en Colombia, donde tiene algunas empresas de telefonía. Es el propietario mayoritario de la compañía Teleopciones Ltd. de la que habla tu amiga en el archivo. La empresa por lo visto no va mal. Distribuye productos de telefonía y contratos de operadores de cable colombianos, desde luego no de Telefónica, pero el hombre ha rehecho su negocio con la competencia. Vive en una de las zonas más exclusivas de Bogotá, que se llama La Cabrera. Te adjunto en este correo sus datos de contacto. Eso es todo. Aparte del escándalo del verano pasado cuando lo echaron, no encontré nada raro y ésta habría sido mi respuesta de no haber mirado luego información sobre Rafael Bustamante y la relación entre ambos. Vayamos por partes.

Rafael es un personaje de cuidado. Nació hace cuarenta y siete años en Madrid y en la base de datos aparece una lista interminable de problemas que ha tenido con la justicia. De los catorce a los dieciséis años estuvo en un reformatorio por robo con intimidación. A los diecinueve fue condenado por agresión a seis meses de cárcel y cincuenta mil pesetas de las de entonces de multa, aunque no llegó a ingresar en prisión. Al parecer destrozó a un joven en una pelea callejera. A la edad de veintidós era boxeador amateur. *Tiene una denuncia de aquella época de la Federación de Boxeo de Madrid. Lo acusaron de hacer apuestas en los torneos en los que participaba, lo cual es ilegal.*

En 1985 era ya un boxeador profesional. No llegó a nada, pero debía ser conocido en el mundillo. Ese año tiene otra denuncia por haber dejado paralítico a un contrincante durante un combate. Un venezolano llamado Nelson Valdez fue noqueado en tres asaltos. Según se relata en el resumen de la sentencia, cuando el pobre Nelson estaba ya en el suelo, continuó propinándole patadas en la cabeza, por lo que quedó para siempre inválido del lado derecho del cuerpo. Sea como fuera, el caso es que se libró de la cárcel otra vez. Fue absuelto, aunque significó el final de su carrera profesional.

Siete años después, en 1992, a sus treinta y una primaveras, fue juzgado por herir con un arma blanca a un vecino del barrio de Carabanchel. La sentencia fue en este caso de internamiento por un periodo indefinido en un hospital psiquiátrico penitenciario.

En los últimos dieciséis años, desde su juicio en el 92, no ha tenido ningún otro problema. Puede que los loqueros hicieran bien su trabajo, porque está en la calle y al menos desde hace doce temporadas tiene un contrato como empleado del gimnasio Esparta, especializado en boxeo, en la calle Ocaña 77 de su mismo barrio de Carabanchel. En el padrón de habitantes de Madrid aparece como residente en el domicilio de su madre, tan sólo a unas manzanas del gimnasio, en la segunda planta del número 14 de la calle Illescas. No se sabe el nombre de su padre. Su madre lo inscribió como madre soltera.

Luego, como me insinuabas la relación de este hombre tan peligroso con el Vengador, busqué los puntos de conexión y encontré uno evidente: a finales de agosto de 2007, más o menos cuando tu amiga empezó a recibir anónimos, Rafael Bustamante viajó a Colombia. El registro de su viaje nos sale en el ordenador por sus antecedentes penales, así que estoy seguro de que es el secuaz de Juan Aguirre en este asunto.

En resumen, y siento alarmarte, creo que debéis ir inmediatamente a la policía. En cuanto los denunciéis encontrarán los mismos datos que yo, y ya tenéis el caso ganado. Ésa es mi recomendación profesional y como amigo.

Félix Moreno terminaba la carta recordando la discreción que le debía, deseándole suerte en el trabajo y emplazándolo a comer cuando los dos pudieran.

Fernando releyó hasta tres veces la parte del correo en que su amigo le contaba la relación entre ambos sospechosos. La sangre parecía habérsele helado en el cerebro. Aquello no tenía sentido. Él, a modo de excusa, le había dicho a Félix que Rafael podía estar vinculado con los anónimos porque no se le había ocurrido nada mejor para que echase un vistazo a la base de datos de la Guardia Civil. El hombre de negro conocía a Molins y podía estar implicado en los asesinatos de Elena Paniagua y de Josep Martín, pero no tenía nada que ver con los anónimos que Isabel venía recibiendo. Y sin embargo, ahora parecía haber una unión entre ambas historias. ¿Había algún cabo suelto que se le había escapado? Aquella vez, mientras se desnudaba mecánicamente en su cuartucho de la pensión Tojo, fue la primera que sospechó que Isabel guardaba un as en la manga.

FERNANDO FLÓREZ SE VISTIÓ CON UN PANTALÓN DE PAÑO azul de Armani y una camisa blanca perfectamente planchada de Pedro del Hierro. Luego se calzó unos Martinelli y cogió un jersey que se echó sobre los hombros. En la calle Atocha empezaba a pintear y sobre las viejas balconadas se veía un cielo mohíno y gris como el humo de los coches. Se dirigía a la librería Casa del Libro en busca de la información que no le había proporcionado Internet. Ya había descubierto por su cuenta, al introducir el nombre en Google, que Hang Woo era un médico relativamente famoso, británico de ascendencia coreana, y que trabajaba en una agencia llamada IARC —International Agency for Research on Cancer— que colaboraba activamente con la OMS. Su nombre remitía también a más de diez entradas enlazadas con artículos médicos que había expuesto en congresos: desde estudios sobre la incidencia de los rayos ultravioleta en la piel hasta análisis de factores de riesgo varios tipos de carcinomas —entre ellos el de mama— en función de distintas mutaciones en genes identificados con crípticos acrónimos como BRCA1, BRCA2, MLH1 o MSH2.

Su puesto en la IARC y los avanzados trabajos sobre el cáncer de mama habían estimulado la imaginación del Capitán. Elucubraba sobre un posible tratamiento experimental del tumor de Elena en 2004 que establecería una conexión entre Woo y Molins. También pensaba en la relación que ese hecho podía tener con la supuesta patente y con los extraños análisis de la autopsia. Para conocer más pensaba adquirir en la librería publicaciones, artículos, aspectos legales o lo que fuera sobre la OMS y sobre la IARC. Iba a violar la oficina de la OMS en Barcelona y quería saber de antemano dónde buscar.

Desde muy pequeño siempre había obrado así, de manera concienzuda y adquiriendo la máxima cantidad de información posible antes de actuar. Sabía que los tortazos de su padrastro tenían mucho que ver con ello. Dentro de su corazón anidaba el trauma provocado por el terror hacia aquel hombre sucio que olía a vino barato y que también maltrataba a su madre. Antes de llegar a cualquier pueblo, con la esperanza de evitar las reprimendas, Fernando buscaba los mejores sitios para montar el puesto, las líneas de transporte ideales y los sitios más baratos para beber y dormir. Se encargaba también de revisar cada día el género, negociando con proveedores y colegas que, a la vista de su bisoñez, siempre trataban de engañarlo, sin que su padrastro se diera cuenta, y montaba el tinglado antes del amanecer dejando cada cosa perfectamente alineada en su sitio.

La pulcritud, el orden y la exactitud de movimientos habían sido su obsesión desde siempre, pero a veces ni siquiera esa precisión evitaba las tormentas de golpes. Entonces se refugiaba durante días en los cómics y novelas juveniles que le prestaban a escondidas colegas que regían otros tenderetes, hasta que la amenazadora insistencia de su padrastro lo llevaba de nuevo a analizar sin descanso las posibilidades del nuevo pueblo al que pensaban desplazarse.

Fernando pensó, mientras recorría la librería buscando material sobre la OMS, que aquel dolor por el que se había sentido tentado varias veces de acudir al psiquiatra, formaba parte de su forma de ser, que le había hecho capaz de estudiar y de especializarse con magníficas calificaciones y que ahora le estaba permitiendo adentrarse en un misterio que no dejaba de agitar su curiosidad. Localizó entonces un par de revistas que le interesaron y decidió quitarse esos pensamientos incómodos de la cabeza para centrarse en lo que lo había llevado hasta allí. Aunque sentía que la investigación progresaba por el lado de la OMS, de pronto una nueva pieza del rompecabezas no encajaba en ningún sitio, y sólo podría ubicarla si hablaba con Bustamante, ahora que sabía sus coordenadas.

La lluvia comenzó a arreciar cuando salió de la librería y corrió a refugiarse bajo los aleros donde la gente se empujaba, pugnando por ocupar el interior de las estrechas aceras. En el centro de Madrid, como en el Raval de Barcelona, los paquistaníes se escondían tras los mostradores de sus locutorios, y los chinos despachaban mercancía entre torres de alimentos apilados.

En ese mismo instante, Isabel observaba cómo la lluvia arreciaba tras los cristales del ático, desde donde llamó al restaurante Mallorca para pedir que le subieran la cena. Un camarero con pajarita llamó a su puerta y le dejó los platos precocinados. Engulló la comida sin calentarla ni sacarla siquiera de sus envases, y luego los arrojó sobre la mesa y se arrancó la ropa desperdigándola por la alfombra, tal y como solía hacer ante Fran. Podía sentir la caricia del cuero blanco del sofá por todo su cuerpo y se sentía voluptuosa.

Echó un último vistazo por la corredera. No cesaba de llover y las baldosas rojizas del suelo relucían con las gotitas que iban luego desaguando por los imbornales. Al menos los del vivero habían hecho su trabajo y todos los geranios, los mirtos enanos y las yedras parecían haber sido sustituidos, y la terraza entera relucía rozagante en medio del distrito de Chamberí. Recordó que era la semana de su cumpleaños y que ya le caían cuarenta. Trataba de no pensar en ello y nunca mencionaba esa fecha a sus amistades con el objetivo de que, llegado el día, no se lo estuviesen restregando continuamente con las consabidas felicitaciones. Al fin se durmió. Fuera, la lluvia chisporroteaba cada vez más fuerte.

EL FIN DE SEMANA LLEGÓ SIN IMPREVISTOS Y CON LA TRANquilidad de que el trabajo de su departamento se ejecutaba con la precisión de un reloj suizo. En la próxima reunión de los lunes pensaba contar los éxitos recientes y buscaría involucrarse en la supervisión de las políticas internacionales de homologación de proveedores para dotar de más contenido a su dirección. El viernes salió del *parking* de la Ciudad de Telefónica sin problemas laborales y tarareando el *I Will Survive* de Gloria Gaynor.

El sábado acudió a comer a casa de sus padres. El tiempo seguía revuelto, con chaparrones y chorros de penetrante y picajosa luz amarilla intercalándose a cada rato. Los encontró mejor de lo que esperaba. Ella no cojeaba tanto, y él sólo estaba algo encabezonado contra el presidente del Gobierno. Había encajado muy mal su victoria electoral. La comida y la posterior tarde de compras estaban planteadas como celebración anticipada del cumpleaños. Tomaron tarta y Rebeca, a una hora especialmente convenida, llamó desde Zaragoza para felicitarla cantando a coro con los sobrinos, Roberto y Juan. Isabel escondió a todos los lúgubres pensamientos que la cifra de cuarenta años le suscitaba.

Tras el postre, su padre se quedó traspuesto en el sillón mientras recogían la mesa. Madre e hija fueron interrumpidas por la llamada de un número oculto al celular. Antes de conocer al Capitán, nunca descolgaba en esos casos, pero ahora había comenzado a hacerlo. Salió de la cocina en busca de privacidad y caminó hasta su antigua habitación.

—¿No pensabas llamarme o qué? —replicó enfadada una voz al otro lado—. Me dejaste colgado el sábado sin ninguna explicación. ¡Y yo iba ya camino de tu casa! No puedes entrar en mi vida cuando quieras y luego darme una patada.

La discusión siguió entre suspiros de Fran Marino, que le suplicó varias veces otra cita.

—Fran, esto se ha acabado, no quiero hacerte sufrir más. No estoy enamorada de ti y, sinceramente, lo mejor es que no volvamos a vernos —contestó—. Siento haberte llamado el otro día para cenar. Lo hice por tu insistencia con los mensajitos, pero esto tiene que acabar.

Después de colgar sintió una gran liberación y se quedó meditando en la penumbra. Los días eran cada vez más largos, pero su ventana siempre había dado al norte, a una frondosa arboleda. El dormitorio estaba plagado de sombras de recuerdos. Las paredes blancas con fotos de la adolescencia, la repisa con viejos libros de la universidad, el armario atestado de ropa pasada de moda, su mesa de estudio con las patas de acero donde tantos golpes se había dado, el radiador de fundición… Todo seguía parado en el tiempo. Hacía casi ocho años que se había ido a vivir sola, y ahora contemplaba la habitación decorada con la inocencia de los ochenta y principios de los noventa, y se transportaba sin querer hasta ese periodo. Antes de llegar a ponerse melancólica, se levantó de la cama y salió de la habitación.

Cuando Isabel dejó a sus padres, ya muy entrada la noche, la ciudad se había transformado monstruosamente. Parecía un cristal brillante roto en pedazos en la oscuridad. Las luces de sodio de las calles refulgían elevándose por las paredes de vidrio de los edificios de oficinas. Los focos de los coches centelleaban por las esquinas y paraban en triple fila a la puerta de los restaurantes de moda. Pronto los neones de las discotecas y los *pubs* comenzarían a destellar y la ciudad entera parpadearía rítmicamente hasta la llegada del alba. Ella no iba a salir. En los últimos años, por culpa del demonio interior que le impedía tener pareja estable y la impulsaba a perniciosos amantes, había descuidado algo las amistades que, por otro lado, estaban ocupadas casi siempre en planes familiares. Vería la tele un rato y tomaría algo para dormir. No era una forma tan mala de celebrar el cumpleaños. Afuera, Madrid seguiría retorciéndose, como un remolino de diamantes y barro, en la espiral de la madrugada.

EL MARTES 29 DE ABRIL, A ESO DE LAS DOCE DE LA MAÑANA, Fernando se encontraba a la puerta del gimnasio Esparta, especializado en la preparación de boxeadores. Parecía bastante relajado. El día anterior le había ido bien en el trabajo. El replanteo de las salas de los laboratorios milagrosamente había sido ejecutado sin dañar la frágil red que conectaba los distintos aparatos, y pronto podrían hacerse las pruebas definitivas.

Después de haber leído el correo de Félix Moreno, necesitaba hablar con Rafael. Había planeado una estrategia como la del hospital Vall d'Hebron, pero a la inversa. Esta vez pensaba hacerse pasar por un colaborador del doctor que recababa información para su defensa en el juicio. Creía que así podría intentar sondear al exboxeador convicto y ver qué tipo de asuntos turbios tenía con Alejandro. También le interrogaría sobre su viaje a Colombia, pues ésa era la pieza del puzle que no encajaba.

En el corazón del populoso distrito madrileño de Carabanchel se alineaban interminables filas de bloques de ladrillo rojo de los años sesenta y setenta, con celosías de cemento ennegrecido que ocultaban oscuros patios interiores y tendederos donde se oreaba la ropa. En uno de los bajos de la calle Ocaña estaba el gimnasio. Se decidió a entrar.

En una sala no demasiado grande forrada de espejos se disponían máquinas de musculación y pesas. Al fondo aparecía un *ring* vacío de tamaño pequeño y sacos de entrenamiento y *punching balls* entre algunos pósteres de púgiles famosos. Había también una tabla con las categorías oficiales: mosca, gallo, pluma, ligero, wélter, mediano, mediopesado y pesado. Varios chicos y algún otro veterano, que entrenaban con camisetas sin mangas que dejaban al descubierto tatuajes, detuvieron los ejercicios para contemplar al figurín que acababa de entrar. Un hombre maduro salió de la trastienda. Su complexión cuadrada, el rostro y la nariz planos hablaban de un antiguo profesional con un montón de golpes a cuestas.

—¿Qué desea? —dijo atusándose el cabello ralo que flotaba sobre su cabeza mientras le miraba de arriba abajo como a un bicho raro.

—Hola. Me llamo Fernando, y he venido porque me han dicho que aquí trabaja el señor Rafael Bustamante.

No había terminado de decir la frase cuando se hizo un silencio.

—Rafa no está aquí.

—Veo que lo conoce. ¿Me podrías decir dónde encontrarlo?

—No —dijo el hombre, enfadado por haberse delatado y volviendo sobre sus pasos hacia la trastienda.

Era un chiringuito infame. Se apilaban cajas de cartón, montañas de toallas sucias, cinturones de cuero para las lumbares y unos cuantos pares de guantes de entrenamiento. Junto a la puerta había una mesa que emergía del desorden.

—¿Es usted quien lleva el gimnasio? —inquirió Fernando, que lo había seguido.

—Sí. ¿Es que acaso va usted a apuntarse? Le advierto que no creo que llegue al peso wélter ligero, así que le tocaría pelear con chinos diminutos y chusma así —replicó haciendo un ademán hacia el póster con los pesos de la pared de fuera.

—No quiero luchar. He venido aquí porque necesito hablar con Rafael. Me he enterado de que es un empleado.

—Pues ya no, y lo mejor será que se largue. ¿Qué se ha creído que es esto? ¿Un supermercado de chivatos? Aquí nunca decimos nada de nadie. De todas formas no le podría ayudar a encontrarlo porque se fue hace meses y, si ha desaparecido, será por algo.

—Escucha —insistió el Capitán, subiendo el tono de voz y tuteándolo—, un amigo de Rafa está pasándolo mal, en la cárcel, y necesita su ayuda, así que no me pienso mover de aquí hasta que me digas dónde ha ido.

En cuanto el encargado escuchó la palabra *cárcel,* regresó a la sala y gritó:

—¡Hernán! Y vosotros dos, venid aquí. Me temo que este señor quiere empapelar a Rafa, llevarlo al talego. Este pijo no es trigo limpio así que, venga, vamos a entrenar con él. ¡Subidlo al *ring!*

Dos muchachos de poco más de veinte años y un hombre dejaron sus mancuernas, cogieron al Capitán en volandas y lo hicieron saltar sobre las cuerdas arrojándolo a la lona. Se había hecho daño y estaba furioso.

—¡Idos a la mierda! —chilló entonces—. ¿Tratáis así a todos los que entran en este antro?

Hernán estaba ya a su lado con los puños enfundados y la misma expresión que un niño delante de un pastel. Era un tipo de algo más de cuarenta años, en torno a los cientonoventa centímetros de alto y aunque delgado, muy musculoso. Llamaba la atención su rostro amplio y pálido, rodeado de un pelo negro y lacio. Sus ojos oscuros lo escudriñaban en la claridad del cuadrilátero. Las débiles muñecas y la cara delgada del contrincante mostraban su endeblez, así que se concentró en zurrarle con golpes no demasiado fuertes. Empezó a amenazarle adoptando una postura forzada y teatral. Los demás parroquianos se acercaron a ver el espectáculo improvisado.

Fernando empezó a andar tranquilamente hacia atrás, rebotando de unas cuerdas a otras mientras era perseguido por el otro, que lo marcaba y amenazaba con golpes muy estéticos. La escena recordaba más a una danza ritual que a una pelea, pero el Capitán parecía ir perdiendo la paciencia y mascullaba cada vez más alto. De pronto el forzudo entendió, se detuvo y dijo:

—¿Estáis oyendo lo que dice este hijoputa? Dice que me va a partir la cara y que no quiere hacerme daño. ¡El niño de mierda!

—¡Uy! —animó alguien del público—. Te está vacilando. ¿Vas a dejar que te tome el pelo? Pensará que tienes miedo.

Todos rieron y el gigante, espoleado en su orgullo por los amigotes, empezó a considerar la posibilidad de darle una buena paliza. Pero su objetivo se zafaba con más agilidad que antes. Su cuerpo delgado se flexionaba para evitar al saco de músculos furioso que tenía delante, y luego salía hacia otro costado a volver a esperar. El boxeador lanzó el primer golpe de verdad. Fernando se dobló hacia atrás como una cobra, de forma que el puño no llegó a impactar y, antes de que lo hubiera retirado, se desplazó a un lado rodeándolo de forma que, frustrado, tuvo que girar para volver a enfrentarlo. Después de ese golpe vino otro, que evitó agachándose con la rapidez de una ardilla, y luego uno más que de nuevo encontró el aire gracias a una especie de reverso de bailarín. Los brazos le equilibraban en sus cada vez más gráciles contorsiones.

—Venga, que parece que estás dando hostias a una mariposa —dijo uno para regocijo de todos los presentes.

La adrenalina terminó por confundir al luchador, que lanzaba ya sus brazos como en un combate profesional. Al fin hizo presa. Su puño diestro impactó entre el cuello —era un golpe dirigido al rostro— y el hombro izquierdo del Capitán. Toda su estructura ósea retumbó como si fuese un armazón a punto de descoyuntarse y entonces supo que no podía seguir huyendo.

Lo que sucedió después aún debe estar comentándose en voz baja entre los pupilos del gimnasio Esparta como el germen de una leyenda que los novatos no podrán creer. Fernando esquivó otro directo con un escorzo instintivo. El puño izquierdo de Hernán erró en su trayectoria hacia la cara gracias a que su adversario se agachó un poco y se inclinó a su izquierda, dejando que el guante pasase a medio centímetro de la oreja. El otro brazo del atacante no estaba en guardia, sino más bien separado del cuerpo para equilibrar el puñetazo que acababa de lanzar sin demasiada técnica. En ese momento, como el latigazo doble de un escorpión, el pequeño puño izquierdo de Fernando restalló contra la barbilla del grandullón. Fue una especie de choque de colocación, porque una fracción de segundo después y antes de que pudiese darse cuenta de que había sido alcanzado, el puño derecho propinó un choque tremendo contra la recién colocada mandíbula. Fue un impacto de cizalla, de abajo a arriba y de derecha a izquierda.

La quijada crujió espantosamente y se fraccionó al menos por dos partes, porque el mentón se curvó hacia arriba y los dientes inferiores se clavaron justo bajo la nariz. Mientras Goliat calibraba el daño que había sufrido y empezaba a marearse por la impresión de verse mordido a sí mismo, Fernando había saltado fuera y estaba agarrando una barra para pesas. Los espectadores observaron con estupor cómo su compañero se desplomaba como un trapo empapado en sangre mientras miraban de reojo al vencedor sin decidirse a intervenir.

Tampoco tuvieron mucho tiempo para pensarlo, porque al instante lo tenían delante otra vez, armado con la barra a modo de palo de kung-fu. Regresó al cuadrilátero y lanzó otro fogonazo brutal con el acero que impactó justo al lado de la cabeza ensangrentada del noqueado. Fue tan fuerte que la lona quedó marcada con la muesca del extremo. Luego sacó del bolsillo trasero la placa que había encargado en la tienda *online.* El terror que había instaurado entre la concurrencia les impidió observar el mínimo detalle sobre su autenticidad, y todos lo tomaron por policía.

—¡Escuchadme! Con el próximo golpe le reviento la cabeza. Tú —dijo señalando al gerente con la barra— me vas a decir ahora mismo dónde puedo encontrar a Rafael. ¡Ahora mismo!

—Está bien —comenzó a responder tras un par de segundos para tomar el resuello perdido—. Rafa ya no trabaja aquí, desde finales de febrero no viene por el gimnasio. Sé que se ha ido a Barcelona, pero no sé dónde está. Tiene allí un amigo.

—¿Quién es ese amigo?

—No lo sé, te lo juro. Conoció a un tipo en la cárcel hace muchos años, creo que un loquero que le ayudó a salir, y desde entonces le hace todos los encargos que le pide. Se siente en deuda con él. Incluso alguna vez lo ha acompañado fuera de España a safaris de caza. No sé más. Esta vez me dijo que tenía que irse a Barcelona, que ese hombre se lo había pedido, y ya está. Se fue sin decir más.

—Dame su número de teléfono móvil —ordenó el Capitán satisfecho con la respuesta—, pero ni se te ocurra moverte. Dile a un gorila de estos que vaya a por él y lo traiga.

Uno de los chicos con pinta de sudamericano fue a la garita y trajo el terminal del jefe. Éste buscó en la agenda y le facilitó el número. Fernando reintegró cuidadosamente el portaplacas a su bolsillo trasero y con un brinco bajó sin soltar el barrote. Luego caminó marcha atrás blandiéndolo sobre su cabeza en dirección a la salida y cuando su espalda se apoyó en la puerta y comprobó que nadie se había movido, ni siquiera para atender a Hernán, que empezaba a volver en sí, inspiró con todas sus fuerzas y soltó el último de sus aguijonazos. Lanzó la barra aprovechando la palanca de su brazo al máximo. Salió disparada y girando hasta que se estrelló contra uno de los enormes espejos, causando un estruendo descomunal. Para cuando los demás pudieron reaccionar, todo el suelo del gimnasio estaba sembrado de cristalitos brillantes, un hombre balbuceaba en el suelo tragando su propia sangre y ya no había ni rastro del Capitán.

FERNANDO APENAS PODÍA CREER LO QUE ACABABA DE HAcer en el gimnasio. Recordó las múltiples peleas de su infancia y adolescencia, en las que casi siempre había salido vencedor. Era habitual que en la jungla de los campamentos los hijos de los tenderos pelearan duramente entre sí por cualquier cosa, y también que los puños salieran a relucir en la calle bajo cualquier pretexto —un cliente que no pagaba o alguien a quien sorprendían robando, generalmente—, pero de aquello había pasado mucho tiempo. En su momento la ley de la supervivencia callejera lo había convertido en un macarra capaz de derrotar a adversarios más corpulentos, e incluso había aprendido a manejar la navaja. De ninguna de las dos cosas se sentía orgulloso, pero tuvo que admitir que aquellas experiencias le acababan de librar de una buena tunda.

Un poco después, más sereno, ató cabos respecto a las fechas. A finales del febrero pasado había sido detenido Alejandro Molins, y pensó que tal vez había reclamado a su amigo que fuera a Barcelona antes de ingresar en prisión. Por otro lado, el informe remitido por Félix Moreno decía que Rafael había sido internado en 1992 en un centro psiquiátrico penitenciario. Sospechaba que las vidas de ambos se habían entrelazado en ese momento. Ahora podía comprender mejor las fotos que había visto en Morella. Seguro que Elena, al conocer el historial del hombre de negro y cómo su marido lo había conocido, se sentía incómoda a su lado, y ese desagrado había sido captado por el objetivo de las cámaras y por sus padres.

Después de sufrir durante unos minutos el bajón posterior a una descarga de adrenalina, decidió hacer una visita al número 14 de la cercana calle Illescas para entrevistarse con la madre de Rafael.

El edificio tenía buen aspecto. Formaba parte de un grupo de torres de diez alturas separadas por pequeños parterres de césped en cuyos bajos había una sucursal bancaria, una agencia de viajes y una tienda de decoración. La puerta estaba cerrada. Llamó a la planta segunda, pero nadie contestó. Estuvo unos minutos esperando hasta que apareció una mujer mayor con el pelo ondulado teñido de rubio, envuelta en un abrigo de color crema excesivo para el calor que hacía y con un perrito pequinés sujeto por una correa. El can empezó a ladrar desde antes de que su ama abriese la puerta.

—Buenos días, señora —saludó Fernando poniendo su sonrisa más encantadora—. Deje que le sujete la puerta. Pase.

—Muchas gracias, es usted muy amable —respondió la señora.

—Ya que vive usted aquí, tal vez conozca a la persona que vengo a buscar.

—¿Cómo? Disculpe, es que no oigo muy bien.

—No se preocupe —repitió el Capitán a voz en grito—. Le digo que estoy buscando a una señora que vive en la segunda planta de este bloque. Su hijo es un hombre muy fuerte, con la cabeza sin pelo, que se llama Rafael.

—¡Ay, Señor! Busca usted a Josefina, la madre de Rafa, y ya no puede ser. El 10 de abril murió la pobre. El cuerpo estará todavía caliente. ¡Ay, Señor!

La mujer miró a su interlocutor y dijo con tono severo, como reprendiéndolo:

—Su hijo hizo muy mal en dejarla sola, con lo mayor que era… Eso no se puede hacer con una madre. Hace dos meses que se marchó a Barcelona y cuando regresó ya era tarde. Sólo vino al entierro, no estuvo ni un día aquí, y se fue otra vez.

—¿Y sabe usted dónde puedo verlo? —preguntó Fernando.

—Ah, no, nadie lo sabe, está un poco mal de la cabeza —respondió la señora bajando el volumen—. Yo creo que eso del boxeo le afectó el cerebro. ¿Sabe usted que boxeaba de joven? ¿Y que estuvo en la cárcel hace años? A mí siempre me pareció un mal hijo, no como los míos, que esos sí que tuvieron padre y están educados como Dios manda.

—Desde luego. Gracias por darme la triste noticia. Que tenga usted un buen día —quiso terminar Fernando con un poso de tristeza al recordar que él tampoco había tenido lo que se dice un padre de verdad.

Pero le costó más de la cuenta despedirse de la anciana, empeñada en contarle que había enviudado hacía cinco años y que desde entonces no había pasado ni una semana sin que alguno de sus vástagos viniera a visitarla. Pudo desprenderse al fin de ella, dándole dos besos y excusándose con que tenía mucha prisa. Al parecer Rafa y sus aventuras con el boxeo y la prisión eran bien conocidos en el barrio y, sin embargo, parecía que las visitas a Barcelona estaban veladas por un misterio que ni su vecina cotilla había podido desvelar. Josefina se había llevado a la tumba el secreto que andaba buscando. Le fastidiaba admitir que después de tantos esfuerzos no había logrado hablar ni con el hombre de negro ni con su madre, y que nuevas preguntas nacían de todo aquel embrollo.

Se subió al Golf mirando antes por doquier, no fuera a ser que hubieran salido los del gimnasio en su búsqueda. Quería llegar lo más pronto posible a la pensión dejando atrás ese polvoriento, mulato y musculoso sur de Madrid, pues tenía muchas cosas que hacer.

De regreso en la pensión Tojo, sintió que le dolía mucho la base del cuello. El puñetazo de Hernán había hecho efecto al quedarse frío, y comprobó en el espejo que la camisa salmón se había arrugado en el transcurso de la ajetreada mañana y que sus zapatos castellanos tampoco relucían como de costumbre. Tomó una ducha y se cambió por completo la ropa. Después encendió el ordenador y, mientras arrancaba, salió a llamar a las cabinas del pasillo. Como había previsto, el número que tenía de Rafael Bustamante era falso y ni siquiera daba tono. Aprovechando que estaba allí tecleó el del hospital Vall d'Hebron y no le costó que el doctor Pascual se pusiera, aunque parecía enfadado por tener que hablar de nuevo con el molesto detective privado de la familia Paniagua. Tras una conversación incómoda quedó claro que Alejandro Molins había trabajado a tiempo parcial desde 1990 hasta aproximadamente 1996 en el centro penitenciario Quatre Camins. El doctor Pascual, resignado a convertirse en un chivato pero queriéndose quitar también responsabilidad de encima, le dijo que quien podría darle más información era el coordinador de esa unidad psiquiátrica, un hombre llamado Vicente Hernando, al que describió como buen amigo de Molins.

De regreso a la habitación el ordenador estaba ya listo para operar. Recogió un montón de libros y revistas sobre la OMS y la IARC que había comprado en la Casa del Libro y que estaban esparcidos sobre la cama, se puso a ojear y buceó un rato en Internet. Cuando terminó con sus indagaciones bajó a comer un bocadillo de calamares a un bar cercano, y luego condujo hasta el distrito de Canillas. El resto del día lo pasó con Manuel Carrera en las instalaciones policiales. Cuando volvió a su minúsculo cuarto estaba reventado. Había sido un día de perros.

ISABEL HABÍA PASADO EL MARTES 29 DE ABRIL LAMENTANdo a cada rato haber alcanzado la cuarentena. La llamaron sus padres y su hermana a la oficina para felicitarla de nuevo. También dos amigas de la carrera que hicieron votos por quedar pronto con ella, en cuanto sus hijos les dejasen algo de tiempo libre.

Cuando llegó al ático por la noche tuvo que atender otras tres conversaciones: dos tías suyas por parte de la familia Rodríguez —la de su madre— a las que no veía ni en Navidad, y su tío Juan, que vivía en Málaga, se acordaron de ella. Por suerte no hubo felicitación de su examante Francisco. A las once y pico de la noche se tomó su dosis de química con un vaso de leche y volvió a fumar al sofá. La tele emergió de su escondite en el aparador y un programa de cotilleos la distrajo un rato. La casa se había caldeado con el buen tiempo y, de vez en cuando, se escuchaba el crujido de algún mueble. Al fin el display del Blue-ray Disc marcó las 00:01. Ya había pasado todo. Sólo quedaron el silencio de la casa vacía y la soledad. Su corazón melancólico se acordó de sus primeros amores en la facultad, pero los recuerdos le parecieron tan lejanos que no tuvo la certeza de que fuesen realmente suyos. Deseó entonces con toda su alma hablar con el Capitán. Por dos veces pulsó el número de la pensión Tojo y por dos veces no se atrevió a llamar. Ni siquiera sabía si estaba allí y el recepcionista era el hombre más desagradable del mundo.

Luego se arrastró a la cama y mientras se dormía pensó que él ni siquiera estaría pensado en ella.

Pero al día siguiente, una vez pasado el mal trago, se encontraba muy ufana en el trabajo. Para estrenar su nueva década se había puesto un vestido negro de manga corta de una sola pieza por encima de las rodillas que dejaba las medias a la vista. Se peinó dejando que las mechas rubias y castañas cayeran premeditadamente desordenadas sobre los hombros. Eugenio y Luis Antonio casi no atinaban a explicar los porcentajes de éxito obtenidos en los distintos países con las promociones del último proyecto. Cuando se quedó sola llamó a una amiga de la carrera que no la había felicitado pero con la que, de pronto, había sentido ganas de contactar. Quedaron en verse esa misma tarde en casa de ella para cenar justo antes de que acostase a los críos. Tras colgar, unos minutos antes de la una de la tarde, sonó el celular. La pantallita se iluminó con el mensaje de *Número desconocido.*

Tuvo la premonición de que esta vez sí era Fernando, y no el pesado de Fran, por eso antes de contestar cerró la puerta del despacho. Su corazón latía con fuerza.

—¡Qué sorpresa! ¿Cómo te va? No esperaba tu llamada —dijo poniendo la voz más despreocupada que pudo—. ¿Cómo te ha ido desde que nos vimos en Barcelona?

—Bien, aunque yo tuve que volver en coche, no como tú que ibas tan cómoda en avión, ¿no?

Notó cómo el estómago se le encogía.

—Muchísimo trabajo, pero vayamos al grano: ¿cuándo nos vamos otra vez de excursión a Barcelona? ¿Y qué has averiguado de la OMS? ¿Quieres que quedemos y me cuentas? Me muero de ganas —terminó Isabel con una entonación de la que se arrepintió al momento.

—Lo mejor es que nos veamos el próximo sábado directamente allí, porque estos días estoy muy liado y además pasado mañana he quedado con los administradores de los negocios de Alejandro, unos abogados. Por cierto, ¿has echado un vistazo a *La Vanguardia?*

Fernando le dijo que en la sección de sucesos se mencionaba el hallazgo del cuerpo de Josep Martín. Al parecer no habían tenido en cuenta el aviso al 112 que ellos habían hecho el mismo día de la muerte. Isabel, con un nudo en la garganta, le dijo que lo leería en cuanto tuviera tiempo e insistió en que le adelantara alguno de sus descubrimientos. Se notaba que Fernando estaba hablando desde algún sitio incómodo, porque aceptó a regañadientes y bajó el volumen de voz. Le relató cómo había estado documentándose sobre la OMS. Le explicó que estaba gobernada por un Consejo Ejecutivo formado por treinta y cuatro médicos de primer nivel propuestos por los estados miembros, un total de cientonoventa y tres países. Se citaban una vez al año en la ciudad de Ginebra para analizar los estudios e informes propuestos por dicho Consejo Ejecutivo. La última gran Asamblea Mundial de la Salud se había reunido a mediados del pasado mes de mayo.

Luego le contó que la Organización disponía de distintas delegaciones internacionales que reportaban jerárquicamente a la Dirección General. La de Europa estaba en Copenhague, y su máximo responsable era un tal Paul Danz. La delegación europea disponía a su vez de un departamento encargado del análisis de los sistemas de salud de los diferentes países de la región y, dentro de esa subdivisión, denominada Country Health Systems e integrada en el Observatory of Health Systems and Policies, estaba incluida desde su fundación en 1999 la oficina de Barcelona de la calle Marco Aurelio, con la que colaboraba el doctor Molins.

—Eres todo un sabueso —dijo Isabel tamborileando con los dedos la mesa de su despacho—. ¿Pero esto nos lleva a algún lado? Los proyectos de mejora del sistema sanitario español parecen más bien aburridos asuntos de gestión.

—Tiene que haber algún proyecto que fuese más lejos. Eso es lo que buscaremos registrando la oficina. Recuerda que la carpeta nos muestra un listado bajo el epígrafe *Patients Research Panel* y nos da la conexión con Hang Woo.

—Con el chino...

Fernando le explicó que no era chino, sino nacido en Londres aunque de familia coreana, y que había logrado averiguar que trabajaba en la Agencia Internacional de Investigaciones sobre el Cáncer, la IARC, también relacionado con la OMS, cuyas oficinas estaban en Lyon.

—Parece un experto en cáncer de mama, como el que padeció tu amiga.

—Yo no estoy tan segura como tú de que el tumor de Elena tenga que ver con este asunto —replicó Isabel—. Cambiando de tema, ¿qué has averiguado del hombre de negro?

—No gran cosa, por el momento.

Fernando no quiso mencionar nada sobre su visita al gimnasio Esparta, ni mucho menos sobre el *email* de Félix Moreno que le había puesto sobre esa pista y sobre su supuesta relación con Aguirre. Quedaron para el sábado siguiente en el hotel Ámister antes de la hora de comer y colgó el teléfono. Ella se quedó mirando el tráfico por la ventana. Los papeles vibraban lentamente sobre su mesa impulsados por el aire acondicionado.

Unos minutos después se decidió a consultar la edición electrónica de *La Vanguardia* y no tardó en encontrar la noticia que buscaba:

Aparece el cadáver de un hombre de veintitrés años en su piso de Sitges

El cuerpo se había encontrado en estado de descomposición. El macabro hallazgo lo había realizado su compañero de piso, un comercial que por razones de trabajo frecuentaba poco la casa. Se mencionaba igualmente que el muchacho, al que sólo se le citaba por sus iniciales J. M., era muy conocido en la Escuela de Enfermería, donde estudiaba, por lo que sus compañeros y profesores habían mostrado sus condolencias con un minuto de silencio. El funeral y el entierro iban a ser en Sabadell una vez que los *mossos d'esquadra* identificasen las causas de la muerte. No se hacía mención a su extinguido trabajo en la consulta del doctor Molins.

Sintió miedo de la investigación que la policía iba a llevar a cabo, y se imaginó a los forenses buscando huellas en el piso. Al recordar la serie de televisión *CSI* sintió un escalofrío, pero se calmó pensando en que aquello sólo eran cosas de película, y entonces apagó el ordenador y se sumió en una profunda tristeza. Salió a comer como otras veces con sus compañeros y a la vuelta reservó una habitación doble con cama de matrimonio en el hotel Ámister para la noche del 3 de mayo y un billete del puente aéreo. Deseaba encontrarse de nuevo con el Capitán y derrumbarse en sus brazos. En su imaginación fue como si estuviera preparando un fin de semana romántico en lugar de una jornada de investigación.

Aquella tarde regresó a casa antes que de costumbre, y durante la velada con su amiga se comportó alegremente, e incluso ayudó a acostar a los niños con divertida satisfacción. Cuando, ya de vuelta en el ático, se acostó rendida y algo anestesiada por el vino, sólo tenía espacio en su mente para la imagen desnuda del Capitán mientras le hacía el amor.

El Capitán llegó la noche anterior a Barcelona bajo un aguacero inmisericorde. Había aparcado junto a la rambla y se había internado en el laberíntico barrio del Raval empapando sus caros zapatos para alojarse en la pensión de la calle Vistalegre.

Esa mañana se había levantado muy pronto. Las aceras estaban todavía mojadas, pero los charcos habían desaparecido y sobre las azoteas con ropa tendida había amanecido un día pálido de nubes altas. Tomó un taxi que lo llevó a través del denso tráfico hasta el número 363 de la Diagonal y lo dejó a los pies de una hermosa casa restaurada de principios del siglo XX. En el segundo piso se encontraba el despacho de abogados Vida y Sánchez. Pasó sin llamar y la mujer de recepción le hizo esperar en un sofá frente a una mesilla llena de periódicos y revistas.

—El señor Joan Esteve lo recibirá enseguida —le dijo amablemente.

Al cabo de unos minutos y tras una llamada de confirmación, lo condujo por un largo pasillo de techos altos hasta el despacho, donde los dejó solos. La tarima del suelo crujía lujosamente bajo las suelas. Joan Esteve se encontraba parapetado detrás de una mesa de nogal atestada de papeles de la que sobresalía un flexo antiguo con la pantalla sobredorada. Se levantó solícito y estrechó la mano del Capitán, que observaba con curiosidad su rostro de facciones redondeadas y sus ojos claros. Vestía un traje azul hecho a medida con paño de ojo de perdiz y una corbata naranja con nudo ancho que resaltaba el tono pelirrojo de su escaso cabello.

—*Bon dia. Segui, senyor...* —Le indicó una silla forrada de cuero frente a la mesa.

—Fernando Flórez. Le agradezco que hablemos en castellano, no soy de aquí...

—Disculpe, por supuesto. Dígame qué desea. Me ha comentado Montse —dijo señalando hacia la puerta— que usted insistió en hablar conmigo.

—Pues sí, me dieron su referencia en una joyería en el Maremagnum —replicó Fernando clavando sus avispados ojos negros en los de Joan.

—Tengo aquí anotado que requiere asesoramiento fiscal.

—En realidad —comenzó su discurso el Capitán— he venido porque deseo invertir en algunos negocios y el de las joyerías no me es ajeno, así que averigüé que la empresa pertenece al señor Alejandro Molins. He intentado contactar con él, pero... bueno, entiendo que usted sabe que su situación es delicada actualmente.

—Yo nunca hablo de mis clientes —lo interrumpió severamente Joan.

—No quiero que me diga usted nada, de todas maneras es un hecho público y notorio. Yendo al grano le diré que quiero comprar ese negocio y tal vez otros del señor Molins. Necesito hablar con él o con quien lleve sus asuntos, y me consta que usted los administra de alguna manera.

—¿Quién es usted? ¿Uno de esos oportunistas que aprovecha las dificultades de los demás para quitarles su patrimonio? Apuesto a que se dedica a comprar los bienes de todos los presos pudientes que se encuentra en el camino, ¿verdad? —espetó desagradado.

—No es así, y nunca oferto por debajo de mercado. Digamos que si detecto a alguien que, por determinadas circunstancias, y no sólo penales, por ejemplo, por una enfermedad o por el deseo de jubilarse, puede querer deshacerse de parte de su patrimonio, pues yo trato de captarlo. Me dedico a detectar buenas oportunidades, eso es todo.

—¿Para quién trabaja?

—Soy *freelance.* Tengo contactos con el dueño de una importante red de joyerías, y también con inversores que pueden estar interesados en otros negocios suyos.

El abogado se pasó la mano por la calva rojiza y se echó hacia atrás en su butacón. La profesión con la que Fernando se había presentado le parecía similar a la de los buitres carroñeros. Luego empezó a hablar pausadamente, como si estuviera pensando previamente cada una de las palabras que pronunciaba.

Le dijo que el bufete únicamente llevaba las cuentas y el asesoramiento fiscal del doctor, cuyos detalles no le iba a revelar sin autorización de Alejandro. Contabilizaba facturas y preparaba las declaraciones de renta, patrimonio, impuesto de sociedades... La parte de la gerencia la llevaba el dueño directamente, incluso en sus actuales circunstancias, y le dijo que no le constaba que su cliente quisiera traspasar ninguna de sus empresas.

—Es posible que la oferta que le haga pueda hacer que se cuestione esa posición. ¿Puedo contar con usted para comentarle esa idea personalmente? Sobre la joyería o sobre otro negocio que pueda interesarle.

—En condiciones normales sería así, pero no he hablado con él desde que... pasó todo. Su caso lo lleva ahora un penalista que le recomendé, y los papeles los gestionamos a través del correo, que le llega sin problemas. Aunque, por supuesto, puedo escribirle una carta diciéndole que ha venido a verme y qué es lo que busca.

—¿Quiere usted decir que lo único que puedo hacer es mandarle la oferta por carta a la cárcel? Tiene que haber alguien de confianza que pueda ponerme en contacto con él de una forma más, digamos, personal, quizás un familiar que pueda darme algún detalle más de la joyería o de otros negocios susceptibles de ser traspasados… —Fernando se esforzó en ser imaginativo.

El rubicundo Joan respondió otra vez con el silencio y Fernando empezó a creer que aquella visita había sido en balde. No había esperado llevarse un montón de papeles con las cuentas del doctor, pero al menos sí creía que su coartada como buscador de oportunidades le permitiría hacerse con alguna información sospechosa sobre las actividades inversoras de Alejandro, pues intuía que el valioso secreto y su patente podían tener reflejo en algún tipo de sociedad empresarial.

Cuando estaba a punto de tirar la toalla se produjo algo inesperado, una especie de claudicación disimulada por parte del abogado.

—Le recomiendo que consulte usted, aunque imagino que ya lo habrá hecho, el Registro Mercantil para conocer los negocios del doctor y sus balances declarados anualmente. Respecto a lo de contactarlo personalmente... No conozco en todos los años en los que he trabajado con él más que a una persona que pueda considerarse verdaderamente de su confianza. No se hablaba apenas con su familia, y con sus compañeros de la universidad o del hospital no parecía tener otra relación aparte de la estrictamente profesional.

—Comprendo —empatizó Fernando—, por mi parte puede contar con la máxima discreción. Jamás le diría que usted me ha dado sus datos.

—Lamentablemente sólo sé su nombre. Se llama Rafael Bustamante y nunca lo he conocido en persona, aunque me consta que es alguien en quien confía. Me puse una vez en contacto con él a través del teléfono, que resultó ser de un gimnasio al que acudía en Madrid, precisamente para darle unas instrucciones de parte de mi cliente el día de su detención, pero no he vuelto a hablar con él. Supongo que ellos dos sí siguen en contacto. Si quiere usted hacer una oferta a Alejandro Molins sin esperar a que responda a mi carta informándole de esta visita, o sin mandarle usted mismo una carta a la cárcel, busque a ese hombre. Y ahora, si no desea usted más... ¡Montse! —llamó con fuerza a su secretaria.

Fernando siguió a Montse hasta la salida. Al bajar a la calle, la luz del día lo cegó con toda su fuerza. Una brisa agradable de primavera había barrido las nubes altas mostrando el azul del firmamento. Anduvo absorto por la acera bajo los árboles que comenzaban a brotar pensando en lo escurridizo que estaba siendo el hombre de negro. Ahora le parecía tan claro como el cielo sobre su cabeza que el boxeador Rafael Bustamante era la clave de toda la investigación, y que alrededor de su misteriosa figura parecían pivotar todas las demás piezas.

Tal como estaba previsto, Fernando encontró el sábado a la una y media a Isabel sentada en uno de los butacones de la recepción del hotel Ámister.

—¡Cómo me alegro de verte! —lo saludó ella estampándole un cálido beso en la mejilla—. Si no te importa he reservado una habitación para los dos, he pensado que así ahorrábamos.

Se hizo un silencio muy incómodo. La vergüenza aumentó cuando entraron en la habitación 305 y los saludó una enorme cama de matrimonio *queen size*. El Capitán no dijo nada, dejó su cartera en el suelo y fue al baño a lavarse la cara. A pesar de sus gustos, descubrió un cierto agrado por el lujo que lo rodeaba. No en vano había pasado la noche casi sin poder dormir, oyendo cómo las putas del Chino subían sus conquistas a los chiscones.

Al fin en un restaurante cercano, al calor de la humeante comida, pareció derretirse algo el hielo que se había formado. Estuvieron discutiendo los detalles de su próxima aventura nocturna. La calle Marco Aurelio no se encontraba excesivamente lejos, e irían hasta allí caminando después de cenar y de dormir un rato. Las dos de la madrugada sería una buena hora para entrar en la sede de la OMS sin ser vistos. Después de comer Fernando insistió en inspeccionar el lugar, pero Isabel estaba cansada y además, en un ataque de despecho por la indiferencia de su compañero, prefería dejarlo solo, así que se despidió y volvió al hotel.

En la habitación, presa de una excitación malsana, examinó con cuidado el maletín de Fernando. Encontró perfectamente planchadas y dobladas dos camisas y un pantalón de pinzas de color claro, así como un par de calzoncillos y dos pares de calcetines negros, todo de marcas reputadas. También tenía una maquinilla de afeitar, cepillo de dientes, varias cremas y lociones para el cuidado personal, betún de color negro para los zapatos y una carpeta. Dentro estaba el sobre del Patients Research Panel que habían sacado de la mesa de la consulta privada de Molins. Saciada su curiosidad, dejó las cosas exactamente como estaban. Luego le sobrevino un bajón y, sin poder resistirse, se echó en la cama casi sin ropa para caer dormida.

Despertó a las seis de la tarde, tras más de hora y media de siesta. Fernando no había regresado y un silencio penetrante llenaba la estancia de penumbra. Abrió la ventana y se encendió el último pitillo del paquete mientras observaba el cadencioso discurrir de los coches. Luego salió a la calle en busca de un estanco. Compró dos cajetillas y estuvo ojeando revistas en una librería cercana. Después se tomó tiempo para darse una larga ducha y escoger la ropa para la noche: zapatos cómodos sin tacón, pantalones vaqueros, una blusa y una chaqueta, todo en tonos oscuros, como tratando de camuflarse. Cuando terminó de leer su tercer periódico eran casi las diez menos cuarto y Fernando seguía sin aparecer. Enfadada, decidió dar un paseo y cenar algo. Dejó la llave sobre el mostrador.

—¿Señora Sáenz de Tejada? —la detuvo el recepcionista—. Tiene usted un mensaje en su casillero.

—¿Cuándo me lo han dejado?

—No lo sé, durante el turno anterior. Ha tenido que ser antes de las seis —replicó cortésmente mientras le entregaba un papel doblado con el membrete del Ámister.

Con la luz que iluminaba la puerta de salida pudo leer la siguiente esquela:

No he querido despertarte. Parecías muy relajada mientras dormías. Me he puesto ropa cómoda, según quedamos —una de las camisas que ya has visto en mi cartera—. La inspección bien, aunque la llave que tenemos no es la de la puerta principal. Si te parece nos vemos allí a las dos de la madrugada. Coge un taxi, está más lejos de lo que parece. Yo llevaré todo lo necesario.

Fernando

No pudo reprimir un gesto de rabia. Sus finos labios temblaban sin control. ¡Cómo podía haberse quedado tan profundamente dormida como para no oírlo llegar, cambiarse de ropa y salir! ¿Y qué torpeza había cometido al recolocar sus cosas para que la hubiera descubierto? Pero lo que más le enfurecía era el tiempo que había pasado esperándolo como una tonta. Salió al trajín de la noche musitando improperios. Tenía que encontrar un sitio para cenar y después arreglárselas para esperar hasta las dos de la mañana peleando contra su propio mal humor.

CAPÍTULO 10

Galenus Project

El fin justifica los medios.
Maquiavelo

EL TAXI LA DEJÓ AL COMIENZO DE MARCO AURELIO, CASI en la Vía Augusta. La noche era cálida y estaba envuelta por la magia de las luminarias y el ambiente festivo del sábado. Anduvo por la estrecha calle hasta lo que parecía un palacete con un solar ajardinado guardado por un alto tapial. El muro tenía una puerta de acero con una señal de vado permanente tras la que se vislumbraban las copas negras de los pinos. Algunas yedras asomaban por encima de la tapia y se derramaban al exterior. La casa que estaba adosada al jardín, y que tenía sobre el dintel de la puerta los números 22 y 36, junto al logotipo de la OMS con la serpiente enroscada en la vara de Esculapio, era un edificio hermoso, de dos plantas con una azotea balaustrada y una torre coronada por un tejadillo con pararrayos. Cruzó la acera y se parapetó detrás de los coches aparcados. Eran ya las dos y diez de la madrugada y el Capitán seguía sin aparecer. Sus nervios volvían a encresparse. Al fin lo vio doblar la esquina. Iba vestido con su habitual pulcritud en tonos claros, como si a él no le preocupara lo más mínimo el camuflaje nocturno, y portaba una caja de acero bastante voluminosa.

—He pasado la tarde en un centro comercial comprando algunas cosas, ya que la llave que cogimos en la consulta no encaja con la puerta principal. La he probado sin que nadie me viera y no sirve.

—¿Qué es lo que traes?

—Espera y verás. Asómate a la esquina y verifica que no venga nadie. Luego sígueme.

Antes de que pudiera contestarle había cruzado la calzada para apostarse junto a la pared del jardín, al lado de la salida de vehículos. Le hizo una seña para que obedeciese y fuera a vigilar. Ella accedió de mala gana. A esas horas las calles estaban desiertas y así se lo indicó con un meneo de cabeza. Observó entonces la maniobra ejecutada por el Capitán con precisión matemática: abrió los tiradores de la caja de herramientas y extrajo una escala de cuerda con traviesas metálicas que relucían bajo las farolas, lanzó por encima los ganchos de sujeción de un extremo y se cercioró de que estaban bien anclados. Un instante después estaba encaramado en el muro y de un salto se precipitó en el oscuro jardín.

—¿Qué haces? —susurró ella con el corazón en la boca cuando llegó a la escala.

—Sube rápido —respondió una voz desde el otro lado.

Fue ascendiendo temerosa hasta el borde. En un acto de fe ciega se dejó caer al vacío. Notó cómo las manos fuertes de Fernando la sujetaban por la cintura en el último tramo. Cuando estuvo con ambos pies en el césped resopló por el esfuerzo. Su compañero estaba retirando la escala desde dentro.

—Ya está. Estamos dentro —le dijo cuando lo tuvo todo recogido.

—Sólo estamos en el jardín y no tenemos llave.

—La que tenemos debe ser la de algún despacho, seguramente el del doctor. No nos queda más remedio que buscar una entrada por aquí.

Un camino asfaltado zigzagueaba sobre la yerba esquivando los gruesos troncos de los pinos. Conducía a la parte trasera donde se abría una explanada con dos palmeras que servía de aparcamiento. No había ningún vehículo. Fernando estudiaba bajo la diminuta luz de su linterna las ventanas y la puerta posterior. Las de la planta baja tenían rejas, pero las de la primera no, así que lanzó la escala a un balconcillo del primer piso, trepó sujetando la caja de acero con la mano libre y esperó a que ella lo siguiera. Luego se puso unos guantes de cuero que extrajo de la caja junto con una pequeña herramienta de acero, le ofreció otros idénticos y comenzó a tantear el marco. Pareció decantarse por la juntura inferior de la puerta acristalada y con la pequeña palanqueta forzó el cierre de falleba. En unos minutos había astillado la madera hasta que se hizo visible el enganche. Sacó entonces un destornillador más pequeño y consiguió soltarlo. La puerta cedió un poco aunque seguía atrapada por el gancho de arriba. De puntillas, volvió a repetir la operación hasta que lo desembarazó. La hoja crujió entonces con estrépito dejando el acceso libre. Sonrió y se coló dentro. Tenían por delante un amplio distribuidor con las escaleras al fondo.

La mayor parte de las estancias estaban abiertas. Había una sala con impresoras y fotocopiadoras y otros despachos repletos de estanterías en los que no encajaba la llave, ni en las puertas, ni en las gavetas de los escritorios. Descendieron. Las escaleras desembocaban en el pequeño recibidor. En silencio escucharon cómo al otro lado, por la calle, pasaban dos hombres conversando. Isabel empezó a sudar bajo los guantes. Allí había cuatro habitaciones cuyas cerraduras tampoco eran la que buscaban, y una quinta pieza con máquinas de alimentos, cafetera, microondas y una mesa con sillas para comer. Los viejos archivadores de chapa plegada, los monitores, los papeles y el resto de muebles emergían como fantasmas cuando el Capitán los rociaba con la luz.

—¿Y si no fuera de ningún sitio de esta casa? Ya hemos mirado en todos los lugares.

—Falta la torre —replicó Fernando mientras observaba la oscura escalera.

Empezaron a subir por el tramo que se estrechaba y llevaba a la torre. El último de los banzos conformaba el umbral de un sitio cerrado. La llave de Fernando penetró en el bombín con un susurro y, al girarla a la izquierda, se escuchó el sonido de los pasadores saliendo de la jamba. Dos vueltas después se abrió chirriando ligeramente por las bisagras.

Entraron en el pequeño cuarto que coronaba el edificio embargados por la emoción. La decoración era adusta: sillas y una estantería baja. Sobre la mesa, además de la pantalla de plasma y el teclado de un ordenador, había papeles y marcos de fotos que ambos se lanzaron a explorar ávidamente. En una de las instantáneas podía verse, sobre el fondo de un bonito paisaje, la que había sido la sonriente familia Molins-Paniagua. Alejandro y Elena aparecían rodeando a sus hijos. Lucía era todavía un bebé y su hermano Diego apenas llegaba a los ocho o nueve años. Todos habían sido captados con una bonita sonrisa de verano.

—Hemos encontrado el despacho abandonado de Alejandro —dijo Fernando muy ufano—. ¿Te has fijado en lo felices que parecen en la foto? Y no es tan antigua, por la edad que tienen ahora los niños, calculo que será de hace tres años como mucho. ¡Cuánto ha cambiado la vida del psiquiatra desde entonces! Y todo por una traición. Tal vez Rafael Bustamante lo delató para quedarse con sus negocios, o quizás Josep Martín lo descubrió y Bustamante, de alguna manera, supo que iba a verse con nosotros, y por eso lo asesinó —musitó Fernando, que seguía reflexionando en voz alta.

—Ahora que lo mencionas, ¿qué has averiguado ayer sobre las empresas de Molins y sobre el hombre de negro?

Fernando clavó sus pequeños ojos negros en los de su amiga. Valoraba por segunda vez si debía contarle lo que sabía del exboxeador o callarlo hasta que aclarase su conexión con el Vengador.

—No he encontrado ningún negocio aparte de los que ya conocemos. Respecto a Bustamante, mis contactos de la Guardia Civil no me han dicho nada. En sus bases de datos aparece limpio como una patena —mintió.

Intentó abrir los cajones de la mesa, pero estaban cerrados. Utilizó la palanqueta con la que habían entrado para forzarlos y se puso a revolver sujetando la linterna con la boca. Isabel encendió el ordenador. El zumbido del ventilador inundó la estancia como el silbido del viento que se colara por una rendija, y el destello de la pantalla los iluminó con una claridad mágica. Arrancó el programa de correo electrónico Outlook, que al intentar la conexión con el servidor de *email*s solicitó una contraseña. No se amilanó y, recordando una operación que los informáticos del Centro de Atención al Usuario de Telefónica le habían hecho una vez en su ordenador, desde el explorador de Windows buscó el directorio donde se alojaban los ficheros con extensión *.dbx* y *.pst*. En un lápiz de memoria que su compañero acababa de sacar de uno de los cajones hizo una copia de toda la información y lo guardó en un bolsillo de sus vaqueros.

—No hay nada —dijo el Capitán con un aire de profunda tristeza cuando terminó con la última gaveta.

—Pues habrá que empezar con los armarios.

La tarea era ardua, pues los dos archivadores que flanqueaban el escritorio tenían cuatro filas que se elevaban metro y medio desde el suelo. Eran las tres y cuarto de la mañana. Aquella operación podía durar más de dos horas y tendrían que darse prisa para dejar el edificio antes de que empezase a clarear.

La palanca volvió a actuar doblando la chapa de los viejos muebles y el primero de sus largos compartimentos se abrió con el sonido de un tren pasando por la estación. Una enorme hilera de carpetas colgaba de los raíles.

—Abre el otro y yo me pondré también a inspeccionar. ¿Qué buscamos exactamente? ¿Referencias a Hang Woo? —preguntó Isabel.

—Sí, cualquier cosa que haga referencia a ese hombre, o a la IARC, o al Genetic Cancer Suceptibility Group, o algo que tenga que ver con tumores. Por supuesto, nos vale también cualquier código como los que hemos descubierto o referencias al Patients Research Panel.

El primero en darse cuenta de que estaban ordenados cronológicamente fue Fernando. Cada carpeta contenía documentos correspondientes a un par de meses más o menos. Empezaban en 1991, por lo que dedujo que el doctor se había llevado a ese despacho asuntos de antes de que la OMS abriera en 1999 su oficina en Barcelona. La mayoría de los papeles del primer cajón eran pedidos y albaranes de material para el hospital Vall d'Hebron, pero encontró enseguida otros que reclamaron su atención. Había varias cartas —cuyas fechas abarcaban el periodo de 1991 a 1993— intercambiadas con un tal doctor Vicente Hernando, responsable de la Unidad de Psiquiatría en el centro penitenciario Quatre Camins de Barcelona. En una de las misivas de 1992 pudo leer que Vicente había escrito:

Resulta asombrosa la dependencia que el señor Rafael Bustamante ha desarrollado contigo, hasta el punto de que no hace nada sin antes preguntar si estás de acuerdo con ello. Desde que has empezado a ayudarme en su caso la mejoría es espectacular, pero no dejan de preocuparme sus comentarios sobre que no piensa alejarse de ti nunca más. Es como si hubiera encontrado a tu lado todo el refuerzo positivo del que ha carecido en su vida. Realmente creo que dice en serio que te seguirá hasta el fin del mundo. Temo una reacción negativa cuando dejes de verlo. Ya sabes que, gracias a tus gestiones, está a punto de obtener la libertad.

Un escalofrío recorrió su espalda. Ahora comprendía que, desde entonces, Alejandro y Rafael no se habían separado jamás. Nunca hubo un final de la terapia. Los lazos entre ellos eran los de un amo con su esclavo. Tras doblar cuidadosamente las cartas e introducirlas en el bolsillo de su americana *beige,* halló otros documentos igualmente interesantes. Intercalados entre legajos de índole administrativa había expedientes médicos de pacientes a los que había tratado Molins. Eran muy antiguos y estaban rellenos a mano, parecidos a los expedientes del panteón de los Paniagua. Se detuvo en seco y, dejando la linternilla sobre el escritorio, dijo:

—Deja de buscar así. Tardaremos mucho. Tengo la corazonada de que vamos a encontrar los informes que nos dejó en herencia tu amiga y, como sabemos a qué años pertenecen, podemos ir directamente a buscarlos. A ver, tenemos el JS35/89, que no estará aquí, puesto que los primeros documentos archivados son posteriores, pero apuesto a que los informes de CN23/95, IB49/97 y LC31/03 están en los registros de 1995, 1997 y 2003 respectivamente.

Sin esperar respuesta abrió el segundo cajón de su archivador y luego saltó al tercero. Unos segundos después sus manos toqueteaban papeles de 1995. Buscaba alguien con el síndrome de Tourette.

—¡Aquí está!

Apareció un documento de un enfermo de veintitrés años llamado Charles Newman que padecía esa enfermedad. Se trataba del original sin censurar del que ellos tenían de la tumba de Morella.

—Tenías razón —musitó Fernando—. CN23/95 se corresponde con el informe de Charles Newman, un paciente de Alejandro de 1995, y el 23 es… ¡porque el muchacho tenía veintitrés años!

—¿Y te has fijado en el signo de arriba? No es del hospital. ¿Recuerdas que te dije que en las copias parecía que alguien hubiera borrado con típex un logo? ¡Fíjate! Ahí tenemos lo que dice. Sabía que la primera letra era una G y la última una T. ¡Lo sabía!

Escrito en la esquina superior derecha aparecían, a modo de logotipo, las palabras GALENUS PROJECT. Repasando el resto del expediente recordaron los síntomas nerviosos —tics, saltitos, sonidos involuntarios del paciente—, que aparecían descritos sucintamente. Anotado en bolígrafo con la misma letra de Alejandro que acababan de ver en otros folios estaba la misteriosa frase: *¡CN23/95 OK!*

Espoleados por sus éxitos, se pusieron a buscar en los años 1997 y 2003, pero no encontraron ningún reporte más con el logotipo de GALENUS, ni nadie con la enfermedad de Graves o el sarcoma de Ewing. Los enfermos con las iniciales IB y LC quedaban pues en el anonimato. Tampoco vieron nada relativo a la IARC o al doctor Woo, sólo más albaranes y pacientes del Vall d'Hebron con enfermedades psiquiátricas como la depresión endógena, la esquizofrenia y otras neurosis y fobias que les resultaron más o menos conocidas.

—Al menos tenemos uno. ¿Y el ordenador? ¿Has podido sacar algo? Te advierto que yo no tengo ni idea de informática.

—He intentado abrir el correo electrónico pero tiene una clave, así que he copiado en un lápiz de memoria los ficheros con extensión *.pst* y *.bdx,* que contienen todos los mensajes cifrados.

—Déjamelos a mí, estoy seguro de que mi amigo Carrera puede *crackearlos*.

—Está bien —accedió Isabel alargándole de buena gana el lápiz de memoria—, y ahora, ¿qué hacemos?

—Vámonos. Tenemos la identidad de Charles Newman. Cuando lo encontremos y hablemos con él y con Hang Woo, habremos descifrado todo este follón del GALENUS PROJECT.

Fernando se afanó en dejar los muebles tal y como los habían encontrado. Isabel se disponía a apagar el computador cuando tuvo una idea y se puso a teclear.

Abrió la página de acceso al correo de Google. Como nombre de usuario escribió la letra a. Inmediatamente el navegador completó amolins@gmail.com. Luego dio un fuerte golpe a la tecla *intro* y en la casilla de la contraseña apareció una línea de asteriscos.

—¡Genial! Hemos tenido suerte. Entró en alguna ocasión en su correo particular a través de la web y dejó su contraseña en la memoria.

Todos los mensajes de su correo privado salieron como de las profundidades de una cueva. Comenzaron a leer los más antiguos, fechados en enero de 2008, hasta olvidarse de que el reloj avanzaba imparable, oculto en las sombras de la noche.

LA MAYOR PARTE DE LOS MENSAJES QUE LEYERON DURANTE los siguientes cuarenta y cinco minutos no incluían ninguna información relevante: provenían del bufete de abogados Vida y Sánchez, de colegas del trabajo —entre ellos no estaban ni el doctor Pascual ni Vicente Hernando— y había otros relativos a la planificación de lo que debían haber sido apasionantes monterías en cotos de los Pirineos catalanes y en lejanas fincas de Ciudad Real y Jaén. No faltaban tampoco correos pornográficos, ni el habitual *spam,* ni multitud de *newsletters* de webs y revistas especializadas en caza y en psiquiatría. Todo parecía normal según se acercaban a la fecha de la muerte de su mujer.

Una semana antes del asesinato identificaron un recibo electrónico de la compra por Internet de tres *forfaits* para la estación de esquí de Baqueira-Beret, y ese hallazgo les hizo redoblar la atención. Entre el jueves 24 de enero y el lunes 9 de febrero el doctor no había enviado nada, y los mensajes que aparecían después eran de agradecimiento a colegas y amigos por haberle acompañado en los duros momentos del entierro. Isabel recordó aquellos días extrañamente lejanos: su viaje a China, el Vengador que la perseguía, la tienda de los hutones, las noches posteriores sin dormir, Pepe desnudo en la bañera del hotel, su propia mirada furtiva bajo la lluvia en la ladera de Montjuic, el rayo de sol que por un instante abrió la cúpula del cielo para besar el rostro del mar…

Fernando le recordó que el jueves 21 de febrero se había producido la detención de Alejandro en su despacho de la Universidad Autónoma, y empezó a mesarse los brillantes cabellos oscuros mientras suspiraba profundamente.

—Estamos ante un hombre que parece de lo más normal —concluyó.

—¡Es un cerdo! —exclamó Isabel—. ¿Viste los condones en su habitación de la consulta? Allí se llevaba a follar a las jovencitas.

—¿Y si no eran jovencitas? —preguntó el Capitán mientras, clicando con el ratón, pasaba las páginas posteriores.

—¡Espera, no avances tan rápido! ¡Mira! Hay *email*s enviados después de que lo trincaran. ¿Cómo es posible?

El primero que abrieron los llenó de emoción. Lo había escrito en un inglés muy rudimentario Rafael Bustamante utilizando la cuenta del psiquiatra e iba dirigido a Hang Woo. Empezaba presentándose como el hombre de confianza de Molins para el Proyecto Galenus y le decía que podría mantener el contacto en esa dirección, ya que la que empleaban anteriormente de la OMS estaba cancelada. El hombre de negro decía luego que EW evolucionaba según lo previsto y solicitaba instrucciones ahora que su jefe estaba en prisión.

La respuesta se producía una semana después, el 14 de marzo. Hang Woo instaba a Rafael a continuar con el procedimiento establecido y a que le remitiera los resultados semanalmente en una tabla Excel que le adjuntaba. Ese fichero tenía un nombre muy familiar, EW2208.xls, e incluía una serie de casillas en las que debían rellenarse, valorando del uno al diez o con parámetros específicos, aspectos que definían el estado de salud de un paciente: desde las medidas biométricas, la presión sanguínea, el estado general, la coloración de la piel y la textura del cabello hasta la movilidad de las extremidades y la coordinación corporal.

Siguieron avanzando y leyeron los ficheros EW2208.xls que Bustamante enviaba desde entonces puntualmente los viernes. En los dos meses y medio analizados sólo había dos réplicas del anglocoreano. En la primera, fechada el 3 de abril, animaba a seguir y explicaba qué dieta alimenticia y qué volumen de inyecciones debía aplicar a EW. En la segunda, del 21 de abril, el médico mostraba un cierto desagrado por la lentitud de los procesos e indicaba que debía aumentarse la dosis de tratamiento. El último reporte de resultados de Rafael a Hang Woo había sido enviado el viernes 2 de mayo, tan sólo hacía unas treinta horas. Describía lo que a simple vista resaltaba como el estado calamitoso de salud de una persona. La movilidad de las extremidades inferiores era buena, mucho mejor que en los primeros ficheros en los que se describía como nula y se puntuaba con un cero, pero la coordinación era nefasta, la tensión estaba por los suelos, tenía una anemia de caballo y su aspecto físico era demacrado.

—¡El último Excel es de ayer mismo! —exclamó el Capitán—. Y tienen un paciente que se está muriendo. ¿Te has fijado en que cada vez pesa menos? En febrero eran sesenta y un kilos, y ahora sólo cuarenta y cinco. ¡Se muere de hambre!

—Si hacemos caso al título, tiene veintidós años —apuntó Isabel con un deje de tristeza.

Descargaron en el lápiz de memoria todos los documentos, añadiendo a su extensión la fecha de los mismos, y obtuvieron una colección de siete informes desde EW2208.21.03.xls a EW2208.02.05.xls.

—Es mejor que nos vayamos. Se nos está haciendo tarde —dijo Fernando—. Creo que ya empezamos a saber en qué consiste el Proyecto Galenus... ¡Es un proyecto secreto de la OMS, de investigación científica con pacientes! ¡Estoy seguro!

—Sí, vámonos, pero espera un segundo, voy a hacer la última prueba. ¿Cómo se llamaba ese CN? El de los tics —preguntó.

—CN23/95... —respondió el Capitán sacando los papeles que había almacenado en su elegante chaqueta—. Se llamaba Charles Newman.

Teclearon el nombre en el buscador y lo que hallaron les heló la sangre. Aparecían multitud de páginas relacionadas con un novelista estadounidense muerto hacía un par de años, pero la primera referencia de la lista de Google era bien distinta. El *link* llevaba a un sitio inglés escalofriante. Relataba la historia de los padres de un muchacho londinense, desaparecido en 1995 a la edad de veintitrés años, que lo buscaban desde entonces. Se mostraban multitud de fotografías de un chico pelirrojo y pecoso que no había regresado de un viaje de estudios a España, concretamente a Barcelona, hacía más de una década. Se contaban acciones emprendidas por la policía de ambos países, España y Reino Unido, y que finalmente, por falta de pruebas, se habían detenido las pesquisas. Para proporcionar cualquier pista, la web facilitaba un número de teléfono y la dirección de un apartado de correos en West London.

La familia había intentado mantener la tensión en los medios para que no olvidaran el caso. Había varios vídeos alojados en Youtube en los que se veía a la madre de Charles Newman, la señora Janice Roberts, siendo entrevistada en diversos programas británicos. Estaban también las portadas de tabloides, como la de *The Sun* del 17 de enero de 1997, que titulaba: *«Mother kicks Spanish Police and blames Scotland Yard»,* o la del *Daily Star* en su edición del 25 de agosto de 2001, que escribía a tres columnas: *«You only need two cops to get… a fuss»,* junto a una fotografía del rostro de Janice arrasado por las lágrimas. Cuando se describía físicamente al desaparecido, se hacía mención a su enfermedad de Tourette y se advertía de que sin su medicación los tics nerviosos serían muy ostensibles. La última entrada de la web databa de 2005 y se refería a una colecta realizada por los alumnos de la Universidad Brunel en West London, donde a fecha de su desaparición Charles Newman estudiaba una diplomatura en Ciencias Biomédicas, para sufragar los gastos en detectives privados de los padres, que no se resignaban a dejar que el caso muriera y luchaban por encontrar sus propias líneas de investigación.

—¡Tiene que ser horrible perder un hijo así! Sin poder enterrarlo siquiera —dijo Isabel.

—Para nosotros lo más terrorífico es que tenemos su historial médico, que sabemos que conoció al doctor

Molins, que lo trató de su enfermedad y que hizo un informe sobre ella aquí, en Barcelona. ¡Sabemos, maldita sea, quién lo hizo desaparecer!

—Mañana por la mañana los llamaré por teléfono —dijo Isabel anotando el de la web—. Hablaré con su familia y veré qué información adicional puedo obtener. Tú encárgate de analizar los ficheros que he sacado del ordenador, y que apuesto a que tienen toda la correspondencia que Molins y Hang Woo intercambiaron personalmente, sin la mediación del hombre de negro y utilizando sus cuentas oficiales, antes de que Alejandro acabase en la cárcel.

Fernando no contestó. Por su cabeza pasaban multitud de ideas inconexas. El monitor de la computadora se oscureció justo en el momento en que el zumbido del ventilador se extinguía dejando la habitación sumergida en un silencio mortecino y raro. Dobló otra vez cuidadosamente las cartas y el informe para que cupiesen en el bolsillo interior de su chaqueta. Isabel se levantó y deambuló extrañada. Su esbelta figura se recortaba contra la puerta acristalada que conducía a la azotea.

—¡Joder, se está haciendo de día! —exclamó—. ¡Vámonos rápido de aquí!

Por encima de las copas negras de los pinos pronto nacería un día gris plomizo. Cerraron la puerta del despacho de la torre con llave. El penetrante gorjeo de un mirlo llegó hasta sus oídos cuando salieron al balconcillo trasero. El relente de la mañana hacía brotar vaho de sus bocas. Fernando utilizó el mismo destornillador que había usado para entrar, pero esta vez colocó las fallebas en los ganchos para asegurar la puerta. Luego sacó un tubo de masilla de madera del mismo color que el marco y arregló las zonas astilladas moldeándolas durante unos minutos, aunque en la penumbra no podía distinguirse si el trabajo era suficientemente preciso para no ser descubierto. Se descolgaron por la escala y, tras recorrer el jardín empapándose los pies con el rocío, repitieron la operación de salvar el muro.

Fernando se asomó por la parte de arriba y luego desapareció de un brinco. Isabel comenzó a trepar después, hasta que un silbido la detuvo. Oyó a un grupo de muchachos que volvía de jarana al otro lado de la pared. Luego el rumor de sus pasos desapareció y se atrevió a asomar la cabeza. La luz mágica previa al alba hacía que las cosas parecieran imaginadas. Se decidió por ponerse a horcajadas sobre la tapia y recogió la escala. Las hojas húmedas de la yedra mojaban sus muslos. La altura desde la que debía saltar le parecía enorme, pero no tenía tiempo si no quería exponerse a que la pillaran en tan embarazosa situación. Tomó aire y saltó. El golpe fue mayor de lo que esperaba. Sus piernas cedieron y fue a caer de bruces junto a los coches aparcados. El pantalón vaquero se rompió por las rodillas y sintió como si un millar de alfileres se clavaran en la palma de sus manos a pesar de que las llevaba protegidas con los guantes.

Apenas podía ponerse en pie, pero como Fernando no iba en su auxilio, no tuvo otro remedio que hacerlo sola. Miró alrededor mientras enrollaba la escalera, que quedó impregnada de sangre. La guardó dentro del escueto abrigo oscuro y comenzó a caminar calle abajo. Llamó discretamente, pero no hubo respuesta. Sólo el rumor sordo del tráfico llegó hasta sus oídos. Entonces empezó a llorar lágrimas frías y gotas de sudor helado surcaron su espalda. Llegó a Vía Augusta, donde los coches de los rezagados de la fiesta nocturna cruzaban como rayos el cielo de la avenida. Levantó la mano derecha, subió al taxi negro y acertó a decir que quería ir al hotel Ámister. Luego siguió llorando en silencio, abrazada a la escalera con su sangre fresca bajo el abrigo.

ISABEL ENTRÓ TEMBLOROSA EN LA HABITACIÓN, AGUZÓ EL oído y percibió el chapoteo de la ducha. Un minuto después Fernando salía radiante con una toalla anudada a la cintura. Olía a colonia Hugo Boss y llevaba el pelo negro y brillante, pulcramente repeinado hacia atrás.

—Me has dejado allí tirada —susurró arrojándole la escala a los pies.

—¡Cuidado! —protestó él—. Estoy descalzo. Me estaba preguntando cuánto tardabas en llegar. Tuve que salir corriendo cuando pasaron esos borrachos y supuse... que sería bueno que viniésemos por separado hasta el hotel.

—¡Casi me rompo una pierna!

—Lo siento —se disculpó aproximándose a ella—, no llores.

Se dejó abrazar mientras gimoteaba y el calor que exhalaba el cuerpo del Capitán hizo el resto. Como si estuviera bajo los efectos de un narcótico se olvidó de todo y empezó a besarlo. Un segundo después la toalla había caído al suelo y Fernando le quitaba los guantes y los pantalones rasgados con delicadeza. Hicieron el amor con cuidado y luego durmieron profundamente, aunque Isabel murmuró cosas tristes entre sueños.

Cuando abrió los ojos eran ya las doce de la mañana. Su compañero estaba completamente vestido y a punto de salir.

—¿Adónde vas? —acertó a decir amodorrada.

—Ahora nos toca trabajar, a mí en lo mío y a ti en lo tuyo. Yo a descifrar el pincho de memoria, y tú a hablar con Janice Roberts.

—¿Vas a escribirle también al chino ése, ahora que tenemos su dirección? —dijo mientras se incorporaba.

—Primero quiero leer los correos del lápiz de memoria. Prefiero tener todas las pruebas posibles antes de contactarlo y que se ponga a la defensiva o desaparezca poniendo en riesgo la vida de EW. Lo mejor sería encontrarnos con él, abordarlo de improviso, en lugar de mandarle un mensaje —replicó acordándose del razonamiento que le había llevado a intentar lo mismo con Josep Martín.

—Está bien —dijo ella sin haberse enterado demasiado—. ¿Te vas ahora en coche a Madrid? Menuda paliza. Yo me voy a dar una ducha.

—No, me voy a Zamora —contestó él—. Espero que tengas un buen vuelo de vuelta. En cuanto sepas algo de Janice Roberts, la madre de Newman, me llamas o me escribes, ya sabes a dónde.

Cogió el maletín y la caja de herramientas y, dedicándole una encantadora sonrisa, desapareció tras la puerta. De camino a la calle iba rezongando. Su compañera le ofrecía interés y cariño y él sólo podía devolverle un trato profesional.

Isabel, mientras tanto, se encaminó perezosa hacia el baño. La invadía una atenazante sensación de soledad. Bajo sus pies desnudos se mezclaron las lágrimas con el agua de la ducha y la sangre de sus heridas.

Isabel llegó en taxi al aeropuerto de El Prat minutos antes de las tres de la tarde. Una lluvia fina cubría la ciudad. Había cola en el mostrador de Iberia y además el vuelo de las 15:30 ya estaba completo, por lo que le tocaría subirse en el de las 16:00. Entre tanto tuvo la idea de llamar al teléfono que aparecía en la página web sobre el muchacho desaparecido.

Descolgó el aparato un caballero que le preguntó en un inglés abrupto quién era y qué quería. Ella le contestó brevemente que había visto la página web y que disponía de algún dato interesante. La dejó en espera y, previsiblemente, fue en busca de su esposa. Janice Roberts se mostró desconfiada. Cuando le dijo que tenía información sobre Charles Newman, en concreto sobre un psiquiatra español que posiblemente lo había tratado de su síndrome de Tourette, y le preguntó si sabía lo que era el Proyecto Galenus o el Patients Research Panel, la señora replicó con un escueto *no,* y le pidió que le mandara los datos de ese médico. Isabel replicó que lo haría, pero que quería primero saber algo más sobre su hijo y su enfermedad, así como detalles de la investigación policial que se había realizado en España y en el Reino Unido.

—He leído los artículos en los periódicos *The Sun* y *Daily Star,* y querría hacer yo también un reportaje al respecto —inventó rápidamente—. Quiero contar algo nuevo, y creo que lo tengo. Es algo relacionado con un proyecto científico internacional llamado Galenus.

—¡Estoy cansada de hablar con periodistas!

—Trabajo en un periódico local catalán —continuó improvisando—. No es muy conocido, pero quizás así se pueda volver a impulsar el caso. Quiero entrevistarme con usted.

Después de un pequeño tira y afloja la mujer accedió, siempre y cuando le enviase traducido el reportaje antes de la publicación. Isabel dijo que sí, y se despidió diciendo que buscaría un billete para Londres y que volvería a llamar con el día del encuentro. Tras colgar estuvo dudando. En el fondo sabía que iba a cometer la locura de improvisar un viaje para impresionar a Fernando. Esperaba que al menos el relato policial de la señora Roberts aportase cosas interesantes a la investigación.

Desde su teléfono móvil buscó vuelo a Londres y hotel céntrico para ese mismo día. Encontró una oferta que la devolvería a Madrid a última hora del día siguiente y que incluía una habitación en el hotel Citadines London, cerca de Trafalgar Square. Un rato después trataba de ordenar sus ideas cómodamente sentada en la sala vip. Le quedaban cuatro horas para embarcar. Llamó otra vez a la señora Roberts y quedó con ella a la puerta de la abadía de Westminster —no quedaba lejos del hotel y fue el primer sitio que le vino a la mente— a las diez de la mañana del día siguiente. Se describió físicamente para que la reconociera y le hizo prometer que llevaría copias de los reportes de la policía.

Luego envió tres correos electrónicos desde su teléfono. El primero iba dirigido al Fernando y le pedía que le mandase con urgencia una copia escaneada del informe sobre Charles Newman, pues no quería presentarse a su cita sin nada que ofrecer. El segundo mensaje lo envió a sus colaboradores Eugenio, Luis Antonio, y Carmen: les comentaba que se sentía indispuesta y que no iría el lunes a la oficina. Repitiendo la misma excusa envió una tercera misiva a la secretaria de su jefe, para que no contasen con ella en la habitual reunión de los lunes. Era una lástima ahora que había decidido desempeñar mayores responsabilidades en el área de compras. Cuando terminó le entró sueño. Despertó dos horas más tarde. Ya en el avión pensó que hacía casi un mes —desde la noche en Morella— que no recibía ningún anónimo del Vengador. Por primera vez sospechó que Fernando le ocultaba que había hecho gestiones para quitarle al acosador de encima, pero ¿por qué no se lo había dicho?

FERNANDO LLEGÓ AL COMPLEJO POLICIAL DE CANILLAS A las ocho y media de la mañana del lunes, más o menos a la misma hora en que Isabel se despertaba en su hotel de Trafalgar Square. Paseó por los laboratorios y empezó a encender los equipos para realizar una prueba general. Repasó también las transparencias que iba a mostrar a los agentes que trabajarían en el complejo tecnológico. Era la primera fase de un curso de utilización de las nuevas infraestructuras. El programa duraría esa semana entera y luego su colaboración con la policía tocaría a su fin. Estaba nervioso porque, después de haber leído el correo de Isabel la noche anterior, tenía que pedirle un nuevo favor a su compañero. Finalmente, sobre las nueve menos cinco, Manuel apareció sonriente en la sala blanca del laboratorio.

—Buenos días. Llega el momento cumbre de nuestra labor —lo saludó efusivamente.

—Buenos días —replicó Fernando—. Veo que vienes contento.

—Ha sido un fin de semana genial. He estado en una casa rural en un pueblecito de Toledo con mi novia. Y tú, ¿qué has hecho? Me pregunto qué haces los fines de semana, aparte de estar rodeado de papeles sobre toxicología.

—No tengo tiempo de explicártelo —respondió el Capitán, algo molesto por la pregunta: *transgredir la ley* no hubiera sido la respuesta adecuada a un policía—. Necesito que me enseñes a escanear documentos.

—Me alegro de que hayas empezado a progresar con la informática. ¿De qué documento se trata? ¿Y para qué quieres escanearlo?

—Para lo que a ti no te importa.

A Manuel se le borró la sonrisa de la cara en un momento. Sabía que Fernando era lo que todo el mundo llamaba un *tipo raro,* pero siempre se había llevado muy bien con él y lo había defendido en las tertulias de café de las burlas que otros solían dedicarle a sus espaldas. Ahora se sentía defraudado. Le enseñó de mala gana a escanear desde su ordenador y se fue sin mirarle a los ojos.

Cuando se quedó solo, Fernando logró digitalizar el documento CN23/95. Le envió un mensaje a Isabel con el documento escaneado adjunto y salió del despacho borrando todo rastro del fichero. Eran las diez menos cinco. Tenía que darse prisa en reunir diez sillas para los alumnos que estaban subiendo por las escaleras. También tenía que pensar en darle una explicación a Manuel: le dolía haber sido un maleducado, pero también sabía que iba a necesitar pronto su ayuda para *crackear* el lápiz de memoria.

ISABEL SE DESPERTÓ ANTES DE QUE EL TENUE SOL DE Londres saliera por encima de los edificios de la City. La hora de adelanto que el huso horario de Madrid le proporcionaba no le permitía permanecer más tiempo en la cama. Desayunó tan copiosamente como se suele hacer en los hoteles británicos: huevos, beicon, zumo y un *muffin* de chocolate. Luego salió caminando hasta Trafalgar Square.

Sobre las copas de los árboles se desperezaba un día que parecía que iba a ser plomizo. Conocía muy bien la zona, pues había paseado por allí en otras ocasiones en que había estado de turismo y recordaba hasta la ubicación de las principales tiendas, *pubs* y restaurantes. La ampulosa plaza de Trafalgar la saludó con Nelson como un eterno estilita en su pedestal, custodiado por leones frente a la fachada de la National Gallery.

No eran todavía las nueve, pero ya habían descargado su mercancía varios autocares de turistas. A ella le quedaba una hora hasta su cita de las diez, así que se puso a mirar en el móvil las noticias de los periódicos *online.* En ese momento entró el correo de Fernando. Deshizo entonces a buen ritmo el camino hasta el hotel, imprimió en recepción el documento y regresó a la calle. Enfiló por Great Scotland Yard para evitar el rodeo que supondría volver a Trafalgar Square y la algarabía de Whitehall la llenó de pensamientos optimistas.

Fantaseó imaginando que Molins, dada su edad de cincuenta años, era probable que no saliese de la cárcel hasta su ancianidad. Confiaba en que la prisión provisional se convirtiera en definitiva tras el juicio, y en que además el asesinato de Charles Newman incrementase la condena. Probablemente el doctor desaparecía para siempre. Con esas ideas en la cabeza siguió caminando hasta que vio el aguzado perfil de la torre de las Casas del Parlamento. Llegó hasta la fachada norte de la catedral de Westminster y se dirigió a la entrada principal.

Por un momento tuvo la sensación de que podía haber hecho el viaje en balde y de que no sería capaz de encontrar a la señora Roberts entre tantos turistas, pero enseguida la vio. Una mujer de cincuenta y tantos años y apariencia típicamente inglesa se dirigía hacia ella. Llevaba el pelo cardado y teñido de un rubio demasiado claro y vestía con un abrigo de paño oscuro excesivo para la temperatura primaveral.

—¿La señora Sáenz de Tejada? —le preguntó.

—Sí, soy yo. ¿Es usted la señora Roberts?

—Efectivamente. ¿Ha traído la información que me prometió?

—Desde luego...

—Espere, no me la dé ahora. Tengo frío y aquí, a la sombra de la catedral, no estoy a gusto —la interrumpió—. ¿Le parece que vayamos hasta el puente?

Isabel asintió y se puso a andar a su lado. Hablaron de su supuesto trabajo como periodista y de otros aspectos personales. Le dijo que era soltera y la señora Roberts comentó que tras enviudar del padre de Charles Newman se había vuelto a casar con un caballero escocés, de quien había tomado su nuevo apellido. En el centro del puente, bajo la atenta mirada del London Eye, y viendo los ferris turísticos que surcaban el caudaloso Támesis bajo sus pies, Janice se detuvo y se apoyó sobre la barandilla de color verdoso.

—Ahora ya puede enseñarme las pruebas que ha traído —dijo—. A pesar de la humedad, el sol y la vista del río me reconfortan, ¿y a usted?

—También —replicó Isabel sacando el folio que acababa de imprimir.

La señora Roberts lo tomó entre sus manos. Tras leerlo en su rostro asomaron unas lagrimitas que enjugó graciosamente con un pañuelo de seda. Sacó del forro de su abrigo una carpeta de cartón y volvió a abrocharse como si temiera coger un resfriado.

—Aquí tiene fotocopias de todo lo que yo pude obtener de la policía, tanto británica como española. Encontrará notas manuscritas por mí y por mi difunto marido intentando resumir todo lo que sabíamos, e informes de una agencia de detectives privados que contratamos.

—Le aseguro que yo misma intentaré averiguar lo que sea, o al menos mantener viva la llama de la noticia —dijo Isabel arrepintiéndose al momento de contar esa mentira a una mujer tan dolida.

—Me parece imposible que mi hijo visitase a un psiquiatra en España. Quiero decir que estaba perfectamente tratado. Había conseguido vencer sus miedos y parte de sus manías, y estaba estudiando. Tomaba su medicación, y de vez en cuando iba al neurólogo, nada más.

—Pues precisamente porque es raro investigaremos a ese hombre.

—Está bien. Cuénteme qué enfoque piensa dar al artículo.

Isabel respondió, con la mejor inventiva y tratando de mantener los remordimientos escondidos bajo su rostro, que trataría de dibujar una semblanza del síndrome de Tourette. Glosaría los esfuerzos de Charles por estudiar Ciencias Biomédicas y mencionaría que su desaparición había caído injustamente en el olvido. Luego revelaría que el muchacho había visitado a un doctor barcelonés cuya relación con el caso no había sido suficientemente investigada. Pensaba que ese reportaje, junto con la correspondiente nueva prueba que entregaría a la policía, permitirían que se reabriera la investigación.

—Por supuesto, antes de sacar nada se lo mandaré para que me dé su conformidad.

—Bien, yo por mi parte pensaré en compartir este documento con nuestros detectives y creo que postearé su noticia en la web después de que usted la publique. Comprenda que antes sería una temeridad, podrían acusarme de difamar a ese médico.

—Lo comprendo perfectamente.

—Ha sido un placer conocerla y le agradezco su interés en el caso de mi hijo. Ahora me voy. ¿Me puede dejar usted sus datos por si tengo que contactarla?

Isabel rebuscó algo con que escribir entre los cachivaches que ocultaba en su bolso. La señora Roberts se quedó asombrada al ver la ropa interior hecha un guiñapo dentro. Sacando un bolígrafo, anotó su nombre y su teléfono en el anverso del informe que le había dado y se despidió con un cálido apretón de manos. Janice Roberts tomó un taxi y se perdió en el tráfico de la ciudad.

ERAN CERCA DE LAS DOCE MENOS CUARTO. ACOMODÓ LO mejor que pudo en su apretujado bolso la carpeta de cartón que había conseguido. Las barcazas de turistas lamían la turbia agua del río y se colaban por los ojos del puente. Le quedaban unas seis horas para embarcar en Heathrow y no podía adelantar el vuelo. Arrebujándose bajo su chaqueta marrón, que ahora le parecía excesivamente liviana, se internó por el embarcadero de Victoria en busca de algún *pub* donde reposar y echar un vistazo a los nuevos documentos.

Caminó bajo las ramas yertas de los plataneros y se detuvo unos instantes a leer los loores a los héroes de la batalla de Inglaterra frente a la Luftwaffe. Luego observó un letrero que anunciaba un bar restaurante en un barco llamado Hispaniola, que se hallaba atracado en el propio muelle. El nombre le sugirió el cariño de la patria, así que descendió las escaleras para abordarlo. Pidió una cocacola *light* y se sentó en uno de los soleados asientos de la primera cubierta para sumergirse en los papeles.

Los primeros documentos eran un sinfín de declaraciones juradas de conocidos de Charles Newman. La conclusión que pudo sacar fue que no se había ausentado del entorno familiar por voluntad propia. Luego leyó el plan de viaje de la excursión que, en aquel ya lejano año de 1995, la promoción de estudiantes de Ciencias Biomédicas de la Universidad Brunel había planeado hacer por España. Al socaire de las olimpiadas de 1992 Barcelona se había puesto de moda, pero la ruta prevista se extendía a otras ciudades: Zaragoza, Cuenca, Toledo y finalmente Madrid. El grupo, creyendo que Newman había regresado voluntariamente a Londres, continuó la gira tras su desaparición.

Levantaba de vez en cuando los ojos para ver el negruzco manto arrugado del río. La monstruosa noria de la otra orilla giraba con la pesadez de un viejo molino de agua. También había transcripciones de llamadas telefónicas intervenidas por la Policía Nacional y Scotland Yard, pero no encontró en ellas nada sospechoso. Pasó entonces a los informes policiales que reconstruían los movimientos del muchacho por la ciudad. Todos los lugares de la minuciosa hoja de ruta habían sido de alguna manera comprobados, en general mediante el análisis de cámaras de cajeros cercanos y manteniendo conversaciones con los habituales de la zona. Habían interrogado y mostrado fotos a músicos callejeros de los alrededores de la Sagrada Familia, a pedigüeños del Parque Güell, a empleados de varios museos y a camareros de locales nocturnos y de chiringuitos de la playa de la Barceloneta. Todos los confidentes de la policía habían sido igualmente consultados.

Los últimos en ser preguntados fueron los empleados del hotel Balmes, donde se habían alojado los estudiantes. Por mera curiosidad, buscó en su móvil la ubicación del hotel. ¡Se encontraba a menos de doscientos metros de la casa que el doctor Molins y su mujer tenían en la esquina de las calles Valencia y Balmes! Pensó que aquello era una prueba más de la implicación del psiquiatra y se animó a seguir leyendo.

Ya sólo le quedaban por analizar los informes de los detectives que habían contratado los padres y sus anotaciones a mano. Encontró en ellos un aspecto del viaje que no se reflejaba en lo que había leído hasta entonces. Poniendo de acuerdo a profesores de la Universidad Brunel y de la Escuela de Enfermería de Barcelona, se había programado una visita de cortesía a las instalaciones de esta última. Una inquietante conexión se dibujó en su mente. Desconocía —el Capitán no se lo había dicho— que el despacho de Molins en el Vall d'Hebron se hallaba en la aneja Escuela de Enfermería, pero sabía que Josep Martín era estudiante de esa escuela. ¿Podrían haberse conocido? Descartó esa posibilidad por la diferencia de edad entre ambos. Hacía trece años el difunto Martín era tan sólo un niño, pero si el ayudante de la consulta de Molins había sido un estudiante de Enfermería… ¡tenía una posible conexión más!

Levantó un instante la vista del papel. Se disponía a cerrar la carpeta y a levantarse cuando de pronto su mirada volvió a una de las últimas notas. No se había fijado antes porque estaba escrita en letra más menuda. Le pareció un recuerdo de última hora que probablemente la madre de Charles había recogido posteriormente.

Ese día nos llamó muy contento, y le insinuó a su padre que a la vuelta nos iba a dar una bonita sorpresa relacionada con su estado de salud.

¿No era aquella frase la prueba más concluyente de que Charles Newman podría haber trabado contacto con

Alejandro Molins? ¿Acaso éste le habría dado esperanzas respecto a la mejoría de su enfermedad incluyéndolo en el Proyecto Galenus?

Un camarero asomó por la puerta de la cubierta acristalada. Tenía que marcharse. Agradeció con una generosa propina las más de tres horas que le habían permitido quedarse y cruzó la pasarela de vuelta al embarcadero, donde buscó un taxi. Mientras aguardaba en Heathrow el embarque de su vuelo le escribió un correo al Capitán contándole sus averiguaciones. Sentía que estaba logrando impresionarlo y que, por tanto, el viaje había merecido la pena. También aprovechó para preguntarle qué había podido hacer con los correos del lápiz de memoria. Luego cerró los ojos evocando el dulce olor de su piel.

EN LA PEQUEÑA HABITACIÓN DE LA PENSIÓN TOJO, FERnando acababa de salir de la ducha. Se puso encima un pijama con raya en el pantalón y camisa de cuello cruzado. Luego se arrebujó en su bata de raso con estampados rojos y negros, y se calzó unas pantuflas de terciopelo azul. Encendió su computador, cerró los ojos y trató de relajarse recordando el día transcurrido.

Había sido una jornada de mucha tensión en Canillas. El curso a los nuevos operarios había sido un ejemplo de perfecta asincronía entre los ponentes. Cualquiera podía darse cuenta de que entre ambos profesores existía una irritación que no lograban ocultar. Cuando las clases terminaron y el último de los alumnos hubo salido por la puerta de la sala blanca del laboratorio, Manuel empezó a apagar los aparatos como si tuviera prisa. Fernando se disculpó logrando que la cuerda entre los dos se destensara algo y aprovechó para pedirle el segundo de los favores del día.

—En este lápiz de memoria un amigo me ha pasado unos ficheros con los correos electrónicos de hace unos años. De Outlook, creo que así se llama el programa. Resulta que ahora los quiere consultar pero se ha olvidado de la clave...

Manuel le había mirado fijamente a los ojos. Debía estar sopesando mentalmente las razones que podía tener para contarle esa mentira. Sin embargo, para no enturbiar su reciente reconciliación, decidió seguirle el juego.

—No sé cómo hacerlo. Soy un simple usuario de programas aunque a ti te parezca un genio, y eso que pides es más propio de un experto. No obstante, hablaré con uno de los compañeros de informática forense a ver qué puede hacerse.

Salió camino del edificio de oficinas anejo dejándolo con la duda de cuánto tardaría en regresar. Volvió una hora más tarde con una sonrisa condescendiente y le entregó la memoria.

—Ahí lo tienes. Ellos sí son gurús de la informática. Tenías que haber visto lo poco que han tardado en convertir esos ficheros.

Después de agradecerle sinceramente el favor, los dos se habían despedido.

Finalmente ahora, cuando frisaban las once de la noche, estaba sentado al ordenador. El silencio de la madrugada lo ayudaría en su análisis. Se sentía más relajado. Tomó aire y abrió los ojos.

Consultó el correo electrónico. Tenía en la bandeja de entrada dos mensajes. El primero era el que Isabel le había mandado horas antes desde el aeropuerto de Heathrow. Lo leyó despacio, meditando cada fragmento de información, y pensó que aquellos datos encajaban con su idea acerca de aquel proyecto de investigación científica con pacientes llamado Galenus. Ahora tenía que obtener más pruebas y detalles y, sobre todo, averiguar dónde se encontraba EW y quizás el resto de desaparecidos.

El segundo de los *emails* recibidos era de su amigo Félix Moreno. Había decidido comenzar un curso para entrar en el Estado Mayor del Ejército. Dejaría la Unidad

Central Operativa de la Guardia Civil y pasaría a un trabajo de planificación y dirección. Finalmente, y antes de despedirse, le preguntaba por el acoso de Rafael Bustamante.

Le contestó que, siguiendo sus consejos, habían puesto una denuncia y que a raíz de la misma los anónimos habían cesado. Lo primero era falso, pero lo segundo era misteriosamente verdadero. ¿Por qué su amiga no se había vuelto a quejar de ningún acoso desde el 8 de abril? Luego recordó que la vecina del boxeador le había dicho que su madre había muerto el 10 de abril. El entierro, unido a las tareas que Molins y Hang Woo le tenían encargadas, podrían haberle hecho olvidar el jueguecito de los anónimos, o tal vez tras el asesinato de Josep Martín había desistido porque las cosas estaban yendo demasiado lejos. No había compartido con ella sus sospechas, pero pensaba que sólo quien estuviera siguiendo de cerca a Isabel, quien tuviera acceso a sus llamadas telefónicas y hubiera escuchado su conversación de la tarde anterior a la visita a Sitges, podría haber sabido del encuentro que habían planeado con tiempo suficiente para anticiparse. ¿No era esto una confirmación más de que Rafael y el Vengador podían ser la misma persona? Pero entonces, ¿qué oculta relación había entre esos dos casos que en principio no tenían nada que ver? Cuanto más pensaba en esas cosas, más concluía que Isabel le estaba ocultando algo. Guardándose para sí mismo este convencimiento, le escribió:

Muy interesante la información que has recabado en Londres. Estoy deseando ver los documentos que traes. Es muy probable que Molins conociera a Charles en la visita a la Escuela de Enfermería, como sospechas. Olvidé decirte que cuando estuve investigando en el hospital Vall d'Hebron descubrí que el Departamento de Psiquiatría está en una de las plantas del edificio de esa facultad. Por otro lado, la anotación de su madre sugiere que Newman probablemente se sometió voluntariamente al tratamiento del doctor sin sospechar que lo harían desaparecer.

Por mi parte te comento que he conseguido descifrar los correos que sacaste del ordenador de Molins, pero aún no he podido leerlos. No tengo mucho sueño, así que esta noche les echaré un vistazo. Con lo que encuentre, te escribo.

Después de enviar el mensaje se levantó y sacó del bolsillo de su chaqueta colgada en el armario el lápiz de memoria. Estuvo buscando un rato en la torre un lugar para insertarla, pues era la primera vez en su vida que utilizaba un dispositivo semejante. Encontró un conector en el que encajaba y por el *beep* que emitió el aparato supo que había acertado. De vuelta a la pantalla observó que podía clicar en una ventana.

Ante él, además de las siete hojas de Excel con el estado de salud de EW, que parecían no haber sido tocadas por los expertos de la Policía, aparecieron cuatro ficheros. Dos eran los originales. Los otros había sido renombrados por los informáticos con los nombres Manuel_Contactos.txt y Manuel_Correos.txt. Al pichar en el primero se desplegó una lista de cinco pantallas de longitud con un montón de símbolos extraños entre los que, de vez en cuando, se identificaban lo que parecían ser direcciones de correo y números de teléfono que el doctor Molins debía tener almacenados en su ordenador. Además de otros muchos que no le llamaron la atención, encontró hang.woo@who-eu.be, hang.woo@iarc.fr y Elena Paniagua Vera <epa-ni72@hotmail.com>. El segundo archivo de texto era una interminable secuencia de pantallas en las que, adecuadamente adobados con los caracteres sin sentido que hacían tan difícil leerlos, se intuían los correos electrónicos intercambiados por el doctor durante meses. Analizar todo aquello iba a resultar un suplicio y no había horas en toda la noche, así que decidió armarse de paciencia e ir buscando uno por uno los textos que aparecieran tras las secuencias hang.woo@who-eu.be, hang.woo@iarc.fr y epani72@hotmail.com, es decir, los que podían haber sido intercambiados con Hang Woo o con Elena. Sólo con eso tenía lectura para muchas horas. Renunció a todo lo demás so pena de perderse en un laberinto sin fin. Estiró los brazos y con el cuaderno en su regazo se puso a ello.

Por la escueta ventana del patio de luces se colaron gritos lejanos, un sonido que le resultaba familiar. Una mujer insultaba gravemente a alguien que respondía también a voces que llegaban hasta allí en un eco atenuado entre el sonido de cacharros y muebles volcándose. Clausuró los viejos postigos, pero el sonido de la pelea continuó llegando varios minutos más. La noche aún era joven.

EL SOL SALIÓ A LAS SIETE DE LA MAÑANA Y EL DÍA EMPEZÓ como una niebla lechosa que entraba por el patio. Apenas le quedaba ya tiempo para asearse y vestirse antes de ir al laboratorio a continuar con el curso. Iba a ser una jornada infernal, después de la noche entera quemándose las pestañas ante aquel viejo monitor, pero había merecido la pena. Las hipótesis que había intuido sobre Galenus y el Patients Research Panel se habían vuelto a corroborar conforme había avanzado leyendo en la madrugada.

Algunos correos se remontaban a 2003, pero el más reciente era del 7 de febrero de 2008, escrito tan sólo unas semanas antes de la detención de Molins. Halló detalles esclarecedores sobre el cáncer de mama que había sufrido su esposa en 2004 y del que no había sido tratada, para sorpresa de los colegas médicos, en el Vall d'Hebron. Igualmente encontró referencias a Charles Newman, al resto de pacientes a quienes correspondían los expedientes de la tumba de los Paniagua cifrados como JS35/89, IB49/97 y LC31/03, así como de otros infortunados.

También leyó la historia mucho más reciente de EW, a la que había podido identificar como Elisabeth Walker, pero no se mencionaba dónde podía hallarse. No encontró un lugar donde ubicar los experimentos realizados por Alejandro Molins. Como en su día había intentado Isabel, buscó en Internet los nombres de cuantos pacientes halló, pero aparte de Charles Newman, no encontró enlaces sobre los otros enfermos.

Dudó unos instantes acerca de la información que debía compartir con su compañera. Le escribió la segunda misiva en ocho horas diciéndole que no había podido examinar todos los documentos porque eran muy densos, y sólo le adelantaba que la relación entre el doctor y su mujer se encontraba muy deteriorada en el último año, lo que concordaba con la intención que Elena había manifestado a sus padres y amigas de divorciarse. Se excusó diciendo que tenía que investigar algunos temas científicos antes de formular sus conclusiones, aunque en realidad ya las tenía casi del todo claras. No en vano esos asuntos científicos eran los que le habían puesto al principio del todo sobre el caso. Finalmente le proponía una reunión en algún lugar tranquilo el domingo 11 de mayo para comentar los hallazgos y dilucidar los pasos a seguir en lo que denominaba «el final del caso Galenus». Envió el correo y apagó el ordenador. Cuando el ventilador se detuvo le pareció haberse quitado un inmenso peso de encima. Echó un vistazo dentro del armario a los libros y revistas científicas que tenía almacenados entre la ropa. Normalmente le interesaban los artículos de toxicología, pero ahora rebuscaba información sobre genética para confirmar sus teorías. Se dio por satisfecho colocando sobre el montón las publicaciones que juzgó más interesantes. Se sentía a punto de concluir el puzle Galenus tras meses dándole vueltas. Miró el reloj. Tenía que volar si quería estar a las nueve y media en Canillas.

El síndrome de Estocolmo es una reacción psicológica en la cual la víctima de un secuestro, o una persona retenida contra su voluntad, desarrolla una relación de complicidad y un fuerte vínculo afectivo con quien la ha secuestrado.

WIKIPEDIA, LA ENCICLOPEDIA LIBRE

Elisabeth Walker no entendía nada de lo que el sicario le decía en español, pero le gustaba escuchar el ronco tono de su voz. Aparecía por la trampilla cada siete días o cada siete siglos, que significaban lo mismo, siempre que el arroz con pollo se había agusanado y su letrina estaba a punto de rebosar. Dejaba todo en orden y renovado, así que no era tan malo con ella, aunque no se preocupaba por la limpieza o por la calidad de la comida tanto como en su día lo había hecho su amo. Las inyecciones que le propinaba en la espalda no eran un precio demasiado caro por la comida fresca y la conversación ininteligible que cruzaban en inglés y español.

Tenía la sensación de que si pronunciaba despacio, el hombre mazacotudo y rapado al cero podía entenderla, pero no se esforzaba demasiado en ello. Le bastaba con escuchar su parloteo y oírse a ella misma hablando con alguien que no fuese un fantasma inventado de los que ocupaban su mente los días de soledad. Era real como el grave sonido de sus palabras y los músculos que la izaban como si fuera de papel. Por todo ello, había llegado a esperar sus visitas con una especie de entusiasmo enfermizo, tamizado por la ansiedad y la desesperación.

Aquel día Elisabeth escuchó ruidos en el piso de arriba y, aunque el arroz aún no mostraba el característico moho verde, bien pudiera ser que hubiera pasado un lustro desde la última visita. Su corazón se llenó de alegría malsana por volver a ver a su cuidador y empezó a balbucir palabras ininteligibles incluso para ella misma. Normalmente pasaba un buen rato desde que escuchaba los pasos sobre su cabeza hasta que el crujido de la trampilla abierta le permitía verlo. Durante la espera notaba agua correr y ruido de cacharros entrechocando. Esta vez, sin embargo, los pasos parecían más atenuados y sigilosos.

No pasó mucho tiempo hasta que se abrió la trampilla. Lo que vio descender entonces por las escaleras le heló el corazón y todo su pasado cayó como una losa sobre su cuerpo marchito. Incapaz de soportarlo, se desmayó.

CAPÍTULO 11

La caja de Pandora

Ahora puedo producir mis propias transformaciones. Llevo la luz de mi conocimiento sobre mi frente [...] y puedo ver a través de la luz sagrada de la inmortalidad.

Libro de los Muertos
(Papiro de Hunefer, lámina 11)

ISABEL ESTABA MALHUMORADA. NO SABÍA SI ERA POR LO que le acababan de encargar en la reunión del departamento, de la que no había podido librarse estando en Londres porque por primera vez se había trasladado al martes, o por los correos del Capitán que acababa de leer. Sus colaboradores la miraban con curiosidad desde el otro lado de la mesa de despacho, pero ella no añadía nada a lo que acababa de contarles. Eugenio decidió empezar.

—De alguna manera es lo que estábamos buscando como departamento. Queríamos entrar en las decisiones de compra y creo que éste es un primer paso.

—Sí —admitió ella—, pero nuestra labor será consultiva, no decisoria. El poder es de los ingleses de O2. Además, con todo lo que llevamos a rastras, no sé si vamos a tener suficientes recursos. De todas formas, por favor, Luis Antonio, tú y Carmen —dijo señalando una enorme pila de papel— encargaos de leer toda esta documentación y de hacer un resumen. Tenemos que ponernos al día con esto de las tiendas de aplicaciones móviles. Y tú, Euge, que además eres el que tienes mejor inglés, habla con este contacto. —Rebuscó por encima de su mesa—. La encargada del proyecto se llama Kate Tracks. Dile que estamos a su disposición para participar en las peticiones de ofertas y en el proyecto desde ya mismo. Cualquier correo que intercambies me lo pones en copia.

Fue a comer, como de costumbre, a uno de los restaurantes de la Ciudad de Telefónica con otros directores, que opinaron largo y tendido sobre el novedoso asunto de las tiendas de aplicaciones. Al terminar la comida el pequeño conciliábulo se despidió y ella fue a fumar un cigarrillo a la puerta del Edificio 1. Ya de vuelta en el despacho, releyó los correos electrónicos que le había enviado Fernando aquella misma mañana, y su mal humor se acentuó al notar cuántas cosas le estaba ocultando. Para colmo le quedaba toda una semana de incertidumbre por delante, pues no le había sugerido que se encontraran hasta el domingo. Tamborileando nerviosamente los dedos sobre la mesa tuvo una idea y se puso a teclear furibunda en su ordenador:

Me alegro de que ya estés llegando al final del caso Galenus, como tú dices, aunque hubiera agradecido algo más de información. De todas formas, como propones que nos veamos dentro de varios días en un sitio tranquilo, te diré que el domingo sólo será posible que nos encontremos en mi casa a partir de las 18:00. Te paso la dirección: Fortuny 29, ático izquierda.

Espero tus noticias. Un saludo.

Después de enviar el mensaje se sintió momentáneamente aliviada. Había sido clara e imperativa y llevarlo a su casa era una victoria en toda regla, como arrastrar una presa al cubículo. Cuando al fin, tras comprobar que su equipo estaba enfrascado de lleno en las nuevas tareas, salió del garaje para meterse en el tumulto del tráfico, su móvil anunció un mensaje entrante de un número oculto: «Ok. Nos vemos el domingo a las 18 en tu casa».

Ahí estaba la confirmación de su victoria, pensó al principio. Luego, entre parón y parón del atasco, bajo la tenue luz que se ponía más allá del perfil de la ciudad, su corazón se fue avivando. Aquel mensaje más bien demostraba que Fernando no había sentido nada de lo que ella había tratado de expresarle, y le respondía a vuela pluma, probablemente mientras hacía otra cosa. La luz mortecina de la tarde la acompañó hasta casa en una nueva derrota sentimental.

El resto de la semana de trabajo transcurrió de forma tan espesa como había sospechado. Había tenido que repasar las tablas que Carmen Soto le enviaba. La chica era demasiado joven e inexperta como para que se pudiera delegar en ella. Por su parte, Luis Antonio le había enviado resúmenes de toda la documentación que parecía haber en el mundo sobre el negocio de la venta de contenidos en Internet y en el móvil. Se explicaban complicadas y variadas alternativas que, además, no aseguraban el éxito, pues la disciplina era tan novedosa que entre los ejemplos seleccionados había tantos triunfos como sonoras bancarrotas. El fin de semana hasta ese momento en que estaba saliendo de la ducha en el ático, lo pasó en familia. Su hermana Rebeca había vuelto a venir de Zaragoza con sus sobrinos y esta vez incluso con su cuñado José Antonio, que estaba unos días en España resolviendo asuntos antes de regresar al Líbano en misión de paz. La acusada resignación de su madre, cuyo cuerpo se atrofiaba sin parar, y la creciente confusión de su padre, que parecía refugiarse en el pasado para no afrontar su aburrido presente de jubilado, empezaban a ser parte de su paisaje existencial. También sus sobrinos Juan y Roberto eran como mariposas que pululaban por la habitación de su vida sin molestar demasiado, por más que sentía un afecto sincero hacia ellos.

Tenía la sensación de no hacer otra cosa los fines de semana que quedar con sus padres. Con tan escasas amigas como tenía, desde que había abandonado a Fran nadie la sacaba a cenar, y ahora se estaba vistiendo con un conjunto demasiado ceñido para lo que debía ser una cita de trabajo. Observaba su cuerpo premeditadamente insinuado bajo el vestido frente al espejo de su habitación. Su cabello corto hacía ondas ligeramente doradas. ¿Cómo podía el Capitán no haberse hecho adicto a sus encantos después de haberlos probado? Esa noche pensaba desquitarse, pero primero tenía que ordenar la casa un poco.

A LAS 18:00 HORAS, EL PORTERO AUTOMÁTICO SONÓ EN LA cocina.

—Hola. ¡Qué puntual eres! Sube —le había dicho ella tratando de que no se le notara en la voz que tenía el corazón en la boca.

Unos segundos más tarde, el Capitán andaba paseando por el piso, con una costosa cartera de piel bajo el brazo, extasiado por su lujo y luminosidad. No decía nada, pero se le notaba asombrado por el sofá de cuero de Divatto, el aparador de Bo Concept y el resto de muebles que el decorador había colocado estratégicamente. Salió a la terraza asombrado de que hubiera jardineros que cuidaban su frondosa vegetación. Hacía un día precioso por encima de las azoteas de Madrid, y ese lugar era uno de los mejores de la ciudad para contemplarlo.

—Tienes una casa preciosa —dijo—. Eres muy afortunada.

—¿Y la tuya?

—Ya sabes que cuando estoy en Madrid vivo en una pensión. Nada que ver con esto.

—Ya, pero tendrás una casa propia en algún lado, ¿no? ¿En Zamora?

—No es una mansión, está sin amueblar. Sólo una cama —respondió mostrando su habitual inquietud cuando abordaba un asunto personal—. Ni siquiera es mío, sólo lo uso de vez en cuando. Yo… estoy más cómodo en lugares sencillos.

Aquello era lo máximo que iba a poder sacarle. Se sentía brutalmente atraída hacia aquel *rarito,* y enormemente enojada de que no hubiera hecho otra cosa que admirar el piso pero sin echarle a ella y a su insinuante vestido ni siquiera un vistazo. De vuelta al salón lo observó mientras extendía sobre la mesa una serie de papeles que extraía de su cartera de Loewe. Se sentó a su lado.

—Todo está claro. He descubierto que Hang Woo y Alejandro Molins lideran un grupo secreto de investigación médica en la OMS, o que al menos se aprovecha de la infraestructura de la Organización Mundial de la Salud. Es de lo más sórdido y cruel que puedas imaginar. Experimentan con pacientes desahuciados o desesperados dentro de un proyecto que ellos denominan *Galenus* en honor a Galeno, el griego al que se considera fundador de la medicina. Es sarcástico y no hace falta demostrar que va en contra de la bioética y del juramento hipocrático. He analizado cuidadosamente los correos de Molins y Woo, y me he pasado días repasando artículos e información científica que no han hecho sino corroborar lo que te voy a contar. Ponte cómoda. Vas a alucinar.

La siguiente media hora pasó por la mente de Isabel como el recorrido por una pesadilla de la que no podía despertar.

—Primero tengo que enseñarte algo sobre biología molecular. Lo haré sencillo, para no perdernos entre demasiados nombres científicos.

Empezó a relatar que las células humanas tenían en su parte central, en el núcleo, cuarenta y seis cromosomas, a los que describió como larguísimas cadenas de ADN.

Los dibujó como espirales dobles, según la conocida representación de esa molécula de la vida. Cada una de esas estructuras se podía dividir en trozos o segmentos llamados genes, y cada uno de esos genes en moléculas más pequeñas llamadas nucleótidos. Hasta ahí su compañera parecía seguir el razonamiento.

Luego le explicó que cuando una célula se dividía, los cromosomas se empezaban a romper primero y a duplicar después, de forma que al terminar la escisión en dos cada una de las células resultantes volvía a tener sus cuarenta y seis cromosomas. Los investigadores Hermann Muller, en 1945, y más recientemente Barbara McClintock, en 1983, habían descubierto que las cadenas de ADN terminaban en unos compuestos que denominaron telómeros. Por esos estudios habían ganado sendos premios Nobel de Medicina.

—Las larguísimas cuerdas de ADN son especiales en sus dos extremos, como esos cordones de zapato que terminan en un plástico para que no se deshilachen —le explicó—. Cada vez que uno de esos cordones se replica a sí mismo, la protección del final se hace más corta por un mero proceso químico. Eso significa que las células provenientes de la división tienen los mismos cromosomas que la primera, pero con esos telómeros finales más cortos.

Siguió diciendo que llegaba un momento en que las terminaciones eran tan reducidas que las células resultantes ya no podían dividirse más, y el organismo que formaban terminaba por morir.

—En resumen —concluyó—, cada célula de nuestro cuerpo tiene predefinido un número máximo de veces que puede reproducirse y de ese modo regenerarse. Ese número de veces se llama límite de Leonard Hayflick, en honor del investigador que lo estableció a principios de los años sesenta.

»En 1984 una científica australiana que había trabajado en las universidades americanas de Yale y Berkeley, llamada Elizabeth Blackburn, había descubierto una enzima, un componente químico, que reparaba en parte las estructuras dañadas de los extremos del ADN después de cada reproducción. A esa sustancia la llamó telomerasa.

»Si una célula es capaz de regenerar los bordes de sus moléculas de ADN mediante la telomerasa puede dividirse hasta el infinito, que es lo que sucede en el cáncer. O, dicho de otra manera, nunca deja de vivir. Un tumor es inmortal —apostilló Fernando.

—¿Adónde quieres llegar?

—Elizabeth Blackburn ha consagrado su vida, hasta el 2004, cuando la Administración Bush prohibió los experimentos con células madre, a investigar formas de eliminar la telomerasa de los tejidos cancerígenos para curarlos. Sin telomerasa, las células tienen un número limitado de reproducciones. No me extrañaría que le dieran un premio Nobel pronto, ¿no te parece? Claro que de igual modo, pero a la inversa, estimulando la aparición de telomerasa en el cuerpo humano se puede lograr que células que sólo se reproducirían en condiciones normales durante una vida en unas veinte ocasiones pasen a hacerlo el doble de veces, por ejemplo. Cada vez que se reproducen, se reparan las nuevas para que sus telómeros no se hagan más cortos.

Aunque había una serie de oncogenes y de genes supresores del cáncer que igualmente desencadenaban e inhibían respectivamente la mitosis celular, el científico que lograse controlar la telomerasa tendría en gran medida la clave para curar tumores y alargar la vida en pacientes sanos rejuveneciendo las células que estuviesen llegando al final de sus reproducciones programadas.

—¿Quieres decir que con una pastillita que quite la enzima ésa se puede curar el cáncer? ¿O que con una que la aumente se puede hacer que una persona viva doscientos años hecha un chaval? —replicó Isabel con sorna.

—Pues sí, obviando el tema de los oncogenes. ¿Recuerdas cuando me puse en contacto contigo la primera vez? Fue porque en los análisis de ADN de Elena habían descubierto una configuración genética muy extraña. Cuando ese informe llegó a mis manos a través de mi colega de la Policía Científica, a quien se lo habían remitido los *mossos* para pedirle opinión, me quedé perplejo. Esa estructura de ADN era incompatible con la vida a medio plazo. Las células no podían reproducirse más, estaban al final de su ciclo, en el límite de Leonard Hayflick. Por eso te llamé.

Isabel recordaba perfectamente que el Capitán había decidido investigar por curiosidad científica. Tras intentar sin éxito acercarse a los padres de la fallecida, había accedido al perfil de Elena en las redes sociales y, siguiendo los cargos de su tarjeta de crédito, había llegado hasta ella. Recordó también que en Morella se interesó de inmediato por el tumor de mama del que les informaron. Como un sabueso detrás de su presa, no había perdido el rastro de lo que buscaba y ahora estaba exultante, pues había descifrado el misterio científico que perseguía.

—Creo que empiezo a entenderlo todo. ¡Pero es demasiado increíble para ser cierto! —exclamó—. ¿Piensas que gracias a sus experimentos Alejandro ha descubierto una cura contra el cáncer? ¿Y que ése era el gran secreto, la patente tan valiosa de la que hablaba su esposa?

Fernando ordenó cuidadosamente los papeles que había extendido sobre la mesa y luego vació el resto de la cartera. Se daba a sí mismo tiempo para plantear la conclusión final que llevaba madurando toda la semana en su chiscón de la calle Atocha. Mirando fijamente a los ojos almendrados de su interlocutora, dijo:

—Creo que aún no la tienen completamente perfeccionada. Los pacientes acaban muriendo por efectos secundarios del tratamiento. En paralelo investigan además la reproducción neuronal.

Explicó que seguramente antes de 1989, probablemente poco después del descubrimiento de la telomerasa, Hang Woo, como miembro de la Agencia Internacional de Investigación sobre el Cáncer y de la Organización Mundial de la Salud, había conocido a Alejandro. Desde ese momento los dos habían estado trabajando en el Proyecto Galenus.

—Sabemos que en 1999 la OMS abrió una oficina en Barcelona y no es ninguna casualidad que Alejandro estuviera en ella desde su fundación. Conocemos también por el expediente JS35/89 que llevaban a cabo sus experimentos al menos desde una década antes, y de los correos que hemos visto se deduce que, hoy en día, veinte años después, ese programa sigue en marcha.

También había descubierto que la mujer a quien correspondían los informes que Bustamante enviaba puntualmente a Hang Woo a través del correo de Alejandro Molins se llamaba Elisabeth Walker.

—Tienen a esa pobrecilla encerrada en algún sitio que no mencionan. ¿Y sabes qué están haciendo con ella? Es terrible.

—No sé si quiero conocer detalles escabrosos... —dijo Isabel tapándose la boca con la mano.

—Pues investigan sobre la reproducción celular nerviosa. Creo que le han cortado la médula espinal y ahora intentan regenerarla. Le inyectan cosas. Piensan que estimulando la telomerasa en la zona seccionada, y añadiendo factores de crecimiento y células madre, las neuronas sanas de su médula se dividirán tendiendo puentes a través de la zona seccionada. Después de convertir a Elisabeth Walker en una inválida quieren hacer que vuelva a caminar. ¡Es horroroso!

Isabel se levantó del sofá con ganas de vomitar. Apoyó su antebrazo sudoroso en la puerta de cristal de la terraza y siguió escuchando las conclusiones. Su compañero le contaba que entre la larga lista de conejillos de Indias del Patients Research Panel, había bastantes éxitos temporales. El hecho de que la propia Elena hubiera sanado aparentemente sin pasar por el Servicio de Oncología del Vall d'Hebron demostraba que los odiosos doctores estaban cerca del éxito. Jugando sin las cortapisas legales y sin escrúpulos ante el sufrimiento de los pacientes, emboscados tras la OMS y la IARC, le llevaban ventaja a su colega australiana Elizabeth Blackburn. Probablemente estaban muy cerca de lograr ese descubrimiento patentable que los convertiría en los hombres más ricos del mundo, aunque a un precio inhumano.

—¿Recuerdas el papel con la clave LC31/03, el que padecía el sarcoma de Ewing, ese devastador cáncer óseo? En ella experimentaron el tratamiento que aplicaron a tu amiga un año después. Esa mujer, por lo que he leído en el archivo, se llamaba Letizia Castagna, una italiana de la que se deshicieron en 2003, cuando sólo tenía treinta y un años.

—¡No sigas, por favor! —suplicó Isabel, que ya no podía reprimir las lágrimas.

—¿Y recuerdas el código JS35/89? Ese hombre se llamaba Johan Sandberg, y padecía el síndrome de Isaacs, una enfermedad que provoca convulsiones. Tuvieron éxito arreglando sus problemas, de ahí la frase que escribió a mano Molins: «¡¡Éxito con la fase 3 de JS35/89!!». Lo que no anotó es que meses después murió por culpa de un tumor cerebral. Tenía treinta y cinco años.

Siguió contándole que el código IB49/97 correspondía a una mujer llamada Imke Brandt, una alemana de cuarenta y nueve años con el síndrome de Graves, que le provocaba edemas, hipotiroidismo y otra serie de desarreglos.

—También con ella tuvieron progresos al principio, pero el tratamiento la volvió loca. Puede que con la reproducción neuronal el cerebro se estropee. Esa es mi teoría.

—¡Ya basta! —gritó Isabel a lágrima viva.

—Como quieras. El caso de Charles Newman ya lo conoces muy bien después de haber hablado con su propia madre. Hay otros muchos enfermos a los que han ido eliminando y sobre los que hablan en sus cartas. Al menos diez o doce más, tal vez todos los de esta lista del Patients Research Panel hayan sufrido la misma suerte. Tenemos que averiguar dónde están sus restos y denunciarlo.

—¡Vayamos ya a la policía!

—Sí, pero primero hablaremos con Hang Woo y descubriremos dónde está el macabro laboratorio, y dónde han ocultado los cadáveres de sus fracasos. Tal vez lleguemos a tiempo de salvar a Elisabeth Walker de las manos del hombre de negro.

—¿Y cómo vamos a hablar con Woo, si no quieres escribirle un correo electrónico?

—Como te dije, será mejor hablar con él en persona y pillándolo por sorpresa. Lo encontraremos en Lyon el próximo día 27 de mayo.

Había leído en los correos referencias a una reunión oficial del grupo del IARC que llevaba el Patients Research Panel fijada para los días 27 y 28 de mayo en la sede central, en Lyon. Antes de que Alejandro fuera detenido habían planeado aprovechar que ambos estarían en la ciudad francesa esos días para hablar sobre la evolución del Proyecto Galenus. Woo vivía habitualmente en Londres, pero Fernando estaba seguro de que acudiría en mayo a esa reunión, aunque ya no pudiera emplearla para charlar con su socio. Sólo tendrían que esperarlo en la puerta de la IARC para encontrarlo. Allí lo abordarían para arrancarle el escondrijo donde tenían a Elisabeth Walker.

—No tenemos otra alternativa. No veo capaz a mi amigo Félix Moreno de conseguir que un juez estudie un caso tan increíble con urgencia para promover una orden de detención internacional en menos de dos semanas. Pero si hallamos el laboratorio será muy fácil llamar a la policía de forma anónima, pidiendo que lo registren con la excusa de que se ha producido allí un asesinato, por ejemplo. Además debes tener en cuenta que hemos infringido no pocas leyes, y que lo último que queremos es vernos ahora envueltos en interrogatorios sobre la muerte de Josep Martín o los registros ilegales que hemos hecho. ¡Elisabeth Walker no tiene tanto tiempo!

—Si vas a la policía o a la guardia civil, a mí no me menciones, no quiero verme envuelta en nada de lo que estamos haciendo. ¡Prométemelo! —exclamó Isabel aterrorizada.

Fernando accedió algo sorprendido por ese arranque de discreción de su amiga, que había vuelto a sentarse a su lado. Sobre la mesa estaba la foto que habían sustraído del álbum de boda de Morella. En ella se veía al hombre de negro con una expresión enigmática junto a Alejandro, Elena y otros invitados.

—Por cierto, no me has vuelto a decir nada del Vengador…

—No me ha molestado —contestó—. No sé lo que habrás hecho, pero parece que ha funcionado.

—Supongo que mis gestiones dieron resultado, o tal vez se haya aburrido —respondió Fernando en un tono impostado.

Sobre la mesa estaban dispersos todos los objetos de la investigación: los informes fotocopiados de la tumba de los Paniagua con el pósit que resumía los códigos, el expediente original de Charles Newman, varias cartas de Vicente Hernando que hablaban del preso Rafael Bustamante obtenidas en el despacho del doctor Molins en la OMS, la foto de la boda de Elena y la del colegio de las Irlandesas que habían cogido en Morella, la llave de la consulta privada encontrada en el piso de Josep Martín, la carpeta con la llave del despacho de Molins en la OMS y el sobre con el listado de pacientes del Patients Research Panel que habían sacado luego del cajón de la clínica... También estaba el lápiz de memoria con los correos descifrados por Manuel Carrera y los ficheros Excel sobre la evolución de Elisabeth Walker. Isabel fue a su habitación y regresó enseguida con la carpeta que Janice Roberts le había entregado en Londres.

—Toma. Es mejor que lo guardes tú todo junto. Se ve que eres más ordenado que yo.

Transcurrieron diez minutos en silencio hasta que Isabel cogió un paquete de cigarrillos y salió a la terraza. El sol se acababa de poner más allá de las azoteas, sobre las lejanas cumbres de la sierra cuyos perfiles destellaban con una aureola rosácea. A esas horas sus plantas exhalaban los más secretos perfumes: los mirtos enanos, su olor a fresca enramada, y los dondiegos el aroma dulzón, de colonia barata, que se entremezclaba con el ácido picante del tabaco que humeaba entre sus dedos. Las gitanillas y las yedras que pendían de las jardineras de la barandilla se mecían con el suave baile del ocaso.

Era el final del día y del fin de semana, el 11 de mayo, la festividad de Pentecostés para el calendario litúrgico cristiano. De igual modo que las lenguas de fuego habían descendido sobre las cabezas de los discípulos, la iluminación de la sabiduría lo había hecho sobre las suyas. Apagó su cigarrillo en uno de los tiestos, como si al hacerlo pudiera extinguir también los temores que la atenazaban, y volvió dentro. El Capitán permanecía quieto con los ojos cerrados. Su delgado rostro de cutis perfecto, ligeramente bronceado, parecía de cera. Se acurrucó al lado y no tardó en sentir su brazo protector descansando en la cadera. Poco a poco sus labios se fueron buscando. Seguía oliendo a bosque, a musgo mojado y a telas planchadas. Caminaron abrazados en la penumbra hasta la cama y se quitaron la ropa en silencio, como si estuvieran oficiando una ceremonia religiosa.

El lunes 26 de mayo de 2008 la noche primaveral mostraba orgullosa en el cielo de Lyon una hermosa luna. Isabel la había contemplado extrañamente cerca hacía unos minutos, durante la maniobra de aterrizaje. El vuelo procedente de Madrid había tomado tierra a las once de la noche en el aeropuerto Saint-Exupéry. No hablaba francés, pero le resultó sencillo explicarle al taxista el destino de la carrera. Mientras el vehículo surcaba las calzadas desiertas hasta el hotel Bioparc, en su cabeza se agitaban recuerdos y sentimientos.

Hacía dos semanas de su último encuentro con el Capitán. El susurro de despedida en la penumbra de la habitación recordándole que se verían en Lyon y el sonido de la puerta de la calle al cerrarse eran las últimas evocaciones que la conectaban con él. Había tratado de localizarlo durante los días siguientes, pero de nada habían servido las repetidas llamadas a la pensión, en donde el hombre de la voz cascada había terminado por insultarla de mala manera, ni los correos que le había envidado, el último de ellos en un tono francamente grosero. Se había esfumado. La primera semana la acompañaron la rabia y la frustración. Los colaboradores en Telefónica apenas se atrevían a pasar cerca del despacho. En su tiempo libre se recluyó en casa y, salvo para la habitual comida del sábado con sus padres, no había salido de allí, rechazando planes de diversas amistades.

La semana siguiente, como si el síndrome de abstinencia fuera desapareciendo, comenzó a encontrarse mejor. El proyecto de la tienda de aplicaciones empezó a reclamar su interés, y eso había conllevado una serie de reuniones y negociaciones con distintos proveedores potenciales de contenidos que le habían resultado estimulantes. La mejoría en su estado de ánimo se reflejó también en su vida personal, aunque algunas cosas siguió haciéndolas por despecho hacia Fernando. Volvió a cenar con Francisco Marino, y por la noche disfrutó de los oscuros placeres que el empresario le proporcionaba. Retomó también algunas amistades algo desatendidas. En sólo catorce días había realizado un premeditado viaje de regreso a su vida anterior al encuentro con su misterioso amigo toxicólogo.

Ahora que el taxista sacaba del maletero el *trolley* frente a la entrada del moderno hotel de cristal Bioparc, su corazón volvía a acelerarse ante la perspectiva de seguir con las investigaciones pero, sobre todo, de volver a ver a Fernando. Preguntó en el mostrador de recepción por él y le dijeron que se alojaba en la habitación 203. A ella le habían asignado la 317. Mientras subía en el ascensor recordó el correo que finalmente había recibido como respuesta.

Mis más sinceras disculpas por lo que has considerado una falta de educación. Creí que habíamos quedado en llamarnos unos días antes para organizar nuestro viaje a Lyon, y eso es precisamente lo que estoy haciendo. Lamento que interpretaras otra cosa por lo que leo en tus correos. No he tenido acceso a Internet en todo este tiempo.

Respecto a nuestra próxima cita en Francia, habida cuenta de lo mucho que me has manifestado que no te gustan el tipo de establecimientos que yo prefiero, si te parece correcto me contestas a este email *con el nombre y la dirección del hotel que reserves. Me permito sugerir que esté cerca de la IARC, que está en 150 Cours Albert Thomas. Nos encontraremos allí el próximo lunes por la noche.*

Sin otro particular, me despido.

P. S. Si te parece, en esta ocasión agradecería que reservases habitaciones separadas. Muchas gracias.

Deshizo la maleta en un santiamén. Llevaba ropa para dos días y una cazadora. Encontró la mini suite confortable. La moqueta y la colcha eran de color marrón y sobre las paredes blancas se disponían cuadros con dibujos de enormes flores. A las dos de la madrugada, sentada sobre la cama, reunió fuerzas para teclear en el teléfono de su mesilla el número 203. Nadie contestó al otro lado. Incapaz de conciliar el sueño, se vistió y descendió las escaleras hasta la segunda planta. El bullicio de una televisión a un volumen excesivo se hizo más intenso conforme se aproximaba a la puerta de la habitación. Apoyó su oreja en la hoja y pudo oír perfectamente que alguien cambiaba varias veces de canal hasta llegar a la retransmisión en francés de algún evento deportivo.

Entonces se apartó unos pasos, buscó el teléfono móvil y marcó el número del hotel; le pidió al recepcionista que le pusiera con Fernando Flórez y volvió a acercarse a la puerta. Sonó un timbre en el interior y alguien redujo el volumen de la televisión, pero nadie descolgó. Completamente confundida, regresó a su *suite.* Entre la rabia y la vergüenza que sentía, apenas pudo pegar ojo en toda la noche. Finalmente el sopor la fue invadiendo. Apenas había logrado dormirse cuando sonó el teléfono de su mesilla.

—Buenos días —saludó la voz de una mujer en un español con acusadísimo acento francés—. ¿La señora Sáenz de Tejada? Su compañero, el señor Flórez, la espera para desayunar. Me ha pedido que se lo diga.

Colgó sin despedirse. Los párpados le escocían y la cabeza le pesaba horriblemente. La ducha terminó de despertarla y con ello le sobrevino la ira del día anterior multiplicada por dos. El Capitán seguía haciendo con ella lo que quería, manejándola como a un trapo sucio. Se vistió a toda prisa y, sin apenas pasar sus cabellos castaños por el secador, bajó hecha una furia al comedor. Fernando estaba al fondo, sorbiendo plácidamente de una humeante taza de café. La camisa Polo de rayas azules y blancas parecía recién planchada, como sus Dockers de color gris claro. Los zapatos marrones de Clarks relucían bajo el borde de la falda del mantel. Aparecía radiante y perfumado, con cada uno de los cabellos negros en orden. Al verla venir, la saludó con una sonrisa encantadora.

—Hola —le espetó iracunda—. No pongas esa cara de inocente, que me pones enferma. A ver, ¿qué hacías ayer por la noche?

—Pues dormir, ¿qué voy a hacer? —replicó Fernando—. Llegué tarde y tenía sueño.

—¡Mentira!

Le contó la historia de su visita nocturna, afeándole la conducta por no haber descolgado, y aprovechó también para reprocharle el tratamiento altivo que le dispensaba cada vez que tenían que separarse. Le manifestó lo herida que se sentía cuando desaparecía, y le preguntó dónde había estado las dos semanas anteriores. Fernando frunció el ceño, ignoró la mayor parte de la perorata y contraatacó haciéndole sentir vergüenza por haberlo espiado detrás de la puerta. Finalmente concluyó:

—No es de tu incumbencia saber dónde he estado, ¿o es que acaso yo te preguntó qué has hecho tú? No obstante, para satisfacer tu curiosidad, te diré que terminé un trabajo para la Policía Científica y me volví a Zamora. Allí no tengo Internet, y por eso no leí tus correos hasta hace unos días.

Ella se quedó con la sensación de tener un millón de cosas que decir, pero no pudo hacerlo. Era el dolor por el amor no correspondido. Sólo pudo bajar los ojos mientras desayunaba en silencio unos huevos fritos con beicon.

Volvieron a encontrarse a las diez y media en recepción. La brisa de la calle no animaba a pasear y, en pleno mes de mayo, Isabel agradeció haber llevado la cazadora. Fernando se protegía con uno de sus clásicos jerséis de punto y con un abrigo largo de lana prensada azul marino. Los raíles y el tendido eléctrico del tranvía de la avenida Rockefeller les guiaban hacia la plaza de Arsonval. Él parecía conocer el lugar y caminaba seguro entre edificios tras cuyos muros se elevaban frondosos álamos, abetos y plátanos de sombra. Algunos tapiales lucían pintadas y desconchones. Después las catenarias desaparecieron dando paso a edificios más viejos de color claro que parecían olvidados recintos funcionariales con necesidad de algo más que una mano de pintura. Desembocaron en la ampulosa intersección de Arsonval, desde donde se podían tomar los metros ligeros de Grange Blanche, cuya parada está a los pies de una estructura metálica que remeda torpemente un obelisco. El cielo se mostraba blanquecino sobre sus cabezas cuando enfilaron por la calle Albert Thomas que los condujo al fin cerca de una torre imponente de quince alturas a cuyos pies, a modo de recepción conectada por un corredor, se disponía un pequeño edificio circular decorado con troneras puntiagudas.

—Hemos llegado. Esta es la sede de la IARC —dijo Fernando deteniéndose junto a un árbol y rompiendo el incómodo silencio que los había acompañado hasta allí—. No tengo ni idea de a qué hora comenzará la reunión de Hang Woo. Puede que ya lo haya hecho. Esperemos a ver si entra o sale.

—¿Cómo lo reconoceremos?

—Aquí tienes una foto —replicó el Capitán extendiéndole un papel arrugado que extrajo del bolsillo trasero de su pantalón—. La he sacado de Internet, del perfil de un artículo que publicó sobre el cáncer de mama.

Isabel encendió un cigarrillo y se envolvió en la cazadora. Se estaba quedando fría conforme pasaban los minutos. Luego encendió otro pitillo y se decidió a hablar.

—Escucha, aquí hace frío y además nos está viendo todo el mundo. Vamos dentro a preguntar por él.

—Yo no puedo, no sé francés, ni tampoco hablo inglés. Sólo sé leerlo, y entiendo los textos sin mucha dificultad, pero nunca he sido capaz de hablarlo.

Lo miró y le inspiró mucha ternura verlo allí, sin ninguna determinación más que la de esperar todo el día. Estaba disfrutando de ese breve momento de superioridad.

—No te preocupes, que ya pregunto yo por el chino ése.

Sin esperar más debate cruzó la calle hacia el corredor que conectaba el edificio satélite con la torre de oficinas. Él la siguió taciturno. El viento soplaba cada vez más fuerte. Se dirigieron a un mostrador donde la simpática recepcionista estableció una conversación con Isabel de la que el Capitán sólo pudo extraer un par de menciones a Hang Woo y el nombre de María Pascual mientras la muchacha consultaba su ordenador. Cuando terminó la conversación, ella le hizo un gesto para que salieran otra vez al vendaval, giró a la izquierda y siguió caminando hacia el este por la calle Albert Thomas. Pasaron dos manzanas de edificios residenciales con elegantes fachadas gris claro y pequeñas terrazas hasta llegar a la hermosa plaza de Ambroise Courtois. En el bulevar del centro, junto a un templete rodeado de jóvenes árboles, se erigía un curioso monumento semicircular en honor de Auguste y Louis Lumière.

Entraron en el bar Auto, en una esquina de la plaza, y se sentaron en la barra. Al fin, dándole muchas vueltas al lenguaje para hacer el momento más duradero, Isabel le puso al corriente de su conversación con la recepcionista. Woo era muy conocido en la Agencia y le había confirmado que tenían prevista su visita para el día de hoy. En la agenda del centro figuraba una reunión de la Sección de Genética, y la chica no creía que el doctor fuera a aparecer hasta la hora de comienzo, fijada a las cinco de la tarde.

—¿Cómo has conseguido que te dijera todo eso? —preguntó Fernando, recuperando un poco la confianza.

—Le dije que soy María Pascual, una antigua doctoranda suya, e inventé que había quedado hoy con él. No sólo tú sabes inventar.

—Ahora sólo hay que esperar. Quedan algo más de seis horas.

—Tú haz lo que quieras. Por mí como si quieres hacer turismo. Estoy agotada. No he podido dormir en toda la noche y me apetece un baño. Me vuelvo al hotel ahora mismo en un taxi.

—Yo también me voy entonces —accedió él pagando la cuenta.

Tomaron un taxi en la plaza y a los cinco minutos estaban en la recepción del hotel Bioparc.

—¿Quieres que quedemos a comer? —sugirió el Capitán

—No tengo hambre. Quizás pida algo del servicio de habitaciones. Quedamos aquí mismo a las cuatro. Estaremos allí antes de las cinco.

—Tal vez debiéramos llegar con algo más de tiempo.

—No, estoy muy cansada —contestó doblando la esquina de las escaleras y dejándole con la palabra en la boca—. A las cuatro aquí abajo.

Ya en la habitación, llenó la bañera hasta el borde. Cinco minutos más tarde, se deleitaba soñando despierta con la gran victoria sobre su compañero. Ni siquiera pensaba en el oscuro asunto que los había llevado hasta allí, sólo disfrutaba íntimamente de su triunfo hasta que se quedó dormida.

HORA Y MEDIA DESPUÉS ABRIÓ LOS OJOS ATERIDA, PUES EL agua se había quedado helada. Salió lo más rápido que pudo, se visitó y pidió que le subieran la comida: un par de sándwiches y una cocacola *light*. Fumó tranquilamente a pesar de que varios cartelitos recordaban que estaba prohibido, y luego se puso a hacer *zapping* hasta que sonó el teléfono. El recepcionista, de parte del señor Fernando, le recordaba que eran más de las cuatro. Tenía razón, pero ella no se apresuró en absoluto. Fue al baño a repasarse la línea de los ojos, el rímel y el carmín como si tal cosa. Después buscó un polo y un jersey de algodón fino que conjuntasen con sus *jeans* antes de coger la cazadora y salir arrogantemente al descansillo. Fernando la esperaba nerviosísimo. Le sugirió que tomaran un taxi, pero ella se empeñó en ir andando. «Para bajar la comida».

Caminaron a matacaballo siguiendo la misma ruta de por la mañana. La infinita nube blanquecina cubría la ciudad difuminando una luz que no podía proyectar las sombras de los objetos. El viento silbaba entre las barras del obelisco al pasar por la plaza de Arsonval. A las cinco menos diez se detuvieron, al fin, ante el edificio de la IARC.

—Hemos llegado tarde. ¡Seguro! Te dije que teníamos que salir antes del hotel. Has tardado más de veinte minutos en bajar —le reprochó Fernando—. Estoy convencido de que el doctor Woo ya estará dentro. ¡Ahora tendremos que esperar a que salga!

—No, mira, allí está.

Un grupo de hombres trajeados se aproximaba a la puerta. Entre ellos, hablando animadamente, se encontraba un oriental de aspecto maduro, con el cabello entreverado de mechones grises, muy parecido al de la foto de Internet. Hang Woo franqueó la puerta con sus compañeros y desapareció. Fernando hizo ademán de ir tras él, pero se contuvo.

—Ya lo tenemos. Sólo es cuestión de esperar a que salga y se quede sin compañía para pillarlo por sorpresa. Más tarde o más temprano lo conseguiremos —reflexionó en voz alta—. Vamos a descansar allí un rato.

Fueron hasta la marquesina de una parada de autobús y se sentaron al socaire en su banco. El humo del cigarrillo de Isabel se condensaba un momento en el tejadillo y luego salía disparado. No había un triste bar en el que guarecerse, tan sólo la lúgubre presencia a pie de calle de una tienda de pompas fúnebres. El paso de las horas silenciosas terminó por llevar la lividez a sus rostros. El del Capitán había empalidecido hasta adquirir un color ligeramente macilento.

—Una reunión que empieza a las cinco rara vez termina antes de las ocho, te lo digo yo por experiencia —musitó Isabel tiritando.

Pasaron otros veinte minutos hasta que el mismo grupo de hombres asomó por la puerta. Los músculos de Fernando se tensaron bajo el abrigo azul.

—Ya salen. Sigámoslos, a ver si Hang Woo se queda solo.

El conciliábulo de cinco doctores había girado a la izquierda en dirección a la plaza de Ambroise Courtois.

Ellos, desde la acera contraria, los seguían a prudente distancia. Observaron que el grupo se disgregaba a los pies del monumento a los hermanos Lumière. Dos de los hombres tomaron un taxi que desapareció calle arriba, y un tercero se despidió caminando hacia el templete del bulevar. Hang Woo y un último acompañante continuaron su paseo. La luz de la tarde comenzaba a declinar sobre las copas de los árboles. Tuvieron que detenerse porque de pronto los dos hombres cruzaron la calle antes de entrar en un moderno edifico de fachada cóncava y acristalada, el hotel Mercure Lyon Lumière. Cuando desaparecieron en el amplio *hall,* Isabel lanzó una mirada inquisitiva al Capitán.

—Teníamos que haberlo abordado aunque no estuviera solo —le dijo, siendo consciente de que ella era la primera que no lo había hecho.

—Vamos a la cafetería. Desde allí podemos vigilar la entrada.

Isabel se pidió una cocacola y Fernando un agua con gas en la que ni siquiera llegó a posar los labios. Su mente maquinaba diversas opciones.

—Tenemos que hacerle una visita esta noche —habló al fin—. Aunque no sé cómo vamos a conseguir el número de habitación sin delatarnos.

—Eso déjalo de mi cuenta. El problema es que quizás monte un escándalo en cuanto sepa acerca de qué venimos a preguntarle.

Guardaron un silencio valorativo. El Capitán estaba incómodo con esa sensación de indefinición que llevaba rondándole todo el día. No estaba acostumbrado a no disponer del control absoluto de las situaciones. Finalmente sentenció:

—Habrá que correr el riesgo. Hemos llegado hasta aquí y no me voy a quedar sin respuestas. Se lo debemos a tu amiga y a Elisabeth Walker.

Las razones que los habían llevado hasta Lyon volvieron a dibujarse enérgicamente en la mente de su compañera. Como espoleada por ese sentimiento, cogió su teléfono móvil y, fingiendo que hablaba en voz muy alta con alguien al otro lado, se dirigió a la entrada. Fernando se quedó acodado en la barra, atónito y sin entender de qué iba todo aquello. En un inglés perfecto, intercalado de risas, pausas de escucha y exclamaciones de supuesta alegría, Isabel se apoyó frente a la extrañada señorita del mostrador diciéndole en voz alta a su celular.

—Querido doctor Woo, ya estoy aquí. Sí, aquí mismo, abajo, en el *lobby*… ¡Cuánto tiempo! Sí, claro, desde luego que tengo repasada la tesis, te va a encantar. ¡Ja, ja, ja! ¡Cómo eres! ¡Pícaro! Bueno, ¿bajas o subo? Vale, subo, hasta ahora, querido. Espera, espera… Vaya, ha colgado sin darme el número de habitación —terminó su monólogo mirando a la recepcionista—. ¿En qué habitación está el doctor Woo?

La muchacha tecleó en el ordenador y con una sonrisa de complicidad le dijo que en la 224.

—Un segundo —la interrumpió justo después de que le diera el dato para volver a hablar por el móvil—. Ah, ¿que no? Y yo que me había hecho ilusiones… Bueno, pues te veo luego, cariño, un beso —terminó haciendo como que colgaba y devolviendo una sonrisa a la chica que tenía delante—. Al final lo veré más tarde. ¡Qué se le va a hacer! Muchas gracias, voy a tomar algo.

—Gracias —replicó la recepcionista aumentando el grado de complicidad.

Volvió al bar y se sentó en un pequeño sillón azul bastante apartado, junto a una mesa. El Capitán, que había comprendido al fin toda la operación, se dirigió despacito con una especie de temor reverencial. Pensaba que, si había sido capaz de realizar una interpretación del calibre de la que acababa de contemplar, era capaz de cualquier cosa. La bella mujer hacia la que se acercaba ocultaba un corazón con mil caras impensables, y las dudas que había empezado a tener después de la investigación de Félix Moreno se agolpaban ahora en la válvula de su estómago. Mirándola severamente a los ojos, se acomodó entre extraños pensamientos en un butacón a su lado.

—¡No me mires así! Ya te dije que yo también sabía inventar. Ahora vámonos, ya volveremos a visitarlo esta noche. La habitación es la 224. ¡No! —exclamó—. Espera un momento. Míralo, allí está, ha bajado a tomar una copa. ¡Qué suerte!

Hang Woo llevaba el mismo traje de antes, pero el cuello de su camisa estaba desabrochado y la corbata tristemente aflojada. Parecía haber subido sólo unos minutos a la habitación.

—Éste es el momento. Tal vez haya quedado con su colega y luego no tengamos otra oportunidad. Voy yo, a fin de cuentas tú no hablas inglés... Guárdame bien esto —dijo Isabel mientras se quitaba discretamente capas de ropa, hasta quedarse sólo con la blusa de la que desabrochó los dos botones superiores para mostrar su vistoso escote.

Se subió todo lo que pudo el pantalón vaquero y fue a sentarse despreocupadamente en una banqueta junto a la del coreano. Al pasar a su lado le dedicó una sonrisa zalamera. Pidió un combinado de ginebra y tónica sin dejar de dedicar esporádicas miradas a su compañero de barra. Antes de que el camarero hubiera terminado de servirle, Hang Woo dijo en un tono que trataba de resultar alegre:

—La bebida de la señorita corre de mi cuenta.

—Muchas gracias —le sonrió Isabel.

La partida había comenzado.

ESTUVO OBSERVANDO EL CORTEJO EL TIEMPO QUE DURAron los dos *gintonic* que se pidió Isabel y los cinco que bebió Hang Woo como si fueran agua. Le resultaba desagradable ver cómo el sesentón intentaba ligar con su amiga que, entre risas, se inclinaba para mostrarle el escote. En un momento dado había comenzado a manosearla. Ella se defendía entre risas y gestos serios pretendidamente forzados. En un par de ocasiones estuvo tentado de intervenir, pero no lo hizo porque Isabel parecía tener controlada la situación. Otros clientes también miraban a la ruidosa pareja. Finalmente ella se dejó abrazar y empezó a hablarle al oído, y luego los dos se levantaron y salieron abrazados al vestíbulo del hotel. Fernando se revolvió en la butaca. La mano izquierda del japonés rodeaba el cuerpo de Isabel y se posaba sin ningún reparo en sus nalgas. Los siguió con la ropa de la mujer bajo el brazo. Cuando entraron en el ascensor le pareció atisbar un gesto furtivo, pero la puerta se cerró enseguida.

Tomó aire. Había llegado el momento de actuar. Subió al siguiente elevador y pulsó el botón de la planta segunda. Se asomó al descansillo y al fondo pudo ver que seguían jugando al gato y al ratón. La puerta de una habitación se cerró tras ellos. Corrió hasta el umbral de la 224 con el corazón en un puño. De pronto sentía una ira enorme hacia Hang Woo. Dentro seguía oyéndose una algarabía que se detuvo en seco tras el trueno que sus nudillos provocaron en la madera. Golpeó tan fuerte que se hizo daño. El picaporte giró y apareció Isabel sonriente. La apartó con rudeza y entró. Hang Woo, descalzo y con la camisa medio quitada, los observaba extrañado desde el fondo. Enseguida empezó a hablar en un tono áspero.

—Dile que baje la voz y que conocemos a Alejandro Molins —interrumpió el Capitán reciamente—. ¡Y tú, vístete! —le ordenó, devolviéndole la ropa a su amiga.

El nombre del psiquiatra pareció dejar petrificado a Hang Woo. El alcohol lo tenía embotado y sus ojillos parecían más rasgados. Tenía el cabello gris oscuro alborotado.

—He visto cómo te miraba, y que te tocaba el culo. ¡Es un viejo verde!

—Te recuerdo que él es la víctima. Yo lo he provocado y se ha portado como un caballero invitándome a subir y diciéndome cosas bonitas. Si no fuera porque te conozco diría que estás celoso —respondió ella abrochándose los botones de la blusa.

Luego se dirigió cortésmente al asustado doctor con algunas frases en inglés.

—Le he dicho que esté tranquilo y que sólo queremos hacerle unas preguntas. Quizás colabore. No seas brusco, a ver si podemos evitar un escándalo. Yo haré de traductora.

—Está bien. Vayamos al grano —accedió el Capitán despojándose de su abrigo y mirando fijamente al médico.

De la forma más concisa que pudo le dijo que sabían todo lo relativo al Proyecto Galenus y al Patients Research Panel. Le informó de que tenían en su poder documentos originales de varios pacientes que habían sacado del despacho de Alejandro en la oficina de la OMS en Barcelona, y que habían hablado con familiares de enfermos desaparecidos. Luego, para sorpresa de su compañera, sacó su portaplacas y esgrimió el escudo de España ante los ojos del interrogado. Woo apretó los dedos contra los brazos del sillón.

—Como puedes ver, somos policías y te hemos pillado. Hemos venido aquí para que me digas dónde está Elisabeth Walker.

Pareció que algún resorte se movía en el oriental y Fernando aprovechó para soltar toda su artillería. Le dijo que habían analizado los correos que había intercambiado con Alejandro en los últimos años y, más recientemente, desde que estaba en la cárcel, con su secuaz Rafael. Se volvió a buscar unos papeles doblados en el abrigo, que estaba sobre la cama, y volvió para espetarle en el rostro el informe original de Charles Newman y una copia impresa del último Excel que tenían de Elisabeth Walker. Aquello redobló la admiración que Isabel estaba sintiendo hacia él. No había sospechado que tuviera tan bien preparada la entrevista, incluida una placa policial, ni que llevara consigo pruebas que harían derrumbarse al mejor embustero.

Hang Woo pareció destensarse como una marioneta abandonada, emitió un regüeldo sonoro y se inclinó hacia adelante apoyando sus antebrazos en el regazo. Parecía que iba a vomitar. Empezó a balbucear. El alcohol no le dejaba expresarse con claridad.

—¡Venga, habla! —le gritó el Capitán, agarrándolo por las solapas de la camisa desabrochada—. ¿Dónde está Elisabeth Walker? ¿Y el resto de los cadáveres?

El hombre se puso a llorar con el sobresalto.

—Vas a conseguir que se asuste y no nos diga nada —dijo Isabel mientras le ofrecía un paquete de pañuelos de papel—. ¡Siéntate en la cama y déjame a mí!

—Está bien, pero tradúcelo todo.

Se sentó sobre la colcha sin perder detalle. Cuando el doctor se hubo secado y sonado los mocos, ella retomó la entrevista. Se estaba representando la versión más arquetípica del interrogatorio de las películas hollywoodienses, poli bueno contra poli malo. El hombre comenzó a hablar pesadamente y con muecas, como si a cada instante estuviera a punto de ponerse a llorar de nuevo. Tenía la mirada perdida en algún punto entre sus manos y el suelo. Esa lentitud en el monólogo y el tiempo que tardaba la traducción exasperaban al Capitán.

—Siempre supe que el encarcelamiento de Alejandro nos traería problemas —comenzó a hablar con un deje de resignación—. Él me aseguró que lo tenía todo controlado con su amigo Rafael, pero yo sabía que era muy peligroso. A un reo siempre se le investiga. ¡Ahora todo está perdido!

—No —habló Isabel dulcemente—, si nos dices dónde está Elisabeth Walker estarás colaborando para resolver todo esto.

—Walker no es nadie. ¡No es nada! ¿No lo entiendes? —replicó Woo levantando los ojos un instante antes de volver a sumirlos en la negrura imaginaria del suelo.

—Háblame de la investigación. ¿Vais a patentar algún resultado?

—¡Hace años que podíamos haber registrado una patente colosal! Si no lo hemos hecho es por respeto. Podemos hacernos muy ricos, pero al tiempo es muy peligroso. No queremos abrir la caja de Pandora.

—¿La caja de Pandora? —inquirió Isabel, sudando al recordar que Elena había definido la patente exactamente de la misma forma: algo valiosísimo pero muy peligroso.

—Sí, ¿no has leído a Hesíodo? Pandora fue creada por Zeus como un mal hermoso, un don que los hombres ambicionasen conseguir pero que ocultase la catástrofe más nefasta. Ella, de gran belleza, llevaba en su ánfora todos los males del mundo. ¡Eso es lo que nosotros hemos creado y lo que tenemos que controlar! Vosotros, ignorantes policías, liberaréis terribles males para la humanidad.

Fernando se revolvía sobre la cama. No estaba seguro de estar entendiendo lo que quería decirles. Prefirió permanecer en silencio y dejarlo hablar.

El doctor confesó que el Proyecto Galenus había surgido espontáneamente en 1988, un año después de que Alejandro y él hubieran trabado amistad en uno de los primeros congresos a los que había asistido el joven y prometedor facultativo barcelonés. Por aquel entonces, Alejandro apenas contaba treinta años, y él cuarenta y cinco. Empezaron a seleccionar individuos con enfermedades neurológicas del Patients Research Panel, un grupo de enfermos constituido por la Organización Mundial de la Salud para realizar pruebas legales de nuevos fármacos, al que Hang Woo tenía acceso. El objetivo era que Alejandro aplicase terapias que Woo llevaba desarrollando en el campo de la genética hacía tiempo.

Ahora era un experto reconocido, líder de la Sección de Genética de la IARC, pero hacía muchos años que su autoridad en la materia resultaba incuestionable. A finales de los ochenta se hallaba inmerso en el desarrollo de técnicas para la regeneración de las células nerviosas. Presumió de que en aquel entonces llevaba una década de adelanto respecto al resto de la comunidad científica. Desde que se descubrió la telomerasa en 1984, sus progresos dejaban en ridículo a sus colegas de profesión, incluida Elizabeth Blackburn, la propia descubridora de la sustancia que reparaba los telómeros y fomentaba la división celular. Ahora, veinte años después de los primeros ensayos del Proyecto Galenus, su ventaja era sideral, y cada vez iba a ser mayor, pues la Administración Bush había promulgado en Estados Unidos leyes muy restrictivas respecto a la investigación genética.

—¿Y para eso, para sacar tanta ventaja, eran necesarios los experimentos con personas? —inquirió Fernando.

Hang Woo les explicó que el procedimiento para probar cualquier medicamento en seres humanos era burocrático y tedioso, sobre todo en una disciplina tan novedosa como la genética. Requería multitud de pruebas previas en animales y la confirmación por colegas independientes antes de ser aprobada. Confesó que no quería compartir su sabiduría con nadie, y que sus descubrimientos iban mucho más rápido de lo que los procedimientos habituales podían ofrecerle. Así concibió con su amigo el Proyecto Galenus. Se excusó diciendo que los pacientes a los que trataron inicialmente eran completamente conscientes de que en Barcelona se les aplicaba una técnica experimental. Ellos no ocultaban a nadie el hecho ni querían dañarlos, tan sólo querían saltarse algunos procedimientos engorrosos.

—El problema fue —añadió con un cierto tono melancólico— que al final tuvimos éxito, y eso terminaría llevándonos a descubrir Pandora. No sé si conocéis que las células nerviosas no son como las demás, no se reproducen a lo largo de la vida de un hombre. Pues bien, manipulando los niveles en sangre de la enzima telomerasa, conseguimos la regeneración del tejido nervioso.

—¿Por qué dices que fue un problema? —preguntó Isabel sin haber comprendido demasiado la explicación científica.

—En 1989, tan sólo un año después de arrancar Galenus, logramos que un enfermo con el síndrome de Isaacs se curase de su mal, que le provocaba grandes convulsiones, regenerando su parte dañada del cerebro. Pero al aumentar los niveles de telomerasa en la sangre se desencadenaron cánceres en todo su organismo. Murió en la última fase del tratamiento.

Fernando se incorporó. Estaba seguro de que se trataba del primero de los informes de la tumba de Morella. Johan Sandberg, JS35/89, un paciente con el síndrome de Isaacs.

Woo les contó que, a pesar de que decidieron parar un tiempo, la ambición científica acabó por desbordarles. Alejandro añadía a la ecuación una exagerada ambición económica, y decidió empezar a experimentar con personas al margen de su voluntad.

—A secuestrarlas, querrás decir —lo corrigió Fernando.

—Según él, no podíamos arriesgarnos a que alguno de los pacientes nos denunciase antes de fallecer. De todas formas, yo seguí mejorando los compuestos para lograr que el incremento en la concentración de telomerasa se produjese sólo en las zonas que queríamos regenerar, evitando la exposición del resto del organismo y el potencial crecimiento de tumores en cualquier otra zona. No probábamos un compuesto si antes no habíamos mejorado sustancialmente respecto a los resultados anteriores —se justificó—. Me limitaba a investigar más y más, tratando de acertar con la fórmula. Quería parar de algún modo su locura, que le estaba llevando a matar a mucha gente. Al final sólo logré solucionar la mitad del problema, y con ello creé a Pandora —aseveró melancólico.

CONTÓ ENTONCES QUE EN 2003 HABÍA LOGRADO INHIBIR al cien por cien la generación de telomerasa en cualquier zona localizada del cuerpo. Era un tratamiento que, en resumen, significaba la curación del cáncer: en una primera fase se le suministraba al paciente un compuesto que fijaba un marcador genético en las células dañadas, y en la segunda fase se le inyectaba otra sustancia que, en combinación con la primera, bloqueaba cualquier generación de telomerasa únicamente en la zona marcada. Tras unas cuantas divisiones más con los telómeros sin ser reparados por la enzima, el tumor simplemente se paraba.

—Es la curación definitiva de cualquier tipo de carcinoma. Aunque los oncogenes lo reactiven, no puede hacer otra cosa que detenerse. ¿Lo entendéis? No puedo describir la sensación que sentí en ese momento.

—¿Entonces por qué murió Letizia Castagna ese mismo año? ¿Te suena LC31/03? También tenemos su informe médico y he leído vuestro fracaso en los correos.

—Letizia fue quien nos dio la clave. Aunque murió por la afectación nerviosa que el sarcoma de Ewing le había provocado, en la autopsia comprobamos que el tumor se había detenido por completo. A partir de ese momento Molins se volvió loco, y quiso corroborar como fuera la eficacia de nuestros descubrimientos.

En los meses siguientes se había dedicado a secuestrar enfermos terminales del Servicio de Oncología del hospital Vall d'Hebron. Consiguió curar a todos con el nuevo programa en dos fases desarrollado por él. Sin embargo, para evitar las denuncias por secuestro y que se descubriera todo, los había matado posteriormente. En realidad los liquidaba un antiguo amigo suyo, Rafael, a quien había conocido en 1992 durante su colaboración en el centro psiquiátrico penitenciario de Quatre Camins. Era el mismo hombre que estaba ahora a cargo de Elisabeth Walker, lo cual no estaba resultando muy positivo para ella, pues sus circunstancias requerían los cuidados de un verdadero médico. Desde que Molins había dejado de cuidar de ella, su salud se estaba deteriorando rápidamente.

Fernando e Isabel asintieron, haciéndole ver que conocían esa parte de la historia. El médico siguió contándoles que en 2004, la propia mujer de Alejandro había enfermado de cáncer, y que el tratamiento había sido igualmente efectivo. El Capitán le preguntó por qué, cuatro años más tarde, los niveles de telomerasa seguían siendo tan bajos, según había comprobado la policía, y Woo replicó que el tratamiento exigía ciclos de refresco anuales para evitar la reactivación de tumores y que, durante las primeras semanas después de cada dosis, resultaba normal que el nivel en los tejidos de la enzima fuera menor de lo esperado.

Fernando cubrió sus ojos conmovido. Habían pasado seis meses en los que su curiosidad lo había llevado por una senda de aventura y finalmente ahora la verdad le era revelada. Era más mágica y cruel de lo que podía haber imaginado.

—¿Por qué dice que todo ese magnífico descubrimiento encierra el mal y el peligro? —se atrevió a susurrar al fin—. ¿Por qué no lo patentan de una vez? El mundo aún está esperando ese remedio. ¿Temen que los acusen de todos los crímenes que cometieron durante la investigación?

El coreano contestó de una forma que los dejó perplejos. A Isabel le costaba traducir su disertación.

—En la historia de las civilizaciones los periodos de grandes cosechas han sido preludio de desastres. La población se multiplica y no puede ser sostenida cuando la suerte cambia. Se produce la colisión y la competencia que llevan a la guerra y a la destrucción. Por eso —dijo poniéndose en pie y levantando el dedo en ademán profético— no hemos patentado ni pensamos patentar el tratamiento.

Tomó aire y miró a sus interlocutores para cerciorarse de que lo seguían en tan trabajado discurso.

—En una situación política tan convulsa como la del mundo actual, no es posible revelar la cura del cáncer. Sería como echar leña al fuego. Escuchad, el treinta por ciento de los fallecimientos en Occidente se producen por esta enfermedad, y la cifra en los países en vías de desarrollo roza el veinte por ciento y sigue subiendo. Si evitamos eso, en las próximas décadas todo colapsará. Sería muy probable que se desencadenase otra guerra a nivel mundial que ni yo ni Alejandro deseamos provocar. Pero hay algo más.

—Espero que tengas un razonamiento mejor que esas fantasías —le recriminó Fernando—. Ya en el siglo XIX el demógrafo Thomas Malthus predijo el colapso y aquí sigue la humanidad.

—Sí lo tengo. El tratamiento en dos fases, con el refresco anual, retrasa la reproducción celular de forma selectiva, y permite alargar más de cinco veces la vida de una persona. Por lo menos hasta los quinientos años. Supongo que esto sí lo consideráis una innovación suficiente como para que su introducción en la sociedad se haga de forma estudiada y paulatina —sentenció Hang Woo con sorna.

Al controlar los niveles de telomerasa en el cuerpo, se desaceleraba la velocidad a la que las células se reproducían, ralentizando así el envejecimiento. El límite de divisiones de una célula, o límite de Hayflick, podía alcanzarse en el transcurso de ochenta años, que era lo natural, o en quinientos o más, sin contar con mitosis adicionales que podrían inducirse. Las neuronas eran diferentes e iban envejeciendo sin reproducirse, por lo que las personas tratadas con su método actual desarrollarían con toda probabilidad demencias seniles a partir de los noventa años, pues tendrían un cuerpo joven y un cerebro viejísimo. Añadió que en cuanto lograse la multiplicación neuronal controlada, investigación en la que llevaba veinte años implicado y que estaba dando sus frutos precisamente en experimentos como el de Elisabeth Walker, ese problema se solucionaría.

—En resumen, muy pronto tendré la fórmula de la eterna juventud. ¿Quiénes se beneficiarían de este tratamiento si lo revelase al mundo sin precaución? ¿A quiénes se dejaría morir? ¿A quiénes vivir? ¿Qué cataclismos se desatarían? ¿Qué tierra nos esperaría con un cambio social tan brutal? Eso es lo que Alejandro y yo hemos querido evitar desde 2004. ¿Vais a estropearlo vosotros?

Desveló que habían trazado recientemente un plan para patentar una variante del tratamiento de muchísima menor efectividad, que no curaba ni alargaba la vida natural. Únicamente frenaba algo los tumores.

—Esto significa que le damos sólo unos meses o años más de tiempo al paciente enfermo de cáncer. Esa innovación sí es asumible por la sociedad. Alejandro y yo anteponemos el interés común a nuestros legítimos anhelos de riqueza y fama, y estamos en fase de patentar un medicamento razonable para el mundo sin tener que abrir la caja de Pandora que lleve todo el planeta al desastre.

Las preguntas filosóficas que les venían a la mente los tenían suspensos. Se hizo un silencio incómodo que rompió Fernando pidiéndole a Isabel que le preguntase acerca de las razones que Alejandro tenía para matar a su mujer. Tras dudar unos instantes, le interrogó y fue traduciendo muy nerviosa la contestación. Según el médico, su colega se llevaba mal con su esposa, pero en ningún caso la odiaba suficiente como para matarla.

—Es casi seguro —especuló— que Elena conocía el alcance de los descubrimientos, ya que se le había curado el cáncer con ellos, pero no sabía nada de los crímenes cometidos. Tal vez los descubrió o intuyó algo, y su marido decidió eliminarla.

La siguiente cuestión de Fernando indagaba en los motivos para ordenar la muerte del ayudante de la consulta privada, el joven Josep Martín. De nuevo Isabel tembló y se trabó con las traducciones.

Hang Woo no conocía ni había oído hablar en su vida del muchacho, y sólo pudo conjeturar que habría seguido la misma suerte que Elena al descubrir el sucio trabajo de su jefe. Luego, aprovechando una nueva pausa, se levantó, se abrochó la camisa y preguntó qué iban a hacer ahora.

—Rescatar a Elisabeth Walker, porque nos va a decir dónde se encuentra —le informó el Capitán amenazante.

—No me refiero a eso, pregunto qué vais a hacer con lo que sabéis. ¿Podréis asumir la responsabilidad de mantenerlo en secreto? Si os lo he contado es para me ayudéis a continuar sin que se produzca una catástrofe.

—Las investigaciones policiales seguirán su curso, y tú y Alejandro pagaréis por vuestros crímenes. Y ahora, no nos hagas perder más tiempo. ¿Dónde está esa pobre muchacha? ¿Dónde la estáis torturando?

Al oír la pregunta, el asiático se puso en pie y caminó varios pasos por la habitación. Fernando e Isabel no advirtieron que se acababa de situar delante del armario abierto, al otro lado de la cama.

—Sabía que tarde o temprano pasaría esto —musitó mientras manipulaba algo a su espalda—. Tenía la esperanza de continuar con el Proyecto Galenus y es una pena que deba parar, pero no queda otro remedio. Debo cerrar la caja de Pandora. No puedo tirar por la borda veinte años de investigación, pero tampoco ponerlos a disposición del mundo ahora mismo.

—¿Qué estás haciendo? ¡Espera! ¡Quítale ese teléfono! ¿Qué hace?

Fernando se abalanzó sobre él y una BlackBerry cayó sobre la colcha.

—Demasiado tarde. El protocolo de emergencia que Molins y yo acordamos a su entrada en prisión está activado —respondió con los puños cerrados.

Fernando cogió el móvil y empezó a manipularlo sin saber por dónde empezar. Su compañera, más ducha en el manejo de estos aparatos, examinó los menús.

—Ha enviado un correo electrónico a la cuenta de Alejandro Molins, diciéndole a Rafael Bustamante que destruya todas las pruebas, que queme absolutamente todo ¡y que elimine también a la paciente y se deshaga del cadáver!

—Ya está todo hecho —intervino Woo que, aprovechando la confusión, acababa de ingerir el líquido de un botecito que había ocultado en el puño izquierdo.

—¿Qué es eso que has bebido? —le preguntó Fernando.

—Pentobarbital de sodio. Dentro de unos minutos —respondió con absoluta serenidad mientras se metía la camisa por dentro del pantalón, se atusaba el pelo y buscaba una chaqueta y otra corbata en el armario—, me entrará un sueño irremediable del que ya no despertaré. Mi parte está hecha. Por mucho que registréis mi vida y mis cosas tengo a buen recaudo los resultados de mis investigaciones. Sólo podrán encontrarlos dentro de bastantes años, y espero que esas generaciones futuras sepan aprovecharlos mejor. Dejadme. He de prepararme para un largo camino sin retorno.

El Capitán corrió al baño y volvió con una toalla mojada.

—Tenemos que hacer que vomite.

El coreano forcejeó y comenzó a chillar.

—Estamos montando un escándalo, déjalo —le pidió Isabel—. Espera, parece que quiere decirnos algo. Está llorando.

El doctor dejaba escapar gruesos lagrimones por las escuetas aberturas de sus ojos.

—Dejadme en paz, no quiero morir semidesnudo y retorcido de cualquier modo. Os suplico que me dejéis vestir y reposar tranquilamente. Por favor…

Aquella última petición del moribundo pareció conmover a Fernando y le hizo un gesto a Isabel para que no siguiera traduciendo. Observaron cómo, con movimientos de cadencia ritual, se arreglaba lo mejor que podía y se ponía la chaqueta del traje. Con las manos torpes por el sueño anudó también una corbata negra. Luego se recostó apoyando la espalda en el cabecero de la cama, entrecruzó las manos sobre el vientre y cerró los ojos. Empezó a respirar pesadamente y después a jadear con un ruido espantoso. Isabel se sentó mareada en la silla junto al escritorio. Después de unos minutos interminables, los ronquidos se fueron apagando y el rostro adquirió un tono de madera.

—Ya está muerto —aseguró el Capitán—. Ahora, si queremos salvar a Elisabeth Walker, debemos encontrar alguna pista de su paradero en esta habitación.

FERNANDO CONFIABA EN QUE EL HOMBRE DE NEGRO NO leyera el correo hasta el día siguiente, y eso les daría algún margen de maniobra. Isabel se encargaría de revisar la BlackBerry mientras él analizaba el resto de cosas, y así pasaron media hora atareados en silencio.

—¿Has encontrado algo en el teléfono? —preguntó Fernando al fin.

—Un Excel más que nos dice que Elisabeth está en las últimas.

Rafael seguía enviando puntualmente todas las semanas un reporte sobre la evolución de la muchacha. Les costó leer el documento en la diminuta pantalla, pero pudieron comprender que no mejoraba la movilidad del tren inferior y que seguía adelgazando. Su peso empezaba a ser incompatible con la vida.

—Y tú, ¿qué has averiguado? —preguntó Isabel.

Entre los papeles del doctor había referencias al IARC y a la Sección de Genética de la Agencia, pero nada sobre el Proyecto Galenus ni sobre el Patients Research Panel. Tampoco el más mínimo indicio que pudiera ayudar a encontrar a la víctima.

Decidieron entonces que había llegado el momento de borrar las huellas. Se sentían impotentes ante el destino de la chica. De mala gana recogieron los documentos, la placa falsa y la ropa. Fernando comenzó a repasar con la toalla húmeda todos los lugares donde habían posado las manos. Mientras lo observaba limpiando las jambas del armario y las esquinas de las mesillas, Isabel alargó el brazo hasta la cartera de Woo. No quería rendirse. Asomaban varios papeles que acababan de registrar. Los tomó y al sacarlos cayó al suelo la factura de un restaurante, decorada con toda suerte de productos del mar: peces, crustáceos, un atareado pescador… Su mente empezó a hacer asociaciones. El rostro blanco y precioso de Elena volvió a su memoria junto con el sabor de su cuerpo sudado, y creyó oír en su interior la voz suave de su amiga al recordar algunas conversaciones. Su corazón empezó a latir con tanta fuerza que se sintió desvanecer. Apenas pudo decir en voz muy baja:

—Ya sé dónde están Elisabeth Walker y el maldito laboratorio.

Fernando se acercó con curiosidad. Quería comprobar que había entendido bien las palabras.

—Alejandro, además de sus negocios y de su casa en Barcelona, tiene un chalé en la playa, en un pueblecito de la Costa Brava llamado Llafranc. Elena me lo dijo cuando estuvimos en Marbella. Mencionó que llevaba años sin ir y que esa propiedad no le importaba de cara al divorcio. ¡Qué mejor escondite para Molins que ése!

—¿Pero cómo no lo has dicho antes? Primero se te olvida que colaboraba con la OMS, y ahora que posee una casa en la playa… ¿Cómo es posible?

—Lo siento, no recuerdo muchas cosas de esos días, al menos con detalle. Hablamos de su matrimonio y traté de averiguar qué le tenía preocupada, pero no memoricé todos los datos de su marido porque no me parecieron importantes en aquel momento. ¡Lo siento!

Tras la disculpa, extrajo del bolsillo de su cazadora el móvil y comenzó a navegar por Internet. Comprobaron que Llafranc estaba unos ciento treinta kilómetros al norte de Barcelona, en la costa de la provincia de Gerona.

Los siguientes minutos fueron frenéticos. Querían aprovechar al máximo el tiempo que les quedaba para salvar la vida de Elisabeth. Desde el teléfono de la habitación —para evitar que pudieran rastrear el móvil de Isabel— Fernando habló con la central de la Guardia Civil en Madrid, de donde le pasaron con Cataluña. En cada extensión le pedían datos personales que él se negaba a dar insistiendo en que quería avisar de forma anónima de un asesinato que se estaba cometiendo en Llafranc. Consiguió al fin hablar con una telefonista de la comandancia de Barcelona que le preguntó por la ubicación exacta del lugar del crimen. Sólo le pudo responder que se trataba de una urbanización frente a la costa, e instó a la desconcertada agente a averiguar inmediatamente la dirección de cualquier propiedad en la zona a nombre del Alejandro Molins, cuyo apellido tuvo que deletrear varias veces. Cuando al fin logró que lo anotara correctamente, la mujer le indicó que ése era un asunto de la Policía autonómica catalana, y que ella sólo podía facilitarle el número de la central de los Mossos en Gerona.

—¡Pero cómo es posible! —voceó Fernando—. ¡Hay una mujer que va a ser asesinada y usted sólo me da un número de teléfono!

Fuera de sí, estuvo a punto de arrojar el auricular contra la pared, pero se contuvo recordando que el compañero de Woo podía estar hospedado en la habitación contigua. Habían topado con la proverbial descentralización de la Administración española, así que anotó el número que le dio la operadora y colgó. Luego contactó con los *mossos d'esquadra* y el resultado no fue muy diferente, con el agravante de que cada vez que le cambiaban de interlocutor, se empeñaban en hablarle en catalán. Al final, una agente le dijo que había tomado nota de su denuncia.

—¿Pero qué van a hacer aparte de tomar nota? ¿No van a mandar a nadie a vigilar?

—Le pasaremos la información a la comisaría de Palafrugell. Comprenda que no me da usted muchos datos. ¿Cómo ha dicho que se llama y dónde se encuentra, por favor?

—¡No le he dicho nada! Sólo le advierto que si no vigila usted la casa de Molins en Llafranc, mañana tendrá una mujer muerta y un incendio. Muchas gracias.

—*Moltes gràcies.*

Colgó el teléfono con un nudo en la garganta y sin estar seguro de que le hubieran tomado en serio. Recordaba el poco efecto que había tenido su llamada al 112 cuando avisó de la muerte de Josep Martín. Al menos había hecho todo lo posible. O casi todo.

—Tenemos que ir a Llafranc. ¡Y en menos de veinticuatro horas! —le espetó a su compañera—. No sé si tienes razón con tu corazonada y el laboratorio está allí, pero tenemos que ir a averiguarlo. Tal vez podamos alquilar un coche y conducir toda la noche. ¿Qué estás haciendo?

Isabel buscaba en la agenda de su celular. Contactó con una agencia de viajes y, tras cerciorarse de que no había conexiones directas desde Lyon a Gerona, averiguó que el primer vuelo sin escalas a Barcelona salía a las 8:35 y llegaba a las 9:55. Reservó dos pasajes en clase turista. Luego podían alquilar un coche en el aeropuerto de Barcelona y, si todo iba bien, estar en Llafranc en poco más de una hora, sobre las once y media o doce de la mañana.

—No estoy muy segura de hacer lo correcto. Tengo el presentimiento de que encontraremos a esa pobre desgraciada, pero no quiero correr ningún peligro. Si la encontramos, corremos al puesto más cercano de la Policía y que se encarguen ellos. ¿Estás de acuerdo? Pero a mí no me involucres, acuérdate de que me lo prometiste.

—Está bien —aceptó Fernando, maravillado de la agilidad de su amiga y de lo útil que estaba resultando el teléfono móvil en circunstancias como aquellas.

Veinte minutos más tarde, sobre las once de la noche, salieron del hotel. Primero lo hizo ella, y cinco minutos después el Capitán. Se encontraron junto al monumento a los hermanos Lumière y caminaron taciturnos. No había nadie por la calle, tan sólo algún coche despistado surcaba la oscura avenida. Un frío intenso los envolvió cuando volvieron a pasar junto a la sede de la IARC, de regreso a su alojamiento.

Se despidieron en el ascensor del hotel Bioparc a las seis y cuarto de la mañana. Les quedaba poco tiempo para dormir, pero Fernando no lograba conciliar el sueño. En su cabeza se mezclaban ideas y reproches. Culpaba a su compañera por la importante información sobre la OMS y Llafranc que había olvidado de sus conversaciones de Marbella. También meditaba sobre el discurso de Woo. Leyendo los correos de los doctores había logrado intuir buena parte de la historia, aunque en lo tocante al orden de los descubrimientos lo había hecho al revés. Isabel, sin embargo, durmió de un tirón con la ayuda de sus pastillas. Fumó antes dos cigarrillos seguidos en la ventana para que no saltase la alarma de humo en la habitación. Tenía el corazón encogido por la visión reciente de la agonía de Woo, pero los ansiolíticos hicieron su efecto y una negrura de plomo cubrió su consciencia.

CAPÍTULO 12

CONTRARRELOJ

La vida es una lucha contra el tiempo.

ANDRÉ MAUROIS

A LAS DOCE Y CUARTO DE LA MAÑANA DEL 28 DE MAYO DE 2008, un Peugeot 506 de la compañía de alquiler Avis llegaba al desierto paseo marítimo de Llafranc. La lluvia empapaba el parabrisas y la arena de la playa. Los esqueletos de los toldos que en verano flameaban con la brisa lucían desnudos ante un horizonte gris oscuro. Fernando e Isabel habían acordado preguntar discretamente a los comerciantes de la localidad por el chalé del famoso psiquiatra, con la excusa de que les habían dado la dirección incompleta para una entrega. Alguien como Molins debía ser conocido en un pueblo tan pequeño. Una vez encontrada la casa repetirían la llamada anónima para que los *mossos* procedieran al registro y eventual liberación de la muchacha. Isabel preguntó con su mejor sonrisa en algunos bares y restaurantes, pero nadie supo darle detalles. Sólo le dijeron que la vivienda debía estar en la zona de las villas, al norte del paseo marítimo, no lejos del faro que se levanta en un promontorio. Condujeron hacia allí decepcionados. Era una colina tapizada por un bosque de pinos en el que un dédalo de callejuelas conducía a distintas casonas de lujo, con sus piscinas tras los frondosos setos. El faro estaba en lo alto de la rocosa colina, rodeado por un muro blanco culminado por una valla de forja. Junto a él había un bonito mirador. Salieron del coche y caminaron hasta el pretil. El cielo tenebroso se desplegaba sobre ellos, como si fuera a anochecer en plena mañana. A sus pies se dibujaba la línea rugosa de la costa, con varios brazos de mar que parecían hundir sus manos en la espuma. Era la una de la tarde.

A LAS DOCE Y CUARTO DE LA MAÑANA DEL 28 DE MAYO DE 2008, Rafael se desperezó en el cuartucho de la pensión del Raval donde había pasado los últimos tres meses. No había regresado a Madrid en toda esa temporada salvo para el entierro de su madre, fallecida el 8 de abril. Tanto tiempo sin pasar por el gimnasio Esparta estaba convirtiendo su cuerpo fornido en un montón de grasa, y además había pasado la noche en un piso de putas y ahora tenía que soportar una terrible resaca. Barcelona no le sentaba bien, pero le debía el favor al loquero, y la paga superaba sus ingresos en el gimnasio. Por suerte aquello no iba a ser definitivo. Calculaba que, a juzgar por el estado de salud de la muchacha a la que cuidaba, pronto podría regresar a la vida normal, y ahora que su protector estaba entre rejas, probablemente no le encargaría más trabajos durante un tiempo.

Tras ducharse y desayunar una cerveza y un plato de kebab recalentado, dirigió sus pasos a la rambla del Raval. Hacía un día de perros, pero le gustaba caminar entre los plátanos y las palmeras del bulevar, flanqueado por la mirada triste de las vetustas fachadas. Los rollos de persianas verdes caían sobre las ventanas como párpados somnolientos. Era miércoles y todos los miércoles acudía a un cibercafé de la calle del Pie de la Cruz para ver si Hang Woo o alguien en nombre de su jefe Molins le daba instrucciones. Los jueves iba a Llafranc a cuidar a la chica, y los viernes volvía al cibercafé a mandar el reporte de su estado de salud en el Excel que tanto trabajo le costaba rellenar.

Llegó al final de la rambla y se introdujo en la estrecha calle del Pie de la Cruz. Los bajos de las viejas casas estaban sellados con telones de acero garabateados de grafitis. Entró en la oscura tienducha y, tras pagar a un chino aburrido, se sentó en el ordenador de siempre. Tecleó con sus dedazos para acceder a la cuenta de Molins y cinco minutos más tarde un sudor frío empapaba su mugrienta camiseta interior. Su inglés era muy básico, pero suficiente para comprender lo que Hang Woo le pedía: debía matar a la muchacha y deshacerse del cadáver. Cosas así las había hecho por lo menos en una docena de ocasiones anteriores. Sin embargo, ahora le estaban pidiendo algo nuevo: querían que lo destrozase todo, que le prendiese fuego para que no quedara sino un mal recuerdo. Cerró el ordenador, saltó de un brinco y corrió a buscar su coche. Era la una de la tarde.

—AHORA, ¿QUÉ HACEMOS? —INQUIRIÓ ISABEL, QUE SE ESTABA destemplando—. No hemos venido aquí para admirar el paisaje y nos estamos empapando. Volvamos al coche.

Encendió un cigarrillo protegiendo el ascua de la lluvia. Los ojos negros del Capitán brillaron con una idea.

—Siempre podemos ir a la oficina de correos de Palafrugell y preguntar con alguna excusa —comenzó diciendo—, pero quizás todo resulte más fácil. Es posible que hayan tratado a enfermos durante años, así que quizás alguna vez necesitó algo que no trajera del hospital y fuese a pedirlo a la farmacia.

—Puede que tengas razón —aceptó Isabel deseosa de volver al coche—. He visto una al comienzo del pueblo.

Deshicieron el camino hasta el principio del paseo marítimo. La botica estaba en los bajos de una coqueta casa de tres plantas. Aparcaron subiendo las ruedas derechas al bordillo y esta vez él también bajó. Fernando le pidió al mancebo caramelos Halls de miel y limón y, sin hacer ademán siquiera de sacar la cartera, abrió el paquete y empezó a saborear uno. Le dijo entonces que les habían encargado dejar unas cosas en la casa del doctor Molins, pero que no eran capaces de dar con ella a pesar de las instrucciones. Sabían que estaba en la colina, pero había demasiadas bifurcaciones y se habían perdido varias veces. El hombre los miró con desconfianza.

—Hace tiempo que no lo veo, y creo que tardará bastante en volver —dijo haciéndose el interesante—. Vive más allá al faro. Hay que seguir luego por la calle Cristóbal Colón, que al final hace una curva, y a la izquierda verá la villa. Hace mucho que nadie va por allí.

—Muchas gracias. ¿Cuánto le debo? —dijo Fernando despreocupadamente.

De vuelta en el coche les embargaba la emoción. La vieja calzada después del faro serpenteaba por una ladera demasiado empinada para construir. Tras una giro, la pendiente se hacía más suave, y doscientos metros después, tal y como había apuntado el farmacéutico, aparecía la cerca desvencijada de una villa solitaria. El ruido de la lluvia sobre las agujas de los pinos producía un susurro inquietante.

—Vayamos a la policía, que me está dando miedo. No hay nadie por aquí —suplicó Isabel.

—Echemos primero un vistazo.

Fernando se acercó al muro e intentó mover la verja oxidada.

—Mira, está cerrada con un candado que parece nuevo. Tenemos que saltar.

A Isabel le atemorizaba mucho más quedarse sola y lo siguió. La propiedad estaba en una pendiente muy pronunciada. La maleza del suelo se extendía por doquier cubriendo lo que parecía la parte de atrás, donde sólo tenía una altura. Era una construcción antigua, de ladrillo rojo ennegrecido por la humedad y el tiempo. Sobre las tejas de arcilla había ramas caídas y algunos canalones rotos. Los marcos de las tres ventanas eran de cemento gris en el que se anclaban las rejas; tras ellas divisaron, cerradas a cal y canto, persianas de madera medio podridas. Fernando se dirigió a la parte delantera de la construcción, donde la villa tenía dos pisos. Una escalera de cemento enmohecida conducía al escueto porche que albergaba la puerta principal. Junto a la entrada había una silueta de hierro de la Virgen en actitud orante, con las manos juntas frente al rostro, bajo la que se leía en letras igualmente recortadas en chapa corroída: *Ave María Purísima.* Observaron el resto del jardín que descendía hacia el oeste abruptamente. En una esquina, a los pies de unos pinos negros, había un tobogán y unos columpios rotos e invadidos de plantas salvajes.

—Vámonos —insistió Isabel—, esto está abandonado.

—No, fíjate en el bombín de la cerradura —respondió Fernando señalando la puerta—, parece engrasado y en funcionamiento, como el candado.

Descendieron unos pasos para contemplar la fachada. Por la parte derecha ascendía el tiro de ladrillo de una chimenea, roto en su parte de arriba. Las ventanas del segundo piso no tenían rejas, pero estaban cubiertas por contraventanas de chapa con pintura blanca descascarillada. Una de ellas parecía haberse soltado de al menos una de sus bisagras.

—Si pudiéramos llegar ahí arriba, tal vez pudiéramos abrir.

Isabel lo observó deambular por entre los matojos. Su enjuta figura estilizada por el largo abrigo azul marino y su cabello brillante y chorreando lluvia le conferían un cierto aspecto desvalido. Anduvo revolviendo ramas del suelo y luego se dirigió a los columpios. Había un balancín roto por la mitad. No sin esfuerzo, logró desgajar una de las palancas con el asiento acoplado y, desembarazándola de unas zarzas que la cubrían, comenzó a arrastrarla. Clavó el extremo seccionado en el suelo de la acera que bordeaba el chalé y levantó el asiento hasta apoyarlo en la pared, de forma que quedaba casi a la altura de la ventana de arriba.

Se quitó el abrigo, se lo entregó a su compañera y trepó por la escala improvisada. Sus pantalones de pinzas enrojecieron con el orín. La suela de sus zapatos apenas se adhería a la barra, pero logró asirse del asiento de niño y encaramarse a una posición desde la que le era posible acceder a la contraventana. Tiró de ella y crujió con la herrumbre de todos los tiempos. Cáscaras de tierra y pintura saltaron hasta el suelo. Forcejeó un poco más hasta que quedó colgando de un único gozne. Los marcos de madera podridos de una ventana cuartelada vieron entonces la tenue luz del día. Luego manipuló el viejo cierre de falleba. Al cabo de un minuto crujió y una de las hojas se abrió hacia dentro. Isabel pudo ver el techo abombado por las goteras del interior de la casa.

—¿Vienes conmigo? —preguntó Fernando con una sonrisa.

—Yo no. Vamos a la policía ahora mismo.

—Pues ahí te quedas —dijo el Capitán mientras reptaba al interior.

—¡Espera!

Cuatro minutos después, tras haberse roto una uña con los ladrillos del alféizar, Isabel pudo deslizarse también al interior del segundo piso. Se hallaban en una cochambrosa habitación llena de cachivaches. Eran las dos menos cinco de la tarde.

A LAS DOS MENOS CINCO DE LA TARDE RAFAEL SALÍA DE una gasolinera en su Seat Toledo de 1996. Treinta y cinco kilómetros antes había parado en otra estación de servicio para comprar tres botellones de agua mineral de cinco litros. Poco después había vertido su contenido en la cuneta de un área de descanso y hacía cuatro minutos, aprovechando que nadie miraba, los había rellenado con la misma gasolina de 95 octanos que usaba para el coche. Después los introdujo en el maletero junto con el bidón de carburante que llevaba siempre a Llafranc para alimentar el generador autónomo. Ninguna cámara de seguridad había podido registrar la operación, pues la ejecutó hábilmente parapetado tras la carrocería.

En estos momentos aceleraba en dirección a Sant Feliu de Guíxols. Detrás, junto al combustible, llevaba un cuchillo de monte marca Aitor de treinta centímetros de hoja, un mono azul de obra, unos guantes de albañil, una manta, una cuerda, una caja con herramientas, un pico y una pala: todo lo que necesitaba para ejecutar el trabajo. Alejandro le había indicado el día de su detención que debía obedecer ciegamente las órdenes de Hang Woo, como si fuese él mismo quien se las diera.

Recordó el aire que Molins le había insuflado hacía quince años, cuando su vida estaba hecha escombros en el centro psiquiátrico penitenciario de Quatre Camins: sus palabras calmas, el cariño no solicitado, los permisos que le procuró, incluido uno para asistir a su propia boda, y la tan ansiada libertad final dos años más tarde. Evocó sus juergas en África tras las jornadas de caza, y la docena larga de trabajos que había realizado desde entonces en aquella misma villa hacia la que ahora se dirigía. El trabajo en el gimnasio Esparta y hasta la asignación de su difunta madre habían sido provistos por el doctor. Su existencia giraba en torno al psiquiatra, y aunque algunos le reprochaban su ciego servilismo y le decían que el médico se las había apañado para sorberle los sesos y convertirlo en un esclavo, él sabía que no era así. ¿Quién iba a saberlo mejor que él?

Con esa idea fija en su rostro congestionado rodó como un poseso por la C31. No tenía ninguna prisa, pero adelantaba en línea continua llevando hasta el rojo las revoluciones de su viejo Seat para luego frenar con fuerza detrás del siguiente auto. Corría simplemente para acompasar el latido nervioso de su corazón con el paisaje que dejaba atrás. Se sentía preso de esa velocidad, como cuando boxeaba, como si el reloj del mundo volara lo suficientemente rápido como para no dejarle pensar. Pasó los desvíos de Sant Feliu, Platja d'Aro y Palamós. Finalmente tomó el de Palafrugell y, dejando la población a la izquierda, se lanzó en dirección a la costa. Cuando llegó al paseo marítimo de Llafranc pasaban unos minutos de las dos y media de la tarde.

A LAS DOS MENOS CINCO DE LA TARDE LA LUZ EXTERIOR apenas tenía fuerzas para iluminar la estancia del segundo piso. Acostumbraron sus ojos mientras miraban en derredor. Había una mesa, varias sillas apiladas en una esquina, y en la pared de la derecha una estantería repleta de cajas, cables y utensilios propios de un taller. El techo y las paredes, blancos en algún momento, estaban ahora cuajados de ronchones de humedad. El suelo era de baldosas cuadradas con un esmalte geométrico estampado que podía intuirse bajo la capa de suciedad y excrementos de pájaros. Apoyada en una de las patas de la mesa había una lámina enmarcada con multitud de bustos diminutos.

—Mira, es una orla de universidad.

—Déjame a mí —dijo Isabel encendiendo el mechero que siempre portaba consigo.

El fuego mostró los rostros en blanco y negro de una legión de estudiantes. Sobre ellos, en una rimbombante filacteria enroscada en torno a un edificio de corte clásico, se anunciaba la promoción del 87 de la especialidad en Psiquiatría de la Universidad Autónoma de Barcelona. Isabel señaló con rapidez uno de los retratos.

—Pues sí que estaba aquí joven el doctor —comentó Fernando observando el frondoso pelo negro engominado y la mirada altiva.

—Si lo vieras ahora —explicó ella con desdén—. Está realmente asqueroso.

Inmediatamente se dio cuenta de que había metido la pata hasta el fondo. En teoría no había visto a Alejandro Molins nunca, salvo en las mismas fotos que su compañero. Pensó en inventar una historia, pero no se le ocurría ninguna. El Capitán memorizó el comentario consciente de que confirmaba sus sospechas sobre que Isabel le ocultaba algo, una importante pieza del puzle que seguía sin encontrar, pero siguió hablando como si no se hubiera percatado.

—Se ve que el trabajo le hizo avejentarse rápidamente, porque en la foto que tenemos de su boda parece mucho mayor —dijo disimulando.

Isabel estaba segura de que Fernando no había pasado por alto su comentario, pero ya no podía hacer nada. Salieron a un corredor entre tinieblas que comunicaba las cuatro estancias de la parte superior. El encendedor proyectaba sombras espectrales en las esquinas del techo y en los marcos de las puertas. Había unos viejos apliques con forma de velones colgando de la pared. El pasillo descendía por unas escaleras, pero Fernando descartó esa vía y optó por el cuarto más próximo. Era un dormitorio que mantenía su cama hecha con un cojín sobre la colcha deshilachada y una mesita de noche. En el cabecero había un enorme crucifijo, y a sus pies un armario de madera abierto que mostraba ropa colgada y zapatos, todo cubierto por el polvo de lustros. La siguiente habitación tenía aspecto de haber sido en su día un dormitorio infantil. Una camita bajo la ventana sellada sostenía un muñeco y al fondo, detrás de una cómoda lacada en blanco, había un carrito de bebé. Los cajones abiertos mostraban ropa de niño perfectamente doblada y mugrienta por los años. Del techo colgaba una tulipa que había sido de color rosa.

—Es como si los dueños se hubieran ido sin saber que no volverían jamás. ¿Quién puede hacer algo así? —preguntó Fernando en voz alta.

—Elena me dijo que llevaba años sin venir, y seguro que nadie se ha acordado de esos objetos. Impresiona verlo así todo, tan congelado en el tiempo.

Luego pasaron al baño, donde la llama de gas descubrió un mundo fantasmagórico. La cortinilla de la bañera colgaba hecha jirones del riel, y la alcachofa yacía en el fondo junto a un montón de ramas y basura que las aves habían ido depositando con el paso de las primaveras. Sobre una pequeña repisa había botes sucios de gel y champú. En la pared de la derecha estaba el lavabo de porcelana y un espejo rajado por la mitad. No hicieron ningún comentario ante la lúgubre visión de su reflejo y decidieron que había llegado el momento de inspeccionar la planta baja.

Las escaleras descendían en dos tramos que formaban un ángulo recto. Debían ir con cuidado porque los banzos eran irregulares y había trozos de yeso desprendidos, y la baranda de madera carcomida tampoco inspiraba confianza. De una de las paredes colgaba la tétrica imagen de santa Bárbara portando la palma del martirio. Fernando comenzó a descender, pero Isabel lo detuvo con la mano.

—Escucha —dijo en voz baja—, ¿no has oído algo? Me refiero a una especie de voz susurrante. Me muero de miedo...

El Capitán aguzó el oído. Hasta allí llegaba el suave aliento de la lluvia cayendo mansamente en el bosque, sobre las ramas negras de los pinos.

—Es la lluvia, mujer —dijo para tranquilizarla.

—No, era como un suspiro…

Eran ya las dos y veintidós minutos de la tarde.

Dos y cuarenta minutos de la tarde

RAFAEL SUBIÓ EL REPECHO DEL MIRADOR DEL FARO Y TOMÓ la carretera a la izquierda. El camino giraba una peña y luego el terraplén se suavizaba. Se extrañó al ver un Peugeot 506 aparcado a unos cincuenta metros de la verja e instintivamente pisó el freno, pasó de largo y se detuvo al abrigo de la siguiente curva. Salió despacio y observó el lateral norte de la villa mientras la lluvia resbalaba por su gruesa cara grasienta. Todo estaba como siempre: las ramas de los pinos cubrían el tejado y las zarzas camuflaban la estructura hasta hacerla casi invisible. Volvió al automóvil y, convencido de que el coche sería de algún pardillo amante del mal tiempo, aparcó junto a la cancela. Se vistió con el mono azul de obra, abrió el candado y caminó tranquilamente por el jardín. Cuando tuvo el porche a la vista se quedó petrificado. En el suelo, bajo el altar de la Virgen María, había doblado un abrigo azul, y más allá, apoyado en la fachada, descubrió el balancín con el que alguien había penetrado por una de las ventanas superiores. Corrió de vuelta al coche, sacó del maletero el cuchillo de monte y regresó ante la puerta principal.

Dos y treinta y cinco minutos de la tarde

ISABEL PELLIZCABA NERVIOSA EL JERSEY GRANATE DEL Capitán. Las escaleras desembocaron en el recibidor y, tras el vestíbulo, se abría un enorme salón con el suelo forrado de listones de madera. La pared del fondo estaba cubierta de libros dispuestos en anaqueles empotrados, una mesa bajo una araña de bronce ocupaba la zona central del comedor y junto a las ventanas clausuradas había una chimenea solemne con el hogar de granito. Un sofá y dos sillones orejeros estaban dispuestos sobre una gruesa alfombra de lana. Todo parecía listo para ser utilizado, pero con una pátina de polvo y humedad.

Salieron de allí y siguieron examinando las habitaciones contiguas: una habitación de matrimonio y una especie de almacén donde, confusamente apilado contra las paredes, se acumulaba el mobiliario veraniego del jardín: sombrillas, tumbonas, mesas y sillas plegables. Salieron sobrecogidos por la sensación de abandono y miraron el aseo del otro lado del corredor. El inodoro estaba volcado y se veía la bajante como la boca de un lobo. En medio, con las alas desplegadas en una contorsión macabra, yacía el esqueleto de una lechuza. Los restos de las plumas y del pico dibujaban una expresión de sorpresa en las cuencas vacías de sus ojos. Isabel miró hacia otro lado y se asió con más fuerza al brazo de su amigo.

—Aquí tenemos a uno de los culpables de todos los excrementos que hemos ido pisando —dijo él, intentando tranquilizarla.

—¡Espera! ¿No lo has oído? ¡Otra vez! Es como un lamento... —replicó ella.

El Capitán volvió a quedarse inmóvil. Escuchó la respiración de ambos y el leve tintineo de alguna gotera que supuraba. Una racha de viento hizo silbar las hierbas del jardín y los brazos enhiestos de los pinos. Finalmente el rumor de un coche que debía estar pasando por la carretera se confundió con el ambiente hasta desaparecer.

—Lo que oyes es el agua goteando. Cógete a mí y tranquilízate.

Ella obedeció pero siguió alerta, atenta a cualquier sonido. El encendedor se apagó mientras salían para visitar la última pieza de la casa. Tras dejarlo enfriar un rato, la débil llamita volvió a dibujar muecas por doquier. La cocina parecía en uso. Los armarios y la encimera estaban llenos de latas de conserva vacías y en el fregadero había platos y cubiertos apilados; también un estropajo y jabón de fregar concentrado. Sobre una mesa de formica blanca con patas de acero había restos de comida.

—Parece que alguien ha estado aquí recientemente.

—¡Dios mío! ¡Otra vez! ¿Es que no lo oyes? ¡Es como un gemido! —exclamó Isabel dejando caer la luz al suelo—. ¡Tenemos que irnos! ¡Dejemos que se ocupe la policía!

—Por favor, tranquilízate, yo no oigo nada. ¿Dónde se ha caído el mechero? Déjame buscarlo.

Fernando se agachó en la penumbra y aguzó sus negros ojos. Un destello de metal llegó hasta ellos.

—Ahí está. No, espera, ¡es una anilla! Y aquí al lado está el encendedor.

Sin incorporarse accionó el mecanismo del chispazo y pudo contemplar el suelo de donde sobresalía la argolla de una trampilla cuadrada. Empujó con su hombro la mesa, tiró de la argolla y la tapa se abrió. A sus pies aparecía el comienzo de una escalera. Un resplandor mortecino subía del sótano, junto con un olor nauseabundo. En aquel momento, y por primera vez, escuchó un sonido extraño. Era una especie de suspiro ahogado, como una voz de ultratumba que sofocara un quejido.

Dos y cuarenta y seis minutos de la tarde

RAFAEL PEGÓ SU OREJA A LA PUERTA PRINCIPAL. ESCUDRIñaba cualquier crujido del interior. Pensó en que realmente Hang Woo tenía razones de peso para ordenar la destrucción de todo, y que quizás había tardado demasiado en darle la orden, pues apenas habían pasado unas horas y ya los habían descubierto. Lamentó haber bebido tanto la noche anterior. Tal vez, si se hubiera levantado antes, habría llegado a tiempo.

En su mente comenzaban a agolparse las ideas hasta volverse incoherentes, y cuando esto le sucedía, siempre reaccionaba de forma violenta. Sólo tenía ganas de golpear. Boxeando aquello había sido una ventaja. Estar fuera de sí hacía que descuidase la guardia, pero no le dolían los golpes y la furia le impelía contra su adversario hasta hacerlo picadillo.

Pero ahora no sabía si tendría que enfrentarse a un solo hombre o a varios, ni si estaban artillados. Utilizó la poca serenidad que le quedaba para inspeccionar el abrigo, donde no encontró nada. Luego corrió cuesta arriba hasta el Peugeot y comprobó que no disponía de ninguna emisora, por lo que no se trataba de un coche policial camuflado, y eso le tranquilizó un poco. De vuelta se detuvo en su vehículo y acarreó los quince litros de gasolina, el bidón del generador, la manta, la caja de herramientas, los guantes y la cuerda. Sólo dejó el pico y la pala. Ya habría tiempo de cogerlos cuando el trabajo estuviera terminado.

Regresó al porche y, dejando el material en el rellano, volvió a pegar el oído. Estaba atronado con el latido de su propio corazón. Respiró hondo varias veces hasta que bajaron las pulsaciones y entonces pudo sentir, como en un sueño, las voces metálicas de un hombre y una mujer que conversaban. Su corazón se volvió a disparar automáticamente y todos los músculos de su cuerpo se tensaron hasta hacerle crujir los huesos. Asió con su mano derecha el enorme machete y con la izquierda introdujo la llave en el bombín. Ya no podía pensar. Se precipitó furioso en el interior.

Los dos descendieron por las escaleras con el ánimo en vilo y descubrieron un sótano amplio que se extendía bajo toda la planta del chalé. La luz de un fluorescente en la parte más alejada lo inundaba con tonos blanquecinos. Había botiquines y armarios acristalados repletos de utensilios a lo largo de toda una pared de ladrillos rojos y, en la zona más en penumbra, se veía una mesa de quirófano rodeada de otras máquinas. También había un escritorio y detrás, al lado de un fregadero, un perchero con batas y mascarillas. En el muro de enfrente, entre dos de las vitrinas, había una puerta cerrada.

Fernando no advirtió al principio tantos detalles porque tenía la vista clavada en el rincón de donde provenía la claridad. Sobre una cama con sábanas sucias y atada con unos grilletes de cuero, yacía una mujer desnuda y esquelética que le devolvía la mirada con un reflejo de pavor en sus pupilas. Los pómulos salientes sostenían las profundas órbitas de sus ojos aterrados. Tenía el vientre hundido y las costillas tan marcadas que parecían fuera del cuerpo.

—Hemos venido a salvarte —le dijo con un puño en la garganta.

Cuando Isabel descubrió a quién le estaba hablando, dejó escapar un chillido breve, dio un paso atrás y cayó sentada sobre un banzo. Temió perder el conocimiento, pero logró mantenerse despierta e incorporarse. El olor a excrementos le taladraba el cerebro y las lágrimas enturbiaban su vista. Su compañero estaba intentando quitar las hebillas a la muchacha, que parecía haberse desvanecido, pero enseguida comenzó a balbucir los sonidos que ella había escuchado desde el principio. Braceaba sin fuerzas y sus piernas, horriblemente delgadas, sufrían espasmos. Fernando seguía diciéndole que venían a rescatarla, pero ella no parecía entenderlo; sacando fuerzas de flaqueza, Isabel tradujo al inglés sus palabras, y entonces Elisabeth Walker se dejó desatar y volvió a un estado de semiinconsciencia. Fernando la cubrió con su jersey y con la cazadora que ella le prestó. Luego apartó con el pie el orinal lleno de porquería y la bandeja con restos de comida putrefacta.

—Tenemos que llamar inmediatamente a un hospital y a la policía —dijo.

—Pero no podemos dejarla así.

—Tienes razón. La subiremos arriba y nos aseguraremos de que viene la ambulancia.

Isabel asintió pensando que ya se marchaban, pero de repente el Capitán se decidió a abrir la puerta que había entre las dos vitrinas y accedió a una estrecha dependencia, quizás concebida para alojar una caldera. Allí descubrió tres grandes cajas de cartón en el suelo y una estantería de metal llena de archivadores que empezó a inspeccionar a toda velocidad.

—¡Aquí está todo! —exclamó—. ¡Los descubrimientos de Molins y Woo!

Estaba tan absorto que no escuchó un ruido que provenía del exterior.

—¿Has oído eso? —inquirió Isabel en un susurro.

—Fíjate —prosiguió, ignorando la pregunta—, hay varios artículos mecanografiados. ¡Y fórmulas químicas! Tengo que mirarlo con más detenimiento, pero hablan de compuestos farmacéuticos y de tratamientos, y muestran cómo sintetizar medicamentos que inhiben la recaptación de la telomerasa y de otras enzimas por parte de las células. También indican qué hacer para desactivar oncogenes y para activar células madre... Es terrible admitirlo sabiendo cómo ha sido la investigación, pero este conocimiento puede revolucionar la medicina, quizás la sociedad entera. Mira, empiezan en 1988, con los primeros pacientes, antes de que se les muriera Johan Sandberg en 1989. Menos mal que hemos llegado antes que Bustamante. Sería terrible que todo esto se perdiera para siempre.

—Tengo miedo, he oído un ruido ahí fuera y, además, cada minuto perdido es un tormento para esa mujer.

Revistieron a Elisabeth Walker con las batas de médico del perchero, además de con el jersey y la cazadora. Durante todo el proceso permaneció en un estado de modorra quejumbrosa. Fernando la cargó en brazos, sujetando con su hombro la cabeza, que no se sostenía sola, y comenzó a subir de vuelta a la cocina. Isabel seguía sus pasos.

Cuando llegaron al recibidor eran las dos y cuarenta y cinco minutos. Acordaron que lo mejor sería dejarla tendida en el sofá y esperar a que la policía la rescatase. Cuando se dirigían hacia el salón, escucharon un chasquido extraño, como el de un animalillo rascando los tablones. Era el bombín de la cerradura. De pronto, la puerta se abrió con un gran estruendo y un hombre vestido con un mono azul se precipitó en el interior. Blandía en su mano derecha un enorme cuchillo de monte y la expresión de su rostro era de brutal agresividad. Isabel dejó escapar un grito y brincó por encima del sofá.

FERNANDO ESTABA SIN CAPACIDAD DE REACCIÓN CON LOS brazos ocupados y el recién llegado se le aproximó en dos zancadas. Trazó en el aire, de arriba abajo, una cuchillada furiosa. El Capitán saltó hacia atrás, protegiendo con su cuerpo a la muchacha, y notó un dolor sordo en el omoplato izquierdo, por lo que supo que lo había alcanzado. Depositó a Elisabeth sobre el respaldo del sofá donde se parapetaba Isabel y giró con un movimiento de bailarín desviando un destello que esta vez se aproximaba de forma perpendicular. De no haberlo hecho, aquel enorme cuchillo hubiera acabado removiendo sus intestinos.

A continuación todo sucedió muy rápido y en la penumbra. Rafael había comprobado la agilidad de su contrincante e instintivamente había adoptado una postura de boxeador. Bien plantado en el suelo, avanzaba a saltitos y lanzaba cuchilladas como latigazos. Fernando retrocedía con escorzos que evitaban los impactos, hasta que se le acabó el salón y su espalda chocó contra el ventanal cerrado de la fachada principal. Su contrincante jadeaba de cansancio y felicidad, pues intuía cercano el final por KO. Retrajo su grueso brazo izquierdo para lanzar el cuchillo en el directo definitivo, pero justo antes de descargarlo sintió un pellizco en la coronilla.

Isabel le acababa de propinar un golpe por la espalda con el atizador de la chimenea. Reaccionó atacando con el puño izquierdo el bulto femenino a la altura de la cadera y volvió a su primer objetivo para recuperar el directo, pero cuando se disponía a hacerlo, una patada en los testículos le hizo doblarse de dolor. Estaba claro que en ese combate a muerte todo valía, y el otro púgil había aprovechado la distracción. Fernando atacó su mandíbula pensando que podría partirla como había hecho con la de Hernán en el *ring* del gimnasio Esparta, pero aquel mentón era rocoso y no se desencajó. Aunque acusó el impacto, se irguió y pareció retomar el resuello.

Fernando comprendió que no se le presentaría otra ocasión más adelante, así que corrió hacia donde había caído el atizador y descargó con él el golpe más enérgico que jamás había salido de su alma contra el cuero cabelludo del forzudo. La sangre le salpicó el rostro. Rafael soltó el cuchillo y se palpó la enorme brecha. Luego intentó mirarse las manos. Sintió entonces otro garrotazo en el cráneo. Algo no estaba yendo bien en esa pelea. Sus piernas no lo sostenían y cayó de rodillas en lo que parecía un KO en toda regla. Casi podía escuchar al público vociferando alrededor, lanzando espumarajos de rabia por el dinero perdido en las apuestas.

Su cráneo volvió a repicar con un tercer tañido ensordecedor. Esta vez había sido un golpe en la sien derecha el que le había despellejado el rostro. Dejó de notar su propia sangre caliente bañando el cuello y cayendo a borbotones dentro del mono azul. Ahora su corazón parecía distante y tranquilo, como cuando iba a dormir. No pudo ni mover los brazos. Cayó a la lona como un fardo de arena y vio de reojo a aquel maldito bailarín que se le había escabullido entre los puños. No habría sido así de haberse respetado las reglas. Había caído por los golpes bajos, aunque de todas formas eso era habitual en las peleas ilegales. Notó que el figurín recogía el cuchillo del suelo y luego sintió que lo agarraba por la frente y le hacía levantar la cara hasta descubrir su cuello de toro. Lo último que creyó vivir fue cómo su cuerpo dejaba de pertenecerle y se desgajaba de la cabeza.

Fernando tiritaba como un motor diésel antes de arrancar. La sangre de su paletilla izquierda le escurría por la rabadilla, pero la que encharcaba sus zapatos era del sicario de Molins, a quien había degollado sin vacilar. Ahora, sin embargo, no podía moverse. Todo parecía en calma menos su corazón, que le rebotaba en el pecho hasta causarle dolor. Por fin pudo oír el sonido que entraba por el vestíbulo: la fina lluvia cayendo sobre los hierbajos del jardín y los columpios oxidados. El viento parecía haberse calmado y ya no hacía murmurar las ramas de los pinos. Isabel estaba de pie a su lado acariciándolo y sollozando. Descubrió su herida bajo la camisa rasgada.

—¿Te duele? Tenemos que ir a un médico —le dijo taponándola lo mejor que pudo.

La sangre se estaba quedando reseca y formaba una costra alargada sobre la raja, lo que demostraba que no era una incisión muy profunda.

—No es nada. Antes tenemos unas cuantas cosas que hacer, y me tienes que ayudar. Dentro de un rato esta pesadilla habrá acabado.

Su mente parecía recobrar la agudeza conforme las pulsaciones descendían. Abrigó sobre el sofá a Elisabeth Walker con varias mantas que bajó de las habitaciones y luego pidió ayuda a su amiga para cargar los papeles del sótano. Quería inspeccionarlos para valorar cómo comunicaba los descubrimientos a las autoridades. Ella accedió con la esperanza de que así acabaran antes. Pasaron quince minutos llevando archivadores y cajas al maletero del coche alquilado, mientras la lluvia limpiaba los rastros de sangre en la piel y el cabello del Capitán. Antes del último viaje fueron al lecho de Elisabeth y le explicaron que pronto estaría libre. Ella asintió con la cabeza y quedó en silencio, aletargada en el calor que por primera vez en mucho tiempo sentía alrededor del cuerpo.

Les dolió dejarla allí sola, pero ambos sabían de forma tácita que ya no era sólo Isabel la que no quería verse relacionada con el caso. Si antes había valorado positivamente su anonimato, ahora, tras matar al hombre de negro, el Capitán tampoco quería verse envuelto en interminables explicaciones. Si quería contar la verdad tenía que pensar en una manera más inteligente de hacerlo. Los dos ocultaban razones adicionales que los convertían en cómplices del anonimato en el que deseaban permanecer. Ella escondía la pieza del puzle que Fernando apenas había logrado atisbar, y él ocultaba en su corazón el deseo de ser el primero en descubrir la cura contra el cáncer. De esa forma terminaron de cargar el coche en silencio y condujeron furtivamente en dirección al faro. Pasaron de largo y bajaron al pueblo, donde creían haber visto un teléfono público, pero resultó que se trataba de un parquímetro.

Isabel buscó en el móvil algún locutorio por la zona. El más cercano estaba en el centro de Palafrugell, a unos cuatro kilómetros en dirección opuesta a la costa. Condujeron hasta allí: el rescate de Elisabeth Walker se demoraría unos minutos, pero no había otra opción. Antes de entrar en el locutorio, Fernando limpió con un pañuelo los restos de sangre de sus zapatos y tuvo la precaución de no desabrocharse el abrigo. Salió al cabo de cinco minutos y le contó a Isabel que en el 112 habían tomado nota de la denuncia de asesinato, y de que una persona estaba gravemente herida en la villa del doctor Molins. Se había esforzado en dar las indicaciones precisas y en evitar las preguntas acerca de su identidad que el operador le había formulado.

Isabel pensó que ya era el momento de irse, pero él insistió en comprobar si el caso se había tramitado correctamente. No quería dejar sobre su conciencia la muerte de una cría de veintidós años por culpa de un servicio ineficaz de emergencias, así que volvieron a Llafranc y estacionaron en el mirador. A sus pies se extendía la vega de Palafrugell, hecha de retazos ocres y oliva, cortada en su extremo por la cuchilla gris del mar. Pasaron diez largos minutos, pero al fin apareció un coche de la Policía Local en dirección a la casa de los horrores. Al cabo de un rato el aullido de varias sirenas trepaba por los peñascos. Tres vehículos de la Policía autonómica atravesaron el repecho en dirección a la casa de Molins con un estruendo que taladraba el aguacero.

Fernando comprendió que era el momento de partir, antes de exponerse a alguna pregunta incómoda. Si tenía que desabrocharse el abrigo estaba perdido. Sin prisas ni movimientos sospechosos regresaron al paseo marítimo. Una emoción asfixiante y silenciosa los envolvía. Cuando se cruzaron con una ambulancia con los prioritarios encendidos y la sirena a todo volumen, comprendieron que la tortura de Elisabeth Walker había terminado.

De vuelta hacia Barcelona, Fernando luchaba por no mostrar los infinitos sentimientos que brotaban de su alma, como de costumbre. En cambio, Isabel empezó a sentirse segura. El nudo de la garganta se le aflojó y gruesos lagrimones resbalaron por sus mejillas. En el parabrisas las gotas de agua distorsionaban el mundo hasta que las escobillas las hacían desaparecer. Miró al Capitán. Conducía en silencio, con sus afilados ojos negros clavados en algún lugar de la carretera. Por un momento le pareció que también se habían humedecido, como si fuesen a llorar o acabasen de hacerlo, pero no estaba segura. Sólo le oyó decir:

—Gracias por salvarme la vida.

Conclusión

Lo que empezó como una pequeña ondulación en la superficie de un estanque, con artículos primero en la prensa local catalana y después en la española, terminó por convertirse en un tsunami mundial: una de esas noticias que se ponen de moda y reclaman tiempo en los telediarios de todo el planeta. *The Times, Le Monde,* el *Corriere della Sera, Bild, The New York Times* o *USA Today* ilustraron sus portadas con alguna fotografía de las excavadoras en el jardín. Llafranc se llenó de furgonetas con antenas parabólicas y apareció un pequeño campamento improvisado en los alrededores del faro, desde el que los periodistas hacían sus crónicas. Aunque se declaró el secreto del sumario, no pudo ocultarse que la casa era del doctor Molins, y la opinión pública mundial lo descubrió como un monstruoso asesino en serie. Se supo que también habían encontrado el cadáver de un cómplice llamado Rafael Bustamante. Una llamada anónima había puesto a los *mossos d'esquadra* tras la pista, y en el transcurso del registro con el apoyo de canes adiestrados habían descubierto sepulturas con catorce cuerpos más.

A principios de 2009 se publicó otra noticia sobre el caso. Se trataba de una entrevista a Elisabeth Walker en el tabloide británico *The Sun* titulada *«Kidnapped and Set to a Wheel Chair»*. La muchacha, cuya vida ya no corre peligro, describe su secuestro tras una noche de juerga y su posterior vida en el infierno. Parece claro, por lo que cuenta de su liberación, que confundió entre las brumas de su inconsciencia al Capitán y a Isabel con policías españoles.

No se ha escrito hasta hoy nada del suicidio de Hang Woo, ni siquiera en medios franceses. En Google siguen apareciendo sus referencias como autor de estudios relacionados con la genética y como miembro de la IARC. Es muy probable que los gendarmes hayan considerado el asunto como un suicidio convencional sin conexión con la casa de los horrores de Llafranc.

Salvo por una sucinta mención en la entrevista de *The Sun* a las inyecciones que padeció Elisabeth Walker, no se ha publicado nada sobre los experimentos médicos, ni hasta qué punto esas investigaciones ilegales podrían llevar a importantes descubrimientos sobre el cáncer y el alargamiento de la vida. Ésta es la verdadera exclusiva que me facilitó el Capitán y que yo revelo en este libro. Fernando pretendía, según me dijo, que mi libro preparara a la opinión pública para la noticia, y prometió entregarme parte de la documentación que extrajo del sótano de Llafranc. Mi perfil como periodista y divulgador podía asegurar una rápida difusión de la verdad. Él se encargaría de hacer llegar la documentación completa a las autoridades científicas pertinentes.

Hoy, jueves 29 de octubre de 2009, ha pasado casi un año y medio desde que Elisabeth Walker fue liberada, y ahora ya no estoy tan convencido de que ése fuera su verdadero plan. Después de que no se presentara a la última cita conmigo y de que se despidiera a la francesa deseándome tan sólo suerte con el reportaje, llegué a pensar que el único propósito de Fernando había sido poner a cada persona en su lugar. O quizás abrir un debate sobre lo que Hang Woo denominó la caja de Pandora. La realidad puede superar a las novelas escritas o por escribir sobre el tema de la superpoblación planetaria.

Sea como fuere, creo haber cumplido con mi encargo. Y cuando este libro vea la luz, él no tendrá más remedio que explicarse. Que a partir de ahí decida conceder al mundo la curación de la más terrible de las enfermedades y darle a beber el néctar de la eterna juventud, será una cuestión únicamente suya.

NOTAS SOBRE LA INVESTIGACIÓN

LOS HECHOS RECOGIDOS EN ESTE LIBRO SE BASAN EN lo que me relató Fernando Flórez en nuestras conversaciones del pasado mes de enero. Mi investigación periodística posterior confirmó y completó todos los aspectos. Por ejemplo, encontré en las hemerotecas de varios diarios madrileños y en alguna web de Carabanchel menciones al suceso del gimnasio Esparta. Decían que un boxeador *amateur* había sido salvajemente agredido con una barra de acero por alguien sin identificar cuya descripción física encajaba con la del Capitán. O como cuando, hace tan solo unos días, se ha conocido que el premio Nobel de Medicina ha recaído en Elizabeth Blackburn, la científica que me había mencionado mi amigo.

Contacté igualmente con Isabel Sáenz de Tejada, a quien le expliqué todo lo que sabía sobre su investigación del año anterior con el Capitán y la intención que tenía de escribir este libro. Debo indicar que ella manifestó su deseo de no colaborar y de reservarse los medios legales oportunos ante su publicación, lo que no me desanima, puesto que todo lo que cuento se ajusta por completo a la verdad de los hechos y la trascendencia de los hallazgos es de tal magnitud que me quita cualquier tentación de mantenerlos en secreto.

Así que, ante la negativa a colaborar de Isabel, decidí acometer una ronda de entrevistas con varios de los personajes que había mencionado el Capitán. Sin revelarles exactamente mi propósito, que disfrazaba detrás de un supuesto interés periodístico sobre temas diversos, fueron aportando de forma inadvertida información sin la que no me habría sido posible completar algunos aspectos detallados en el libro.

Eugenio Villacieros, que ahora lleva la tienda de aplicaciones de Telefónica, me permitió conocer la faceta laboral de Isabel, sus compañeros, jefes y subordinados, su currículum y todos los proyectos en los que el departamento estaba implicado.

Siguiendo la técnica de Fernando, encontré a Berta Íñiguez buceando en las redes sociales, en un grupo de antiguas alumnas del colegio de las Irlandesas, donde compartió estudios con Isabel. Ella y su encantador marido Jaime González, durante una agradable comida a las afueras de Madrid, me describieron en detalle su vida familiar: me hablaron de Carmen y Miguel Ángel, de su hermana Rebeca y de los sobrinos.

Finalmente, no me habría sido posible culminar este relato sin los datos que me aportó Francisco Marino, cuyo nombre me fue facilitado por el propio Jaime, y con quien quedé a la salida de su empresa de impresión. Isabel había sido como una emocionante aventura en su aburrida vida de casado y, tras vencer su inicial desconfianza y hacerme jurar que su nombre verdadero no saldría en este libro, también me contó lo que sabía de ella. Había fingido no enterarse de nada, pero sospechaba de la existencia de otro amante en Barcelona. Sus aportaciones fueron fundamentales para entender el pensamiento de la protagonista, en especial respecto a sus traumas y fantasías sexuales.

ÁNGEL FUENTES

CAPÍTULO ANEXO

La rebelión de los duendes

La justicia, aunque anda cojeando,
rara vez deja de alcanzar al criminal en su carrera.

Quinto Horacio Flaco

He preferido mantener las páginas anteriores tal y como fueron redactadas en la primera versión del borrador. Tan sólo he modificado algunos detalles de los capítulos precedentes para que pueda apreciarse en su integridad la verdadera resolución de esta historia. Creo que sólo así podrá comprender el lector el desasosiego que me produjo la repentina desaparición del Capitán, pero sobre todo la ansiedad que experimenté algún tiempo más tarde, a primeros de junio de 2009. Aquella mañana me había levantado temprano para hacer deporte: carrera continua durante cuarenta y cinco minutos y algunas series anaeróbicas después. Cuando regresaba a casa eché un vistazo al buzón. Entre los papeles del banco y la publicidad encontré el aviso de entrega de un paquete certificado que me remitía Fernando Flórez Clavero. Tras una breve cola en la oficina de correos, excitado como un niño en la mañana de Reyes, me entregaron una caja no demasiado voluminosa.

Dentro había una cartera de piel marrón de la marca Loewe con hebillas doradas. Sujeta de una de ellas pendía una nota cuyo contenido transcribo:

Querido Ángel:

Te escribo como continuación a nuestras entrevistas. Espero que tú y tu familia os encontréis perfectamente.

Hace unos días estuve conversando con el mismo colega que me pidió consejo en su día respecto a los extraños análisis de sangre de Elena Paniagua, y que tiene acceso a todas las pruebas recabadas. Salió a colación un tema interesante: en el registro exhaustivo que se ha hecho de las propiedades del doctor Molins —me refiero al segundo registro realizado después de que se descubrieran sus crímenes en serie— se encontró una curiosa cinta de vídeo VHS en el salón de trofeos de la consulta de la calle Felipe II. He conseguido que otro colega la convierta a DVD y te envío una copia, advirtiéndote que no debe caer en manos de nadie. A pesar de que los mossos d'esquadra *no le dan importancia, es parte de un caso judicial.*

Te remito también la colección de pruebas que fui recogiendo con Isabel Sáenz de Tejada a lo largo del pasado año. Tengo copias, pero es importante su segura custodia. Espero que todo esto te sirva para completar tu libro, que confío en que ya esté muy avanzado.

Yo sigo con mi parte: he analizado toda la documentación médica y voy dando los pasos para su manejo adecuado a nivel internacional.

Sólo me queda decirte que la clave para que el final de tu libro se ajuste a la verdad de los hechos se encuentra en el vídeo adjunto y en las parejas: Isabel Sáenz de Tejada-Alejandro Molins y Rafael Bustamante-Juan Aguirre.

Aprovecho la ocasión para saludarte atentamente.

Fernando

P. S. Adjunta a la carta, encontrarás una tarjeta profesional de Juan Aguirre con su teléfono y dirección en Bogotá.

Tardé unos minutos en asimilar la nota, con todas esas fórmulas rebuscadas que le daban un toque infantil. Al principio me irrité al no encontrar ninguna disculpa por su despedida y porque daba por hecho que yo estaría cumpliendo con su encargo, pero luego mi atención fue orientándose hacia las pistas que me dejaba. Hasta entonces siempre había pensado que este libro terminaría con el relato de los descubrimientos de la casa de los horrores. Sin embargo, ahora me insinuaba algo distinto. ¿Es que acaso no me había contado toda la verdad? ¿En qué había dejado de hacer honor a la justicia?

Con el humor destemplado abrí la cartera, donde encontré numerosos elementos de la investigación: los cuatro informes médicos que se encontraron en la tumba de Emilio Paniagua; una foto escolar de su hermana Elena con Isabel Sáenz de Tejada y otra de su boda, donde también aparece el hombre de negro, Rafael Bustamante; una llave con la etiqueta *Consulta* y otra con un llavero de la OMS; el listado de los pacientes del Patients Research Panel y un portafolios con los informes sobre la desaparición de Charles Newman que Isabel obtuvo en su visita a Londres; tres cartas de Vicente Hernando para Alejandro Molins fechadas en 1992 y con el membrete de la prisión de Quatre Camins donde se menciona la evolución del interno Rafael Bustamante; un lápiz de memoria con los correos intercambiados por Alejandro durante años desde su cuenta de la OMS y los ficheros Excel que Bustamante le remitió a Hang Woo; dos artículos escritos por Hang Woo sobre los genes BRCA involucrados en el cáncer de mama, probablemente sustraídos en el hotel de Lyon; la fotocopia de un documento que incluye diversas fórmulas químicas y menciones a la recaptación de la telomerasa por parte de las membranas celulares y la descripción gráfica de varios oncogenes —de toda la biblioteca de Llafranc que Fernando tiene en su poder, éste es el único documento remitido— y, por supuesto, el DVD ya mencionado.

Tenía por fin, desplegadas sobre la mesa, casi todas las pruebas que hacía meses me había prometido Fernando. Las archivé junto a los apuntes de nuestras entrevistas y a los recortes de periódico y páginas de Internet que había ido recolectando desde enero. Sólo dejé en la mesa el DVD: era el único objeto de aquel envío cuya importancia en la investigación no acertaba a comprender. Coloqué el disco en el reproductor y me dispuse a verlo en la televisión. Era una grabación de baja calidad, apenas audible, pero fue suficiente para dejarme estupefacto, e inmediatamente supe que estaba recorriendo la misma senda de deducciones que habría seguido Fernando al contemplar esa escena.

Las dos semanas siguientes fueron tan frenéticas y sorprendentes que las recuerdo como si las hubiera contemplado en un cine, discurriendo ajenas a mi propia existencia.

Contacté con Juan Aguirre menos de cuarenta y ocho horas después de haber recibido el paquete de Fernando. Tras pasar toda la tarde meditando sobre la estrategia que emplearía con él, fingí ser un amigo de Rafael Bustamante que quería continuar con el trabajo que éste había dejado interrumpido al morir y, sin pensarlo siquiera, acepté la cita en su local de Teleopciones Ltda. en el centro comercial Plaza de las Américas de Bogotá para el jueves 18 de junio. El viaje me costaba un dinero, pero la exclusiva lo merecía.

Mi cita con Juan, además de permitirme comprobar el odio que aún anidaba en su corazón, me aportó una prueba vital del caso y me desveló un importante detalle que Fernando desconocía: el viaje a China que en enero de 2008 había realizado Isabel. Un viaje durante el que Hernán, el compañero de Rafael del gimnasio Esparta, la había seguido. Las actividades de la ejecutiva en China, según me las contó Aguirre, están recogidas casi en su totalidad en el capítulo 3 de este relato. A mi vuelta de Bogotá estuve tentado de ir yo mismo a Pekín a realizar en persona el recorrido y ver *in situ* el tugurio que visitó, pero lo peligroso del sitio y los reproches de mi mujer por el viaje anterior a Bogotá me hicieron desistir.

El sábado 27 de junio estaba preparado para el movimiento final. Con las manos sudadas, y la voz algo temblorosa, marqué por segunda vez en mi vida el número de Isabel.

ISABEL ME IDENTIFICÓ EN CUANTO DIJE LA PRIMERA FRASE por teléfono.

—¿Me vas a decir que Fernando te ha dado otro encarguito para mí?

—Isabel, tenemos que hablar. Tengo algunas preguntas…

—Ya te dije que no —repuso secamente—. Voy a colgar.

—No creo que prefieras que las preguntas te las formule el juez, ¿verdad? Sé que la clave para entender buena parte de lo que pasó realmente durante la investigación del caso Galenus está en los hutones.

Como yo había supuesto, bastó la mención a los hutones para que Isabel comprendiera que estaba entre la espada y la pared. Masculló algo entre dientes y luego añadió:

—Está bien, hablaremos —accedió—, pero en mi casa, nada de cafeterías. Por favor, toma nota de la dirección.

Dos horas después me encontraba sentado en el Divatto del lujoso salón de su ático, con un vaso de agua que acababa de ofrecerme y la cartera del Capitán sobre la mesa. Isabel se sirvió una cocacola *light* en la cocina y regresó para sentarse en el sillón de enfrente.

—Es precioso este piso...

—¿Por dónde quieres que empecemos? —me interrumpió impaciente.

—Hablaremos un poco de todo —repliqué—, pero antes deja que te cuente algo sobre Juan Aguirre.

Su mirada volvió a teñirse de desconfianza. Le dije que Fernando me había hablado de los anónimos que ella estaba recibiendo, y de que sus indagaciones —que no le había revelado nunca— le habían hecho sospechar que el Vengador, además de con Juan Aguirre, podía estar relacionado también con Rafael Bustamante. Añadí que para investigar a fondo el asunto me había reunido recientemente con Juan Aguirre en Colombia, y le relaté la breve entrevista que había mantenido en Teleopciones Ltda., su nuevo negocio de consultoría y telecomunicaciones, que iba viento en popa.

—Juan me contó que lo denunciaste ante la alta dirección de la compañía por algo que, por lo visto, es práctica habitual entre los ejecutivos de muchos países. A día de hoy sigue odiándote, tal vez un poco menos que antes, pero lo suficiente como para seguir asustándote de vez en cuando si se le presenta la ocasión. Por eso me recibió. Me hice pasar por un amigo del difunto Rafael, seguro de que Juan Aguirre no despreciaría ninguna oportunidad de continuar acosándote. Te maldice por haber arruinado cualquier posibilidad de regresar a España con un puesto directivo. Según él, lo hiciste para ganar puntos ante tus jefes.

—¡Lo hice por honradez! —se justificó—. Y creo que con lo que me has contado ya puedo ir a la policía. ¿Era él quien me mandaba los anónimos? ¿Desde Colombia?

Aguirre me había confesado que al principio sí, que había conseguido hacerse a través de un excompañero de trabajo con sus datos, teléfono y dirección de su piso, además de con su agenda y detalles de sus viajes de trabajo. Pero justo tras la publicación en prensa del escándalo, en agosto de 2007, Rafael Bustamante visitó a Aguirre en Colombia. Le dijo que también tenía una cuenta pendiente contigo, y le propuso que unieran sus fuerzas para hacerte la vida imposible.

—A cambio de tener acceso a tus datos personales y laborales, y de una pequeña cantidad monetaria, Rafael se ocuparía de molestarte con más eficacia de lo que podía hacerlo Aguirre desde Colombia. Y Juan Aguirre aceptó.

—Ahora entiendo —susurró ella—. Por eso sabía cuándo estaba el fin de semana fuera, y pudo dejarme una paloma muerta en el buzón, y me siguió hasta China... Yo tenía razón. Era Juan Aguirre quien estaba detrás de todo.

—No era sólo Aguirre —dije yo mirándola seriamente—. También Rafael o, más bien, su jefe, porque Rafael sólo era un sicario. Tenías dos enemigos en lugar de uno, que sumaron sus recursos para atemorizarte.

Un pensamiento sombrío pareció cruzar la mente de Isabel y sus ojos me taladraron hasta perderse detrás de mi cuerpo. El guion que había imaginado se estaba representando a rajatabla.

—Dejemos ahora eso —dije tratando de distraerla—, ahora quiero que veas este vídeo y leas esta nota.

Leyó la copia de la carta que Fernando me había enviado con el maletín. Luego la arrojó sobre la mesa y se cruzó de brazos.

—Pon el DVD —la insté yo.

Obedeció con movimientos extraños, como si su pensamiento estuviera en otro lado. La televisión emergió de su escondite en el aparador y una película grabada de forma casera comenzó a mostrarse en la pantalla.

Aparecían dos muchachas desnudas haciendo el amor. Una era pelirroja y estaba de espaldas. Su amante era Isabel, veinte años antes. Cuando, en un momento del frenesí sexual, la pelirroja miró al tomavistas, ya no cupo ninguna duda: las dos chicas que se besaban y masturbaban mutuamente eran las mismas que habían sido retratadas en la foto del colegio de las Irlandesas.

—Bueno, y esto… ¿qué significa? Que dos tontas un poco confundidas y en plena ebullición hormonal pasaban alguna vez un rato juntas, y que cometieron la imprudencia de grabarlo. ¿Por qué me lo enseñas?

—Creo que sabes por qué lo hago —respondí impostando la voz para lanzar la primera de mis andanadas hacia su línea de flotación—. Como habrás leído en la carta, esta cinta estaba en poder de Alejandro, el marido de Elena. Fue encontrada entre sus cosas en la consulta. La policía no le dio importancia, ya que es casi imposible identificaros sin la referencia de una fotografía de esa época, y en el registro debieron considerarlo un vídeo porno sin más trascendencia, pero el Capitán sí lo ha hecho.

Isabel frenó en seco y volvió a mirarme con temor, como si el turbio pensamiento que le rondaba se hiciera cada vez más tangible.

—Por otro lado, Rafael Bustamante era un esbirro de Alejandro Molins, y eso nos lleva a deducir algunas cosas, ¿no crees? Por ejemplo, que tal vez el doctor te conociera bien. Quizás te odiara tanto como para mandar a su esclavo a Colombia para asuntos de su negocio de joyería, pero también aprovechó el viaje para aliarse con tu otro enemigo. Puede que Alejandro te odiase tanto como para conservar este vídeo de juventud, por ejemplo.

—¡Eso no tiene sentido! Yo no conozco a ese hombre ni lo he visto en mi vida.

Había previsto exactamente que ésa sería su respuesta, así que moví la siguiente ficha del tablero. Rebusqué una bolsita de plástico transparente con polvos blancos que llevaba en la cartera y la dejé sobre la mesa.

—El caso es que Juan Aguirre y Bustamante acordaron darte en China un susto de muerte. Molins, que conoció a través del excompañero de Aguirre tu número de vuelo, pagó gustoso un viaje a Pekín que aprovecharía de nuevo para obtener contactos, esta vez asiáticos, para su joyería, pero asegurándose de que su enviado comercial te diera de paso un buen susto. El hombre de negro subcontrató esa tarea a un amigo suyo del gimnasio, un tal Hernán, que hizo un informe completo del viaje que ahora Juan, durante mi visita a Colombia, ha compartido conmigo.

—Realmente se nota que eres un periodista de investigación —replicó ella tratando de parecer relajada—. ¡Tienes una imaginación desbordante!

—No tanto. Todo son hechos contrastados y puedes asegurar que si yo se lo pido, Aguirre testificará ante un tribunal contando qué es lo que contiene esta bolsita.

Cerró los ojos con fuerza y se cubrió el rostro con la mano derecha, como si acabara de recibir un golpe bajo. Le dije que Hernán, después de la paliza que le habían propinado los chinos, la estuvo siguiendo discretamente porque no quería presentarse ante Bustamante derrotado y sin nada de información. En su reporte narró cómo ella había entrado en una tienda cochambrosa de los hutones de Pekín minutos después de que la hubiera dejado sola. Él logró convencer después a los tenderos para que le vendieran lo mismo que había comprado la «mujer que acababa de marcharse», y eso era lo que había en la bolsita transparente.

—Aguirre dice que, tras analizarlo en Colombia, resulta que se trata de una combinación casera a base de derivados de mala calidad de disolventes y pinturas, que da como resultado una vaga concentración de cianuro, mezclado con el polvo micronizado de la planta de ricino.

—No sé de qué me hablas. ¡Ahora vete, antes de que llame a la policía!

—Tal vez deba ser yo quien los reclame —repliqué con firmeza.

Las cartas estaban boca arriba.

AMBOS SABÍAMOS QUE SE TRATABA DEL MISMO VENENO QUE había acabado con la vida de Elena y que se había encontrado en la clínica de Molins tras el chivatazo anónimo recibido por los *mossos d'esquadra.*

—Alejandro, como médico que era, jamás hubiera utilizado un veneno tan cutre, ni hubiera sido tan estúpido como para guardado en su cajón. Todo parece un montaje. Es posible que Elena estuviera preocupada por algo, tanto como para esconder algunas pruebas sobre las investigaciones de su marido, pero no creo que él la matara. Alguien se adelantó y le tendió una trampa para que pareciera culpable.

Isabel se levantó despacio para encaminarse, con la mirada perdida, hacia el otro lado del sofá. Se acurrucó en un extremo y no dijo nada.

—Y hay algo más —agregué poniéndome en pie para enfatizar—. Fernando está convencido de que Josep Martín murió intoxicado con la misma pócima, y he leído varios artículos publicados en *La Vanguardia,* en concreto los del día 30 de abril de 2008 y sucesivos, donde se dice que, según su compañero de piso, llevaba un tiempo saliendo con una mujer mayor que él, de unos cuarenta años.

—Vete ahora mismo de mi casa... —replicó ella sin fuerza.

—Aún no —dije esgrimiendo ante sus ojos la foto del colegio de las Irlandesas—. También he releído estos días los apuntes que tomé de mis entrevistas con el Capitán, y me he dado cuenta de que el día que te dijo que iba a visitar a Josep Martín y a enseñarle esta fotografía para ganarse su confianza como colaborador de la familia de Elena, tú insististe en que te esperara, y te plantaste unas pocas horas después en la estación de Sitges.

—¿Y qué? —suspiró Isabel haciendo ademán de quitarse la instantánea de encima.

—Creo que no podías permitirte que el chico te reconociera en esta imagen. Además me resulta muy curioso que abrieras la puerta de la casa de Vallpineda justo cuando el Capitán iba a utilizar tu teléfono para llamarlo... Seguro que tenías su número en la memoria de tu móvil y no querías que se diera cuenta. Pero hay muchos más detalles que te incriminan.

Enumeré todos los flecos sueltos que había ido dejando y que hacían cosquillas en la cabeza de su compañero: la acusación de que Alejandro se acostaba con jovencitas, la insistencia en no verse involucrada, los titubeos que había mostrado en las ocasiones en las que se habían tratado aspectos sobre la vida privada del doctor y sus dotes para la interpretación mostradas en Lyon.

—El día en que interrogasteis a Hang Woo, temblabas al traducir las respuestas que daba sobre la muerte de Elena y de Josep Martín. Fernando, aunque no te dijera nada, se daba cuenta de todo. Creo que sus sospechas se vieron confirmadas cuando cometiste el error de decirle que conocías el aspecto físico actual de Alejandro, al descubrir la foto de la orla de la casa de Llafranc.

Tras unos segundos de silencio, llegó el momento de mi alegato inculpatorio final. Enfaticé cada frase utilizando un tono pretendidamente bíblico:

—Creo que tú y Alejandro os conocéis desde hace muchos años. Creo que mantuvisteis una relación amorosa aunque ahora os profesáis odio. Supongo que entre el amor y el odio en las parejas media una delgada línea que vosotros hace tiempo que traspasasteis.

Ella sonrió irónicamente, pero su mirada no regresó, seguía perdida entre las flores de la terraza.

—Creo que en algún momento decidiste eliminar a la mujer de tu examante. ¡Envenenaste a tu propia amiga! ¿Por celos? ¿Tal vez porque Molins te había dejado y querías vengarte? Creo que también sedujiste a su ayudante y que luego, aprovechándote de eso, conseguiste entrar en su clínica para dejar allí pruebas que lo harían parecer culpable.

Di un paso adelante y, sin dejar de blandir mi índice, continué en tono profético:

—Creo que por tu contacto con el matrimonio sabías que tenían algo valioso entre manos, tal vez incluso intuyeras que se trataba de la patente de la cura contra el cáncer, y por eso aceptaste la ayuda de Fernando. Decidiste aprovecharte de la curiosidad científica del Capitán para ver si sacabas tajada económica, y eso es lo que te ha perdido.

Ella dirigió por un instante la mirada a mi rostro, pero sus ojos estaban vacíos, no enfocaban, y luego volvió a distraerlos en algún sitio impreciso dentro de sus pensamientos. Mis sentencias continuaron cayendo con la solemnidad del plomo.

—Tuviste que acabar también con tu joven amante la noche antes de que lo visitarais en Sitges, y para ello utilizaste el mismo veneno de Pekín. Aun así no quisiste parar la investigación. Tu ambición sin límites te hizo dejar la puerta del apartamento abierta con las llaves de la consulta a la vista.

Isabel se revolvió en el sofá con estas palabras.

—Y ¿de qué te ha servido? ¡No has conseguido ni un duro! —continué perorando—. Ahora el único que tiene la valiosa información es el Capitán. Te has vengado por despecho de tu amante matando a su mujer y enviándolo a la cárcel; luego, para no ser descubierta por Fernando, has asesinado a otro pobre muchacho al que sedujiste, y lo has hecho por nada. ¡Sólo tienes un montón de años de cárcel por delante!

Esta última frase pareció despertarla. Me clavó sus ojos y con un gesto pidió que me sentara. Parecía decidida a contar algo, así que obedecí.

—No tienes ni idea —soltó con un tono de voz inusitadamente brioso—. Alejandro no fue nunca mi amante. ¡Ese hijo de puta era mi acosador! Llevaba persiguiéndome desde que se casó con mi amiga y vio la cinta que acabamos de proyectar. Desde que la tonta de Elena se la dio o no supo esconderla bien, Dios sabe que nunca debió haberla conservado, tuve la desgracia de que el vicioso de su marido se encaprichara de mí. Consiguió mi contacto de alguna manera, siempre que ha querido lo ha logrado, y empezó a llamarme. Me amenazaba con enviar el vídeo a mis padres y al trabajo y, por lo menos un par de veces al año durante los últimos catorce años, debía ir a Barcelona a follármelo en la maldita consulta privada para que no lo hiciera. ¿Tú sabes lo que son catorce años con ese chantaje en la cabeza? Esperando siempre que se olvidara de mí, que no averiguase mi nuevo teléfono o dirección. ¡Era un pervertido! Me obligaba a las cosas más sucias que puedas imaginar. Después no podía tener sexo normal con nadie durante semanas, a veces meses. ¿Quién puede soportar eso? Siempre he pensado que por su culpa nunca he podido tener un verdadero novio y que sólo me he podido enganchar a relaciones sucias, como si me hubiese vuelto una adicta al juego de la dominación. ¡Un juego que en realidad detesto! No sé por qué te cuento esto. Ni yo misma me entiendo del todo, así que no puedo esperar que tú lo hagas.

—¿Por qué no fuiste a la policía? —la interrumpí.

—Por miedo y vergüenza. A la primera sospecha hubiera cumplido con su amenaza. Además, ¿cómo demostrarlo? Al principio, cuando empezó, yo era muy joven e inexperta, y luego… ¿Qué pruebas podría aportar? Él ha sido siempre muy cuidadoso en no dejar ninguna, y eso a la larga me ha beneficiado. Por más vueltas que le daba no era capaz de dar con una solución que no pasara por mi propia vergüenza. Él podría presentarse como un inocente y reputado doctor acusado falsamente por una amiga de su mujer convertida en amante despechada. A él ese escándalo no le importaba porque la pobre Elena ya sabía de sus continuas infidelidades, y que había convertido el despacho de su clínica en el picadero más denigrante que puedas imaginar. Sólo yo tenía que perder y no veía la salida, créeme, ¡no la veía!

—Hasta que un día la viste —susurré yo.

—Exacto.

Se levantó del sofá, fue al aparador y recogió la televisión. Luego continuó caminando hasta la puerta de cristal y extendió su vista por el mar de azoteas de Chamberí.

—El día en que una amiga mía me contó que Elena estaba asustada hasta el punto de temer por su vida, vi la luz. Aquello podía servirme de coartada, y poco a poco fui concibiendo la idea: volver a quedar con ella, después de tantos años, y trazar luego el plan de mi liberación. Tenía la excusa perfecta para llamarla y no me resultó difícil. Nos vimos, como bien sabes, en Marbella ese mismo mes de enero y confirmé sus temores, además de que tenía pensado divorciarse. ¡No podía desaprovecharlo!

—Decidiste matarla.

—¡Era perfecto! ¿Lo entiendes? Volví a quedar con ella en su casa de Barcelona el último domingo de enero en que su familia estaba esquiando y sí, le di de beber… —se sinceró señalando la bolsita sobre la mesa—. Algún tiempo después, el día antes del entierro, conseguí la llave de la consulta y dejé casi todo el sobrante del veneno escondido en la mesa. Al cabo de unos días llamé a los *mossos* y les dije dónde encontrarlo. Todos los testimonios y pruebas apuntarían desde ese momento hacia Alejandro. Así terminé con mi pesadilla.

—Mataste a la persona equivocada —la reprendí—. Comprendería que hubieras eliminado a Molins, pero a su mujer para acusarle a él… ¡Es demasiado retorcido!

—No tuve ocasión de ir a por él. Desde que entraba por la puerta hasta que salía estaba todo el tiempo desnuda y maltratada con sus perversiones. No encontré la oportunidad, al menos sin dejar evidentes pruebas de mi culpabilidad.

—Sin embargo Elena era una pieza más fácil —razoné.

—No me siento orgullosa de ello. Nadie sabe lo que he sufrido. Fui a su entierro con todo el sincero dolor de mi corazón, pero no tuve alternativa. ¡Si Elena no hubiera puesto ese vídeo al alcance de su marido, me hubiera evitado catorce años en el infierno! —se justificó dejando asomar leves lágrimas y rasgando la voz en el comienzo de un llanto—. Sí, efectivamente, estuve mirando por Internet y descubrí que en China se podía conseguir veneno para plagas sin dejar pista. Era mucho más seguro que adquirirlo en España así que, aprovechando un viaje de trabajo, lo compré. Claro que no podía sospechar que el desgraciado que enviaron a asustarme, al que encima le salvé la vida, compraría el mismo veneno que yo y que con el tiempo acabaría aquí, sobre la mesa, traído por ti.

—¿Qué es lo que crees que llevó a Alejandro a contactar con Juan Aguirre a través de Rafael? —aproveché para preguntarle.

Me explicó que una de las obsesiones del doctor había sido siempre controlar todos los detalles de su vida. Cuando se compró el ático había conseguido hacerle perder la pista de su domicilio. Seguía contactando con ella en el trabajo y en casa de sus padres, pero aquello le daba menos sensación de poder. Luego se había enterado de su viaje de un mes a Colombia por trabajo en julio de 2007 porque ella misma lo había utilizado como excusa para no acudir a un encuentro sexual al que la requería, y posteriormente debió enterarse del escándalo de corrupción por los periódicos. Su conjetura era que, intuyendo la conexión, habría mandado a Rafael a aliarse con su enemigo.

—Después de lo que me has contado, me figuro que entre los dos formaron el mejor equipo posible para hacer de mi existencia una pesadilla —continuó—. Con el dinero y el afán de Alejandro, Juan conseguiría vengarse de mí más y mejor, y con los contactos de Juan en Telefónica, Alejandro logró saber todos mis movimientos y viajes de trabajo. Me enviaron una paloma muerta al buzón y es posible que hasta me siguieran, al menos por Madrid y sus alrededores, e incluso supieran de mi viaje con Fernando a Morella. ¡Jamás sospeché que Molins estaba detrás!

Se hizo un silencio prolongado. Pareció relajarse, quizás confiada en que nuestra conversación estaba llegando a su fin.

—No hay justificación para los asesinatos, ni el de Elena ni mucho menos el de Josep Martín, pero has conseguido transmitirme tu papel de víctima —admití yo.

—La muerte de Pepe también fue culpa de ese maníaco. Yo estaba destruida. Una de las veces en que abusó de mí estuve tentada de montarle un escándalo delante de sus pacientes. Fui al día siguiente, pero no me atreví a entrar. Me quedé allí fuera helada de frío dejando las horas pasar hasta que lo vi marchar, y unos minutos después observé a ese muchacho salir de la casa y cerrar. No sé por qué pero lo seguí hasta una tienda de alimentación en la que entró, me hice la encontradiza y empezó nuestra relación. Luego, cuando iba a Barcelona por trabajo, nos veíamos. Acabé por cogerle cariño. ¡Y era lo único que me otorgaba algo de poder sobre Alejandro!

—Esa relación resultó perfecta para tus planes posteriores. Lo utilizaste y luego lo asesinaste sin piedad.

—Lo siento… —comenzó a sollozar— ¡Eso me partió el corazón! No quería hacerlo. Viajé buena parte de la noche y sí, me presenté en su casa antes de que Fernando pudiera enseñarle la maldita foto y…

—¿Y qué? —la forcé a seguir confesando.

—Le sorprendió mi visita inesperada, pero aprovechando su confianza en mí, su cariño, le di de beber todo el veneno que me quedaba —dijo señalando otra vez la bolsita— y ¡fue horrible!

—Pero no lo suficiente como para no permitirte dejar la puerta abierta y poner a la vista las llaves de la consulta para que las encontrara Fernando.

Se puso a llorar con fuerza un rato. Luego volvió a hablar con un hilo de voz.

—Después de que Alejandro entrara en prisión yo sólo quería olvidarme de todo, pero me enteré de que Elena había escondido en su pueblo un portafolios misterioso, y Fernando se empeñó en hablar conmigo en Galicia. Me lio para empezar la investigación y pensé que con sus contactos policiales tal vez podría quitarme de encima al Vengador. ¡No podía soportar otro acosador cuando apenas había logrado librarme del primero! Luego las cosas se fueron precipitando y es cierto que no quise parar. No debes olvidar que gracias a que no nos detuvimos Elisabeth Walker fue liberada.

—No me olvido de nada. ¿Es ésta toda la verdad?

—No hay nada que ya no sepas. La terrible historia de mi vida, de una enorme pelota de nieve que fue creciendo hasta que se me escapó de las manos. Confío en que ahora podré retomar el control que merezco: quiero centrarme, quizás conocer a alguien y tener una familia como todas mis amigas —terminó mirando al infinito.

Yo tenía la cabeza aturullada tratando de asimilar toda la información. Saqué el DVD del reproductor y lo introduje de vuelta en la cartera de piel. Estaba decidido a que Isabel no saliera indemne y a que el futuro que acababa de imaginar no acaeciera según sus expectativas.

—Escucha —dije al fin—. Llevas un rato trasladando una responsabilidad que es sólo tuya a otras personas. No puedes pretender que el homicidio de Elena sea culpa de su marido, por muy despreciable que fuera su comportamiento contigo. Tampoco puedes sostener que el asesinato de ese otro muchacho se deba a la perspicacia investigadora de Fernando. Cometiste un segundo crimen para ocultar el primero. Esto no va a quedar así. Pienso ir a la policía. Me costará explicarlo pero tengo pruebas. Lo siento, pero tus sueños no van a salir como dices.

Isabel salió de su ensimismamiento y me rogó que no me fuera, que me quedase a discutir con ella, que le regalase unos minutos más. Fue a la cocina, rellenó mi vaso de agua y se acercó luego a ofrecérmelo. Tomé el vaso y lo deposité en la mesa, tan lejos como alcanzó mi brazo: después de esa conversación, no pensaba beber nada que Isabel me ofreciera. Sus ojos almendrados dibujaban una mirada fría y extraña. Estaba muy cerca cuando comenzó a susurrar:

—Querido Ángel, he satisfecho tu curiosidad. Ya había previsto que tú no serías capaz de entender los motivos que me exculpan por completo, y es muy posible que un juez cretino pueda pensar lo mismo. Por eso tengo que contarte otra cosa.

Despertó mi curiosidad. ¿Había algo más del caso que se me había escapado? Por un momento, dada su proximidad, pensé que quería darme un beso. Podía sentir el aroma dulce de su cuerpo envolviendo el mío y no era inmune a las curvas bajo su blusa. Tenía casi entre mis brazos a una mujer *sexy,* de labios incitantes. Con la mirada y con un leve movimiento de cuello dio a entender que quería decirme algo al oído. Hipnotizado por la situación obedecí.

—Lo que quiero contarte —continuó musitando— es que, después de todo lo que has averiguado, no puedo permitir… ¡que sigas con vida! —chilló furibunda.

Apenas tuve tiempo de ver lo que pasaba. El oído me pitaba con fuerza por el grito. En un movimiento reflejo me incorporé y vi fugazmente que su mano derecha empuñaba un gran cuchillo de cocina de hoja triangular, que debía haber llevado escondido en la espalda. Me lanzó un ataque rapidísimo, pero logré desviar con el antebrazo izquierdo la puñalada que iba a mi vientre.

No recuerdo exactamente lo que dije. Sé que la insulté y la amenacé con ir en ese mismo instante a la comisaría más cercana. Ella también bramaba. Decía que su vida debía seguir, que no merecía el destino con el que yo la amenazaba. Tuve la valentía de tomar la cartera y mi puño derecho empezó a abrirse camino hacia la salida. Se interpuso voceando desaforada y lanzando estocadas que yo sorteaba como podía protegiéndome con el maletín a modo de escudo. El cuero quedó rajado por distintas partes. Tenía el rostro completamente desencajado, y los ojos inyectados en sangre. Conseguí golpearla en el pecho varias veces hasta desembarazarme con un puñetazo final que la tiró contra el piso. El cuchillo salió despedido por el parqué y ya no volvió a intentar levantarse.

Se quedó sobre la tarima, boca abajo y llorando. La última imagen que tengo fue la que observé de reojo antes de cerrar tras de mí la puerta del ático. Yacía como un trapo arrojado sobre el suelo, gimoteando desconsolada. En mi cabeza empapada de sudor sólo estaba la idea de salir a la calle e intentar tranquilizarme. Jamás me había visto en una situación tan peligrosa, y mi cuerpo estaba reaccionando fatal. Los minutos posteriores son los más confusos de la jornada. Anduve mareado durante unos metros. Los transeúntes se arremolinaban en torno a mí con miradas curiosas. Caí al suelo con una lipotimia. Oí una sirena girando en mi cabeza y luces a mi alrededor. Luego perdí el sentido por completo.

NADIE ME LO HA CONTADO. NADIE PUDO VERLA. PERO imagino que cuando Isabel despertó, el salón estaba sumido en una penumbra sugerente. Al ver el cuchillo en el suelo recordaría nuestra discusión. Me había visto salir hacía más de dos horas con la verdad y el maletín que arruinarían su futuro.

Después de la pelea se habría quedado llorando hasta que el agotamiento hizo surgir fantasmas en su conciencia. Eran los mismos monstruos que ahora seguían bailando delante de ella, desparramándose por el ático. Quizás oyó el murmullo creciente de la calle, el aullido de una sirena durante un rato. Finalmente la alarma habría dejado de sonar y entonces ella se habría dormido.

Tal vez intentó ponerse en pie, pero no pudo porque los duendes saltarines que imaginaba pisoteando el sofá de cuero se lo impidieron. La mirarían con muecas burlonas y le recordarían el destino que le esperaba. Acaso algún vecino llamó al ascensor y ella pensó en la policía. ¿Estarían llegando ya para arrestarla? De pronto las antiguas amigas perdidas, los novios malogrados de juventud y los amantes actuales, sus padres ancianos y sus sobrinos le parecieron figuras lejanas, seres a quienes ya no reconocía. Todo se tambaleaba y flotaba caótico entre los muebles de una casa que se hundía en el fango con todo lo demás.

Sintió que llevaba años, en realidad casi toda su vida, intentando construir sobre arenas movedizas un futuro coherente sin haberlo conseguido. Le pareció haber estado siempre escondiéndose de la piel de Elena y de la mirada torva de Alfredito Paniagua que las espiaba por la rendija de la habitación, y que ahora, veintidós años más tarde, la capa oscura con que Alejandro Molins había cubierto su vida la aplastaba contra el frío suelo de la terraza hasta la que había serpenteado. Trató de pensar en cómo había llegado hasta allí, y sólo consiguió perderse en el laberinto de sus propias emociones.

Los duendes la seguían. Algunos soplaban las flores de las gitanillas y la hojarasca de las yedras. Tardes interminables en la consulta del doctor de Barcelona revoloteaban como sucias polillas, fundiendo unos pensamientos con otros hasta hacerlos carentes de sentido. El sol se había puesto y el gran resplandor del ocaso llegaba desde el monte de El Pardo surcando el cielo cuajado de alambres de Madrid.

Consiguió sujetarse a la baranda de hierro. Más allá estaba el abismo de la liberación. La Ciudad de Telefónica, con su imagen de tótem megalítico, golpeó en su conciencia como un chispazo. Ya nunca formaría parte de aquel proyecto por el que tanto había luchado. La imagen de la imponente cárcel de Soto del Real se le parecía demasiado.

No había otra salida. Ya no quería más orfidales, ni más tabaco para calmarse. Los músculos sufrieron un espasmo involuntario. De pronto, como si fuese ya la única cosa cierta y con sentido, notó la potente fuerza de la gravedad en todo el cuerpo. Se aceleró como una centella fachada abajo. Cerró los ojos para no ver cómo se estrellaba contra la acera. Nunca más volvería a abrirlos.

Epílogo

Sobre la eterna noche del pasado
se abre la eterna noche del mañana.
Ramón María del Valle-Inclán

Dos días después de mi desmayo en plena calle —la lipotimia me provocó una brecha que se curó con doce puntos de sutura—, tuve conocimiento de la muerte de Isabel. El 30 de junio leí en el suplemento *M2* del periódico *El Mundo* la breve nota donde se refería que I. S. T se había lanzado al vacío desde su ático de la calle Fortuny unas horas después de nuestra conversación. Aún no había ido a comisaría para denunciarla por sus asesinatos y por el intento de acabar con mi propia vida, porque comprendía que todo resultaba tan increíble que necesitaba organizar mínimamente las pruebas. Llamé a Telefónica, donde me confirmaron el fallecimiento, y decidí entonces cumplir de una vez el encargo del Capitán y escribir el último capítulo de este libro.

Mi mujer, que no cree que exista la cura del cáncer ni la pastilla que alarga la vida —expresión que utiliza con sorna para referirse al tema—, me avisa de que me estoy metiendo en un lío. Dice que puedo darme por satisfecho de que la policía no haya descubierto que estuve en casa de Isabel el día de su muerte, y que no hay necesidad de que yo lo cuente, y mucho menos relacionándolo con tantos otros crímenes.

Hoy, domingo 1 de noviembre de 2009, voy a finalizar la historia y sólo puedo adivinar las implicaciones, pues dependerán de la repercusión que consiga con este relato.

Tal vez el juicio a Molins en lugar de ser el próximo mes de febrero, como está previsto, se retrase para comprobar la veracidad de lo que he contado. Va a ser juzgado por el asesinato de su esposa y por los muertos de la casa de los horrores. Con ser el más abominable de los hombres, es inocente de la muerte de su mujer.

Por otro lado confío en que el esclarecimiento de la muerte de Josep Martín suponga algo de consuelo para su familia. Su muerte, con el mismo veneno que el de la mujer de su jefe, el doctor Molins, habrá dejado a la policía manejando distintas hipótesis, que necesariamente pasarían por el suicido y su posible implicación en el envenenamiento de Elena. Espero que todo se aclare pronto. Y que Juan Aguirre sea castigado por el acoso al que sometió a Isabel.

Si estos resultados son difíciles de asegurar, mucho más impredecibles son las consecuencias que tendrán las revelaciones médicas. Quiero creer que el Capitán no ha asumido las tesis de Hang Woo acerca de mantenerlas en secreto para evitar una catástrofe planetaria derivada de la explosión demográfica. Si así fuera, deseo que la publicación de este escrito sirva para abrir los ojos a la gente, porque es de justicia que se sepa la mascarada en la que está sustentado el mundo actual y la esperanza de vida de sus habitantes. Espero que Molins no tenga otro remedio que confesar, o que nuevos grupos de doctores aten cabos y consigan la molécula que regula la ralentización de la reproducción celular y la que logra la regeneración nerviosa.

Después de esta recapitulación llega el momento de concluir mi tarea. Enviaré copias de este texto a todos los medios de comunicación con los que habitualmente trabajo, y a todas las editoriales y agentes literarios de España. Cualquiera que quiera ponerse en contacto conmigo podrá hacerlo a través del blog http://elcasogalenus.wordpress.com. Siento que en esta noche negra, en la que gruesos goterones de lluvia repiquetean en mi ventana, algo cambiará para siempre. De forma solemne y con las manos temblorosas doy final al libro. Esta será mi modesta aportación a la Historia: la de quien tuvo conocimiento de algo colosal y no quiso callarlo.

El caso Galenus es una obra de ficción. Los acontecimientos y personajes referidos en esta novela son imaginarios, y cualquier parecido con situaciones o personas reales es meramente casual e inintencionada. Asimismo, las instituciones o lugares reales mencionados en la novela están destinados a ambientar la ficción, y de ninguna manera se corresponde con situaciones que efectivamente hayan sucedido en el pasado o en el presente.